영화광

**THE MOVIEGOER**
**by Walker Percy**

# 영화광

The Moviegoer

장편소설

워커 퍼시
이승학 옮김

섬과 달

**영화광**

1판 1쇄 발행 2021년 12월 10일

지은이 워커 퍼시
옮긴이 이승학
펴낸이 이승학
펴낸 곳 섬과 달

출판 등록 2019년 6월 5일 제2019-000057호
주소 (03360) 서울특별시 은평구 불광로 170, 101-1503
전화 070-7333-7212
팩스 02-6305-7212
전자우편 isleandmoonpublisher@gmail.com
인스타그램 @isleandmoon
기획·편집 이승학
디자인 이정하
제작 영신사

ISBN 979-11-968376-6-2 03840


* 섬과 달의 모든 책은 실매기 방식으로 제본해 낱장이 떨어지지 않습니다.

기쁨과 슬픔은 번갈아 온다는 걸

나는 이제 안다.

# 차례

W. A. P.께 감사하며

절망의 고유한 특징은 이것이다.

절망은 자기가 절망인 줄 모른다.

-쇠렌 키르케고르, 『죽음에 이르는 병』

**일러두기**

1. 이 책은 워커 퍼시의 데뷔작 『The Moviegoer』(1961)를 우리말로 옮긴 것으로 Farrar, Straus and Giroux의 2019년 판본을 번역 대본으로 삼았다.
2. 국립국어원의 어문규범을 따르되 용례가 없는 경우 관용적 표기를 따랐다.
3. 책·장편은 『 』로, 단편은 「 」로, 영화·음악·매체 등은 〈 〉로 묶었다.
4. 주석은 모두 옮긴이의 것으로 간단한 것은 본문에 소괄호로 달았고 긴 것은 각주로 내렸다.
5. 원서에서 이탤릭체로 강조한 부분은 굵은 고딕 글자로 바꿨다.
6. 미국 내 프랑스어 지명의 경우 실제로는 영어 독음으로 불릴 때가 많으나 여기서는 일부 프랑스어 독음을 적었다.

이어서 나올 내용은 상상의 산물이다. 영화배우를 제외한 모든 등장인물과 모든 사건은 예외 없이 허구다. 실제 인물과 닮은 부분은 의도한 것이 아니므로 유사하다 않다 추정할 것도 없다. 영화배우를 언급할 때 가리키는 건 스크린에 투영된 인물이지 배우 자신이 아니다. 뉴올리언스와 내포(內浦)들의 지리는 살짝 바꾸었다. "펠리시아나 패리시*"라고 하면 원래 이스트 펠리시아나라는 곳과 웨스트 펠리시아나라는 곳이 있는데 나는 두 곳 다 지인이 하나도 없다.

---

* 패리시(Parish)란 루이지애나주의 행정구역으로 다른 주의 카운티(County)에 해당한다.

# 제1장

## 1

오늘 아침에 점심 먹으러 들르라는 고모의 쪽지를 받았다. 나는 이게 무슨 뜻인지 안다. 일요일이면 빠짐없이 저녁을 먹으러 들르는데 오늘은 수요일이니까 이게 뜻하는 바는 하나뿐이다. 진지하게 나누고 싶은 대화가 있다는 것. 그녀의 의붓딸인 케이트에 관한 안 좋은 소식이든 나에 관한, 장차 내가 해야 할 일에 관한 심각한 얘기든 극히 엄숙한 분위기일 것이다. 누구라도 겁을 집어먹을 만한 일인데, 그래도 실토하자면 아주 불편할 일은 없을 전망이다.

내 형 스콧이 폐렴으로 죽은 날이 기억난다. 나는 여덟 살이었다. 고모는 나를 챙겨 병원 뒤쪽으로 산책을 데려갔다. 그곳 거리는 홍미로웠다. 병원의 발전장치와 송풍기와 소각로가 길 한편에서 윙윙 돌아가며 더운 고기 냄새를 내불었다. 길 맞은편에는 니그로*들의 집이 줄지어 있었다. 아이들과 노인들과 개들이 현관에 앉아 우리를 쳐다보았다. 나는 에밀리 고모가 내가 나누고 싶은 얘기를 세상에나 몇 날 며칠이든 기꺼이 들어주겠다 싶어 기뻤다. 틀림없이 뭔가 범상치 않은 일이 벌어진 거였다. 우리는 발을 맞추어 천천히 걸었다. "잭," 그녀는 나를 꽉 껴안고 니그로들의 판잣집 쪽에다 웃음을 지으면서 말했다. "너랑 나는 늘 좋은 친구였어, 그렇지?" "네." 내 심장은 크게 뛰었고 내 목덜미는 개 뒷덜미처럼 털이 곤두섰다. "안 좋은 소식이 있단다, 아가." 그녀는 나를 어느 때보다 꽉 껴안았다. "스코티가 죽었어. 이제 모든 건 네게 달렸어. 힘들 때가 있겠지만 고모는 네가 군인처럼 행동하리란 걸 알아." 이 말은 사실이었다. 나는 쉽사리 군인처럼 행동할 수 있었다. 내가 할 일은 그게 다였던가?

그 일 하니까 지난달 폰차트레인 호수*에 나가서 본 영화가 생각난다. 린다와 나는 새 교외에 있는 극장에 다녀왔다. 성장이 멈춘 교외 벌판에 회칠을 한 분홍색 각설탕 같은 모습의 극장이 덩그러니 서 있다니 누군가 오판을 한 게 틀림없었다. 강풍이 파도로 방조제를 후려쳤다. 실내에서도 그 난리를 들을 수 있었다. 영화는 사고로 기억을 잃는 바람에 모든 걸 잃은 남자에 관한 것이었다. 가족, 친구, 돈. 그는 자기가 낯선 도시의 이방인임을 깨달았다. 이곳에서 그는 새 출발을 해야 했고 새로 살 곳을 마련해야 했고 새 직업, 새 여자 친구를 구해야 했다. 그 모든 상실, 영화는 비극이어야 마땅했고 그는 대단한 고통을 겪을 듯했다. 하지만 웬걸, 일은 그리 나쁘게 풀

---

* 이 책이 나온 1961년은 흑인을 가리키는 오늘날의 대체 용어가 있기 전이며 '니그로'는 비교적 중립적인 단어였다. 이런 용어를 포함해 흑인의 지위 향상이 본격 논의되기 시작한 건 1960년대 중반 블랙파워 운동이 전개되면서다.

리지 않았다. 그는 뜸도 안 들이고서 강 위의 선상 가옥, 매우 그림 같은 집을 구했고 그 지역에서 사서로 일하는 아주 멋진 여자 친구도 생겼다.

영화가 끝나고 린다와 나는 차양 밑에 서서 극장 매니저와 대화를, 아니 그보단 그의 하소연을 들었다. 극장이 거의 텅텅 비어서 나는 즐거워도 그는 아니었다. 괜찮은 밤이었고 나는 기분이 무척 좋았다. 머리 위의 하늘이 생전 그렇게 검을 수 없었다. 흑풍**은 호수를 우리 쪽으로 떠밀었다. 파도는 방조제를 뛰어넘어 거리에 후드득 쏟아졌다. 말소리가 들리게끔 매니저가 악을 쓰는 동안 그의 머리 바로 위에 달린 야외 스피커에서는 기억상실증 환자와 사서의 재잘거림이 흘러나왔다. 주인공의 정체를 알려줄 단서를 찾아 두 사람이 신문철을 뒤적이는 장면이었다.(주인공은 사고에 대한 희미한 기억이 있다.) 린다는 불행히도 잠자코 서 있었다. 그녀는 내가 행복해하는 것과 똑같은 이유로 불행해했다—우리가 차도 없이 웬 벽지의 동네 극장에 와 있다는 이유로.(나는 차가 있어도 버스나 노면전차를 타는 게 더 좋다.) 그녀가 생각하는 행복이란 시내로 차를 몰고 가 루스벨트 호텔의 블루 룸 레스토랑에서 저녁을 드는 것이다. 나는 마지못해 가끔씩 그 일을 한다. 그럴 만한 일이긴 하다. 그럴 때면 린다는 지금의 나처럼 기가 산다. 눈은 초롱초롱, 입술은 촉촉, 그리고 둘이서 춤을 추면 그녀는 제 매끈하고 긴 다리를 내 다리에 문지른

---

* Lake Pontchartrain. 뉴올리언스 바로 위쪽에 있는 1600제곱킬로미터 면적의 큰 호수.

** 모래 등으로 빛을 가리면서 휘몰아치는 회오리바람.

다. 이럴 때 그녀는 나를 정말로 사랑한다—꼭 블루 룸에 대한 보답은 아니다. 그녀가 나를 사랑하는 건 벽지의 극장이 아니라 이 낭만적인 곳에 와 기가 살았기 때문이다.

하지만 이것도 다 지난 일이다. 린다와 나는 깨진 사이다. 내겐 새런 킨케이드라는 이름의 새 비서가 생겼다.

나는 최근 4년을 뉴올리언스 교외의 중산층 마을 젠틸리(Gentilly)에서 무탈하게 살았다. 파티오*마다 심어진 바나나 묘목과 월그린 드러그스토어의 꼬불꼬불한 철제 간판만 아니면 이곳이 뉴올리언스의 일부인 줄 누구도 짐작 못 할 것이다. 집들은 대개 캘리포니아 구식 방갈로 아니면 데이토나 신식 주택이다.** 하지만 이 때문에 나는 이곳이 좋다. 프렌치 쿼터(French Quarter)의 고풍스러운 분위기나 가든 디스트릭트(Garden District)의 고상해빠진 매력은 참아줄 수가 없다. 나도 프렌치 쿼터에서 2년을 살아봤지만 끝내 버번 스트리트의 능글능글 히죽거리는 영국풍 회사원들과 동성애자들 그리고 로열 스트리트의 파티오 심미가들한테 질려버렸다. 내 고모와 고모부는 가든 디스트릭트의 운치 있는 집에서 살고 내게 무척 자상하다. 하지만 그 집에서 살 만하다 싶으면 나는 어느새 이런저런 주제로 강한 의견을 펼치다 발끈해서 기자들에게 투서를 하게 되고, 그러고 나면 몇 시간이고 막대기처럼 꼿꼿하게 누워 침실 천장에 치장된 원형 석고 몰딩만 빤히 바라보다 우울해지고 만다.

젠틸리 생활은 매우 평화롭다. 나는 고모부가 운영하는 주식 중개소의 작은 지점을 관리한다. 내 보금자리는 남편이 소방관이었던 과부 셰익스나이더 부인이 소유한 반지상층 방갈로의 반지하 셋

집이다. 나는 모범 세입자에 모범 시민으로 내게 기대되는 바를 행하는 데서 기쁨을 느낀다. 내 지갑은 몇 개의 신분증, 몇 개의 도서관 대출증, 몇 개의 신용카드로 꽉 차 있다. 작년에는 아주 매끄러운 데다 이중 방화벽으로 묵직하게 제작된 납작한 녹갈색 금고를 구입해 그 안에다 내 출생증명서, 대학 졸업장, 명예제대증, 군인 보험증, 몇 개의 주식 증서를 넣어두었고 내 상속물도, 즉 아버지의 숱한 열정이 담긴 하나뿐인 유산, 세인트버나드 패리시 아래쪽에 있는 10에이커 면적의 이제는 씨가 마른 오리 사냥터 문서도 넣어두었다. 시민의 의무를 이행하는 대가로 영수증을 받거나 스티렌수지에 이름 새긴 카드를 받는 일, 이른바 존재할 권리를 받는 일은 즐겁다. 자동차 번호판과 브레이크 스티커를 받으러 가는 첫날 얼마나 뿌듯하던지! 나는 〈컨슈머 리포트〉를 구독하는 까닭에 일등급짜리 텔레비전과 소음이 거의 없는 에어컨과 아주아주 오래 지속되는 탈취제를 가지고 있다. 내 겨드랑이는 악취가 날 겨를이 없다. 나는 정신 건강, 암의 일곱 가지 징후, 그리고—앞서 말한 것처럼 버스를 타는 게 더 좋긴 하지만—안전 운전에 관한 온갖 주파수의 라디오 발언을 귀담아듣는다. 어제는 내가 제일 좋아하는 배우 윌리엄 홀든이 쓰레기 투기꾼에 관한 말을 전했다. "솔직히 말해봅시다," 홀든은 말했다. "그 일은 아무도 할 수 없어요—당신과 내가 아니면 말이죠." 이 말은 사실이다. 나는 그 뒤로 쭉 조심하고 있다.

저녁이면 나는 주로 텔레비전을 보거나 극장에 간다. 주말이면

---

* patio. 안뜰 또는 뒤뜰을 뜻하는 스페인어.

** 캘리포니아는 서부이며 데이토나는 동부 플로리다주의 한 도시.

자주 걸프 해안에서 시간을 보낸다. 젠틸리의 동네 극장에는 차양 정면에 이런 불변의 문구가 적혀 있다. 푼돈으로 누리는 행복. 사실 나는 못 만든 영화라도 일단 빠져들면 무척 행복하다. 내가 읽은 대로라면 다른 사람들은 살면서 기억할 만한 순간을 마음에 새긴다. 파르테논신전에 올라 해맞이를 한 순간, 센트럴파크에서 사랑스러운 여자를 만나 달콤하고 자연스러운 관계를 맺은 여름밤, 책에서는 그렇게들 말한다. 나도 한 차례 센트럴파크에서 여자를 만난 적이 있지만 별로 기억나는 건 없다. 내가 기억하는 건 〈역마차〉의 존 웨인이 먼짓길에 고꾸라지면서 카빈총으로 세 명의 사내를 죽인 순간, 그리고 〈제3의 사나이〉의 새끼 고양이가 문간에서 오슨 웰스를 발견한 순간이다.

요즘 저녁 외출과 주말여행을 함께하는 짝은 주로 내 비서다. 내가 겪은 비서는 세 명으로 이름은 각각 마샤, 린다, 그러고 지금의 섀런이다. 정말이지 20년 전 젠틸리에서 태어난 여자아이는 하나 걸러 이름이 마샤였다. 1년인가 뒤에는 린다였다. 그 뒤에는 섀런. 내가 알기로 최근 몇 년 사이에는 스테파니라는 이름이 유행이다. 젠틸리에서만 내 지인 세 사람이 각각 스테파니라는 딸이 있다. 어젯밤 나는 핵폭발 실험에 관한 TV극을 봤다. 키넌 윈이 양심 때문에 툭하면 갈등의 순간을 맞는 괴로운 물리학자를 연기했다. 그는 고독한 사막을 거닐었다. 하지만 마음 깊숙한 곳에서는 그가 자기 영혼을 탐색하느라 아주 즐거운 시간을 보내고 있단 걸 누구나 알 수 있었다. "우리는 무슨 권리로 우리가 하고 있는 일을 하는 걸까?" 그는 씁쓸한 말투로 동료들에게 물었다. "내 머릿속에는 순 네 살배기 딸뿐이라네," 그는 또 다른 동료에게 말하고는 스냅사진을 꺼냈다. "우리가 이 아이에게 어떤 미래를 물려주려는 걸까?" "자네 딸 이름이 뭐지?" 사진을 들여다보던 동료는 물었다. 키넌 윈은 걸걸한 목소리로 답했다. "스테파니." 그 이름을 들으니 싸하게 등골 서늘한 느낌이 들었다. 지금으로부터 20년 뒤 내 타자기에는 아마 젊고 발그레한 스테파니가 걸터앉아 있을 것이다.

물론 나야 이 끝내주는 여자들, 그러니까 내 비서들을 헌신짝 버리듯 잇따라 정복하고 버려왔다고 떠벌리고 싶지만 엄밀히 말해 그건 사실과 다르다. 그건 연애였다고 할 수 있을 것 같다. 그 관계들은 마샤 혹은 린다(섀런은 아직이다)와 내가 걸프 해안에 나가 거닐고, 쉽섬(Ship Island)의 인적 없는 만에 누워 껴안고, 그러고는 이런 행운이 또 있을까, 세상이 이런 행운을 용납할까 의심하는 순수하고 부주의한 황홀감으로, 즉 누가 뭐래도 연애로 시작했다. 하지만 마샤의 경우든 린다의 경우든 연애는 우리의 관계가 머잖아 절정에 다다른다 싶으면 여지없이 끝나버렸다. 사무실 공기는 소리 없는 비난으로 무거워지곤 했다. 천 가지 속뜻을 담지 않고는 말 한 마디 또는 눈길 한 번 나누기가 불가능했다. 밤새도록 전화 통화도 있었는데, 내가 할 말을 찾아 머리를 쥐어짜는 동안 반대편에서는 잔숨과 한숨 소리만 들려오는 긴 침묵이 주를 이룬 통화였다. 이런 긴 침묵의 통화는 사랑이 끝났다는 확실한 징후다. 암, 그건 정복이 아니었다. 결국엔 나의 린다들과 내가 서로 넌더리가 나서 작별이 즐거울 정도였으니까.

나는 주식 및 채권 중개인이다. 가족이 내 직업 선택에 다소 실망한 건 사실이다. 나도 한때는 법이나 의학이나 순수 과학을 염두에 둔 적이 있다. 심지어 뭔가 위대한 기여를 꿈꾸기도 했다. 하지만 그런 거창한 야망을 접고 상상 가능한 가장 평범한 삶, 오랜 소망들이 누락된 삶을 사는 데에는 그럴 만한 충분한 이유가 있다. 주식 및 채권 및 뮤추얼펀드 판매. 남들처럼 오후 5시 정각 업무 종료. 여자 친구를 사귀고 언젠가는 정착을 해 나의 마샤들과 샌드라들과 린다들을 한 아름 키우기. 주식 중개업은 당신 생각만큼 재미없지 않다. 결코 나쁜 삶은 아니다.

우리는, 그러니까 셰익스나이더 부인과 나는 포부르마리니* 지역의 중심 가도인 엘리시언필즈**에 산다. 엘리시언필즈는 그 이름처럼 도시의 가장 야심찬 도로가 될 계획되었지만 뭔가 일이 틀어져 지금은 강에서 시작해 쇼핑센터며 공동주택 블록에 방갈로 블록에 반지상층 주택 블록을 지나 호수에 이르는 그저 그런 경로가 되었다. 하지만 무척 널찍하고 바람이 잘 드는 데다 하늘 아래 탁 트인 들판처럼 정말이지 쭉 뻗어 보인다. 셰익스나이더 부인네 옆집은 아예 새로 지어진 학교다. 여름날 저녁 일을 마치면 샤워를 하고 셔츠와 바지를 걸친 뒤 어슬렁어슬렁 인적 없는 운동장으로 건너가 회전파도타기(Ocean Wave)에 앉아서 무릎에 시내 지도를 놓고 한 손엔 〈타임스 피커윤Times-Picayune〉***의 영화 지면, 다른 손엔 전화번호부를 펼치는 게 내 관습이다. 결정이 서면, 즉 경로가 정해지면—가끔은 앨지어스나 세인트버나드 같은 외딴 동네까지 간다—나는 낮 시간의 마지막 황금빛 속에서 운동장을 유유히 돌며 학교 건물에 감탄한다. 모든 것이 말쑥하다. 벽돌 벽에 꼭 들어맞는 데다 노을로 도금된 알루미늄 새시, 예쁜 테라초 바닥이며 날개 모양으로 주조된 책상. 문 위에는 성령인가 싶은 일종의 도식적인 새****가 철사에 매달려 있다. 벽돌도 유리도 알루미늄도 다 보통의 흙에서 나온다고 생각하니 선하신 창조에 대해 기쁜 감정이 든다—하지만 당연히 그건 종교적이라기보다 재무적인 감정인데 왜냐하면 내게는 앨코아***** 주식이 몇 주 있기 때문이다. 그 알루미늄 참 어찌나 부드럽게 들어맞고도 저렴한지!

한데 상황이 돌변했다. 젠틸리에서의 내 평화로운 생활이 어수선해졌다. 오늘 아침 몇 년 사이 처음으로 탐색의 기회가 나를 찾았다. 나는 전쟁 꿈을 꾸었다, 아니 꿈을 꾸었다기보단 그 맛, 역한 마르멜루 맛 같은 1951년 동양의 맛을 입으로 다시며 잠에서 깼다. 나는 탐색이 나를 처음 찾아왔던 순간이 떠올랐다. 진달래 덤불 밑에서 정신이 든 때였다. 나중에 설명할 일이 있겠지만 나는 모든 게 반대로다. 내겐 흔히 최고로 여겨지는 순간이 최악의 순간인데 그 최악의 순간은 최고의 순간 중 하나였다. 내 어깨는 아프진 않았지만 누가 깔아뭉개기라도 한 것처럼 땅에 바짝 짓눌려 있었다. 코앞 한 뼘 거리에서는 쇠똥구리가 나뭇잎 밑을 헤집고 있었다. 그걸 지켜보자니 내 안에서 어마어마한 호기심이 일었다. 나는 뭔가 중요한 걸 발견하고 있었다. 나는 이 궁지를 벗어나기만 하면 그 탐색을 계속하리라 다짐했다. 당연하게도 그 모든 건 회복 후 귀향하자마자 머릿속에서 잊혔다. 하지만 일어나서 평소처럼 옷을 입고 평소처럼 주머

---

* Faubourg Marigny. 뉴올리언스에서 보헤미안과 예술가의 정취가 많이 나는 이색적인 지역.

** Elysian Fields. 천국, 천당이라는 뜻.

*** 1837년 창간된 뉴올리언스 지역신문.

**** 비둘기를 가리킨다.

***** Alcoa. 알루미늄 회사.

니에 소지품을 챙기기 시작한 오늘 아침이었다. 지갑, (이따금 떠오르는 생각을 적을) 공책, 연필, 열쇠 몇 개, 손수건, (원금에 붙는 수익을 계산할) 휴대용 계산자. 그것들이 낯설어 보이는 동시에 단서로 가득했다. 나는 방 한가운데 서서 엄지와 검지로 만든 동그라미를 통해 그 사소한 소지품 더미를 가만히 쳐다보았다. 그것들이 내 눈에 들어온다는 점이 낯설었다. 어쩌면 다른 누군가의 소유였을 수도 있는데. 그게 책상에 30년이나 쌓여 있어도 한 번을 못 알아차리는 남자도 있을 수 있다. 제 손처럼 눈에 안 띄어서. 하지만 이미 알아차린 이상 나는 탐색이 가능했다. 나는 몸을 씻고 면도를 하고 신경 써서 옷을 입은 다음 책상에 앉아, 텔레비전 속 탐정이 단서를 찾고자 연필을 부지깽이 삼아 죽은 자의 소지품을 들척이듯 그 사소한 소지품 더미를 들척였다.

젠틸리 버스를 타고 엘리시언필즈를 달려 고모네 집에 가는 길에 또다시 탐색 생각이 찾아든다. 사실대로 말하면 나는 승용차가 싫다. 차만 몰면 내가 투명 인간이 되는 기분이다. 거리의 사람들이 나를 보지 못한다. 그들은 차가 길을 터줄 때까지 뒤쪽 흙받기만 쳐다볼 뿐이다. 엘리시언필즈 애버뉴는 고모네 집으로 가는 최단 경로가 아니다. 하지만 내가 프렌치 쿼터를 거쳐 가는 데에는 이유가 있다. 아침에 신문을 보니 윌리엄 홀든이 플라스 다름(Place d'Armes) 호텔에서 몇 장면을 찍고자 뉴올리언스에 머물 예정이었다. 잠깐이라도 그를 보면 재미있을 것이다.

우중충한 3월 낮이다. 셰프망퇴르(Chef Menteur) 국도에서 아직도 습지가 불타고 있어 젠틸리의 하늘은 잿빛이다. 버스는 쇼핑을 나온 사람들, 거의 여자들로 붐빈다. 창문에는 김이 서렸다. 나는 앞쪽의 긴 세로 의자에 앉는다. 내 옆자리며 앞에 선 사람은 모두 여자다. 맨 뒤 기다란 의자에는 너무 까매서 버스 뒤가 온통 어두워 보일 정도인 니그로 여자 다섯이 앉아 있다. 내 바로 옆 첫 가로 의자에는 용모가 아주 괜찮은 젊은 여자가 앉아 있다. 우람한 여자지만 결코 지나칠 정도는 아니고 머리부터 발끝까지 셀로판 소재로 꾸몄으며 광이 나는 투구 모양의 검은 머리를 뽐내느라 후드 모자는 뒤로 젖혀두었다. 벌어진 이 하며 이마를 일자로 가리는 밸리언트 왕자* 스타일의 뱅 머리가 대단히 인상적이다. 회색 눈에 검은 눈썹, 탄탄한 팔에 셀로판 부츠 위로 건강히 불거진 종아리. 뉴욕 57번가나 댈러스의 니먼 마커스 백화점에서 볼 수 있는 고독한 여전사의 모습. 우리는 눈이 마주친다. 그녀의 한쪽 입가가 미세하게 오므라들고 꽃잎 같은 아랫입술이 더없이 화려하게 비틀렸다 싶은 건 내 착각일까? 그녀가 웃고 있다—내게! 내 머리는 끔찍한 이별의 순간을 모면할 대여섯 가지 계획을 불현듯 떠올린다. 그녀는 보나 마나 텍사스 사람이다. 그들, 이 눈부신 여전사들은 열에 아홉은 남자 볼 줄을 모른다. 남자들 대다수가 그들을 어려워하는 탓에 그들은 제일 먼저 다가오는 땅딸이 미키 루니**의 희생자가 되고 만다. 내세엔 나도 그녀에게 말을 걸 수 있으려나. 이리 와, 자기, 내가 사랑하는 거 당신도 알잖아. 땅딸이 미키 같은 남잘 만날 작정이라면 다시 생각하는 게 좋아. 그녀와 내가 모르는 사이라니, 어쩌면 다시는 못 본다니 이런

* Prince Valiant. 1937년 할 포스터(Hal Foster)가 선보인 연재만화의 주인공. 앞머리를 일자로 자른 단발머리가 특징.

** Mickey Rooney. 157센티미터의 단신인 미국 영화배우이자 코미디언.

비극이 또 있을지. 둘이서 좋은 시간을 보냈을 텐데! 오늘 오후 당장 걸프 해안에 나가 거닐었을 텐데. 내가 보여줬을 배려와 다정함은 또 어떻고! 이게 영화였다면 나는 기다리기만 해도 되었을 것이다. 버스가 길을 이탈하거나 도시가 폭격을 받아 그녀와 내가 부상자들을 돌봐주었을 것이다. 이래서는 그녀 생각을 그만두는 게 좋겠다.

그러다 탐색 생각이 찾아든다. 나는 거기에 몰두한 나머지 1분쯤 그 여자 생각을 잊는다.

탐색의 본질이 뭔데요? 당신은 묻는다.

적어도 나 같은 사람에게 그것은 매우 간단하다. 너무 간단해서 툭하면 간과될 정도로.

탐색이란 자기 삶의 일상성에 잠기지 않은 사람이라면 누구나 수행하는 일이다. 예를 들어 오늘 아침 나는 낯선 섬에서 정신이 든 기분이었다. 그럼 그런 조난자가 할 일은 뭘까? 뭐긴, 속임수인지 아닌지 보려고 이웃집을 캐고 다니는 거지.

탐색의 기회에 눈이 뜨이면 뭔가 중요한 걸 발견하게 된다. 뭔가 중요한 걸 발견하지 않으면 절망에 빠지게 된다.

영화들도 탐색을 하고는 있지만 이내 그르치고 만다. 그 탐색은 언제나 절망으로 끝난다. 영화들은 낯선 곳에서 정신이 드는 사람을 보여주길 좋아한다 — 하지만 그가 어떻더라? 그는 그 지역 사서와 어울리기 시작하고 자기가 얼마나 좋은 사람인지 그 지역 꼬마들에게 증명하기 시작하며 맹렬한 기세로 정착을 한다. 보름이라는 시간 안에 그는 죽느니만 못한 일상성에 푹 잠긴다.

뭘 찾는데요 — 하느님? 당신은 웃음을 띠고 묻는다.

나는 대답하기가 망설여지는데 왜냐하면 다른 미국인 모두 그 문제를 알아서들 해결한 데다 그렇다 대답을 하면 남들 모두가 다다른 목표가 결국 내 목표가 되기 때문이다 — 그리하여 누구 하나 눈곱만큼의 관심도 없는 의문을 제기하게 된다. 1억 8000만 미국인 가운데 꼴찌가 되고 싶은 사람이 누가 있을까? 여론조사 발표로 모두가 아는바 미국인 98퍼센트가 하느님을 믿고 나머지 2퍼센트가 무신론자와 불가지론자인 것이다 — 탐색자는 단 1퍼센트의 기도 못 편다. 개인적으로 나는 여론조사에 답하는 걸 누구 못지않게 즐겨 어떤 질문에든 흔쾌히 똑 부러지는 대답을 남기지만.

솔직히 말해 내 탐색의 목적을 입 밖에 못 내는 건 무지가 들통날까 하는 두려움 때문이다. 그 때문에 초장부터 나는 모든 질문 중 가장 간단하고 가장 기본적인 이 질문에조차 대답을 못 한다. 가령 나는 내 탐색에서 다른 미국인 동포들보다 100마일 앞서 있나 아니면 100마일 뒤처져 있나? 다시 말해 98퍼센트의 미국인은 내가 찾는 걸 이미 찾았나 아니면 탐색의 기회가 찾아오지도 않을 만큼 일상성에 푹 잠겼나?

맹세컨대 나는 답을 모른다.

버스가 고가도로, 즉 뉴올리언스의 아름다운 경치를 볼 수 있는 콘크리트 언덕을 오를 때 나는 내가 눈살을 찡그린 채 암회색 스타킹을 신은 젊고 참한 종아리를 쳐다보고 있음을 문득 깨닫는다. 의심의 여지 없이 그녀는 이제 나를 의식하고 있다. 그녀는 비옷을 홱 잡아채고 내게 짜증의 눈길을 보낸다 — 혹시 나만 그렇게 느끼는 걸까? 나는 확실히 해야만 하고, 그래서 우리가 아직도 친구가 될 수 있다고 말하듯 모자를 들어 올려 그녀에게 웃음을 짓는다. 하지만 소용없다. 나는 방금 그녀를 영영 잃었다. 그녀는 셀로판 소재를 시끄럽게 바스락대며 버스를 뛰쳐나간다.

나는 커피 볶는 냄새와 크레오소트 냄새 속에서 에스플러네이드 애버뉴에 내려 로열 스트리트를 걸어 올라간다. 프렌치 쿼터 하단은 압권이다. 발코니마다 철제 조형물이 해진 레이스처럼 축 드리웠다. 프랑스식인 작은 주택들은 높은 담벼락 뒤에 숨어 있다. 누군가 진땀 나는 차도를 지나면서 정글이 되어버린 안마당들을 힐끗힐끗 들여다본다.

오늘 나는 재수가 좋다. 내 앞에 반 블록 떨어진 파이어리츠 골목(Pirate's Alley)에서 튀어나올 사람이 윌리엄 홀든 아니면 누군데!

홀든이 로열 스트리트를 건너 캐널 스트리트 쪽으로 방향을 꺾는다. 아직은 알아본 사람이 없다. 관광객들은 골동품 가게를 둘러보거나 발코니에서 스냅사진을 찍는 중이다. 틀림없이 그는 갈라투아르*에 점심을 먹으러 가는 길이다. 짙게 그은 피부, 주머니에 손을 넣고 걷는 자세, 한쪽 어깨에 걸친 비옷, 그는 일상에서도 외모가 수려한 매력적인 사람이다. 지금 그는 그와 나 사이에 있는 젊은 부부를 지나고 있다. 우리 넷은 이제 20피트도 안 되는 거리에서 함께 나아간다. 그 부부의 견적을 재는 데에는 2초가 걸린다. 스무 살, 스물한 살, 신혼여행 중. 비남부인. 아마 북동부 사람. 남편은 팔꿈치에 가죽을 댄 재킷, 홀쭉한 바지, 지저분한 백구두를 걸쳤고 북부 남자 대학생들이 잘들 그러듯 짐짓 선원 같은 갈지자걸음을 걷는다. 둘 다 수수하다. 남편은 입술이 두껍고 불그스름한 머리를 짧게 깎아 피부와 어울린다. 부인은 매력이 없다. 두 사람은 별로 행복하지 않다. 남편은 신혼여행이 너무 고리타분해질까 봐, 여느 부부와 똑같아질까 봐 걱정이다. 그는 분명 셰넌도어 골짜기를 따라 뉴올리언스까지 차를 몰고 내려온 다음 나이아가라폭포와 새러토가에서 신혼여행객들 틈바구니를 벗어나면 재미있겠다고 생각했을 것이다. 집에서 1500마일을 떠나온 지금 그들은 저희가 멤피스와 시카고에서 온 부부들한테 둘러싸인 처지란 걸 안다. 남편은 걱정스럽다. 그는 사면초가다. 지나가는 초면객 하나하나가 비난이요, 온 출입구가 위협이다. 뭐가 잘못됐지? 그는 어리둥절하다. 부인도 행복하지 않기는 마찬가지지만 이유는 다른데, 남편이 행복하지 않은 걸 자기도 알지만 왜인지는 모르기 때문이다.

이제 그들은 홀든을 알아본다. 여자가 일행을 쿡쿡 찌른다. 남자애는 일순 생기가 돌지만 홀든을 본들 별 도움이 되진 않는다. 오히려 반대다. 그로서는 자신의 그늘지고 위태로운 존재가 홀든의 눈부신 현실과 대조될 뿐이다. 말할 것도 없이 그는 그 어느 때보다 비참하다. 영화배우 꽁무니나 따라 걷다니 얼마나 싼 티 날까, 그는 분명 생각 중일 것이다—우리 말이야, 차라리 할리우드에서 목이나 빼고 기웃거리는 게 나을 뻔했어.

홀든이 성냥을 찾아 주머니를 탁탁 두드린다. 그는 보도에 내놓은 철제 가구를 구경하는 숙녀들 뒤에서 걸음을 멈춘 상태다. 해티즈버그에서 하루 날 잡아 쇼핑을 나온 여자들로 보인다. 그는 성냥이 있느냐고 묻는다. 그들은 고개를 가로젓더니 그를 알아본다. 홍조 띤 얼굴과 호들갑이 이어진다. 하지만 누구도 홀든이 사용할 성냥은 찾지 못한다. 이제 부부는 그를 따라잡았다. 남자애는 불을 내밀고 홀든의 감사에 고개를 짧게 끄덕인 뒤 일말의 아는 체도 없이

---

* Galatoire's. 1905년 문을 연 고급 프랑스 레스토랑.

가던 길을 간다. 홀든은 잠시 부부 사이에 끼어 걷는다. 그와 남편은 짧은 대화를 나누고 하늘을 올려다본 다음 악수를 나눈다. 홀든은 부부의 어깨를 토닥이고 앞질러 나아간다.

남자애가 해냈다! 그는 해티즈버그에서 온 숙녀들과 달리 발을 동동거리길 거부함으로써 홀든 같은 절대적 존재 못지않은 타이틀을 자기 존재에게 안겨주었다. 그는 홀든과 다를 바 없는 시민이다. 처세에 능한 두 남자. 세상이 별안간 그에게 빗장을 풀었다. 파티오와 골목의 어느 누구도 위협이 되지 못한다. 그의 여자도 그에게 빗장을 풀었다. 남자는 한 팔을 여자의 목에 두르고 그녀의 머리를 쓸어내린다. 그녀는 전과 다름을 느낀다. 그녀는 무엇이 잘못이었는지 또 일이 어쩌다 바로잡혔는지 몰라도 이젠 다 잘 풀렸음을 안다.

홀든이 나아가니 툴루즈 스트리트에서 발산되던 빛이 기를 못 편다. 고양된 현실의 아우라가 그의 길을 함께하고 그 세력권에 있는 모두는 그렇다는 걸 안다. 이제 모두가 그를 의식한다. 관광객들과 바텐더들과 술집 입구로 달려 나오는 접대부들 틈바구니에서 그는 여느 때처럼 회오리바람을 일으킨다.

나는 영화배우에게 끌리지만 흔한 이유 때문은 아니다. 내겐 홀든과 말을 나누거나 그의 사인을 받고 싶은 욕구가 없다. 내가 놀라 자빠지는 건 그들의 유별난 현실 때문이다. 그 양키* 남자애는 홀든을 짐짓 모르는 척하긴 해도 그걸 잘 알고 있다. 보나 마나 그는 아무렇지 않은 양 홀든을 제 친목회에 데려가고 싶어 애가 탈 것이다. "빌, 필하고 인사 좀 나누시죠. 필, 여기는 빌 홀든이야," 그는 말하고 나서 우등 선원처럼 여기저기 뽐내고 다닐 것이다.

• • •

캐널 스트리트는 점심시간이다. 퍼레이드가 지나가는 중이지만 아무도 별 관심이 없다. 마디그라**는 아직 일주일 남았고 이 퍼레이드는 새로 나온 젠틸리 여자 크루(krewe)의 퍼레이드다. 축제 때 모여 퍼레이드와 무도회를 벌이는 무리가 크루다. 누구든 크루를 꾸릴 수 있다. 물론 코머스(Comus)와 렉스(Rex)와 주현절(Twelfth Night) 같은 크루들이 대대로 유명하지만 그것 말고도 수십 개의 크루가 더 있다. 며칠 전 앨지어스에 사는 시리아 사람 한 무리가 아이시스(Isis)라는 크루를 조직하기도 했다. 오늘 이 크루, 이건 린다네 크루가 틀림없다. 나도 와서 구경하기로 그녀와 약속을 했다. 전에 보니 붉은 트랙터들이 끄는 퍼레이드 수레였다. 발판이 삐걱거리고 종이며 캔버스가 요동을 친다. 린다는 짧은 주름치마에 헤르메스 샌들을 신고 맨종아리까지 가죽 끈을 교차해서 맨 여자 목동 여섯 명 중 하나인 것 같다. 하지만 가면을 써서 잘은 모르겠다. 만약 그녀라면 어쨌거나 다리는 그저 그렇다. 열두 개의 다리가 모두 닭살이 돋아 오들오들 떨고 있다. 회사원 몇 사람이 걸음을 멈추고 여자들을 구경하며 자질구레한 장신구를 건네받는다.

따뜻한 남풍이 느닷없이 불어와 구름을 쌓아 올리더니 올해 첫 뇌우의 아득한 우르릉거림을 진득하게 들어준다. 거리가 무시무시해

---

* 남북전쟁 당시 북군을 낮춰 부르던 말이지만 지금은 대체로 북부 사람을 일컫는다.

** Mardi Gras. 예수의 고난을 되새겨 금식과 속죄를 시작하는 사순절의 바로 전날 후하게 먹고 놀며 선물을 뿌리는 축제. 사순절이 수요일에 시작하므로 마디그라는 늘 화요일이며 이에 기름진 화요일(Fat Tuesday)이라고도 불린다. 매년 1, 2월 중 치러지고 지금은 성대한 일반 축제처럼 여겨진다.

보인다. 저쪽에 있는 사람들은 거대한 하늘과 바람을 달고 다니는 구름에 움츠린 모습으로, 옛날 인쇄물 속 순례자들처럼 작고 고풍스러워 보인다. 거북한 안개, 불안감이 느껴지는 옅은 기체가 거리에 내려앉았다 싶은 건 내 착각인가? 회사원들은 사무실로, 쇼핑객들은 승용차로, 관광객들은 호텔로 서둘러 돌아간다. 이런, 윌리엄 홀든, 우리는 벌써 당신이 필요해요. 당신이 없으니 벌써 골조가 썩고 있어요.

수수께끼는 짙어진다. 나는 에디 러벌과 서서 10분 동안 얘기를 나누는 중인데 대화 끝에 악수를 나누고 헤어지려다 보니 내가 그동안 어떻게 지냈나 하는 아주 간단한 질문에도 대답을 못 한다 싶다. 이것저것—사업, 아내인 넬, 재단장 중인 구옥에 관해—조곤조곤 그럴듯하게 늘어놓는 에디의 말을 들어보니 투자며 가족계획이며 멋들어진 구옥이며 소극장 낭독 같은 것들이 한데 어우러져 환한 질감의 골조가 완성된다. 문득 이런 생각이 든다. 이게 사는 건데! 젠틸리로의 도피는 최악의 자기기만이었어.

아무렴! 그를 보라. 말하는 동안 그는 접은 신문으로 허벅지 옆을 탁탁 쳐가며 나를 보는 동시에 내 뒤쪽 지형을 훑으면서 그 눈으로 작은 움직임도 놓치지 않는다. 녹색 트럭 한 대가 방향을 꺾어 버번 스트리트를 내려온다. 그 눈은 트럭을 어림하고 정지신호를 보내고 면허증을 요구하고 다시 출발시킨다. 회사원 하나가 메종 블랑슈* 건물을 끼고 길을 꺾는다. 눈은 그를 알뿐더러 그가 무엇을 하려는지도 안다. 그러는 내내 그의 말솜씨는 유창하다. 힘차게 움직이는 입술이 단어들을 유쾌한 형태로 빚고 논의를 정리하며 또 잠깐씩 말이 끊길 때면 준비되어 있었다는 듯 샤를 부아예**의 입술처럼 샐쭉 샐쭉 매력적으로 뒤집힌다—그사이 입가에는 좋은 자동차에서 새는 맑은 기름처럼 거미줄 같은 침이 살짝 고인다. 이제 그는 주머니 깊숙이 들어 있는 동전들을 짤그랑거린다. 수수께끼가 있을 리가! —그는 들판을 수색하는 새잡이 사냥개만큼 정곡을 짚고 산다. 그는 저 너머의 모든 것을 이해하고 저 너머의 모든 것은 이해가 되고야 만다.

에디는 마지막 수레를, 풍요의 상징인 원뿔 소쿠리가 찌부러져 미덥지 못한 그 행진을 구경한다.

"우린 저것보단 나아야 할 텐데."

"저것보단 낫겠지."

"넵튠에 안 탈래?"

"안 타."

나는 에디에게 넵튠 퍼레이드 무도회에 끼라고 네 번 제안을 한다. 타지 고객들, 특히 텍사스 사람들, 그중에서도 부인들이 늘 문제다.*** 에디는 이 제안과 그 밖의 일에 관해 내게 고마움을 전한다.

"키월 씨를 보내줘서 고맙다고 말하고 싶어. 정말 고마워."

"누구?"

"키월 영감."

"그래, 기억난다." 에디는 웬일로 제 속에 가라앉아 심연에서 눈을 반짝이고 있다. "설마—"

---

* Maison Blanche. 1897년 뉴올리언스에서 문을 연 유명 백화점. 캐널 스트리트의 랜드마크였고 지금은 존재하지 않는다.

** Charles Boyer. 프랑스 남자 배우.

*** 타지 고객들이 넵튠의 퍼레이드를 보여달라고 조르는 상황이다.

에디가 고개를 끄덕인다.

"— 신탁을 해서 재산을 늘려놓고 돌아가신 거야?"

에디는 여전히 가라앉은 채 고개를 끄덕인다. 그는 내가 얘기를 따라잡도록 말을 미루고 나를 조심스레 쳐다본다.

"키윌 여사 앞으로?"

또다시 끄덕. 그의 턱은 내밀려 있다.

"얼마나 많이?"

이제는 눈에 해롭다 싶을 만큼 똑같은 춤 풍경. "95만 달러 조금 안 돼." 그의 혀가 이리저리 굴러 뺨 속의 움푹한 곳을 찾는다.

"훌륭한 영감이셨지," 무심코 말한 나는 에디가 주교처럼 엄중해졌음을 알아차린다.

"하나만 말할게, 빙크스. 나는 그분을 안 게 대단한 특권이라고 여겨. 젊은이든 늙은이든 간에 지식 자금이 그렇게 많은 사람은 본 적이 없거든. 그 양반이 설탕 결정화의 역사에 관해 나한테 두 시간이나 설을 푸셨는데 완전 감미롭더라니까. 반할 정도로."

에디는 내 고모와 내 사촌 케이트가 무척 존경스럽다고 말한다. 몇 년 전 케이트는 에디의 형 라이엘과 약혼한 사이였다. 결혼식 바로 전날 라이엘은 케이트가 살아남은 그 교통사고로 죽었다. 이제 에디는 부드러운 머리카락이 잔바람에 휘날리는 가운데 마음을 가다듬고 나를 마주한다. "그 여인을 정말이지 내가 어떻게 생각하는지 아무한테도 말한 적이 없어—" 에디는 "여인"이란 말이 고의적이고 무례하다 느껴지는지 뒤이은 칭찬으로 만회한다. "나는 에밀리 여사님을—그리고 케이트를—내 어머니 빼고—내 아내 빼고—세상 누구보다 끔찍이 생각해. 그 여인이 베푼 선의를 말이야."

"거 어마어마한 칭찬인데, 에디."

그는 넬 다음으로 케이트만큼 아름다운 사람은 없다며 뭐라 중얼거린다—내 사촌 넬 러벌은 둔팍하고 수수하게 생긴 여편네라서 그 말은 뜻밖이다. "두 분한테 내 애정 전해줄래?"

"반드시 그럴게."

퍼레이드는 끝났다. 남은 건 북소리의 울림뿐이다.

"넌 어떻게 지내?" 에디는 묻더니 신문으로 다시 허벅지 옆을 탁탁 친다.

"별일 없어," 에디가 듣고 있지 않음을 알아차리고 나는 말한다.

"한번 놀러 와, 짜샤! 넬 작품 보여주고 싶으니까." 넬은 감각이 좋다. 두 부부는 황폐한 여러 인근 지역의 일자형 주택들을 꾸준히 사들여 욕실은 셔터 블라인드로, 부엌은 술집용 여닫이문(saloon doors)으로, 뒤뜰은 낡은 벽돌과 설탕 솥으로 꾸미고 몇 달 지나 큰 이득을 남겨 팔고 있다.

시퍼레진 구름이 우리를 짓누르고 있다. 이제 거리는 격리된 곳처럼 보인다. 건물들의 벽돌은 노랗게 비축해둔 광으로 빛난다. 나는 시계를 본다. 고모네 집에 늦는 사람은 없다. 불쑥 에디의 손이 내밀린다.

"신랑신부한테 안부 전해줘."

"그럴게."

"월터는 멋진 친구야."

"그러게."

나를 놔주기 전 에디는 1인치 더 다가오더니 특별한 목소리로 케이트에 관해 묻는다.

"그 앤 이제 괜찮아, 에디. 꽤 행복해하고 안정됐어."

"우라지게 반갑다. 짜샤!" 새싹들처럼 옆으로 나란히 서서 마지막 악수. "한번 놀러 와!"

"그럴게!"

2

머서가 나를 안으로 들인다. "이게 이게 누구람! 아이고." 그는 놀란 체를 계속하며 상냥하게 무릎을 굽히고 몸을 뒤로 젖힌다. 오늘 그는 "잭 군"이라는 말을 하지 않는데 나는 그 생략이 심사숙고 끝에 나온 행동이란 걸, 장단점을 신중히 저울질한 결과란 걸 안다. 내일 그 저울은 아마 다른 쪽으로 기울 것이고(오늘의 생략이 균형을 되찾는 것이다) 그 다른 쪽이란 "잭 군"일 것이다.

웬일로 오늘은 머서가 평소보다 훤히 들여다보인다. 보통은 그의 헌신 때문에 잘 들여다보이지 않는다. 그는 에밀리 고모가 뉴올리언스로 데려오기 전까지 펠리시아나 패리시에서 내 할아버지를 위해 일했다. 그는 우리에게 헌신적인 인물로 여겨지고 우리도 그에게 마찬가지다. 하지만 사실대로 말하자면 머서와 나는 서로 전혀 아니올시다다. 머서에 대한 내 주된 감정은 그가 노예근성과 주제넘음 사이에서 줄타기하다 발을 헛디딜지 모른다는 거북함이다. 시중을 드는 건 나지 그가 아니다.

"누가 잭 군 온다고 말씀 좀 해주시지!" 저울이 균형 맞게 내 쪽으로 기우는 걸 느끼며 머서가 쩌렁쩌렁 말한다. "막 불을 지피려던 중이죠."

머서는 면도한 머리에 애돌프 멘주* 같은 콧수염을 기른 모래색의 거드름쟁이 니그로다. 내가 알아본 대로라면 콧수염 뒤의 얼굴은 헌신적이기는커녕 침대차 사환**처럼 음침하다. 고모가 그를 펠리시아나에서 데리고 내려왔지만 그 뒤로는 사정이 많이 변했다. 이제 그는 도시인일 뿐 아니라 커트러 부인의 집사고 그 자격으로 뉴올리언스의 여성 니그로, 즉 자메이카 여자들과 최근에는 온두라스 여자들의 세대 이동을 주재한다. 그는 자기 위치를 잘 알고 있으며 r과 ing을 또박또박한 말투로 발음하고 i를 할렘 스타일로 이중모음화한다.

바깥은 낮인데도 우중충한 반면 거실은 환한데 아늑하진 않다. 창문들이 천장까지 열려 있어 잿빛 하늘이 쏟아져 들어온다.

타오르는 불쏘시개에 머서가 석탄을 올린다. 갑옷처럼 빳빳하게 풀 먹인 그의 흰 코트에서 쩍쩍 바스락바스락 소리가 난다. 그의 머리통 밑에 채찍 자국 하나와 살 접힌 자국 하나가 생겨난다. 그는 불길에 아랑곳하지 않고 천천히 손을 집어넣어 석탄을 조심조심 내려놓는다. 그는 고개를 젖힌 채 석탄을 내려놓을 땐 숨을 참았다가 내려놓고 나서는 후유 하고 내뱉는 큰 숨을 입으로 쉰다.

혹시 펠리시아나로 돌아온 건 아닐까. 석탄 통 손잡이의 덜걱덜걱 소리와 머서의 목매달리는 듯한 숨소리가 춥고 어두운 새벽을 알

---

* Adolphe Menjou. 미국 배우.

** Pullman porter. 짐꾼, 웨이터, 청소 및 침구 정리 등 객차의 전반적인 서비스를 제공하던 직업으로 당시 흑인에게는 번듯하고 좋은 일자리로 여겨졌다.

리던 20년 전 펠리시아나의 딱 그 겨울 아침 같다.

책이 빼곡한 벽, 보석처럼 광이 나는 부하라 카펫, 점점 검어지는 초상화들, 아름다운 데다 어느 모로 보나 즐거운 방. 샹들리에의 수정들이 난롯불에 비쳐 붉은 윙크를 한다. 새틴나무 책상에는 계간지들이며 지질이 조악한 주간지들 그리고 늘 그렇듯 커다란 2절판짜리 『부처의 삶』이 널브러져 있다. 고모는 자기가 정서적으로는 성공회, 천성은 그리스정교회, 하나를 고르라면 불교 신자라고 즐겨 말한다.

머서가 내게 말하고 있다.

"—그래도 그들한테는 우리한테 있는 공장하고—그렇지—생산 설비도 없죠."

그러니까 머서는 시사에 관한 얘기가 하고 싶은 것이로군. 그런 주제라면 그가 나보다 많이 안다고 확신하면서도 나는 기꺼이 대화에 동참한다. 그는 나나 모닥불을 대하는 게 아니라 림보*를 대하듯이 서 있다. 그는 석탄 통을 든 채 한 발을 문가에 두고서 머물지도 떠나지도 않는다.

요 몇 년간 머서는 다소 소멸했다. 그가 어떤 사람인지 말하기는 이제 쉽지 않다. 고모는 진심 어린 애정을 담아 그를 믿음직한 하인으로, 지나간 시절과의 살아 있는 끈으로 본다. 그녀는 자신의 아버지인 웰스 박사가 죽은 뒤 열흘 동안 머서가 눈물 줄기를 매달고 얼마나 서성거렸느냐며 웰스 박사에 대한 머서의 헌신을 두고두고 이야기한다. 그건 나도 의심하지 않는다. 그러나 머서가 종들과 상인들한테 리베이트를 받아가며 고모의 재산을 규칙적으로 빼돌린 걸 나는 분명히 안다. 그렇다고 그를 좀도둑으로만 치부하고 넘어가긴 뭐하다. 머서는 야심가니까. 그는 스스로를 어떻게 보는가? 그는 자기가 과학과 정치에 박식한, 어떤 두각을 드러내는 사람일 때라야 겨우 스스로를 돌아볼 줄 아는 인간이다. 그와 얘기를 나눌 때마다 거북함이 드는 건 그래서다. 나는 그가 자신에 대한 시력이 멀어 스스로를 옛 시절 하인도 시사 전문가도 극구 아니라고 보는 게 싫다. 이내 그의 눈은 흐려지고 그의 표정은 콧수염 뒤에서 하나로 모아진다. 지난 크리스마스에 나는 차고 저편에 있는 그의 방으로 그를 찾으러 갔었다. 그는 거기 없었지만 침대에는 장미십자단**이 출간한 『자신의 숨은 능력을 끌어내는 법』이라는 책이 손때 묻은 채로 놓여 있었다. 불쌍한 자식.

머서가 시사 얘기를 하는 동안 나는 벽난로 선반에 한 발 두 발 다가선다. "위풍당당"하던 해의 커트러 가족이 거기 있다. 줄스 고모부는 렉스 팀이었고 케이트는 넵튠 팀의 여왕이었으며 에밀리 고모는 가정 봉사로 〈타임스 피커윤〉 우승컵을 거머쥐었다. 다들 케이트를 가리켜 사랑스러운 여왕이라 말했지만 틀린 말이었다. 머리카락을 말고 이브닝드레스를 입은 그녀는 초라해 보였다. 사진 속의 얼굴은 시녀처럼 수수하다.

아무리 봐도 질리지 않는 사진이 하나 있다. 나는 그 사진을 이 선반에서 10년간 보아왔고 또 이해하려고 해보았다. 지금 나는 그 사진을 들어 어두워지는 하늘에서 내리는 빛에 대본다. 여기 어깨동

---

* limbo. 망자가 천국으로 가기 전에 죄를 씻는 중간 지대. 연옥과 비슷하지만 갓난아이처럼 죄 없이 죽은 이가 대기하는 곳이라는 점에서 연옥과 다르다.

** Rosicrucian. 독일에서 생겨나 17, 18세기에 유럽에서 부흥한 비밀단체로 연금술 같은 마술 및 신비주의와 개혁 사상을 전파했다.

무를 한 두 형제 윌스 박사와 앤스 판사가 있고 그 앞에 내 아버지가 있는데 셋은 캄캄한 숲을 배경으로 산길에 서 있다. 슈바르츠발트*. 제1차 세계대전이 있고 몇 년 뒤 가족은 딱 한 번 다 같이 모여 유럽을 순회했다. 오직 알렉스 볼링만 거기에 없다 — 그는 세 번째 액자에 있다. 제1차 세계대전 군인들 사진에서 아주 흔히 보이는 루퍼트 브룩 갤러해드** 같은 얼굴의 깜짝 놀랄 만큼 잘생긴 젊은이. (그 5년 전) 아르곤***에서 맞은 그의 죽음은 원조 알렉스 볼링이 1862년 게인스밀 전투에서 후드 돌파 작전 중 로버도 휘트****와 함께 사망한 걸 생각하면 그럴듯하다고 여겨졌다. 내 아버지는 모 사조직의 단복 같은 블레이저와 밀짚 중산모를 걸치고 있다. 그는 윗대인 두 형제와 달라 보인다. 알렉스는 훨씬 어리긴 해도 그들과 닮았다. 하지만 내 아버지는 아니다. 왜인지는 모르겠다. 두 어른은 — 그리고 알렉스는 — 정체성 면에서 평온함이 느껴진다. 사진 속 낙엽송들이 저희 자신과 부합하듯 그들도 저희 정체성과 부합한다. 늘어뜨린 콧수염에 수척한 뺨이 냉담해 보이는 앤스 판사, 루이지애나 주지사를 백인 촌놈 새끼라고 공개적으로 말했던 일로 아직도 기억되는 눈빛이 단호한 사람. 사자 머리를 한 윌스 박사, 지금도 유용한 창자 연결술을 발전시킨 봉두난발의 시골 천재. 그리고 청춘의 꿈과 자신의 다가올 영웅적 죽음에 관한 꿈에 평온히 젖어 있는 알렉스. 하지만 내 아버지는 그들 같지 않다. 그의 두 발은 널찍하게 벌어져 있고 두 팔은 등 뒤에서 등산지팡이를 감고 있다. 중산모는 뒤로 젖혀져 앞머리가 드러났다. 눈은 알 수 없는 표정으로 초롱초롱하다. 어쩌면 두 어른이 까불이라고 불렀을지 모를 모습이다. 둥근 머리에다 다루기 번거로운 탭 칼라 셔츠를 입은 다소 겉멋 든 녀석. 그렇긴 해도 그는 영락없는 그들의 핏줄이다. 그는 1940년 RCAF*****에 부임해 제 고국이 참전하기 전에 전사했다. 크레타섬에서. 와인빛의 어두운 바다에서. 아니나 다를까 독일군에게. 주머니에 『슈롭셔의 젊은이The Shropshire Lad』****** 한 권을 품고. 나는 다시 그의 눈을, 흐릿한 타원형에 점묘법처럼 한두 개의 점이 찍힌 눈 각각을 뜯어본다. 의심의 여지 없이 아이러니한 눈이다.

"그렇죠, 잭 군?" 아직도 림보에 빠져 한 발은 모닥불 쪽, 한 발은 문가에 걸친 머서가 묻는다.

"네, 그래요. 일방적인 군비축소는 재앙이에요."

"무슨 쓸데없는 소리니." 고개를 갸우뚱한 채 웃음을 짓고 있는 고모가 두 손을 쭉 내밀며 들어오고, 나는 안도의 휘파람과 함께 나 자신이 웃고 있음을 느끼면서 장난 반 진심 반인 그녀의 특별한 공격을 또 한 차례 기다린다. 그녀는 나를 배은망덕한 녀석, 마귀 같은 개구쟁이, 귀족 가문의 가장 유감스러운 마지막 자손이라고 부른다. 이 말이 재미있는 건 사실이기 때문이다. 나는 아주 잠깐 모든 것을, 즉 젠틸리에서 지낸 몇 년과 심지어 내 탐색까지 모두 잊는다. 늘 그

---

* Schwarzwald. 독일 남서부 라인강 동쪽으로 뻗은 산맥.

** Rupert Brooke Galahad. 제1차 세계대전 당시 이상주의적 전쟁시를 쓴 영국 시인으로 윌리엄 버틀러 예이츠가 영국에서 가장 잘생긴 젊은이라 묘사할 만큼 외모가 수려했던 문인.

*** Argonne. 프랑스 북동부의 구릉지대.

**** 여기서 "후드"는 남북전쟁 당시 남부 동맹군의 장군 존 벨 후드(John Bell Hood)의 이름에서 따온 것이며 로버도 휘트(Chatham Roberdeau Wheat)는 그 휘하의 소령.

***** Royal Canadian Air Force. 캐나다 왕립 공군.

****** 영국 시인 앨프리드 에드워드 하우스먼(Alfred Edward Housman)의 시집.

렇듯 우리는 중단됐던 지점부터 다시 시작한다. 이러니저러니 해도 여기는 내가 속한 곳이다.

고모는 내게 많은 걸 베풀어주었다. 아버지가 돌아가셨을 때 숙달된 간호사였던 어머니는 빌럭시*에 있는 원래 병원으로 돌아갔다. 고모는 내 교육을 책임지겠다고 제안했다. 그 결과 지난 15년은 거의 고모네 집에서 보냈다. 그녀는 실로 위대한 고모다. 하지만 내 아버지의 여동생 노릇이 수월했던 건 오빠들보다 한참 어렸기 때문일 것이다—차라리 그녀는 세 형제 모두의 딸이었는데, 왜냐하면 지금도 그녀가 기억하는 그녀는 더없이 사랑받는 응석받이요, 대대로 전사의 피가 흐르는 사나운 씨족에 위안을 주는 여성이고, 분명 그 덕에 심지어 반항을 해도 대수롭게 여겨진 적이 없었기 때문이다—그녀가 남부를 떠나 시카고의 사회복지시설에서 일했을 때라든가 출신 좋은 여러 남부 숙녀를 따라 진보적 정치관을 받아들였을 때에도. 일종의 "왈가닥"으로 몇 년을 보내자 그녀의 오빠들은 그녀를 멋대로 굴게 내버려두었고 심지어 어디까지 하나 기대를 하기도 했다—그녀의 이력은 그녀가 적십자 자원봉사자로 스페인내란에 파견을 갔을 때 절정에 다다랐는데, 나로선 지독하게 자애롭고 광적인 탓에 스페인 사람들도 불가사의로 여기는 양키 숙녀의 모습만 그려진다—그 6개월 사이 그녀는 아이 딸린 홀아비 줄스 커트러를 만나 결혼했고 가든 디스트릭트에 정착해 자기 오빠들만큼 멋지고 우수한 사람이 되었다. 그녀는 이제 "왈가닥"이 아니다. 어쩌면 뭐랄까, 훌륭한 오빠들이 죽고 없는 덕에 이제 그녀는 한때 여자라서 거부당했던 오빠들 같은 모습이 마침내 될지도 모른다. 외관으로나 가치관으로나 군인다운 모습이. 청백색 머리에 예리한 얼굴에 지독한 회색 눈, 그녀는 속일 수 없는 예순다섯의 나이에도 여전히 젊은 왕자 같다.

생각했던 대로다. 우리는 즉시 자리를 떠 복도를 지나 그녀의 집무실로 이동하고 거기서 그녀는 자신의 "대화"에 나를 불러들인다. 이것만은 확실하다. 케이트에 관한 안 좋은 소식이라는 것. 나에 관한 얘기였다면 고모는 나를 보고 있지 않았을 것이다. 자신의 낡은 책상에 파인 벌집 같은 자국들을 빤히 들여다보며 손가락으로 입술을 누르고 있었을 것이다. 하지만 그러기는커녕 그녀는 내게 뭔가를 보여주더니 내 눈에 뭐가 보이는지 보고자 내 얼굴을 살핀다. 그녀가 쳐다보는 바람에 뭐가 잘 안 보인다. 몽롱하다. 우리 사이에 분명 먼지 낀 병들이 한 상자 있다 ── **병**? ── 맞다, 병이 분명하다, 하지만 나는 영 확신이 안 서 눈을 깜빡거린다.

"이 위스키병들 보이니?"

"네."

"그럼 이건?" 그녀는 내게 직사각형의 갈색 병을 건넨다.

"네."

"이게 어디서 났는지 아니?"

"글쎄요."

"장식장 위에 놓여 있는 걸 머서가 찾았어. 저 장식장 말이야." 그녀는 우리 머리보다 높은 저 천장 쪽을 모호하게 가리킨다. "그가 쥐약을 놓고 있었거든."

"케이트의 방에서요?"

---

* Biloxi. 미시시피주 남동부에 있는 도시.

"그래. 어떻게 생각하니?"

"이건 위스키병이 아닌데요."

"그럼 뭔데?"

"와인이요. 집시 로즈. 그 와인은 병이 이렇게 밋밋하거든요."

"그거 읽어보렴." 그녀는 내 손에 들린 병을 턱으로 가리킨다.

"펜토바르비탈 나트륨*. 1.5그레인(0.097그램). 이거 도매용 병인데."

"그거 어디서 찾은 줄 알아?"

"상자에서요?"

"소각로에서. 일주일 사이에 두 번째야."

나는 침묵한다. 이제 고모는 책상 앞에 앉는다.

"월터한테는 아직 말 안 했어. 줄스 고모부한테도. 진짜로 걱정되진 않으니까. 케이트는 괜찮아. 훌륭하게 잘 해낼 거야. 월터랑 함께 행복할 거고. 걔는 다만 날짜가 다가오니까 초조해지는 것뿐이야."

"또 사고 날까 봐 걔가 무서워한다는 말씀이세요?"

"걔는 흔한 사고도 무서워해. 하지만 걱정스러운 건 그게 아니야."

"뭐가 걱정스러우세요?"

"걔가 또 집에서 침울해 있지 않았으면 좋겠어."

"고모랑 같이 시내에서 일하고 있지 않아요?"

"안 한 지 보름 됐어."

"우울하대요?"

"오, 아니. 그런 건 아니야. 그래도 좀 겁을 먹고 있어."

"밍크 박사는 만나볼 예정이에요?"

"싫다더라. 의사 만나러 가면 토할 것 같다나."

"제가 뭘 하면 될까요?"

"걔가 무도회에 안 가겠대. 지금이야 괜찮지. 하지만 사람 만나기 점점 더 어려워지는 때가 오면 보통 문제가 아니잖니."

"아무도 안 만나고 있어요?"

"월터 말고는. 네가 레지어 씨댁에도 좀 데려가고 현관에서 퍼레이드도 구경시켜주면 세상 바랄 게 없겠어. 축제에 참여하라는 게 아니야. 당연히 등장할 일도 없고 퇴장할 일도 없어. 준비하고 말고 할 것도 없고. 대화를 나눠도 좋고 안 나눠도 좋으니까 잠깐 들렀다만 가렴."

"케이트가 그렇게 안 좋아요?"

"안 좋기는 무슨. 내 말은 걔가 그렇게 안 되게 조심하자는 거지."

"월터는 어쩌고요?"

"걔는 크루의 주장이잖니. 도저히 빠져나올 수가 없어. 그러길 다행이지, 솔직히 말해서. 네가 해줬으면 싶은 게 실은 뭔지 아니?"

"뭔데요?"

"뭐든 네가 우릴 버리고 나가기 전에 하던 것들, 이 녀석아. 걔랑 싸우고 놀리고 하던 거—애가 웃지를 않아. 너랑 케이트는 항상 잘 지냈잖아, 응? 샘하고도 그렇고. 샘이 포럼 연설 때문에 일요일에 여기 오는 거 알지?"

"네."

"샘도 케이트랑 얘기 좀 나눠봤으면 좋겠네. 케이트는 너랑 샘 말

---

* 진통제, 진정제로 쓰이는 약물.

밖에 안 들으니까."

고모는 나를 후하게 쳐준다. 그녀의 본심은 이 일을 바로잡을 수 있는 사람은 샘이 확실하니 그가 올 때까지 내가 자리 좀 지켜주었으면 한다는 것이다.

3

점심때 줄스 고모부를 보다니 놀랍다. 지난가을 그는 심장마비를 심하게 앓았지만 그래도 더할 나위 없이 완치돼 크리스마스 이후로는 낮잠에서 해방되었다. 그는 케이트와 월터 사이에 앉았는데 그의 태도는 워낙 유쾌하고 편안해서 케이트마저 웃음을 짓고 있다. 잘못된 게 있다곤 믿어지지 않는다. 특히 그 병들은 기괴하기까지 하다. 줄스 고모부가 나를 보고 반긴다. 지난해에 나는 내 유일하게 두드러진 재능을 발견했다. 돈 버는 요령. 나는 줄스 고모부가 승인하는 많은 주식을 어떻게든 팔아치운다. 그는 1월 대량 매각을 내가 예측했다고 확신하는 것도 모자라 몇 건은 내 결단에 힘입어 진행시켰다고까지 주장한다. 그는 이것이 반가운 것이고, 그래서 죽어도 같이 죽는 한패라는 듯이 매번 나를 소름 끼치는 윙크로 맞이한다.

그와 월터가 미식축구 얘기를 한다. 줄스 고모부의 인생 야망은 툴레인 대학교 미식축구 팀의 영광을 되살리는 것이다. 나 또한 미식축구를 좋아하기도 하고 줄스 고모부가 제리 달림플과 돈 지머맨과 빌리 뱅커가 활약하던 창창한 시절에 관해 말하는 걸 듣는 것도 좋아서 대화는 즐겁다. 1932년 루이지애나 주립 대학교(LSU)를 상대로 한 골라인 스탠드*를 그가 묘사할 때면 아서왕이 모드레드 경과 반역자들을 상대로 피처럼 붉은 석양 속에 굳게 서 있는 광경 같다. 월터는 그 팀의 감독이었으므로 둘은 죽이 잘 맞는다.

줄스 고모부는 내가 아는 한 어디서든 유쾌한 사람이다. 크레올** 답게 말상인 얼굴 위에는 대학생처럼 짧게 친 무성한 흰머리가 앉았다. 그의 셔츠는 내가 봐도 흡족한 맵시로 몸을 감싼다. 그에게 아주 잘 어울린다. 내 셔츠는 늘 어딘가 문제가 있다. 칼라가 너무 꽉 끼든가 허리가 너무 헐렁하다. 줄스 고모부의 칼라는 그의 거무스름한 목에 자로 잰 듯 잘 맞는다. 냅킨처럼 접힌 커프스는 코트 소맷자락 밖을 빼꼼 내다보고 있다. 셔츠 앞부분은 또 어떻고. 가끔은 순백으로 펼쳐진 저 부드럽고 섬세한 면섬유에 코를 묻고 싶은 충동이 와락 인다. 줄스 고모부는 세상천지에 절대적이고 무조건적인 승리를 거머쥔 사내들 중 내가 아는 유일한 사람이다. 그는 막대한 돈을 벌었고 수많은 친구를 두었고 마디그라에서 렉스 팀이었고 몸으로든 돈으로든 헌신을 하는 데 거침이 없다. 모범적인 천주교 신자라곤 하지만 그가 왜 그런 수고를 들이는지는 알기 어렵다. 그가 사는 세상, 인간의 도시가 저리 즐거우니 하느님의 도시에는 분명 그를 위

---

* 골라인 근처까지 진출한 상대 팀의 터치다운을 막으려는 수비 활동.

** Creole. 스페인어로는 크리오요(Criollo). 프랑스, 스페인 등에서 아메리카로 넘어온 유럽인과 그 후손을 가리키는 말이었으나 그 뒤 일반적으로 프랑스계 백인과 신대륙 흑인 간의 혼혈을 가리키는 말이 되었다. 루이지애나가 앵글로색슨이 주도하는 미국에 팔리기 전, 그러니까 프랑스의 식민지이던 시절에는 오히려 흑백이 철저한 주종 관계가 아니었고, 따라서 프랑스계 백인 남성과 신대륙 흑인 여성 간의 결혼도 잦았다. 이들 사이에서 태어난 크레올은 문화, 특히 뉴올리언스에서 태동한 재즈에도 지대한 영향을 미쳤다.

해 준비된 게 별로 없을 것이다. 나는 그의 눈을 통해 그의 세상을 뚜렷이 보고 그가 왜 그 세상을 사랑하는지 그리고 왜 그 상태로 지키려 하는지 본다. 그의 세상으로 말하자면 친절한 백인들과 낙천적인 흑인들이 분별력 있이 서로에게 상냥하게 굴고 구세계의 매력과 신세계의 사업 수단이 공존하는 너그럽고 다정한 곳이다. 누군가 툴레인과 LSU의 지난해 경기를 들먹이지 않는 한 그의 얼굴엔 어떤 그늘도 드리우지 않는다.

나는 에디를 만났더니 애정 어린 안부를 전하더라는 말을 꺼낸다.

"딱한 에디," 고모는 늘 그러듯 한숨을 짓더니 늘 그러듯 한마디를 덧붙인다. "그런 정직함이 시장에서 그렇게 헐값에 팔린다는 자체가 얼마나 슬픈 일이니."

"걔는 또 나체스족*한테 갔대?" 줄스 고모부는 묻고서 입술을 길쭉하고 우스꽝스럽게 만다.

월터 웨이드는 귀를 쫑긋 세우고 집중해서 듣는다. 그는 아직 볼링가의 생략 많은 대화 방식에 익숙하지 않다. "걔"는 에디의 누이 디디를 말하고 "나체스족한테 가다"라는 건 디디의 탈선을 가리키는 우리만의 표현이다. 몇 년 전 디디가 첫 남편과의 결혼 생활 중 다른 부부 몇과 나체스족 성지순례를 가서 "스와핑"을 했다는 얘기가 있다.

"글쎄 그렇대요," 고모가 가차 없이 말한다. "몇 번이나요."

"저는 성지순례가 4월까지 계속될 줄 생각도 못 했어요," 월터가 조심스레 웃으며 말한다.

케이트는 무릎에 둔 제 손을 보면서 미간을 찡그린다. 오늘 케이트는 그녀 특유의 갈색 눈이다. 이따금 그녀의 홍채는 원반처럼 변한다. 고모가 나더러 케이트랑 "대화" 좀 나눠보라던 다른 어느 때가 떠오른다. 케이트가 열 살 내가 열다섯 살이었을 때 고모는 케이트가 걱정이었다. 케이트는 착한 아이에다 성적도 좋았지만 친구가 없었다. 쉬는 시간이면 노는 대신 수업이 시작될 때까지 말없이 자리에 앉아 예습복습을 했다. 나는 고모의 머릿속에 있을 그럴듯한 말을 지어냈다. "케이트," 나는 고모의 소크라테스 같은 말투로 이야기했다. "네 생각엔 네가 세상에서 제일 숫기 없는 사람이겠지. 날 믿어, 넌 그렇지 않아. 내가 겪은 걸 말해줄게" 어쩌고저쩌고. 하지만 케이트는 홍채가 원반으로 변한 지금 같은 갈색 눈으로 나를 쳐다만 볼 뿐이었다.

머서가 번번이 숨을 참았다 목매달리는 소리를 내뱉었다 하면서 각 자리에 옥수수 꼬치를 건넨다.

월터와 줄스 고모부는 나더러 넵튠에 오르라고 설득한다. 고모는 질색하는 기색으로 나를 쳐다본다 — 맨 장난스럽게 굴어도 그녀는 사업과 사회생활에 도움이 된다는 이유로 축제 크루들에게 견고한 존경심을 품고 있다. 그녀는 세 손가락으로 관자놀이를 받치며 로렌초 데메디치** 같은 자세로 바뀐다.

"방종하고 타락한 녀석 같으니," 그녀는 평소처럼 말한다. 무심한 말. 그녀의 머릿속은 케이트 생각뿐이다. "묵은 술을 마시더니 얼이

---

* 한때 미시시피강 유역에 살던 최강의 인디언이었으나 1729-1730년 프랑스군 등에 패해 뿔뿔이 흩어졌다.

** Lorenzo de Medici. 이탈리아의 명문 메디치가의 최전성기를 이끈 인물.

나가버렸구나."

"제가 이렇게 된 건요, 왕자님, 다 왕자님 탓입니다,"* 나는 평소처럼 말하고 수프를 마신다.

케이트는 자판기식 무인 식당에 온 사람처럼 실내를 멍하니 둘러보며 기계적으로 먹는다. 월터는 이제 자신감이 붙었다. 그의 눈길에 은근히 속물적인 빛이 감돈다.

"걘는 퍼레이드에 태우면 안 되겠어요, 안 그러세요, 커트러 부인? 우린 여기서 어엿한 경제활동을 하고 있는데 걘는 저기서 드라이에이즈 스트리트(Dryades Street)의 전당포 주인처럼 5프로 수수료나 떼고 있잖아요."

고모는 다른 차원으로 넘어가 아예 로렌초 데메디치가 되어버린다.

"자, 여기 널 보러 훌륭한 두 남자가 왔잖니," 그녀는 케이트에게 말하고 주의 깊게 지켜본다. 케이트는 우리에게 전혀 관심을 두고 있지 않다. "야만족이 중문까지 들이닥치면 누가 서방을 지키더라? 오스트리아의 돈 존**? 아니지, 믿음의 수호자요, 지혜의 옥좌요, 정의의 거울인 주식 중개인 볼링 씨와 변호사 웨이드 씨야. 맙소사, 이들이 방탕함 속에서 약간의 기백만 보여줘도 원이 없으련만 한번 보렴. 로젠크란츠와 길덴스턴이 따로 없으니.***"

월터가 대학에서 얼마나 대단했는지, 그때 그가 나이보다 얼마나 더 **어른스러웠는지** 또다시 생각난다. 월터는 관자놀이가 움푹 꺼진 병약해 보이는 친구지만 실은 꽤 건강하다. 상어 같은 회색 피부에 반쯤 졸린 눈에 머리는 맥아더 스타일로 가르마를 타 옆으로 가지런히 빗어 넘겼다. 본적은 웨스트버지니아 클라크스버그로 툴레인 대학교에 다니다 전쟁이 끝난 뒤 뉴올리언스에 눌러앉았다. 이제 서른세 살인데도 벌써 갓 설립된 석유임대법 전문 법무법인 웨이드&몰리뇌의 시니어 파트너다.

"웨이드 씨," 고모가 월터에게 묻는다. "당신 지혜의 옥좌 맞아요?"

"맞습니다, 커트러 부인."

나는 함박웃음을 참지 못한다. 웃긴 점이 뭔가 하면 월터가 시작은 늘 젊고 총명한 최고의 변호사 행색으로 노부인에게 지는 척 맞장구를 쳐주다가 실제로 진다는 것이다. 웨스트버지니아의 노부인들은 결코 이렇지 않았겠지. 한데 이상하게도 고모는 케이트를 똑바로 쳐다보느라 폭소 경보를 놓친다. 케이트는 갈색 쇼트컷 머리가 뺨에 쏟아질 때까지 고개가 점점 내려간다. 그러자 월터의 눈이 경계심에 휘둥그레지고 그의 웃음도 더 이리같이 변한다 — 지뢰밭을 조심조심 건너는 신병 꼴이다 — 케이트는 이로 딱딱 소리를 내다가 느닷없이 방을 나간다.

월터가 그녀를 따라간다. 고모는 한숨을 짓는다. 줄스 고모부는 편히 앉아 있다. 자기 집안에서 정말 안 좋은 일은 벌어질 수 없다는

---

* 이 말과 바로 앞 고모의 말은 모두 셰익스피어의 『헨리 4세』에 나오는 대사. 고모가 한 말은 방탕한 삶을 살다가 훗날 성군 헨리 5세가 되는 왕자 할의 대사, 빙크스 볼링이 한 말은 주정뱅이지만 충직한 신하 팔스타프의 대사다.

** Don John of Austria. 신성로마제국 황제 카를 5세의 사생아로 훗날 스페인 군사령관이 되어 레판토해전을 승리로 이끈 인물. 스페인식 이름은 돈 후안 데 아우스트리아.

*** 『햄릿』에 등장하는 인물들로 햄릿의 고향 친구. 햄릿의 삼촌 클로디어스의 부름으로 햄릿을 감시하는 간사하고 비겁한 인물들.

믿음도 재능이라면 재능이다. 가세는 펼 때도 있고 기울 때도 있다지만 그는 그런 걱정을 눈 깜빡 안 하고 웃어넘긴다. 심지어 케이트가 쇠약해졌을 때에도 그는 그걸 예민한 여자아이들에게 닥치는 일종의 평범한 사고로 받아들일 수 있었다. 에밀리 고모에 대한 확고한 믿음 때문이다. 그녀가 안주인으로 있는 한 죽음 같은 최악의 일이 일어나더라도 그건 일어날 만한 일이 일어난 데 지나지 않는다.

곧이어 줄스 고모부도 집무실로 자리를 뜬다. 고모는 복도에서 월터와 말하고 있다. 나는 텅 빈 식당에 무념무상으로 앉아 있다. 월터가 후식을 먹으러 합석한다. 나중에 머서가 식탁을 치우기 시작하자 월터는 긴 프랑스식 창으로 가 주머니에 손을 넣고 밖을 내다본다. 나는 케이트에 관해 그를 안심시킬 준비가 되어 있지만 알고 보니 그의 머릿속을 차지한 건 케이트가 아니라 넵튠 크루다.

"난 네가 다시 생각했으면 좋겠다, 빙크스." 그의 목소리에는 줄스 고모부와 대화를 나누던 흥분이 남아 있다. "지금 멤버 녀석들이 끝내주게 좋거든." 10년 전이었다면 그는 우리가 1940년대에 좋은 멤버를 일컫던 대로 "일등 신사들"이라고 말했을 것이다. "너는 의견이 다를 수도 있어, 하지만 내 생각엔 축제를 통틀어 최고에다 만능 크루야. 건방진 애송이들도 아니고 그렇다고 늙다리들도 아니지 — 게다가 —" 그는 줄스 고모부를 떠올리며 서둘러 말을 덧붙인다. "우리 중에서 연장자들은 유복하기로나 저명하기로나 뉴올리언스에서 열 손가락 안에 드는 집안이야." 월터는 절대 "돈 많다"라고 말하지 않는다. 그가 말하는 "유복하다"라는 단어를 들으면 향신료를 친 호화로운 삶, 환한 실로 자유롭고 빼곡하게 수놓은 두툼한 촉감의 태피스트리가 생각나는 게 사실이다. "너도 당장 좋아하게 될 거야, 책. 진짜로. 정말 좋을 거라고. 네가 돌아오면 너도나도 기뻐할 거라고 내 확실히 장담하지."

"정말로 고마워, 월터."

지금도 월터는 대학 시절처럼 잘 차려입었고 그때나 지금이나 우아함을 풍기면서 앉고 일어서고 몸을 수그린다. 지금도 월터는 여름이나 겨울이나 정맥이 불거진 가는 발목을 가리느라 두꺼운 양말을 신고 종아리가 살짝 보이게끔 여전히 다리를 꼰다. 대학에서 그는 신입생들이 롤 모델로 점찍은 선배 중 한 사람이었다. 그는 낑낑대지 않고도 피 베타 카파*에 들었고 머리를 굴리지 않고도 캠퍼스의 리더였다. 하지만 무엇보다 그는 멋의 심판자였다. 모자를 쓰고 앙상한 한쪽 무릎을 꼬아 올린, 모자를 쓰고 앉아 있으면 태가 제대로 나는 그를 우리들 입회자들은 남학생 회관에서 보곤 했다. 모자는 챙이 좁은 데다 꼭대기가 삼각형으로 높이 솟아 정수리가 해지도록 손가락을 더듬어야만 벗어서 건넬 수 있는 갈색 펠트 재질의 특별한 종류여야 했다. 그는 새내기 입회자들에게 별명 붙이기를 좋아했다. 어느 해인가 그는 "쟁이"라는 별명을 떠올렸다. 그는 새내기들을 죽 세워놓고는 다리를 꼬고 뒤로 기대앉아 엄지손톱으로 모자를 밀어젖혔다. "거기 너, 넌 마리화나쟁이로 보인다. 말하는 애, 넌 코카인쟁이. 넌 스테로이드쟁이. 넌 알코올쟁이. 넌 뽕쟁이."** 사조직에 가입한 뒤 1년 동안 나는 더할 나위 없이 짓궂고 어이없는 대

---

* 대학교의 엘리트 사조직을 가리키는 말.

** 여기서 "쟁이"의 원문은 -head로 각 말장난의 원문은 Pothead, Blowhead, Meathead, Sackhead, Needlehead. 이어서 나올 "오입쟁이"의 원문은 Whalehead.

답을 고안해 그를 즐겁게 하겠다는, 그래서 그의 서클, 즉 조직 안의 조직에 들어갈 자격을 얻겠다는 희망을 품고 살았다. 그러다 마침내 그가 마지막 입회자, 그러니까 이마는 불룩하고 눈은 얼굴의 낮은 데 자리한 먼로 출신 녀석 앞에서 멈칫하는 순간이 왔다. "그리고 너, 너는——" "오입쟁이," 나는 말했다. 월터는 한쪽 눈썹을 치켜올리고 입꼬리는 끌어내린 채 이너 서클 동지들을 보고 끄덕끄덕 가소롭다는 고갯짓을 했다. 나는 자격을 얻었다.

입회자는 그의 무리라는 영광도 느꼈지만 그만큼 부담감도 느꼈다. 남자에게나 여자에게나 인기 있는 사람으로서 짓궂되 사근사근하고 경솔하되 색깔 있게 경솔해야 하며 냉소적이되 호감이 가도록 그를 따라 줄타기하듯 지내야 했기 때문이다. 하지만 부담감이야 어떻든 나는 그의 친구란 게 만족스러웠다. 어느 날 밤 나는 황금 양털*로 선정된 그와 함께 집으로 가는 중이었다——황금 양털은 연보에서 그의 사진 밑에 한 단락이나 나열된 자랑거리 중 끄트머리를 차지할 뿐이었다. "빙크스," 그는 말했다——나를 만나고서 그는 마침내 짓궂고 어이없는 말투를 버린 상태였다. "내가 비밀 하나 알려줄게. 저 뒤 저곳에서 있었던 일 말이야——믿든 안 믿든 그건 나한테 아무런 의미도 없어." "그럼 월터?" 우리는 걸음을 멈추고 세계의 도시들이 우리 발 앞에 펼쳐진 듯한 휘황찬란한 캠퍼스를 돌아보았다. "중요한 건 말이야, 빙크스, 겸허해지는 거야, 황금 양털을 손에 넣고 나서 겸허해지는 거라고." 우리는 함께 숨을 깊이 들이마시고 말없이 델타 아지트로 돌아갔다.

신입생일 때 나한테는 좋은 사조직에 들어가는 게 극도로 중요한 일이었다. 하지만 나를 초대할 조직이 없으면 어쩌지? 모집 주간에 나는 델타 아지트에 초대를 받아 형제들의 심사를 거쳤다. 배스트룹 출신의 다른 지원자인 "군것질쟁이" 보일런 베이스와 내가 손을 무릎에 두고 가죽 소파에 같이 앉아 있는 동안 형제들은 우리를 빙 둘러서서는 요조숙녀처럼 환심을 사려는 동시에 날라리 계집애처럼 눈을 맞추었다. 이내 월터가 손짓으로 불러, 나는 작은 침실에서 기탄없는 대화를 나눌 위층으로 그를 따라 단둘이 올라갔다. 월터는 나더러 침대에 앉으라는 손동작을 하더니 지금 서 있는 모습처럼 오랫동안 서 있었다. 영화 속 새뮤얼 하인즈**처럼 주머니에 손을 넣은 채 놀란 모습으로 창밖을 내다보면서. "빙크스," 그는 말했다. "우린 서로를 꽤 잘 알아, 그렇지?"(우리는 뉴햄프셔주에 있는 같은 사립학교를 나왔다.) "맞아, 월터," 나는 말했다. "너는 이 조직에 관해 내가 평소처럼 허튼소릴 늘어놓지 않으리란 걸 알 만큼 나를 잘 알아, 그렇지?" "안 그럴 거란 거 알아, 월터." "우린 여기서 경쟁이 과열되는 걸 좋아하지 않아, 빙크스. 그럴 필요도 없지." "좋아하지 않는단 거 알아." 그는 내게 시그마 알파 엡실론(SAE), 델타 프시(Delta Psi), 델타 카파 엡실론(Deke), 카파 알파 결사(KA)***의 뛰어난 상류층 사람들을 열거했다. "전부 좋은 애들이야, 빙크스. 어느 조직에든 내 친구들이 있어. 하지만 이곳 녀석들을 설명해보라고 하면 있잖아, 그러니까 애들의 우수함, 우리의 결속력, 요 작은 심벌의 의미 같은 것

* Golden Fleece. 그리스신화에서 권위, 왕권의 상징이다.

** Samuel Hinds. 미국 배우. 대표작 〈멋진 인생〉(1946) 등 200여 편의 영화에 출연.

*** 각각 북미의 이런저런 명문대에서 시작된 엘리트 사조직, 특히 남자 사조직으로 그리스 알파벳을 머리글자로 이름을 지은 것.

말이야—" 그는 외투 옷깃을 뒤집어 배지를 보여주었고 나는 델타 회원들이 샤워할 때 배지를 입안에 보관한다는 게 사실인지 궁금했다—"그럼 할 말이 별로 없어, 빙크스." 그러더니 월터는 모자를 벗고 서서 삼각형 정수리 부분의 주름을 폈다. "사실상 긴 말 안 하겠어. 대신에 너한테 질문 하나만 하고 같이 내려가자. 너 아지트에 걸어 들어올 때 뭔가 특별한 거 느꼈어 못 느꼈어? 그게 뭔지는 굳이 설명하지 않겠어. 네가 느꼈다면 넌 내가 말한 걸 이미 정확히 알고 있는 거야. 만약 못 느꼈다면—!" 이제 월터는 모자를 가슴께 들고 나를 굽어보듯 선다. "못 느꼈니, 빙크스?" 만약 이걸 뜻하는 거라면 이 자리에서 델타 서약을 하는 것보다 행복한 일은 없을 거라고 나는 지체 없이 말했다. 우리는 악수를 했고 그는 형제들 몇 명을 불러들였다. "동지들, 여기 존 비커슨 볼링 씨를 소개하지. 저기 펠리시아나 패리시의 몰락한 볼링가 사람이야—다들 이름은 들어봤겠지. 빙크스는 촌놈이라 십이지장충이 득실대지만 속에 틀림없이 뭔가 훌륭한 걸 품고 있어. 나는 그가 우릴 훌륭하게 만들 거라 믿어." 우리는 돌아가며 악수를 나누었다. 다들 좋은 동지였다.

드러난 대로, 나는 그들을 결코 훌륭한 남자로 만들지 못했다. 나는 4년 동안 우등상 한 번 못 받고 간신히 대학을 다녔다. 연보가 나왔을 때 내 사진 밑에는 ΔψΔ*라는 문자 말곤 아무것도 없었고—스페인이끼 사이로 새어 드는 햇빛을 바라보며 멍하니 꿈에 젖은 채, 살아 있는 나를 그 시공간에서 찾겠다는 수수께끼에 홀려 아지트의 앞 현관을 4년간 떡하고 지켰으니 당연한 결과였다—ΔψΔ 옆에는 내 특징이 요약되어 있었다. "말수 없되 음흉한 유머 감각." 배스트롭의 보일런 베이스 역시 실망스러운 인물로 판명되었다. 그는 길쭉한 목에 약 없이 못 사는 목젖을 지닌 장신의 농장 일꾼으로서 4년 동안 한 마디도 하지 않아 사조직 형제들에게조차 무명으로 남았다. 그의 특징란은 이랬다. "좋은 친구."

월터는 다시 마음이 편해졌다. 그는 창문을 등지더니 또 한 번 나를 굽어보듯 서서 움푹 파인 관자놀이를 내 쪽으로 기울인다.

"크루 사람들하곤 대개 아는 사이잖아, 맞지?"

"응. 실은 내 소속이 아직—"

"어차피 다 티그로셰니에**에서 어울리는 무리야. 지난달에는 왜 안 왔어?"

"난 사냥은 정말 별로야."

월터는 식탁 위의 뭔가를 염탐하는 듯하다. 그는 몸을 수그려 나뭇결을 따라 엄지를 죽 긋는다. "이 나무 좀 봐. 전부 단판이네, 맙소사." 월터가 약혼한 이래 나는 그가 벽을 두드려보고 마룻널 길이를 재보고 꽃병들을 들었다 놨다 하는 등 이 집에 재산권을 행사하기 시작했음을 알아차렸다. 그는 몸을 곧게 편다. "네 속에 뭐가 들었는지 모르겠다. 짐작 가는 거라곤 네 고객 명단에 내가 올라 있다는 것뿐이야."

"그런 거 아니야."

"뭔데 그럼?"

"뭐라니 뭐가?"

---

* 그리스 알파벳 델타 프시 델타.

** Tigre au Chenier. 루이지애나주 남쪽 버밀리언(Vermilion) 패리시에 있는, 넓은 습지가 있고 참나무가 울창한 구릉지대. 바른 이름은 셰니에오티그르(Chenier au Tigre).

"왜 그놈의 전화 한 통이 없어?"

"우리가 무슨 얘길 하려고?" 나는 10년 전 우리의 짓궂고 어이없는 말투로 말한다.

월터가 내 어깨를 움켜쥔다. "네가 보기 힘든 똥 덩어리라는 걸 깜빡했네. 아니다, 네 말이 맞다. 우리가 무슨 얘길 하겠어," 월터가 서글픈 투로 말한다. "아이고 하느님. 이놈의 세상이 뭐 잘못되기라도 했니, 빙크스?"

"글쎄. 하지만 오늘 아침에 무슨 생각이 들긴 했어. 버스에 앉아 있는데 —"

"저기 저 젠틸리에서는 뭐 하면서 지내니?" 사람들은 흔히 내게 세상이 잘못되기라도 했느냐 그리고 젠틸리에서 무슨 일을 하느냐 묻는데, 그러면 나는 늘 대답을 찾느라 쩔쩔맨다. 앞의 것은 흥미로운 질문이다. 하지만 내가 깨달은바 실제론 아무도 대답을 듣고 싶어 하지 않는다.

"별거 없어. 과부들하고 이태리 떨거지들한테 뮤추얼펀드 팔아."

"그래?" 월터는 어깨를 내리고 등 근육을 더듬는다. 그는 뒷굽으로 쪼그려 앉아 눈으로 걸레받이를 쭉 훑으며 긴 나무 의자의 기울기를 어림한다.

전쟁이 끝나고 우리 중 몇 사람은 선상 가옥을 사서 티그로셰니에 근처 버밀리언만에 띄웠다. 월터가 전부 손을 썼다. 거기 습지에 사는 요리사 겸 관리인을 찾아내고 진짜 부갈리* 안내인을 대령하다니 딱 그다웠다. 하지만 그 모험은 내게 성공적이지 않았다. 솔직히 말해 지루했다. 실상 낚시와 사냥은 손꼽을 정도였고 맨 포커와 술뿐이었다. 월터는 주말이 되면 동료 대여섯 명과 습지에 나가 면도도 않은 채 밤낮없이 포커나 때려대는 걸 그렇게 좋아할 수 없었다. 그는 그걸 정말로 즐겼다. 그는 새벽 3시면 엎드렸던 탁자에서 끙 하고 일어나 술 한 잔을 들이켠 뒤 턱수염을 비비고 일어서서 어둠을 내다보았다. "제기랄, 이거 진짜 훌륭하다, 안 그래? 세팅 죽이지 않니, 빙크스? 내일은 여기서 오리 로샹보 먹자. 솔직히 말해봐, 갈라투아르에서 이보다 훌륭한 음식 먹어본 적 있어?" "아니, 진짜 훌륭하다, 월터." "솔직한 의견을 말해봐, 빙크스." "진짜 훌륭해." 그는 언젠가 관리인인 제이크를 곤경에서 구해준 일이 있는 터라 제이크가 근처에 붙어 있는 걸 좋아했다. 제이크는 포커판 가까이 앉아 있곤 했다. "제이크, 저기 저 친구 어떻게 생각해?" 월터는 나나 다른 누구를 턱으로 가리키며 제이크에게 물었다. 월터가 즐겨 생각하길 니그로에겐 육감이 있었고 그의 니그로는 특히나 육감이 좋았다. 제이크는 제 육감으로 나를 파악하는 듯이 고개를 젓혔다. "저분 눈여겨보셔야 돼요! 저 빙크스 씨는 이제 만사 풀렸으니까요!" 육감보다 비상한 어떤 방법으로 제이크는 내 감정에 상처 주는 일 없이 월터의 비위를 맞추는 데 성공했다. 선상 가옥은 좋은 생각 같았지만 일이 잘 풀릴수록 나는 우울해졌다. 솔직히 말하자면 나는 여자가 더 좋다. 그 습지에서 머릿속에 떠올랐던 건 마샤나 린다 몸에 손을 얹고 걸프 해안을 너무나 거닐고 싶다는 게 전부였다.

절대적으로 솔직히 말하자면 나는 월터의 무리에 있을 땐 늘 조금

* boogalee. 현재의 노바스코샤주에 해당하는 캐나다 아카디아(Acadia)에서 넘어와 루이지애나주에 정착한 프랑스인의 혼혈 자손. 다른 말로 케이준(Cajun).

서먹서먹했다. 그와 있을 때마다 더없을 우정에 부응해야 한다는, 말을 뛰어넘는 친밀감을 쌓아야 한다는 필요성에 삭은 밧줄을 쭉 잡아당기는 느낌이다. 사실 우리는 서로 할 말이 없다. 우리 사이에는 이처럼 호의적이고 쉴 새 없는 침묵뿐이다. 우리는 벗이 맞다, 사실이다, 하지만 다소 서먹서먹한 벗이다. 아마 내 잘못일 것이다. 지금까지도 수년간 내게는 친구가 없다. 나는 일하고 돈 벌고 극장에 가고 여자 무리를 찾아다니느라 온 시간을 보낸다.

마지막으로 친구를 사귄 건 8년 전이다. 동양에서 돌아와 상처에서 회복했을 때 나는 내가 당연히 좋아하게 될 두 명의 동료와 친해졌다. 나는 정말 그들을 좋아했다. 둘 다 좋은 동료였다. 하나는 나처럼 제대한 중위, 시를 좋아하고 시골 돌아다니길 좋아하는 가난하고 빼빼 마른 캘리포니아 대학교 학생이었다. 다른 하나는 밸도스타* 출신의 정신 나간 괴짜, 턱수염이 있고 기타를 치는 보통 청년 벌 아이브스. 우리는 하이킹을 가면 좋겠다고 생각했고, 그래서 그레이트스모키산맥 자락의 개틀린버그에서 출발해 애팔래치아 트레일을 따라 메인주로 향했다. 우리 모두 꽤나 말술에 수다쟁이라 여자와 시와 동양의 종교에 관해 제법 그럴듯한 이빨을 깔 수 있었다. 시원한 상록수 숲의 대피소에서 또는 별빛 아래서 잠들고 나중에는 화물열차에 뛰어올라 무임승차, 이런 생각도 다 훌륭해 보였다. 사실 이거야말로 내가 꼭 하고 싶다고 확신하던 일이었다. 하지만 나는 얼마 지나지 않아 흥을 잃었다. 모닥불을 피워 둘러앉고 어떤 여자애들과 동석도 하는 정말 즐거웠던 순간마다 나는 그들이 내게 이렇게 말하는 느낌이었다. "여기 어때, 빙크스? 바로 이거지, 안 그래, 인마?" 그들은 이 말을 하려고 여자애들한테서 거의 눈까지 돌렸다.

나는 왠지 우울감에 잠겨버렸다. 얼마나 좋은 동료들인가, 이들은 큰 행복을 누릴 자격이 있어, 나는 생각했다. 나도 이들을 행복하게 해줄 수 있다면 좋으련만. 하지만 푸르고 안개 낀 골짜기들의 아름다움은 우리한테 기쁨을 주는 대신 비통함만 안겼다. "뭐가 문제야, 빙크스?" 그들은 참다못해 말했다. "내 소중한 친구들," 나는 그들에게 말했다. "난 이만 작별하고 안녕을 빌어야겠어. 뉴올리언스에 돌아가 젠틸리에서 살 거야." 그 뒤 지금껏 나는 그곳에 살면서 홀로 밤낮없이 경이감**에 젖어 경이와 한시도 떨어지지 않고 있다. 가끔 친구들은 하나같이 턱수염 하며 자전거 하며 젊은 시절의 괴짜 같은 모습으로 지나는 길에 들렀다가 음악을 듣거나 매춘부를 물색하러 프렌치 쿼터에 발을 들이는데 그래도 나는 그냥 그들의 안녕만을 빈다. 나는 뭘 하느냐면 셰익스나이더 부인과 집에 눌러앉아 TV를 켠다. TV가 미치도록 좋아서가 아니라 경이감에서 멀어질 만큼 산만해질 일이 없기 때문이다. 그것이 내가 친구들이 겪는 수고를 겪으러 갈 수 없는 이유다. 지금은 산만한 상태라 나는 5분 안에 경이감에서 멀어질 예정이다.

4

월터가 줄스 고모부에게 시내까지 드라이브를 가자고 제안한다.

---

* Valdosta. 미국 조지아주 남부의 도시.

** wonder. 단순한 감탄보다는 불가사의라는 뉘앙스가 짙다.

모닥불 가에서 관자놀이를 손가락으로 받치고 있는 고모가 거실 문틈으로 보인다. 위를 향한 그녀의 얼굴에 하얀 하늘빛이 쏟아진다. 그녀는 눈을 떠 나를 보고 입술로 소리 없는 단어를 빚는다.

나는 반지하인 지하실에서 철제 벽난로를 문질러 닦고 있는 케이트를 발견한다. 크리스마스 이후로 그녀와 월터는 낡은 벽과 찬장에서 100년 묵은 페인트 찌꺼기를 제거하다 못해 편백나무며 벽돌이 다 드러나도록 청소에 몰두하고 있다. 혈색이 안 좋고 마른 걸 강조하려는지 그녀는 셔츠와 청바지로 갈아입은 상태다. 그녀는 열 살짜리처럼 빈약하지만 허벅지는 예외다. 가끔씩 그녀는 제 엉덩이를 거론하면서 빌 스트리트* 스타일로 해당 부위를 쑥 내밀고 찰싹 때리는데 그럴 때면 나는 놀랄 정도로 풍만하고 신비해서 농담할 게 없는 그 훌륭한 엉덩이에 얼굴을 붉힌다.

그녀가 나를 쾌활하게 반겨 마음이 놓인다. 그녀는 한쪽 다리를 끌어안고 무릎에 뺨을 괸 채 철제 띠를 철수세미로 문지른다. 그녀는 찢어진 고리버들 제품이며 쪼개진 크로케 공, 썩은 해먹 등 지나간 여름들이 어질러놓은 잡동사니 속에 편히 앉아 나를 부려먹는다. 이제 그녀는 솔벤트로 띠를 문지른다. 띠의 색깔이 연해지기 시작한다. "괜찮아? 나한테 뭐 할 말 없어?"

"있지, 그런데 뭔지 까먹었어."

"나 빙크스야 빙크스. 나한텐 다 얘기할 거잖아."

"맞아."

"내 말 한마디면 다 끝날 일이야."

"그럼 좋겠네."

"출셋길은 좀 어떠니?"

"그걸 그런 식으로 말해? 나도 잘 모르겠어. 지난달에 3000달러 벌었어 — 양도소득이 줄어서."

"전쟁을 하다 보면 피도 흘리는 거 아니겠어?"

"당신이 피를 흘리진 않았잖아."

"엥엥엥." 이건 싸움보단 장난에 가까운 우리 둘 간의 설전이다. "그런데 너 어머니한테 도리를 잘도 지키더라?"

"도리는 충분히 지킨 것 같은데."

"고모는 네가 자기랑 같은 부류라고 생각해."

"어떤 부류?"

"참한 볼링가 사람. 고모부는 널 수완가라고 생각하고. 하지만 나는 못 속이지."

"저기."

"응."

"어떤 부륜데?"

"나 같은 부류, 더 심하긴 해도. 훨씬 심하지."

그녀는 그런대로 기분이 좋다. 무리하게 보살필 필요가 없다. 나는 망가진 의자의 바구니형 팔걸이를 슬쩍 살핀다. 저 의자는 나름의 관록이 있다. 펠리시아나에서 스무 번의 여름을 보낸 넋이 깃들어 있다. 나는 고리버들 의자의 뼈대 굵은 척추에 걸터앉아 손으로 무릎을 짚는다.

"내가 왜 왔는지 생각났다. 레지어 씨댁에 가서 퍼레이드 안 볼

---

* Beale Street. 흑인이 많이 사는 낙후된 지역으로 유흥가가 많고 재즈가 생겨난 곳.

래?"

케이트는 한쪽 다리를 쭉 뻗어 담배를 집는다. 담배 피우는 습관은 그녀에게 이롭다. 그녀는 찌부러진 담뱃갑을 낚아 성가신 셀로판 포장지를 구기곤 담배 한 개비를 엄지손톱에다 난폭하고도 정확하게 탁탁 턴 다음 회중시계처럼 누렇고 반질반질하게 닳은 지포 라이터로 불을 붙인다. 쇼트컷 머리를 뒤로 넘기면서 그녀는 속담배로 회색 연기를 한 줄기 내뿜고 혀에서 담배 찌꺼기를 떼어낸다. 그녀를 보니 전쟁 전 컨버터블 한 대에 대여섯씩 끼워 타던, 내게는 어른 같은 모습으로 남자를 향해 또 섹스를 향해 새초롬하게 말없이 앉아 있던, 담배를 피난처로 삼던 대학교 여자애들이 생각난다. 셀로판 포장지 제거, 지포 라이터의 쨍 소리, 후유 하는 한숨 속에서 허공에 맹렬한 줄기로 내뿜어지는 담배 연기.

"어머니가 그러셔?"

"응."

케이트는 끄덕이기 시작하더니 멈추질 않는다. "가족회의가 꽤나 길었겠군."

"대수롭진 않았어."

"당신이 어머니의 원기를 못 겪어봐서 그래."

"고모의 원기?"

"나랑 어머니랑 둘이서 무슨 얘길 할 거 같아?"

"무슨 얘기?"

"당신 얘기. 당신 얘기라면 아주 질렸어."

이제 나는 그녀를 본다. 그녀의 목소리가 갑자기 "객관적" 어조를 띤다. 사회사업을 시작하더니 케이트는 어쩐지 단조롭고 과학적인 목소리로 사례연구를 발표하듯 정직하게 말하는 마법에 걸렸다. "—— 딱 보니까 우리 딱한 여인께선 그동안 오르가슴을 한 번도 못 느껴보신 게 분명해." "어떻게 그런 일이!" 나는 울음이 터질 정도고 우리는 전에 없이 강한 동지애를 느끼며, 즉 세상의 무지와 어리석음을 동정하기에는 영 객관적이지 않은 과학으로 맺어진 동지애를 느끼며 고개를 절레절레한다.

새어머니를 대하는 그녀의 방침은 달라진 게 없다. 솔직히 말해 나도 이견은 없다. 이렇게 미워할 기회를 찾는 것, 그녀에겐 그게 그럭저럭 도움이 된다. 그녀가 품는 미움은 그녀의 변증법이 이리저리 옮겨 다닌 결과다. 지난 몇 달 동안 그녀는 다시 아버지를 겨냥했다.(지하실이 아버지의 TV 방이 될 예정이다.) 맨 처음 그녀는 아버지의 딸로 시작했다. 그러다 소녀로서 반항기에 접어들자 새어머니라는 사람, 그 기민하고 매력적이고 똑똑한 여자가 때맞춰 나타났다. 그녀에게 새어머니는 그때까지만 해도 형체 없는 불만에 지나지 않는다 느껴지던 온갖 기력을 쏟아낼 장이 되었다. 만약 케이트한테 제 아버지의 방식, 그러니까 그의 선하고 완고한 천성, 그의 천주교적 무던함, 그의 뻔한 화장실 농담, 하느님에 관한 그의 미련한 침묵이 쓸모없었더라면, 아이고 주여. 마냥 선해져라, 수녀님들을 명심해라, 아빠와 같은 길, 즉 내면엔 믿음 외면엔 선한 영혼을 추구하는 길을 가라 하는 끝없고 미련한 꼬드김 —— 이것이 쓸모없었더라면 그녀는 매혹적인 새어머니의 궤도에 들었음을 깨닫기 전까지 자기가 얼마나 철부지인지 마냥 몰랐을 것이다. 그녀의 새어머니는 그녀를 붙잡더니 자유로이 풀어주었다. 나이 든 여자, 엄마뻘보다 나이 들되 어딘지 자매 같기도 한 그 여자에게서 케이트는 최고로 명랑쾌

활한 공모자이자 벗을 발견했다. 책과 음악과 미술과 사상의 세계가 그녀 앞에 펼쳐졌다. 이후 그녀의 새어머니가 그녀의 정치 활동에 경각심을 가졌더라면—영적인 반란, 그러니까 지방 교구의 편협한 지평선 위로 날아올라 문학과 삶의 영역에 들어서는 영혼의 비상이 그 정치 활동 중 하나였다—그랬더라면 세라 로런스 대학*의 소녀 감성 사회주의 운동이 잘못될 일은 없었을 텐데. 그러나 책방을 드나드는 지역 노동자들과 정보책이라 할 사회복지사들을 통해 고모는 뉴올리언스에 떠도는 현행 정치 음모에 빠삭했다—이것도 나름 문제였다. 하지만 그렇다 해도 그것은 과거의 일이었으므로 그리 안 좋을 건 없었다. 사실 시간이 지날수록 그것은 나름 **슈투덴텐타게**** 같은 성격을 띠기까지 했다. 내 뛰어난 기억에 따르면 우리들 바그너 숭배자들이 브람스를 비아냥거리던 시절에*** 그녀의 새어머니는 그녀에게 이렇게 말한 적이 있다—오, 열광에 들떠 반항하는 청춘이여. 하지만 현재 케이트의 미움 변증법에 제물이 되고 있는 건 그녀, 고모 자신이다. 아버지를 그리했던 것처럼 케이트가 제 새어머니를 붙잡아 "신문"해야 했던 건 불가피한 일이었고, 따라서 아버지와 미사를 드리러 갈 일이 없는 한, 아버지에게 TV 방을 내줄 필요가 없는 한 똑같은 변증법이 작동해 아버지를 루이지애나의 믿을 만한 사업가로 재발견해야 했던 것도 불가피한 일이었다. 그녀가 위층에서 교향악단의 음악을 포기하고 지하실에서 〈질레트 캐벌케이드〉****를 섭렵해야 했던 것도 불가피한 일이었다. 그러니까 말하자면 그녀가 현재 부모 중 누구를 좋아하고 누구를 싫어하든 내게는 그게 그거란 얘기다. 하지만 그녀의 빈약한 자원을 보면 나도 마음이 불안하다. 그녀의 변증법은 이제 그녀를 어디로 데려갈까? 줄스 고모부 다음에는 어디로? 그녀가 제 새어머니한테 돌아가지 못하고 이 변증법을 깨닫고 말 어느 막다른 곳에 들어설까 봐 겁난다. “그럼 고모를 미워해,” 나는 그녀에게 말하고 싶다. “고모부를 사랑하기로 하고. 하지만 그쯤 해둬. 더는 왔다 갔다 하지 말고.”

하지만 나는 말한다. “그럼 레지어 씨댁엔 안 가는 거구나.”

그녀는 깨진 도자기 조각에 담배를 올려두고 문지르기 작업을 재개한다.

“무도회에도 안 가는 거지?” 나는 묻는다.

“응.”

“월터가 크루 주장으로 나오는 거 안 보고 싶어?”

케이트는 휙 돌더니 눈이 원반이 된다. “월터를 함부로 깔보지 마.”

“깔보긴.”

“점심때 둘이서 그 사람 따돌린 거 내가 모를 줄 알아? 둘이서 죽이 아주 잘 맞더라.”

“나는 너랑 내가 죽이 잘 맞는 줄 알았는데.”

“당신이랑 나는 뭘 해도 죽이 안 맞지.”

나는 이 말을 곰곰이 헤아려본다.

---

* Sarah Lawrence College. 뉴욕주 용커스 시에 있는, 인문학 등에 특화된 명문 사립대학.

** Studententage. 독일어로 학생 회의.

*** 윗대인 바그너가 아랫대인 브람스의 연주를 두고 기교를 부리는 듯하다며 달가워하지 않았던 일에 빗댄 세대 갈등 농담.

**** Gillete Cavalcade of Sports. 미국 NBC 방송사에서 1942년부터 1960년까지 방송한 라디오 스포츠 중계.

"잘 가," 케이트는 짜증을 내며 말한다.

5

우리는, 즉 고모와 나는 음악이 나올 땐 말을 멈추는 우리만의 옛날 방식으로 대화를 한다. 그녀는 쇼팽을 연주하고 있다. 실력이 아주 좋지는 않다. 손톱이 건반에 찰각찰각 부딪친다. 하지만 그녀는 E 플랫 에튀드, 우리 둘이 제일 좋아하는 작품을 연주 중이다. 최근 몇 년간 나는 음악에 회의적이었다. 한때 우리를 각별하게 결속시켰던 악구에 그녀의 연주가 이르자 나는 소녀처럼 사르르 마음이 녹아 다시 스스로를 다잡는다.

그녀는 케이트가 아니라 내 어머니에 관해 묻는다. 사실 고모는 내 어머니를 좋아하지 않는다. 그래도 의사인 내 아버지와 간호사인 어머니가 만나 결혼했다는 사연을 헤아려 되도록 어머니를 좋아하려고 한다. 고모는 내 어머니를 험담한 적이 없고 실제로도 속마음을 떠나 잘해준다. 심지어 아버지가 "운이 좋아서" 그런 훌륭한 여자를 만났다고까지 말하는데, 그녀가 뜻하는 건 아버지가 어떤 면에서는 운에 내맡겼다는 것이다. 고모가 어머니를 못마땅하게 생각하는 건 전적으로, 실은 어머니가 아니라 아버지가 못마땅한 것이지만, 결혼 생활에 대한 아버지의 환상을 결핍시켰기 때문이다. 가끔은 나 자신도 어머니가 어떤 사람이었으며 빌럭시 수간호사의 뜻밖의 선택에 기댄 나라는 사람은 누구인가 하는 기분이 든다. 아버지는 보스턴에서 의과대학과 외과 레지던트를 마치고 돌아와 할아버지랑 펠리시아나 패리시에서 개업을 하면서 간호사를 신청했다. 다음 날 그는 (그리고 나는) 어떤 사람을 만나게 될지 기다렸다. 문이 열리고 안에 들어온 건, 나중에 밝혀진 대로, 다리가 하나라거나 더없이 추한 꼴만 아니라면 그의 아내이자 내 어머니가 될 사람이었다. 내 어머니는 천주교 신자로서 고모의 동료들 사이에서는 "독실한 천주교 신자"라 불리는데 내가 알기론 독실한 것과 거리가 머니 그 말은 그저 실천적 천주교 신자라는 뜻일 뿐이다. 이는 적어도 명목상으론 나도 천주교 신자임을 말해준다.

내 아버지가 돌아가시자 고모는 나를 사립학교에 보냈다. 대학 시절에는 고모네 집에서 살았다. 빌럭시의 병원으로 돌아간 어머니는 재혼을 해 현 남편이 웨스턴 오토(Western Auto)사 대리점 일을 하는 걸프 해안에서 산다. 내게는 스미스라는 성을 가진 이부형제와 이부자매가 여섯 명 있다. 나는 이따금 여름이면 데잘레망 내포*에서 운영하는 그들의 낚시 캠프에 나의 마샤 혹은 린다를 데리고 들르곤 한다.

이제 에밀리 고모는 손톱을 건반에 찰각찰각 부딪치며 그 선율, 19세기의 감미롭고 슬픈 새된 소리로 돌아가는데 좋기는 해도 만족스러울 정도는 아니다. 나는 나를 보호하고자 벽난로 선반에서 사진 하나를 집어 든다.

"걔는 가겠대?" 연주를 멈춘 사이 고모가 묻는다.

"케이트요? 아니요."

"흠. 그러든가 말든가."

---

* Bayou des Allemands. '독일인의 내포'라는 뜻의 지류.

나는 사진을 다시 빛에 대본다. 방금 하늘이 캄캄해지는 중에 한 바탕 돌풍이 솟구쳤다.

"사진에선 왜 빠져 있어요, 막둥이께서는?" 나는 그녀에게 묻는다. "거기 없으셨어요?"

"없었고말고. 다들 뭘 하고 싶어 했는 줄 아니?"

"뭔데요?"

"메추라기 잡으러 헝가리까지 원정 가는 거. 맙소사, 메추라기는 펠리시아나 패리시에서도 잡을 수 있잖느냐고 내가 말했지. 어쨌거나 뮌헨에서 뭔가 수상한 일이 벌어지고 있단 얘기를 들었거든. 어떤 반란*이 있었고 난 그 냄새도 맡기 싫었어. 그래서 오빠들은 헝가리로 메추라기 사냥을 하러 가고 나는 나만의 반란을 했지 뭐." 그녀는 내가 사진을 바꿔 드는 걸 지켜본다. "오빠들 같은 부류는 이제 드물어. 카토**의 시대는 갔으니까. 내 남편 줄스만 남았네. 샘 여거랑 말이지. 샘도 만나고 그러면 좋지 않겠니?"

이건 물론 말도 안 되는 얘기다. 줄스 고모부가 카토는 무슨. 샘 여거의 경우 긴 일요일 오후 고모의 일행들 사이에 끼어 있을 때만 카토로 변한다. 고모는 모두를 이상화한다. 그녀는 아직도 머서를 옛 시절 하인으로 본다. 줄스 고모부는 크레올 카토, 마지막 남은 영웅으로 본다—하지만 사실 그는 라포르슈 내포***의 직계로서 마르세유 상인만큼 돈에 밝은 케이준이자 아주 좋은 사람이긴 해도 카토는 아니다. 과거의 온갖 널브러진 조각들, 사람들에 관한 온갖 쓸데없고 칙칙한 것들, 고모는 그런 것들을 그러모아 영웅 혹은 겁쟁이, 고결한 혹은 비열한의 뚜렷한 이목구비를 빚어낸다. 그녀가 너무 고집스럽다 보니 때로는 사람도 과거도 그녀 때문에 실제로 변모

하곤 한다. 그들은 그녀가 보는 대로 된다. 줄스 고모부는 스스로를 씨족 안의 크레올 멤버, 리 가문 안의 보르가드****로 보게 되었다. 머서는 가끔가다 옛 시절 하인과 구별이 되질 않는다. 솔직히 나는 머서가 실제로 어떤 사람인지 잘 모르고 머서도 자기가 누군지 잘 모른다.

정오부터 계속된 폭풍이 이제 머리 위에서 부서진다. 천둥이 달그락달그락 유리를 흔든다. 우리는 현관으로 나가 그 광경을 구경한다. 걸프 해안에서 불어오는 돌풍이 바나나나무 잎을 리본인 양 휘두르고 죽은 동백꽃을 마당 너머로 날려 보낸다. 장막 같은 비는 집을 만나 잠시 갈라졌다가 곧장 원래의 모습으로 합친다. 녹나무 쓰레기도 지붕에서 시끄럽게 굴러다닌다. 우리는 산책길 나그네처럼 팔짱을 끼고 이리저리 바람 가는 쪽으로 거닌다.

"독일 이후에 나는 영국으로 돌아가겠다고 고집했어. 레이크컨트리가 다시 보고 싶었거든."

"아버지도 갔어요?"

"잭 오빠? 그럴 리가. 그는 샬러츠빌이랑 프린스턴에서 온 두 친

---

* 맥주홀 폭동 또는 뮌헨 폭동이라 불리는 히틀러의 뮌헨 반란이 1923년 11월에 있었다. 이 일로 히틀러는 유명세를 타 전국구 정치인이 되었다.

** Cato, 기원전 95년-기원전 46년. 흔히 소(小)카토라 불리는 로마 정치가. 스토아철학을 신봉했고 카이사르와 대립해 공화정을 지키려다 패배 후 자살.

*** Bayou Lafourche. 루이지애나주의 남동쪽을 지나 멕시코만으로 흘러드는 길이 171킬로미터의 강.

**** 여기서 리는 로버트 E. 리(Robert E. Lee)를 가리킨다. 로버트 E. 리와 보르가드(P. G. T. Beauregard) 모두 미국 남북전쟁 당시 남부 동맹군의 장군으로서 전자는 백인 명문가 출신이고 후자는 크레올이다.

구를 만나서 부랴부랴 라인강 위쪽으로 가던걸. 한쪽 겨드랑이엔 립프라우밀히*병에 다른 쪽 겨드랑이엔 『빌헬름 마이스터』를 끼고서."(하지만 백번 생각해봐도 둘은 어울리지 않는다. 도제 중인 귀공자와 선반 위의 짓궂은 애송이가 도대체 어딜 봐서.)

"잭," 그녀가 달라진 목소리로 말하자 검은 숲**은 즉시 40년 전 2000마일 바깥의 일이 되어버린다.

"네." 내 목덜미는 지독하되 불쾌하진 않은 종말론적 소름이 돋기 시작한다.

우리는 산책을 재개한다. 고모는 발끝을 마룻널 끝에 맞춰가며 한 발 한 발 신중히 걷는다. 그녀는 손가락으로 입술을 누르지만 웃고 있는 건지 찡그리고 있는 건지 분간이 되지 않는다.

"내가 어젯밤에 정신착란이 왔어. 그래도 오늘 아침엔 그런대로 괜찮은 것 같더라. 어떤 생각이 드니?"

"네?" 내 목이 불테리어한테 물린 것처럼 쑤신다.

"지난주에 그레이트 북스 책방에서 우리 마이너 박사님하고 수다를 떨었어. 난 네 이름 안 꺼냈다. 그분이 꺼냈지. 네가 뭘 하고 지내는지 물으시더라. 내가 말씀을 드렸더니 창피한 일이라고 하시는데—진심이 아니면 괜히 그런 말씀 안 하셔—네 머리가 비상한 데다 자연과학에 호기심을 보여서 그러시는 거래."

나는 그녀가 무슨 말을 할지 안다. 고모는 나한테 "연구하는 재주"가 있다고 확신한다. 이는 사실과 다르다. 나한테 연구하는 재주가 있었다면 연구를 하고 있었을 것이다. 사실 나는 그리 똑똑하지 않다. 내 성적은 평균치였다. 어머니와 고모는 내가 조용하고 멍해 있어서 똑똑하다고 생각한다—아버지와 할아버지가 똑똑했기 때문이기도 하다. 그들은 내가 다른 일에 적합하지 않으므로 연구를 하지 않으면 안 된다고 생각한다—나는 보통의 직업으론 성에 안 차는 천재인 것이다. 나도 어느 여름 연구를 시도해보기는 했다. 신장결석이 형성될 때 산염기평형이 어떤 역할을 하는지에 흥미가 있었다. 정말이지 꽤나 흥미로운 과제였다. 나는 혈액의 수소이온농도를 조작하면 돼지 몸에 수산염 결석을 만들고 심지어 용해도 할 수 있을 거라고 넘겨짚었다. 피츠버그 출신인 해리 스턴이라는 친구 녀석과 나는 문헌을 싹 조사해 그 과제를 마이너 박사님한테 보여주었다. 그는 열정적이었고 우리가 원하는 모든 것과 여름 동안의 해방을 우리에게 주었다. 하지만 그러다 이상한 일이 벌어졌다. 나는 실험실에서 여름 오후의 영향을 유별나게 받고 말았다. 8월의 햇살이 커다랗고 먼지 낀 채광창에 쏟아져 내려 방 안을 노란 창살 모양으로 가로질렀다. 낡은 건물은 더위 속에서 똑딱똑딱 삐걱삐걱 소리가 났다. 밖에서는 학생들이 터치풋볼***을 하면서 내는 여름날의 외침이 들려왔다. 오후 중에 노란 햇빛은 생물학부의 낡은 단체 사진들을 훑고 갔다. 나는 그 건물의 풍모에 매료되었다. 나는 내리 몇 분을 의자에 앉아 티끌이 햇살 속을 오르내리는 모습을 지켜보았다. 나는 저것 좀 보라며 해리의 관심을 유도했지만 그는 어깨만 으쓱하고 작업을 계속했다. 그는 시공간의 특수성에 절대적으로 무신경했다. 어디나 그의 집이었다. 그에게는 돼지한테 뉴올리언스에서 오후

* Liebfraumilch. 라인강 유역에서 생산되는 고급 백포도주.

** Black Forest. 앞에서 언급된 슈바르츠발트의 영어 이름.

*** 미식축구를 덜 위험하게 바꾼 경기.

4시에 삽입관을 꽂든 트란실바니아에서 자정에 삽입관을 꽂든 다를 것이 없었다. 실제로 그는 머릿속에 든 과제 말고는 아무것도 신경 쓰지 않는 영화 속 과학자들과 다름없었다 — 이런 게 바로 "연구하는 재주"가 있다는 소릴 들을 사람이다. 그래도 나는 그가 부럽지 않다. 그가 암의 원인과 치료법을 발견한대도 그와 자리를 바꾸지 않을 것이다. 그는 제 주변의 수수께끼에 대해 물고기가 물을 아는 만큼도 모르기 때문이다. 그는 천년만년 연구할 수 있는 사람이었지만 그걸 어렴풋하게도 알아차리지 못했다. 8월 중순에 나는 그해 여름 오후의 수수께끼에 비하면 돼지한테 신장결석이 생기든 말든(말 나온 김에 말하자면 결석은 생기지 않았다) 달라질 게 뭔지 알 수 없었다. 나는 해리에게 용서를 구했다. 내가 죽치고 있어봐야 도움이 되지 않으므로 그는 기꺼이 용서했다. 나는 남은 방학을 프렌치 쿼터에 내려가 스스로 시인이라 여기는 베닝턴 출신의 매력적이고 착각에 빠진 여자아이랑 여름의 정령을 좇으며 보냈다.

하지만 내가 틀렸다. 고모는 나더러 가서 연구를 하라고 제안 중인 게 아니다.

"난 네가 이번 가을에 의과대학에 들어가면 어떨까 싶어. 알다시피 너도 내심 늘 마음에 담아뒀던 거잖니. 차고에 있는 네 옛날 방을 막 수리하는 중이야. 기다렸다가 한번 보렴 — 간이 부엌이랑 책장도 몇 개 더 들였어. 사생활 보장도 완벽해. 우리도 너 본채에 안 받아줄 거야. 그래 — 널 위해서 뭘 해주는 게 아니야. 우리가 널 써먹으려는 거라면 모를까. 내가 이해 못 하는 뭔가를 케이트가 겪고 있잖니. 줄스 고모부는, 내 남편 줄스는 뭔가 잘못됐다고 인정을 안 해. 케이트가 말 듣는 시늉이라도 하는 건 샘하고 너 둘뿐이야."

현관 끄트머리로 가자 따뜻한 잔물방울이 우리의 얼굴을 때린다. 남쪽 섬 냄새가 난다. 비는 잦아들고 타이어들은 젖은 아스팔트 위에서 쌕쌕거린다.

"우리 이렇게 하자. 날씨가 더워지면 곧장 다 같이 플랫록에 가는 거야, 온 가족이, 월터도 포함해서. 그 아이한테도 벌써 약속 받았어. 산에서 긴 여름 멋지게 보내고 9월에 돌아와서 본격적으로 일하자고."

차 두 대가 경쟁하며 프리테이니아 스트리트(Prytania Street)를 나란히 달린다. 누군가 개골개골 한심한 목소리로 육두문자를 날린다. 우리의 발소리가 권총 소리처럼 탕탕 지하실에 메아리친다.

"글쎄요."

"한번 생각해봐."

"네."

그녀는 웃지 않는다. 그러는 대신 그녀는 나를 세워 내 결음을 미룬다.

"인생에서 원하는 게 뭐니, 아가?" 그녀는 마음 불편해지는 다정함을 실어 묻는다.

"모르겠어요. 하지만 원하시면 언제든 이사 올게요."

"머리 쓰는 일로 기여를 해야겠단 의무감은 안 드니?"

"네."

그녀는 내가 더 긴 대답을 하길 기다린다. 내가 그러지 않자 그녀는 생각을 접는 듯하다. 그녀는 내 거절 때문에 나를 나쁘게 보기는 커녕 내게 팔을 걸고 산책을 재개한다.

"난 더는 세상을 이해하는 척하고 싶지 않아." 그녀는 고개를 가로젓는 와중에도 다정하고 위협적인 웃음을 짓는다. "내가 알던 세상은 귓가에서 이미 무너져 내렸어. 우리가 소중히 여기는 것들은 욕이나 먹고 침이나 맞지." 그녀는 프리테이니아 스트리트 쪽으로 턱짓을 한다. "네가 살아갈 세상은 흥미로워 — 나는 함께하지 못해 유감이라는 말도 못 전할 테지만. 그래도 틀림없이 장관일 거야, 저녁 땅이 꺼지면. 그게 우리지. 그리고 내 분명히 말하겠는데, 젊은 친구, 지금이 저녁이야. 많이 늦었어."

그녀도 마찬가지로 골조가 붕괴하곤 있지만 그녀한테는 붕괴마저 이치에 맞는 일이다. 그녀는 다가올 혼돈을 잘 안다. 그녀의 눈을 통해 보는 혼돈은 매우 평범한 듯하다. 인생에서 내 임무는 간단하다. 의과대학 진학. 동포에게 봉사하며 길고 쓸모 있는 인생 살기. 이게 뭐 어때서? 잊어먹지만 않는다면야.

"— 너는 썩히기엔 너무 좋은 머릴 가졌어. 우리가 우주의 이 캄캄한 구석에서 아웅다웅 세월 버려가며 뭘 하고 있는지 난 당최 모르겠다. 그건 높이 계신 신들이 내게 아직 털어놓지 않은 비밀이겠지. 하지만 나한텐 한 가지 믿음이 있는데 난 그걸 온몸으로 믿는단다. 사람은 자기가 아는 대로 살되 미력이나마 최선을 다해야 된다는 거야. 이 세상에서 선은 패배하게 돼 있어. 하지만 사람은 끝까지 싸워야 된다 이거야. 그게 승리지. 뭔가를 하다 마는 건 덜된 사람이 되는 거란다."

그녀가 옳다. 나는 알겠다고 말할 참이다. 그녀가 무슨 말을 하는지 실은 모르지만 알겠다고 말할 참이다.

하지만 내 귀에는 이런 내 말이 들린다. "실은 저도 젠틸리를 곧 뜰 생각이었어요, 이유는 다르지만요. 어떤 이유냐면 —" 나는 말을 멈춘다. 탐색 때문이라는 내 생각이 터무니없어 보인다.

놀랍게도 이 어설픈 대답을 듣고 고모는 반긴다.

"그래야지!" 그녀가 소리친다. "너는 남자라면 다들 하던 일을 하는 거야. 네 아버지는 대학을 마쳤을 때 **반더야***를 갖고 라인강 상류며 루아르강 하류를 거닐면서 한 해를 멋지게 보냈어, 한쪽 팔엔 예쁜 여자 친구 한쪽 팔엔 좋은 동료를 끼고서. 너는 대학 마치고 무슨 일이 있었더라? 전쟁이었지. 그걸 겪어내다니 정말 장해. 하지만 그건 누구라도 맥이 빠지는 일이지."

**반더야**. 마음이 가라앉는다. 우린 서로를 도저히 이해하지 못한다. 내가 "정착"을 하기 전에 지난 4년을 **반더야**로 보내겠단 생각이 들었다면 난 그 자리에서 머리에 방아쇠를 당겼을 것이다.

"무슨 말씀이세요, 제가 맥이 빠진다는 게?"

"네 과학적인 소명, 책이랑 음악에 대한 네 애정 말이야. 우리가 얘기하곤 하던 거 기억 안 나니 — 긴긴 겨울 저녁에 줄스 고모부는 자러 가고 케이트는 춤추러 갔을 때 우리가 얼마나 자주 얘길 나눴는데! 태양이 우리 얘길 견디다 못해 하늘 밑으로 쏙 들어가게 만들었잖아. 에우리피데스랑 장 크리스토프** 찾은 거 기억 안 나?"

"고모가 저한테 다 찾아주셨죠. 항상 고모를 통해서 —" 갑자기 졸음이 쏟아진다. 한 발 한 발 딛기도 힘들다. 다행히 고모는 앉을 셈이다. 나는 손수건으로 철제 벤치를 닦고 고모와 팔짱을 낀 채 함

* Wanderjahr. 편력 기간, 방랑 기간. 과거 독일에서 교육을 마친 도제들이 세상을 돌아다니며 배우던 기간.

** 로맹 롤랑의 동명의 소설 주인공.

께 앉는다. 그녀는 나를 토닥토닥 두드린다.

"자. 네가 약속 하나 해줬으면 좋겠어."

"네."

"네 생일이 일주일 뒤야."

"그래요?"

"네가 서른이 돼. 서른 살 먹은 남자라면 살면서 뭘 하고 싶은지 알아야 한다고 생각하지 않니?"

"네."

"고모한테 말해줄래?"

"그때요?"

"응. 다음 주 수요일 오후에 — 샘이 떠나고 나서. 지금 이 장소에서 보자. 와서 약속할 거지?"

"네." 그녀는 샘의 방문을 엄청 기대하고 있다.

그녀는 내 소맷자락을 걷어 시계를 보고 숨을 들이켠다. "절름발이에 무지렁이에 고만고만한 식충이로 돌아갈 시간이네."

"막둥이 님, 목 쓰다듬어드릴 테니까 일단 누워보세요." 나는 눈만 봐도 그녀에게 두통이 있음을 알 수 있다.

나중에 머서가 앞 계단으로 차를 가져오자 그녀는 따뜻하고 메마른 뺨을 내 뺨에 댄다. "음! 넌 정말 위안이 되는 사람이야. 널 보면 네 아버지가 너무 생각나."

"저는 기억이 잘 안 나요."

"세상없이 다정한 양반이었지. 아주 유쾌하고. 그러니까 여자애들이 껌뻑 넘어가지. 머리는 또 어떻고! 계산기처럼 회전이 빨랐어,

너처럼 분석적인 머리였다니까."(나는 아무것도 분석한 적 없는데 그녀는 이 말을 입에 달고 산다.) "뉴올리언스에서 아무나 골라잡을 수 있었지."

(그래서 골라잡은 게 애나 카스타네다.)

코듀로이 코트와 캡 모자 차림으로 바뀐 머서가 마지못해 문을 붙든 채 자기가 운전기사이긴 해도 종은 아니라고 말하려는 듯 목을 쭉 빼고 거리 이쪽저쪽을 살핀다.

그녀는 차에 오르고도 내 손을 놓지 않는다.

"연구를 했으면 훨씬 행복했을 텐데," 그녀가 말하고는 나를 풀어준다.

6

비가 그쳤다. 케이트가 계단 밑에서 부른다.

그녀의 기분은 최고조다. 그녀는 내게 리놀륨을 들어내고 발견한 벽돌 바닥과 월터가 고물상에서 구입한 셔터 문을 보여준다. 페인트를 제거할 때 셔터 문이 페인트 통에 긁힌 탓에 그녀는 심란하다.

"여기에 칸막이로 쓸 거야. 분수대랑 화분은 밖에 내놓을 거고." 칸막이를 정원까지 뻗으니 벽 한쪽 모퉁이가 둘러막혀 작고 쾌적한 구석방이 만들어진다. 나는 그녀가 왜 저리 진지한지 알 수 있다. 솔직히 그녀로선 알맞은 **장소**, 벽돌과 덩굴식물과 흐르는 물이 있는 차단된 장소를 떠올릴 수만 있어도 삶 자체가 숨통이 트인다. "기분 끝내준다."

"왜 기분이 좋아졌어?"

"폭풍이었잖아." 케이트는 망가진 의자를 닦더니 그 고리버들에 쿵 찧도록 나를 끌어내린다. "폭풍은 활개를 치지, 당신이랑 어머니는 어슬렁거리고 다니지, 그래서 나 혼자 마실 거 차려서 일분일초를 즐겼지 뭐."

"레지어 씨댁에 갈 마음 생겼어?"

"오, 그럴 정돈 아냐," 그녀가 제 엄지를 잡아 뜯으며 말한다. "어디로 가?" 내가 자리를 떠주었으면 싶어서 그녀는 초조한 듯 묻는다.

"매거진 스트리트." 그녀가 듣고 있지 않다는 걸 나는 안다. 숨마다 생각을 하고 있었는지 호흡이 얕고 불규칙하다. "이번에도 안 좋아?"

그녀는 어깨를 으쓱한다.

"지난번만큼 안 좋아?"

"안 좋을 정돈 아니야." 그녀는 진부한 제스처로 무릎을 탁 친다. 조금 뒤 그녀는 말한다. "불쌍한 월터."

"월터가 왜?"

"그가 여기 내려와서 뭐 하는지 알아?"

"아니."

"벽 치수를 재. 주머니에 소형 줄자를 챙겨 다니면서. 벽이 얼마나 두꺼운지 납득이 안 되나 봐."

"그랑 결혼할 거야?"

"모르겠어."

"네 어머니는 그 사고가 아직도 널 괴롭힌다고 생각하시더라."

"내가 다르게 말하길 기대했어?"

"그럼 그렇지 않다는 거니?"

"그게 나한테 내 삶을 줬다는 얘기야. 그건 나만의 비밀이야, 전쟁이 당신의 비밀이듯이."

"난 전쟁이 싫었어."

"왜냐하면 나중엔 다들 이렇게 말했으니까. 걔가 얼마나 무시무시한 일을 겪었는지 지금도 썩 괜찮지는 않아요. 그렇다면 실은 내가 아주 괜찮았다는 거지. 나는 좋은 군인이 됐을 거야."

"왜 군인이 되고 싶은데?"

"싸우는 게 얼마나 단순해. 난생처음 피와 살로 된 적다운 적을 보고 겁먹은 순간에 같은 처지인 사람들하고 있으니 얼마나 즐겁겠느냐고. 흥청망청할 일이지! 그게 영웅들의 비밀 아니야?"

"난 모르겠다. 영웅이 아니었으니까."

케이트는 골똘히 생각에 잠긴다. "살면서 제일 행복했던 순간 기억나?"

"아니. 군대에서 나온 것 말고는."

"난 기억나. 1955년 가을이었어. 나는 열아홉 살이었고 라이엘과 결혼할 예정이었고 라이엘은 착한 사람이었지. 둘이서 패스크리스천에서 나체스*까지 라이엘의 가족을 보러 차를 몰고 가는 길이었고 그다음 날엔 옥스퍼드에 올라가서 시합을 하나 볼 계획이었어. 그래서 나체스에 갔다가 다음 날 옥스퍼드까지 차를 몰고 가서 시합을 보고 춤을 추러 갔지. 춤이 끝난 뒤에는 당연히 라이엘이 집까지 차

* 패스크리스천(Pass Christian)과 나체스(Natchez) 모두 미시시피주의 도시.

를 몰아야 했어. 포트깁슨에 거의 도착하니까 동이 튼 뒤였는데 땅안개는 아직 끼어 있는 거야. 그 비포장도로는 지대가 낮은 데는 아직 어둡더라. 라이엘은 어느 움푹 파인 델 밟았지. 우리 차는 문에 스프라이*라고 페인트칠된 쿠페였어." 케이트는 그 기이함을 음미하면서 병약하고 분석적인 말투로 이야기한다. "스프라이가 내가 마지막에 본 거야. 라이엘은 목화 채집자들이 잔뜩 탄 트럭하고 정면충돌했어. 나는 공처럼 말릴 정도로 아주 바닥에 꼬라박혔지. 정신이 들고 보니까 내가 어느 판잣집의 앞 현관에 누워 있던걸. 난 긁힌 곳조차 없었어. 백인이 죽었다고 누군가 말하는 게 들리더라. 나한테 떠오르는 건 하나뿐이었어. 라이엘의 가족을 보러 나체스까지 끌려가기 싫었다는 거. 경찰 두 명이 나를 병원까지 태워다주겠대. 하지만 난 별 이상을 못 느꼈어—누가 술을 한 잔 줬거든. 나는 건너가서 라이엘을 들여다보았는데 다들 날 구경꾼으로 아는 거 있지. 그의 볼엔 자갈이 물려 있었어. 도로엔 차가 스무 대나 서른 대쯤 서 있었는데 그 와중에 버스가 한 대 나타나더라. 나는 버스를 타고 나체스까지 갔어. 내 블라우스에 피가 좀 묻었길래 호텔에 도착해서는 세탁을 맡기고 샤워를 한 다음 아침 식사를 거하게 주문해서 부스러기까지 싹 긁어 먹고 일요일 자 신문을 읽었지. (커피가 얼마나 훌륭했는지 아직도 기억나.) 블라우스를 돌려받고는 그걸 입고 기차역에 가서 뉴올리언스행 일리노이 센트럴을 탔어. 기절해서 자다가 초저녁에 캐럴턴 애버뉴에 내려서 집까지 걸어갔지."

"제일 행복했던 순간이 언제야?"

"버스 탔을 때. 문이 열릴 때까지 마냥 그대로 서 있다가 올라타서는 육류 창고만큼 어둡고 시원한 움푹움푹한 길을 환한 햇살 속에서 미끄러져 내려갔어."

케이트는 눈살을 찌푸리고 고리버들을 손가락으로 톡톡 두드려댄다. 강에서 디젤선의 경적이 울려온다. 머리 위에선 모터가 돌아간다. 머서는 왁스칠 기계를 힘껏 눌러서 사용해야 한다고 생각한다 — 니그로들이 모터를 아낄 줄 모른다는 걸 나는 진작에 알았다.

"실례(Pardon)," 케이트가 말하고는 갑자기 일어나 자리를 뜬다. 그녀에게 저 짧은 양키 말은 쓸모가 좋다. 자리 뜨는 속내를 감춰줄 만큼. 수도관이 졸졸거리다 한 차례의 가격으로 멈춘다. 자리에 돌아온 케이트는 목을 빼고 주위를 둘러보더니 카우보이 스타일로 제 팔을 찰싹 때린다. 마당에서는 빛이 깜빡이고 우리 위에서는 휑한 집이 소라 껍데기처럼 윙 울리는 소리를 낸다.

"그 말은 월터랑 결혼하지 않을 거란 뜻이니?"

"아마도," 케이트가 순식간에 하품을 하며 말한다.

"오늘 밤에 월터 보러 갈래?"

"싫어."

"나랑 같이 가지 그래?"

"싫어," 케이트가 제 팔을 찰싹 때리며 말한다. "여기 있을래."

## 7

그녀가 너무 소리 없이 나타나는 바람에 처음에는 거리에서 굴 양

---

* Spry. '날쌘' '재빠른'이라는 뜻.

동이를 싣고 와 분쇄한 얼음에다 틈틈이 굴을 펼쳐놓는 니그로 남자아이인 줄 알았다. 굴 바는 식당과 부엌 사이, 여종업원이 지나다니는 일종의 통로에 있다. 노란 전구 하나가 서까래에 걸렸지만 종업원용 출입문은 열려 있어 통로에는 저녁 어둠이 꽉 들어찼다.

케이트는 아연으로 도금된 바를 손가락으로 두드리면서 니그로 남자아이가 타일 바닥에 낀 굴 때를 닦는 모습을 멍하니 응시한다. 굴 따개는 그녀 앞에 굴을 바치기 시작한다.

"나 레지어 씨댁에도 못 가고 월터랑 결혼도 못 해."

나는 맥주를 마시며 그녀를 쳐다본다.

"내가 사실대로 말 안 했어. 상태가 안 좋아."

"지금 이 순간에도?"

"응."

"여기 있을래 아니면 나갈래?"

"모르겠어," 그녀는 멍해서 말한다. 모르는 사람이 보면 그녀가 이상한 줄 모를 것이다.

"멀한테 연락해줄까?"

"아니. 다른 거."

"다른 거"란 전에 우리가 찾은 해법을 말한다. 그 해법은 대략 그녀가 어린 남자아이가 됐다 치고 내가 그녀에게 관심을 끊는 것이다. 그녀는 바다만큼 차갑고 짠 갈색 수컷 굴*을 먹는다. 상태가 안 좋지만은 않다. 더 안 좋은 모습도 본 적이 있다.

"우리 세인트찰스 애버뉴로 넘어가서 퍼레이드 보자. 그 뒤엔 내가 보고 싶은 영화가 있어."

그녀는 고개를 끄덕이다가 이내 여종업원을 의식하고는 아버지나 형을 따라와 티 안 나게 힐끔거리도록 허락받은 남자아이처럼 마른 입술을 벌리고 쳐다본다.

우리는 넵튠의 도심 행진 시각에 늦지 않는다. 인파는 벌써 호수 쪽에서 세인트찰스 애버뉴 방면인 강 쪽으로 이동했다. 이제 꽤 어둡다. 생기로운 참나무들의 젖은 잎사귀 안쪽에 가로등이 금빛의 여백을 만든다. 남풍이 차퍼툴러스(Tchoupitoulas) 부두에서 커피 향을 실어 온다. 기마경찰이 책임지고 인파를 통제한다. 루이지애나 애버뉴와 클레이본 애버뉴의 니그로들이 캄캄한 중립지대로 모여든다. 어떤 니그로 남자들은 인파를 넘겨다보라고 아이들에게 목말을 태운다.

참나무의 큰 가지 밑에는 잔가지를 칠지 말지 가늠하면서 젖어서 축 늘어진 것들을 잘라내는 공무용 탑차가 있다. 횃불잡이들을 보려고 기다리니 드디어 그들, 너저분한 큐 클럭스 클랜(KKK) 복장의 범상치 않은 니그로 여섯 명으로 구성된 선봉대가 각자 분홍과 하양한 쌍으로 된 불꽃을 높이 쳐들고 나타난다. 횃불이 이목을 끈다. 횃불잡이들은 모두에게 불꽃 세례를 하면서 인파의 바로 곁을 성큼성큼 서둘러 지나간다. 때 묻은 후드 모자를 눌러쓴 채 슬쩍슬쩍 곁눈질하는 검고 험악한 얼굴들, 그들은 대열을 지키라며 저희끼리 화난 표정으로 흘긴다. 케이트가 그 모습을 보고 웃음을 터뜨린다. 니그로 구경꾼들도 그걸 재미있어하지만 그들의 뻔뻔한 태도, 군중에 대한 그들의 경멸적 처사에 흥분을 하기도 한다. "지금 장난해!" 그들

* 굴은 자웅동체로 수에서 암, 암에서 수로 성별이 바뀐다.

은 소리친다. "저것 좀 보라지! 별것도 아닌 주제에!"

수레는 나뭇잎 밑을 요란하게 지나간다. 몇몇 아버지는 아이 셋이 들어갈 만큼 커다란 오렌지색 상자가 꼭대기에 못으로 고정된 사다리를 가져왔다. 그 운 좋은 아이들은 눈높이에서 손에 닿을 듯 말 듯한 거리를 지나가는 복면객들을 입을 벌리고 주시한다. 복면객들은 코 덮개며 검은 눈구멍이 꼭 십자군 원정대 같다. 하지만 그 망령들은 이상하게 친절해서, 온갖 목걸이와 팔찌 다발을 몸을 숙여 떨궈주거나 중립지대의 유색인들에게 휙 던져준다. 루이지애나 북부와 텍사스에서 온 고등학교 악단이 수레를 뒤따른다. 니그로 소년들은 퍼레이드에 뒤처질세라 인파를 쫓아 달리며 너무 높이 던져진 싸구려 장신구들을 받는다.

크루의 주장과 공작 한 사람이 말을 타고 우리 쪽으로 다가온다.

나는 케이트에게 월터가 보고 싶은지 묻는다.

"아니."

"그럼 가는 게 낫겠다."

리처드 위드마크 주연의 〈거리의 공황Panic in the Streets〉이 차퍼툴러스 스트리트에서 상영되고 있다. 영화는 뉴올리언스에서 촬영되었다. 리처드 위드마크는 콜레라 배양균이 도시에 퍼진 걸 알게 되는 공중위생 검사관이다. 케이트는 마른 입술을 벌리고 본다. 그녀는 내 영화 구경을 이해하되 그녀만의 장난기 어린 방식으로 이해한다. 이 극장이 위치한 동네가 나오는 신이 있다. 케이트가 내게 눈짓을 한다 — 영화를 보는 동안 말을 않는 건 우리의 불문율이다.

나중에 거리로 나와서 그녀는 동네를 둘러본다. "그래, 이제 인증된 거네."

그녀는 내가 전에 인증이라고 부른 적 있는 영화 구경이란 현상을 언급하는 것이다. 요즘은 누가 동네 어디에 살아도 그곳이 그에게 인증되었다고 볼 순 없다. 그는 그곳에서 울적하게 살 가능성이 크며 그의 마음속 공허감은 동네 전체가 떠나가도록 팽창할 것이다. 하지만 자기 동네가 나오는 영화를 본다면 적어도 한동안 그는 아무 데가 아니라 특정한 데서 살게 될 가능성이 생긴다.*

그녀의 목소리는 좋아 보이지만 실제로는 그렇지 않다. 이번에 그녀는 내 친구 행세로, 친구 중에서도 절친한 친구이자 내 사소한 연구에 가장 내밀하게 관여하는 친구 행세로 자신을 가두는 중이다. 결국 그녀는 지금도 자기가 역할극을 하고 있단 걸 깨닫는다. 이제 그녀의 긴 악몽 속에서 우리의 이 오랜 우정은 그녀가 손댔다 하면 뭐든 영락없이 공포로 바뀌는 그 소름 끼치는 탈바꿈의 제물이 되어버린다.

---

* "아무 데"와 "특정한 데"의 원문은 각각 Anywhere와 Somewhere.

# 제2장

## 1

마디그라 전 축제가 있는 마지막 주말. 회사 일이 지지부진하다. 하지만 오늘 아침 나는 아메리칸 모터스에 강한 감이 와서 잠이 깼다. 포드 보통주를 팔고 아메리칸 모터스를 26달러 50센트에 산다.

오늘 아침 또 전쟁 꿈이, 아니 꿈이라기보단 꿈과 비슷한 환영이, 그러니까 1951년 동양의 역한 마루멜루 냄새가 또 사무실을 찾아든다. 그건 공포가 아니라 공포의 잔향(殘香)이라서 아픈 이에 자꾸만 혀가 가듯 불쾌하면서도 유쾌한 느낌이다. 그것은 사무실의 온갖 것에 밴다. 소득분석을 해도 그 생각이 든다. 어느 부인은 AT&T 회사채를 건지러 와서 그 냄새를 맡았다.

내 비서만 그 냄새를 못 맡는다. 그녀의 이름은 섀런 킨케이드고 앨라배마주 유팔라*에서 왔다. 2주 동안 함께 일을 했는데도 나는 아직 데이트 신청을 하지도 업무 이상의 얘기를 나누지도 않았다.

하지만 실은 2주 내내 그녀 생각뿐이었다. 그녀는 아직 꽤나 무관심한 듯하다. 또 그녀는 별로 아름답지 않다. 그녀는 적어도 5피트 6인치(약 168센티미터)에 135파운드(약 61킬로그램)쯤 되는 큰 체격으로 — 여자 군악대장만큼 크다 — 얼굴은 르누아르 그림 속의 여자처럼 조금 무뚝뚝하고 당돌하며 눈은 지나친가 싶을 만큼 노랗다. 하지만 그녀는 비누같이 순수하고 비할 데 없이 끝내주는 외모를 지녔다. 그녀의 엉덩이는 매우 아름다워서 한번은 그녀가 실내를 가로질러 냉장고로 갈 때 내 눈이 감사의 눈물로 저릿해지는 느낌이었다. 그녀는 남부가 너무 헤프게 다루는 동네 예쁜이 같은 부류다. 가장 볼품없는 마을의 가장 볼품없는 집, 무식한 촌뜨기 아빠와 암벽같이 생긴 엄마의 다리 사이에서 이런 미인들, 볼에 장밋빛이 도는 이 앵글로색슨 미인들이 억수로 튀어나온다. 그들은 참새보다 흔해서 거리에서도 공원에서도 현관에서도 귀찮을 일이 없다. 아무도 그들을 보고 감탄하지 않는다. 아무도 그들을 소중히 여기지 않는다. 그들이 저희 둥지를 누구보다 먼저 벗어나 도시에 눌러앉아도 아무도 그들을 그리워하지 않는다. 심지어 그들의 남자 친구들도 무심해서, 끽해야 돈에 대한 관심만도 훨씬 못한 관심을 그들에게 기울인다. 하지만 나는 그들에게 감탄한다. 나는 그들이 그립다. 나는 그들을 소중히 여긴다.

나는 고모랑 케이트랑 수차례 전화 통화를 한다. 케이트가 나아진 듯하자 고모는 그 공을 내게 돌린다. 그녀는 케이트에게 밍크 박사와의 약속을 잡아주었고 케이트는 가는 데 동의했다. 내게 전화

---

* 본래 지명은 유폴라(Eufaula). 원문은 작가가 일부러 다르게 적은 것.

를 걸 때 케이트는 분석적인 말투를 취한다. 이는 우리 둘 다에게 피곤한 일이다. 어떤 이유에선지 그녀는 관습보다 한발 앞서 있어야만 한다고 느낀다. 전화를 받으면 내 귀에 들려오는 것은 "여보세요, 나 케이트야"가 아니라 내리깐 목소리로 전하는 "있잖아, 방금 칼이 날아다니기 시작했어" 같은 말인데 이 말은 그녀의 어머니와 그녀가 서로 공격적으로 돌변했다는 뜻이다. 혹은 "웬일이람? 나 결국 봄에 있을 행사를 기념하게 됐어" 같은 말이 들려오는데 알고 보면 이 말은 그녀가 역대 넵튠 무도회 여왕들을 위해 마련된 연례 저녁 식사에 참석하기로 마음먹었다는 고심 끝의 반어적 표현이다. 내가 말했듯 이는 우리 둘 다에게 피곤한 일인데, 그래도 나는 그녀의 얘기를 듣는 게 좋다. 솔직히 말해 나는 어느 정도, 그러니까 그녀의 새어머니가 걱정하는 것보다 훨씬 더 그녀를 걱정하고 있다. 케이트는 스스로를 너무 자주 가둔다. 빠져나갈 문을 떠올려놓고는 자기가 먼저 문을 꽝 닫는다. 그녀는 월터와 파혼했다. 하지만 그녀의 새어머니는 그 마음을 이해하고 월터도 그러는 듯하다. 그는 자기가 할 수 있는 일을 하려고 충성스럽게 대기 중이다—그녀를 여왕들의 저녁 식사가 있을 호텔까지 태워 갈 사람은 사실 월터뿐이다. 모든 게 괜찮아 보이는데도 케이트의 심기는 불편하다. "다들 날 돕고 있다고 생각들 하는데 그렇지 않아," 내 귀에 저음이 들려온다. "다들 그 망할 이해를 안 해줬다면 얼마나 좋았을까—나를 집에서 쫓아냈다면 말이야. 수중에 달랑 2달러를 쥔 채 거리에 나앉은 자신을 깨닫곤 노면전차를 잡아타 시내로 가서 일자리를 구하겠지, 아마 항공사 스튜어디스 자리를. 향후 20년 동안 휴스턴까지 날아다니면서 일주일에 세 번씩만 돌아오면 얼마나 멋질지 떠올려봐. 농담 같아? 아니요. 멋질걸." "그럼 집을 나가서 일자릴 구해보지 그래?" 나는 그녀에게 묻는다. 묵묵부답, 그러다 딸깍 소리. 하지만 여기에 별 뜻은 없다. 갑자기 끊는 것도 우리의 분석적 대화의 일부다.

작은 사무실을 같이 쓰고 손 닿을 거리에 있어도 섀런은 이 알렉산드리아 격* 대화에 관심이 없는 듯하다. 오늘 그녀는 면 소재의 노란 민소매 드레스를 입었다. 그녀의 팔은 여자아이의 팔처럼 말랑하게 암홀 밖으로 나와 있다. 하지만 그녀가 손을 머리로 올릴 땐 대단한 팔을 보게 된다. 부드럽고 통통한 근육이 제 무게로 처진다. 한번은 그녀가 맨손으로 파리를 때려잡자 내 강판 책상이 공이 울리듯 울린 적이 있다. 그녀는 내게 등을 돌리되 비스듬하게 돌린 터라 나는 소용돌이무늬로 난 솜털이며 움푹한 눈 밑의 슬라브계다운 돌출부며 급하되 부드럽게 휜 만곡부 때문에 얼굴이 어린 귀염둥이처럼 짧아 보이는 그녀의 뺨 선을 볼 수가 있다. 그녀의 책상에 있는 그녀 아버지의 사진을 보면 눈구멍 쪽으로 쏠린 특유의 광대뼈가 눈가를 점점 좁혀 음흉한 중국인 못지않은 사팔눈으로 만드는데 이 특징이 그에게서는 매우 추하고 그녀에게서는 매우 아름답다. 그녀가 타자기를 치니 콩팥 모양 쿠션이 등허리께를 균형 좋은 탄성으로 밀어준다.

나는 섀런 킨케이드와 사랑에 빠졌다. 그녀는 전혀 모르는 것 같다. 나는 그녀에게 데이트를 청하기는커녕 딱히 살가웠던 적도 없다. 그 반대다. 나는 점령된 파리의 나치 장교처럼 내내 초연하고 규율 발랐다. 하지만 오늘 아침 그녀가 들어와 과테말라 백을 어깨에서 내리고 짧은 칼라에서 머리카락을 빼내어 정리할 때 나는 귓가에 살랑이는 사막의 바람 같은 소리를 들었다. 과테말라 백에 『인디언 여름Peyton Place』**이 들어 있음을 나는 우연히 안다. 이력서를 내러 왔을 때 드러그스토어 문고판이 그녀의 지갑 아래 보관되어 있었던 것이다. 그날 이후 내내 저 가방은 그 책으로 무거웠다—가방의 흔들림을 보면 알 수 있다. 그녀는 점심시간에 A&G 카페테리아에서 그걸 읽는다. 그때 나는 그녀의 문학적 선택을 좋은 징조로 받아들였지만 지금은 마음이 바뀌었다. 나의 섀런은 저딴 걸 읽어선 안 된다.

그녀의 자태는 값을 못 매길 정도의 가치를 나한테 얻었다. 나는 난생처음으로 옛 시인들의 비유법을 이해한다. 내 어찌 그대가 부럽지 않으랴, 작은 콩팥 모양 쿠션이여! 오, 그대의 자리에서 그대를 대신해 그녀의 쏙 들어간 사랑스러운 등을 밀 수만 있다면, 등등. 며칠 전 옆 건물의 저축&대출에서 일하는 프랭크 허버트가 고정비용에 관해 불평을 늘어놓았다. 임대료가 너무 높다느니 여직원이 그저 그렇다느니. 따져보자. 섀런 킨케이드가 하나의 항목이라면 관리인보단 비용이 높고 임대료보단 낮다. 하지만 감히 월급을 올려줄 엄두는 안 나는데 그래도 얼마 못 가 마땅한 이유로 올려주게 될 것이다. 그녀는 마샤나 린다보다 일머리가 좋은 일급 비서이기 때문이다. 다음의 여러 내용은 오로지 면접으로 알게 된 것들이다. 앨라배마주 바버 카운티 출신. 버밍햄 서던 칼리지에 2년간 재학. 어머니와 아버지는 농장을 남겼고 두 분 현재 이혼. 어머니는 리얼 실크 양

---

* Alexandrine. 시의 운율로서 12음절로 구성된 약강6보격. 프랑스 시에서 대표적인 운율. 대략 만담 같다는 뜻.

** 그레이스 메탈리어스(Grace Metalious)가 1956년 발표한, 스스로의 정체성을 깨달아가는 세 여성을 그린 소설.

말류를 판매 중이며 가끔 섀런을 만나러 가지만 같이 살지는 않음. 섀런은 현재 에스플러네이드 애버뉴의 하숙집에 거주. 그녀의 룸메이트는 앨코아에 재직 중. 어느 날 밤 나는 파란 창문들이 다닥다닥 높게 쌓여 있고 1층에는 배관 설비가 노출된 그 하숙집을 차를 몰고 지나간 적이 있다.

나는 그녀에게 그레고리 펙 같은 종류의 거리를 둔다. 나는 장신에 머리가 검은 사람이고 혼자서 비밀을 어떻게 묻어두는지, 동요 없는 눈과 홀쭉한 볼은 어떻게 만드는지, 입술을 질끈 물고 한두 번의 끄덕임과 함께 한두 마디의 말을 어떻게 건네는지 그 남자만큼 잘 안다.

거리를 둬서 다행이다. 내 귓가에 부는 이 미스트랄*의 휘파람이 오늘은 다른 때보다 시끄럽다. 거의 멀미가 날 지경이다. 그녀에 대한 욕망은 내 안의 슬픔과도 같다. 10분 전 그녀가 의자에 앉은 채로 뒤돌아 내게 편지를 건넬 때 아무런 접촉도 없었지만 저쪽에선 장미의 기사가 나를 노래하고 이쪽에선 그녀의 노란 면직물 냄새와 다가올 여름의 냄새가 풍겼다. 그녀의 팔뚝 안쪽 살이 내 손에 닿기만 했더라면 나는 눈에서 불꽃이 튀고 진짜로 현기증이 났을 것이다.

오늘 나는 스탠더드&푸어(Standard & Poor) 바인더로 감싼 『사막 아라비아 여행Travels in Arabia Deserta』**을 읽는다. 그녀가 『인디언 여름』을 감춘다. 나도 『사막 아라비아 여행』을 감춘다.

> 한낮의 불볕더위가 물러나니 우리의 아늑한 저녁 모닥불이 즐겁다. 태양은 평균 고도 3000피트 이상인 아라비아 고원 스텝 지대 밑으로 저물고 산소 희박한 메마른 공기는 이내 환기되며 모래도 머잖아 식

> 는다. 하지만 세 손가락 깊이의 어느 곳에는 지난 낮 더위가 남긴 태양의 온기가 다음 일출 때까지 남아 있다. 반 시간 뒤 파란 밤이 내리면 맑고 새하얀 별빛이 은하수의 띠를 품고 경이로울 만큼 투명하게 빛난다. 태양이 지고 있을 때 유목민 아낙네가 나뭇가지와 마른 덤불을 모은 다발을 가져오는데 이것은 그녀가 황무지에서 손으로 뽑거나 괭이질로(그들에게 좀처럼 없는 도구다) 구한 것이다. 그녀는 모닥불이 있는 달콤한 저녁을 보내라고 이 비축물을 우리 노변에 툭 떨구고 간다.

이 책이 내가 읽기로 마음먹은 지상 마지막 책이었던 때가 있다. 몇 년 전까지도 나는 "본질적"인 책들, 그러니까 핵심 주제를 다룬 핵심적인 책들만 읽었다. 가령 소설 중의 소설인 『전쟁과 평화』, 시간의 문제에 관한 해법을 담은 『역사 연구A Study of History』, 슈뢰딩거의 『생명이란 무엇인가?』, 아인슈타인의 『내가 보는 우주The Universe as I See It』* 등등. 그 시기에 나는 우주의 바깥에 서서 우주를 이해할 길을 찾아다녔다. 나는 아무 데서나 사는 아무나처럼 내 방에서 지내며 본질적인 책들을 읽었고 그저 기분 전환으로 동네를 산책하다 이따금 영화를 보았다. 『팽창하는 우주The Expanding Universe』 같은 책을 읽을 땐 정말로 내가 어디에 있든 중요하지 않았다. 내가 수직적 탐색이라 부르는 이 활동은 어느 날 밤 내가 버

---

* 프랑스 론강을 따라 리옹만으로 부는 강한 북풍.

** 영국 시인 찰스 몬태규 도티(Charles Montagu Doughty)의 중동 여행서.

*** 실제로는 『내가 보는 세상The World As I See It』이다.

밍햄의 호텔 방에 앉아 『생명의 화학The Chemistry of Life』이란 책을 읽을 때 대성공을 거두었다. 책을 끝내자 내게는 내 탐색이 주요 목적을 달성했거나 혹은 이론상 달성할 수 있어 보였고, 그래서 나는 밖에 나가 그 자체로도 매우 훌륭한 영화인 〈어느 날 밤에 생긴 일〉을 보았다. 기억할 만한 밤이었다. 한 가지 난감한 일이라면 우주가 처리됐는데도 나 자신은 남겨졌다는 것이었다. 거기 호텔 방에 누워 나만의 탐색을 끝내고도 여전히 한 숨 두 숨 호흡을 이어가야 했다. 하지만 이제 나는 다른 종류의 탐색, 수평적 탐색에 착수한 상태다. 그 결과 내 방에서 벌어지는 일은 덜 중요해졌다. 중요한 것은 내가 방을 벗어나 동네를 배회할 때 무엇을 찾게 될 것인가 하는 것이다. 예전의 나는 기분 전환 삼아 배회를 했다. 지금의 나는 진지하게 배회를 하고 기분 전환 삼아 앉아서 책을 읽는다.

내가 고모와 옛날 펠리시아나 말투로 케이트에 관한 대화를 나누고 또 케이트와 분석적인 말투로 얘기를 주고받아도 섀런은 이쪽으로 머리카락 한 올 돌리지 않는다. 하지만 그녀는 각각의 목소리를 알아듣곤 "커트러 부인이에요" 아니면 "커트러 양이에요"라는 말과 함께 전화를 돌려준다. 그녀가 또 한 번 전화를 받는 지금 내 머릿속에는 그녀가 완전히 무관심하진 않을 거라는 생각이 스친다. 그녀는 프렐(Prell) 샴푸 광고에 나오는 비서처럼 고개를 갸우뚱한 채 연필을 볼에 갖다 댄다. 그녀는 송화구를 가슴에 대고 누른다.

"사르탈라마차 씨가 일찍 전화했었어요. 제가 깜빡했네요."

"그분이?"

그녀가 고개를 끄덕인다. 그녀의 구슬 같은 눈이 나를 쳐다본다. 나는 그레고리 펙처럼 심사숙고한 다음 그녀에게 틈을 주지 않고 손을 내민다.

중요하지 않은 문제다. 사르탈라마차 씨는 약간의 땅을, 실은 내가 물려받은 재산인 세인트버나드 패리시의 쓸모없는 습지 한 구획을 사고 싶어 한다. 그는 8000달러를 제시한다. 당장 예스라고 답하기에 충분하지만 그레고리 펙다운 아이디어 하나가 내게 탁 떠오른다. 나는 사르탈라마차 씨한테 내일 오전 10시 반에 그 부지에서 만나자고 제안한다. 그는 실망한 눈치다.

"킨케이드 씨, 내일 나랑 세인트버나드 패리시에 같이 가서 법원에서 땅문서 한 부 떼어다 주셔야 되겠는데요." 아버지가 그 땅을 얼마에 샀는지 보는 것도 사실 재미있을 것이다. 아버지가 한 일이라면 심지어 서명도 내 탐색에서는 단서나 마찬가지다.

"세인트버나드 패리시요?" 유팔라를 갓 떠나온 나의 섀런에겐 차라리 몽생미셸이라고 말하는 편이 나을 뻔했다.

"1시까진 여기로 돌아올 거예요."

"저는 내일 밤 7시 반까지만 집에 돌아갈 수 있으면 돼요."

지금 나는 그레고리 식으로 불쾌해져 있고 이번엔 장난이 아니다. 뭐야 이거. 뉴올리언스에 온 지 고작 3주 만에 데이트를 나간다는 거야?

## 2

마감 이후에 손님들이 들어와 나는 저녁 늦게나 사무실을 나선다. 큰 도심에서 일하는 중개인들과 달리 우리 고객은 대부분 상인들과 피고용자들이다. 내 만족의 원천은 돈을 버는 것이다. 섀런이나 『사막 아라비아 여행』조차 여기에 지장을 주지 못한다. 어제 네지드 고원지대에 있는 칼릴 지브란에 관한 글을 읽는데 또 다른 아이디어가 떠올랐다. 이 일이 가치 있으려면 돈만 벌어서는 안 된다는 것. 이 일은 나를 섀런과 더 가까워지게도 해줘야 한다. 이에 관해 내일 그녀와 상의할 것이다. 내 첫 번째 아이디어는 건물 자체였다. 사무실 건물은 코린트식 벽기둥에 포르티코며 고딕체로 적힌 '커트러, 클로스터만 & 레지어'라는 이름 위의 소용돌이 꼴 철제 장식이며 그 밑에 더 작은 글자로 적힌, 우리가 대리 판매하는 보스턴 뮤추얼펀드의 이름 때문에 은행의 축소판처럼 보인다. 젠틸리의 현대적인 은행들보다 훨씬 보수적인 외관이다. 건물은 세상에 이렇게 알린다. 현대적 방식이 뛰어난 건 두말할 여지가 없지만 여기엔 옛날식의 훌륭한 안정성, 그러나 상상력을 갖춘 안정성이 있습니다. 크레올의 정취를 겸비한 옛 뉴잉글랜드의 일부죠. 파르테논 같은 외관을 갖추는 데 1만 2000달러가 들었지만 벌어들인 수수료는 그 곱절입니다. 안에 들여다보이는 젊은 남자는 의심할 나위 없이 정직한 사람입니다. 그는 그저 당신의 미래를 설계할 수 있게 허락해달라고 부탁할 뿐입니다. 이는 사실이다. 내 부탁은 그것뿐이다.

태양은 저물었지만 하늘은 청명해 동쪽이 녹황색이다. 스모그는 다 사라지고 셰프망퇴르 국도 상공에 엄지손톱만 한 얼룩만 남았다. 쏙독새들은 포장길 변의 따뜻한 공기 속에서 벌레들을 덮친다. 녀석들은 하강해서 쏙쏙쏙쏙 소리를 되풀이하다 더 높고 눈부신 하늘로 노를 저어 오른다. 나는 네드 데이글한테 신문을 사려고 엘리시언필즈 애버뉴 모퉁이에 선다. 네드는 전직 기수로서 레오 캐럴*과 꽤 닮았지만 더 늙었고 더 말라깽이다. "잘 지내나, 재키," 그가 목쉰 저음으로, 쏙독새만큼 쉰 목소리로 부르더니 신문들을 재깍 접어 차들이 있는 쪽으로 짊어지고 간다. 그는 정지신호에 걸린 도로 위의 차량을 놓치는 법이 없고 신호가 바뀌기 전에 신문을 여섯 부나 팔아치우는 일도 제법 있다. 그는 지역 불량배들과 협잡꾼들을 포함해 페어그라운즈 경마장에 모르는 사람이 없다. 경마철에는 내 사무실에 그들을 종종 데려온다. 어떤 이유에선지 그는 내 중개업소를 교회처럼 대략 도덕적이고 자격 있는 시설로 여긴다. 깡패들도 그렇다. 그들 상당수는 자식을 위해 성장형 펀드를 구매한다. 매사추세츠 투자신탁 지분을 어떤 고객들이 가지고 있는지 알면 줄스 고모부는 깜짝 놀랄 것이다.

"축제는 자릴 좀 잡아가나, 재키?"

우리는 차들의 두 흐름 사이에 낀 콘크리트 섬에 서 있다. 신호가 바뀌자 네드는 다시 자리를 뜬다.

젠틸리에서 최고의 시간대는 저녁이다. 나무는 그리 많지 않고 건물들은 낮아 온통 하늘 세상이다. 하늘은 빛과 삶으로 가득한 깊고 맑은 바다다. 암말의 꼬리 같은 새털구름이 걸프 해안 높이 떠 있다. 호수 위 높은 곳에는 황새들의 흐트러진 브이 자가 습지 쪽을 가리킨다. 녀석들은 눈에 띄게 기우는 햇빛에 날아들어 일순 하얘진다. 칼새들은 하늘에서 바람 부는 중간 구역을 찾더니 얼핏 각다귀들이 내 눈꺼풀을 스쳤나 싶을 만큼 쏜살같이 떨어지며 재잘거린다. 녹황색의 마지막 구역에서는 록히드 코니**가 모빌(Mobile)항의 황

---

* Leo G. Carroll. 영국 배우.

혼 속에서 항해등을 깜빡이며 고도를 낮춘다. 스테이션왜건과 그레이하운드 버스와 디젤 트럭 들은 루비 같은 꼬리등으로 어두워가는 동쪽을 밝히며 우르르 걸프 해안 쪽으로 몰려간다. 빛나는 원반과 불꽃과 별들 아래서 직원들이 콘크리트 바닥에 호스로 물을 뿌리는 주유소 외에 대부분의 상가는 비었다.

귀갓길에 나는 티볼리 극장에 잠깐 들른다. 제인 파월이 출연한 영화가 걸려 있는데 별로 보고 싶은 마음이 안 든다. 하지만 매니저인 킨셀라 씨가 나를 보더니 맛만 보라며 코트 소매를 붙들고 안으로 끌어당기다시피 한다. 그는 진심을 담아 이 영화 진짜 물건이라고 말한다. 다 같이 팔짱을 끼고 당당히 길을 걸으면서 잠이 확 깨도록 노래를 불러젖히는 제인과 친구 몇 사람. 문지기, 길모퉁이 경찰관, 택시 운전사, 각자 나름의 시름에 잠긴 사람들이 웃으며 발을 맞추기 시작한다. 나는 영화 때문에 기분 처지는 일이 좀처럼 없는 데다 제인 파월도 아주 미인이지만 이 영화에 대한 실망감은 기꺼이 발길을 돌리게 만들 정도다. 나는 극장을 둘러본다. 킨셀라 씨도 나름의 고충이 있다. 이 음침한 곳에는 외톨이 영화광 몇 사람, 그러니까 만년을 맞은 더없이 유령 같은 이들, 제인이건 아니건 각자 나름의 시름에 잠긴 이들만 뿔뿔이 흩어져 있다. 밖으로 나가는 길에 나는 매표구에 들러 내가 젠틸리에 이사 왔을 때부터 쭉 여기서 일한 가무잡잡하고 홀쭉하고 근심 많은 데마르코 부인에게 말을 건다. 그녀는 영화를 좋아하지도 않고 (매일 밤 거의 모든 최신작을 볼 수 있지만) 이 일이 즐겁지도 않다. 나는 그녀에게 이 일은 매우 괜찮은 직

---

** Lockheed Connie. 록히드사의 전투기인 '기라성(Constellation)'의 애칭.

업이며 나라면 매해 매일 밤 여기 나와 앉아서 엘리시언필즈 하늘에 저녁이 내리는 걸 보는 것만큼 좋은 일은 없을 거라고 말하지만 그녀가 번번이 농담이라고 생각하는 탓에 우리는 공군에 있는 그녀 아들의 근황을 대신 화제로 삼는다. 그는 애리조나에 배치되었고 사막을 혐오한다. 나라면 거기 나가 있는 게 매우 좋았을 텐데 유감이다. 그래도 그 얘기를 들으니 흥미롭다. 영화를 보기에 앞서 극장과 극장 운영자들에 관해 뭔가를 습득하는 건, 즉 발을 딛기 전에 돌다리를 두드려보는 건 내게 꼭 필요한 절차다. 킨셀라 씨도 그래서 알게 되었다. 극장 일에 관한 대화로 사이를 텄다. 내가 그동안 알아낸 거라면 열에 아홉은 말을 나눌 사람이 아무도, 다시 말해 진짜로 귀담아들어주는 사람이 아무도 없다는 것이다. 당신이 진짜로 듣고 싶어 하는 티가 마침내 난다 싶으면 그의 얼굴에는 아주 볼만한 표정이 드리워진다. 나를 오해하진 않았으면 좋겠다. 나는 호세 페레르* 처럼 휘파람이나 불고 다니면서 사람들에게 행복을 주는 자선가가 아니다. 그런 자선가들은 진짜론 듣고 싶어 하지도 않으면서 나처럼 이기적이지도 못하다. 그들은 친절한 사람으로 지내기가 지루해 죽을 지경이고 그들의 청자들도 진짜론 흥이 나지 않는다. 노부인의 흥이나 띄우는 친절한 호세 한 사람을 내게 데려온다면 나는 절망에 빠져 있는 두 사람을 대령하리라. 어머니는 종종 나더러 이기적으로 굴지 말라고 말했지만 나는 그 충고가 언제부턴가 못 미더웠다. 암, 나는 그 들어주는 일을 나만의 이기적인 이유 때문에 한다. 내가 만약 극장 주인이나 매표원과 얘길 나누지 않았다면 나는 틀림없이 감

---

* José Ferrer. 푸에르토리코 배우이자 무대연출가.

을 잃고 형이상학적으로 지껄이기 시작했을 것이다. 틀림없이 아무데서 아무 때나 상영하는 영화나 보고 있었을 것이다. 시공간을 깨끗이 이탈할 우려가 있다. 유령이 되어 여기가 덴버 도심의 로우스 호텔인지 잭슨빌 외곽의 비주 호텔인지 모를 가능성이 있다. 그래서 그랬던 것이다.

그래도 내가 처음으로 시공간을 자각하고 그걸 오크라 풀 음미하듯 음미했던 건 여기 티볼리 극장에서다. 내가 앉은 특정 좌석, 매표소 여인…… 등에 대한 호기심이 어렴풋이 일고 있단 걸 나는 몇 년 전 〈붉은 강Red River〉이 재개봉되었을 때 처음 깨달았다. 몽고메리 클리프트가 존 웨인을 주먹으로 두들겨 패는 터무니없는 신이 흘러나오고 있을 때 나는 엄지손톱으로 내 좌석 팔걸이에 흔적을 남겼다. 이 특정 나뭇조각은 앞으로 20년이 지나면, 543년이 지나면 어디에 있을까? 하고 나는 궁금해했다. 한번은 10년 전에 미국 중서부를 여행하다가 신시내티에서 세 시간 동안 기착한 적이 있다. 〈홀리데이Holiday〉의 조지프 코튼을 보러 알타몬트라는 동네 극장에 갈 잠낀의 여유가 있었다—하지만 나는 매표원인 클라라 제임스라는 부인과 친분이 쌓이기도 전에 그녀에게 일곱 자녀가 있고 모두 신시내티에 살고 있단 걸 알게 되었다. 우리는 지금도 크리스마스카드를 보낸다. 제임스 부인은 오하이오주를 통틀어 내가 아는 유일한 사람이다.

집에 돌아오자 방충문 위 알루미늄 갈매기에 꽂혀 있는 고모의 편지가 가장 먼저 눈에 들어온다. 나는 그게 뭔지 안다. 실제로는 편지가 아니라 쪽지다. 우리의 진지한 대화가 일단 끝나면 그녀는 종종 생각을 고치고는 그걸 드러내길 조심스러워한다. 가끔씩 나는 불시에 쪽지를 받는다. 그녀는 나와 마찰이 많다. 내가 기분을 더 맞춰드리면 좋으련만.

하지만 편지 읽을 준비가 되기도 전에 셰익스나이더 부인이 내려와 자신의 〈리더스 다이제스트〉를 빌려준다.

셰익스나이더 부인은 여름이나 겨울이나 스니커즈를 신는 조랑말만 한 몸집의 활기찬 금발 여성이다. 내게 매우 친절하며 모든 게 반드시 깔끔한 상태를 유지해야 하는 사람이다. 이 딱한 여성은 무척 외롭다. 자신의 집을 영원토록 수리 중인 페인트공과 목공과 전기공 말고는 아는 사람이 없다. 평생을 뉴올리언스에서 살았는데도 그렇다. 나는 종종 그녀와 텔레비전을 보면서 잭스* 한 병을 나눠 마시고 그녀의 인생에서 가장 행복했던 때인 맥도너 6번 학교** 시절에 관해 얘기를 나눈다. 이런 일이 가능한 건 그녀의 텔레비전은 12번 채널이 나올 예정인데 내 것은 그렇지 않기 때문이다. 그 퀴즈 프로그램의 충성스러운 시청자인 그녀는 경연자들과 실제 아는 사이라고 느낀다. 가끔은 내가 같이 영화를 보러 가자고 설득할 정도다. 그녀의 인생에서 유일한 공포는 니그로에 대한 것이다. 젠틸리의 이쪽 구역에서는 니그로를 볼 일이 드문데도 우리 집 조그만 마당은 허리케인 대비용인 8피트 높이의 울타리가 쳐져 있다. 창문은 모두 쇠창살로 막혀 있다. 몇 년에 걸쳐 그녀는 개를 세 마리나 들였는데 그 녀석들이 니그로를 유독 싫어한다는 소문이 항구까지 자자하다

---

* Jax. 정식 명칭은 잭슨 맥주 양조장(Jackson Brewery). 뉴올리언스 토박이 양조장으로 1890년 개업해 1974년 문을 닫았다.

** 맥도너 학교(MacDonough School)는 사립 기술학교다.

는 이유에서였다. 나는 개한테 내재된 이런 특성에 관해 딱히 이의를 제기할 마음은 없다──아마 셰익스나이더 부인의 공포에는 그럴 만한 지당한 이유가 있을 것이다. 하지만 이 녀석들은 형편없는 똥개에다 일을 더 악화시키는 것이, 나까지도 싫어하기 때문이다. 나는 그중 한 녀석, 꼬리가 등으로 말려 올라가 커다란 나선형 항문이 드러난 오렌지색 짐승을 특히 경멸한다. 나는 녀석을 늙은 로즈버드*라 부르기로 했다. 그 수컷은 평소엔 나를 쳐다보고 이빨을 드러내는 데 만족하지만 어느 안개 낀 밤엔 철쭉 덤불에서 튀어나와 내 다리에 실제로 이빨을 박아 넣었다. 조만간 셰익스나이더 부인이 외출했다는 기미만 있으면 곡소리가 나게끔 녀석의 갈비뼈에 무시무시한 킥을 날릴 예정이다.

"아주 예쁜 기사가 있길래 보라고 표시해놨어," 그녀는 활기차게 말하더니 여느 때처럼 자기는 세입자 일에 간섭하는 집주인이 아니라는 생색을 내느라 곧장 자리를 뜬다.

잡지가 있어서 행복하다. 기사들이 참도 예쁘고 훈훈하다. 평소 서로를 싫어한다고 오해하거나 적어도 서로에게 무관심했던 사람들이 많은 공통점을 발견한다. 고장 난 뉴욕 지하철에 관한 기사가 가물가물 떠오른다. 신문에 코를 처박고 있던 승객들이 서로 대화를 주고받기 시작한다. 그들은 다른 승객들도 자기와 똑같이 꿈과 희망을 지닌 똑같은 인간임을 깨닫는다. 세상 어디나 사람은, 심지어 뉴요커도 다를 바가 없고 기회가 주어지면 서로를 싫어하기보단 좋아할 일을 찾는다는 게 기사의 결론. 외로운 노인은 젊은 아가씨에게 화분에 붓꽃을 키우는 취미에 관해 어느새 신나서 이야기하고 아가씨는 노인에게 예술 분야에 대한 자신의 꿈과 희망을 이야기한다.

나는 셰익스나이더 부인에게 이렇게 동조할 수밖에 없다. 그 에피소드 참 훈훈하던걸요. 훈훈은커녕 나는 그런 모임에 껴 있으면 불안했을 것이다. 솔직히 말해 내가 젊은 아가씨였다면 영화에서 토머스 미첼이 연기하는 그런 늙고 친절한 철학자들과는 절대 엮이지 않았을 것이다. 내가 볼 때 그런 사람들은 수상쩍다.

하지만 지금은 기사를 읽을 틈이 없다. 고모의 편지가 나를 더 닦달 중이다. 그녀는 끊임없이 남들 생각을 한다 — 그녀는 실제로 이타적인데 내가 아는 사람 중에선 유일하다. 남에게 유익한 뭔가를 읽거나 떠올리면 십중팔구 즉각 편지로 옮겨 우편으로 부쳐줄 가능성이 크다. 그렇다, 이건 쪽지다. 인사말도 서명도 없이 뒤로 기울어진 굵은 필체로 쓴 빼곡한 한 단락이 전부인.

> 매 순간 로마인답게 그리고 남자답게 생각하고 또 생각하라, 완전하고 순전한 위엄을 갖고 사랑과 자유와 정의를 느끼며 그대 손안의 것을 다스리려면. 마르쿠스 아우렐리우스 안토니우스 황제의 이 말이 나한테 아주 좋은 충고로 와닿더라, 하물며 성질 고약한 새파란 개구쟁이한테도 그럴 테지.

내 집은 모텔 방처럼 인간미가 없다. 나는 물건을 쌓아두지 않으려고 내내 조심해왔다. 내 장서는 딱 하나, 『사막 아라비아 여행』뿐이다. 텔레비전 수상기는 동전을 먹은 듯이 보인다. 침대 위 벽에는 커리어와 아이브스**의 센트럴파크에서 스케이트 타는 사람들 석판

---

* rosebud. 항문이 장미꽃 봉오리 같다는 농담.

화 두 장이 걸려 있다. 발을 맞추어 나란히 미끄러지는 저 작은 인물들이 얼마나 안쓰러워 보이는지! 저 도시는 또 어떻고!

나는 텔레비전을 켠 다음 그 바로 맞은편에 있는 등받이 의자에 허리를 쭉 펴고 앉아 두 손을 무릎에 올린다. 딕 파월의 등장과 함께 드라마가 시작된다. 그는 작은 지역신문을 좌지우지하려고 애쓰는 냉소적인 자본가다. 하지만 그는 마을 사람들의 인정과 성의에 당황한다. 그가 파산시키려는 편집장조차 그에게 친절하다. 그의 속임수 때문에 심장마비가 와 나중엔 죽게 되는데도 한결같이 친절한 그 편집장은 기회를 보아 파월에게 소박한 철학 하나를 맛보여준다. "마을로 치면 우린 대단한 것은 못 되오," 편집장은 영겁에 들기 직전 죽어가는 자리에서 간당간당하게 말한다. "하지만 우린 다정하죠." 결국 이 선량한 사람들 덕분에 180도로 변한 파월은 신문사를 좌지우지하는 대신 자기가 정치계의 부패에 맞서도록 편집장의 딸에게 기자직을 맡아달라고 부탁한다.

케이트를 데리러 갈 시간이다.

## 3

오늘 밤, 목요일 밤 나는 반복 실험을 성공적으로 수행한다.

내가 대학교 2학년이던 14년 전, 대학생들이 많이 찾아 저희끼리는 암내라 부르던 퍼렛 스트리트(Freret Street)의 개봉관에서 서부영

---

** Currier and Ives. 미국 석판화 판매 회사의 이름이자 두 창업자 이름.

화를 한 편 보았다. 〈옥스보 사건The Oxbow Incident〉이란 영화였고 꽤 좋았다. 그날이 한 해 중 이맘때였던 기억이 나는 건 밖에 나와 발밑에서 녹나무 열매가 터질 때 나던 쥐똥나무 냄새 때문이다.(어느 영화든 동네와 계절의 냄새가 난다. 나는 1941년 8월 미시시피주 아콜라에서 개인적으로 최고의 영화로 꼽는 〈서부전선 이상 없다〉를 보았는데 영화 속의 그 숭고한 위업은 영화와 어울릴 뿐 아니라 없어서는 안 될 여름철 미시시피 삼각주의 짙은 어둠의 노래와 면실박 향기 속에서 이룩된 것이다.) 어제 저녁 〈타임스 피커윤〉을 보니 같은 극장에서 또 다른 서부영화가 상영 중인 게 눈에 들어왔다. 그래서 나는 고모네 집까지 차를 몰고 가서는 캠퍼스를 걸어서 지날 수 있게 케이트와 노면전차를 타고 세인트찰스 애버뉴까지 올라갔다.

달라진 것은 없었다. 우리는 극장에 앉았는데 내 좌석은 전과 똑같은 좌석이었던 것 같고 나중에 밖에 나오니 쥐똥나무 냄새가 났다. 포장길이 깨져 있는 똑같은 구간에서 녹나무 열매가 발에 밟혀 터졌다.

반복 성공.

반복이란 무엇인가? 반복이란 지나간 어느 시간 마디가 홀로 분절될 때까지 과거의 경험을 재연하는 것인데 이로써 그것, 즉 지나간 시간은 평범한 사건들이 땅콩사탕 속의 땅콩처럼 불순물로 끼어드는 일 없이 저만의 풍미를 지닐 수 있다. 예를 들어 지난주에 나는 우연한 반복을 경험했다. 도서관에서 독일어 주간지를 집어 들고서였다. 거기서 입자 거친 얼굴을 태양으로 쳐든 여자가 나오는 니베아 크림 광고를 보았다. 그 순간 20년 전 아버지의 책상에 있던 어느 잡지에서 똑같은 광고를, 그러니까 똑같은 여자, 똑같이 입자 거친 얼굴, 똑같은 니베아 크림을 본 기억이 났다. 3000만 명의 죽음, 무수한 고문, 실향과 정처 없는 방랑 등 지난 20년간의 사건들은 중성화되었다. 니베아 크림도 예전 그대로인데 그사이 대단한 일이야 있었을라고. 감미로운 땅콩사탕처럼 시간 자체만 수북이 남아 있었다.

그럼 〈옥스보 사건〉 이후 내 14년은 어떤 풍미였는가?

여느 때처럼 그 맛은 내게서 사라졌다. 이런 건 있었다. 쪼개진 합판, 터진 바닥, 그럼에도 불구하고 내가 어쩌는지 보려고 기다렸다는 듯 14년 동안 참을성 있게 견뎌온 낡은 좌석들에 대한 코웃음. 이런 것도 있었다. 그 참을성, 그 모든 밤, 12시 정각과 1시 정각과 2시 정각이면 좌석들 홀로 텅 빈 극장을 견디던 그 비 오는 여름밤들에 대한 은밀한 경이감. 참을성이야말로 꼭 짚고 가야 할 무엇이다. 누구도 그걸 가볍게 무시해선 안 된다.

"이제 어디로?" 케이트가 묻는다. 그녀는 차양 아래 내 어깨높이에 서서 제 엄지를 잡아 뜯으며 어둠 속을 가만히 들여다보고 있다.

"네가 가고 싶은 데로."

"하려던 대로 해."

"좋아."

그녀는 오늘 오후 멀 밍크를 만났는데 그 덕에 한결 나아진 듯하다. 그는 월터와 그녀의 파혼에 찬성했고 상담실 방문 일정을 비교적 빡빡하지 않게 짜주었다. 무엇보다 중요한 건 그녀가 나락의 언저리에 다가서고 있지 않다 느끼는 것이었다. "하지만 문제는," 둘이서 극장에 앉아 불이 꺼지길 기다리는 사이 그녀는 침울하게 말했다. "내가 의사를 만날 때 늘 성의를 다한다는 거지. 의사들이 나한테 넘어올 만큼. 나는 아플 땐 멀쩡하다 이거야. 상태가 좋아야만 비로소—" 녹나무 그늘에 막 들어서자 그녀는 갑자기 걸음을 멈추고 두 손으로 내 팔을 잡는다. "사람들은 아프거나 사고를 당하거나 죽음을 맞을 때에만 진심이 나온다는 거 알아? 사고 당시가 생각난다—사람들이 참 친절하게 도와주고 충심으로 대해줬지. 다들 이전의 인생도 전부 그 순간 못지않게 진심이었고 앞으로도 꼬박 진심일 것처럼 굴더니 실제론 어땠어, 라이엘의 죽음만이 우리의 현실을 거두어 갔잖아. 우리 모두 한두 시간 지나니까 그런 일이 있었느냐는 듯 가물가물한 길로 들어섰지."

우리는 캄캄한 캠퍼스 길을 거닐다 내 실험실 뒤에 있는 잡초 낀 현관에 잠시 들른다. 나는 콘크리트 계단에 앉아 아무런 생각도 하지 않는다. 케이트는 피가 나는 엄지손가락을 입에 대고 누른다. "여긴 뭐 하는 데야?" 그녀가 묻는다. 길 위의 전등이 교목 높이로 자란 관목들 사이에 황금색 구체를 만든다.

"4년 동안 매일 오후 저기 저 실험실 중 한 군데서 살았어."

"이것도 반복의 일부야?"

"아니."

"탐색의 일부?"

나는 대답하지 않는다. 그녀가 확실히 알 수 있는 건 그녀가 진지해하는 방식으로 내가 진지하다는 것뿐이다. 이를테면 괴짜 같은 유형의 진지함, 실은 진지함이 아니라 진지함을 가장한 절망. 그녀에겐 그 얘기를 굳이 하고 싶지 않은데 왜냐하면 그녀는 그걸 자기가 종종 이야기하던 룸메이트의 기벽같이 어떤 고상한 기벽으로 받아들일 게 뻔하기 때문이다. "호기심이 많은 애야, 보보는. 개가 뭘 좋아하는지 알아? 철제 사슴 모으기. 걘는 웨스트체스터 카운티에 퍼져 있는 철제 사슴의 위치를 철저히 찾아내서는 한 달에 한 번 순회 방문을 돌아 — 그냥 보관하고 쳐다만 보려고. 하나하나 이름을 붙여서 말이야. 테르툴리아누스, 아치볼드 매클리시, 앨프 랜던* — 그 일에 관해선 정말 진지했지." 나는 보보 같은 여자애나 웨스트체스터 카운티에 있는 철제 사슴 모으기 같은 괴짜 짓은 딱 질색이다.

"안 앉아?" 나는 그녀에게 짜증스럽게 묻는다.

"이제 수직적 탐색은 언제 — "

(내가 지금 짜증이 난 건 그 얘기, 그러니까 나를 보보랑 그 망할 철제 사슴에 빗댄 얘기를 그녀가 진담처럼 말해서일까?)

"실험실 현관문 안에 들어서면 수직적 탐색을 하게 돼. 1세제곱센티미터의 물이든 개구리든 소금 한 줌이든 별이든 온갖 표본이 다 있으니까."

"일반적인 걸 배우는군?"

"탐색 자체가 흥미롭기도 하고."

"왜?" 그녀는 묻는다.

"탐색이 깊어질수록 어떤 통합을 이루거든. 점점 더 적은 공식으로 점점 더 많은 표본을 이해하게 되지. 흥미로운 일이야. 당연히 늘 큰 목표, 새로운 단서, 숨은 지렛대 작용점을 찾게 되는데 그게 아주 압권이지."

"당신이 어디 있다거나 누구라거나 하는 건 중요하지 않다는 거군."

"그렇지."

"아무도 아닌 존재가 될 우려가 있어도 말이지."

"상관없어."

케이트는 남자 성향의 예리한 사고와 여자다운 절망으로 그걸 분석한다. 그러므로 나는 그녀보다 진지해지지 않으려고 조심한다.

"반대로, 당신이 여기 물러앉아 쓰레기통에서 나오는 잔해, 그러니까 쓰다 버린 표본을 취하고 있다는 건 단서인지 뭔지가 아직 남아 있다는 거네?"

"그래, 아무튼 가자."

"차가운 사람이야, 당신은."

"너만큼?"

"나보다 더. 무덤처럼 차가워." 그녀는 엄지손가락 살점을 뜯으며 돌아다닌다. 나는 아무 말도 않는다. 조금만 더 하면 나를 "솔직히" 평가하도록, 즉 나를 공격하도록 그녀를 몰아가게 될 것이다. "알겠지만 당신이 뭔가를 간과하고 있는 걸 수도 있어, 무엇보다 명백한 것을. 그게 발에 차여도 모를 테지만."

"뭔데?"

그녀는 말해주지 않을 것이다. 그러는 대신 노면전차에 오른 그녀는 내게 명랑하고 다정해진다. 그녀는 두 팔로 내 허리를 감고 입에 키스를 하더니 원반으로 변한 갈색 눈으로 나를 쳐다본다.

---

* 테르툴리아누스(Tertullian)는 카르타고의 신학자, 아치볼드 매클리시(Archibald MacLeish)는 미국 시인, 앨프 랜던(Alf Landon)은 캔자스주의 전 주지사.

## 4

2시 정각이 지나 젠틸리에 돌아온다. 어차피 나는 동트기 전에 지독하게 놀라 잠이 깨어 남은 밤을 선잠으로 지켜보곤 한다. 나는 오랫동안 푹 잠들어보지 못했다. 이틀간 나가자빠졌던 전쟁 때 이후로는 누운 줄도 모르게 침대에 누워 의식 없이 잠자며 새로운 세상에 눈뜨는 어린아이처럼 제대로 의식을 잃어본 일이 없다. 나는 내가 어디고 언제인지 늘 안다. 깊은 잠에 가라앉는다 싶을 때면 번번이 무엇이 나를 도로 부른다. "아직은 일러. 네가 잠들어서 그 일이 벌어진다고 생각해봐. 그럼 어쩔래?" 대체 무슨 일? 분명 아무 일도 벌어지지 않는다. 하지만 나는 파수꾼처럼 잠을 못 이룬 채 작은 소리에도 귀를 쫑긋하며 지켜본다. 심지어 늙은 로즈버드가 철쭉 덤불 속에서 끊임없이 뒤척이다 잠잠해지는 소리도 들릴 정도다.

동틀 녘 나는 옷을 걸치고 개들이 동요하지 않게 밖으로 조용히 빠져나간다. 나는 호수 쪽으로 걷는다. 거의 여름밤 같다. 무겁고 따뜻한 공기가 걸프 해안에서 밀고 올라오지만 그래도 땅은 겨울의 기억을 갖고 이슬에 젖어 차갑게 누워 있다.

이 시간은 교외를 걷기가 좋다. 보도를 이용하는 사람은 아무리 찾아도 없고 지금은 세발자전거를 타는 아이도 소형 트랙터도 없다. 콘크리트는 순결해 처음 부어진 그대로 입자가 거칠다. 다만 금이 간 사이로 잡초가 돋는다.

호수에 가까울수록 집들은 비싸진다. 방갈로와 공동주택과 목장주의 집 들은 이미 내 등 뒤에 있다. 여기엔 천수란과 벽돌 화분 속 호주소나무를 갖추고 프랑스 지방 양식과 루이지애나 식민지를 재현한 꽤 크고 현대적인 5, 6만 달러짜리 집들이 있다. 수영장들은 소강상태인 간헐천같이 김이 난다. 이 집들은 햇빛을 받아 멋져 보인다. 예쁜 색깔들, 완벽한 잔디들과 바람 잘 통하는 차고들이 내게 즐거움을 준다. 하지만 나는 새벽 이 시간이면 저것들이 버려져 있단 걸 전부터 안다. 호수에 피는 안개처럼 어떤 슬픔이 저것들에 내려앉는다.

아버지는 불면증을 겪곤 했다. 한밤중 서성대던 모습이 그에 관한 몇 안 되는 기억으로 남아 있다. 그 시절에는 현관에서 잠을 자는 게 건강에 좋다고들 생각했고, 그래서 많은 아버지들이 캔버스 천을 밑에서 끌어올려 칸막이를 친 현관방을 집에 하나씩 마련했다. 스콧 형과 나는 제일 추운 밤에도 거기서 잤다. 아버지는 잠이 어설퍼 우리와 밖에 나왔다. 그는 부상당한 짐승처럼 뒤척이든가 아니면 코털 사이로 쌕쌕 음악적인 소리를 내뿜으며 잠을 설쳤다—그러다 나로선 당시 "카타르*"라고 알려졌던 콧속의 질병 탓에 난다고 믿은 그 냄새로 시큼하게 괴롭힘을 당한 침대를 내버려두고 아침 전에 실내로 돌아갔다. 현관도 소용이 없어서 그는 애버크롬비&피치의 서스캐처원 침낭을 구입해 장미 정원으로 나갔다. 새벽 꼭 이맘때면 나는 끔찍한 소리에 잠이 깨곤 했다. 팔엔 침낭을 끼고 눈은 이 어슴푸레한 새벽의 슬픔과 피로 때문에 자리를 못 잡은 아버지가 방충문을 박차고 나가는 소리였다. 어머니는 잠자고 싶은 그의 괴로운 소망을 이 버려진 시간보다 효과적인 방법으로, 의도치 않게, 잠재웠다. 그녀는 으레 불안을 가라앉히는 말로 그의 행동을 일축하곤 했다. 내

* catarrh. 코감기, 점막 염증.

가 알기로 그는 달콤한 대지 곁 별하늘 아래 조용한 숨소리와 깊은 잠이 있는 장소를 꿈꾸었다. 어머니는 동조했다. "있죠, 난 찬성이에요. 나도 우리 모두가 자연으로 돌아가야 한다고 생각하니까 당신을 기꺼이 따르겠어요, 여보, 양충만 없으면요. 양충이 저를 워낙 좋아해야죠." 그녀는 그가 최신 캠핑 장비를 갖추고 덤불 속을 허우적대는 (당시 단편영화를 만들던) 또 다른 에드거 케네디*라 여겼다. 그녀로선 그 싸늘한 새벽들한테 무릎을 꿇느니 농담으로 웃어넘기는 편이 나았다. 하지만 그 뒤로는 자연으로 돌아가는 일에 관해 일언반구도 없었다.

그는 실수를 했다. 그는 잠을 자려고 늘 애를 썼다. 그는 매일 밤 일정 시간 잠을 자고 신선한 공기를 마시고 일정량의 칼로리를 섭취하고 규칙적으로 장을 비우고 활력적인 취미를 가져야 한다고 생각했다.(그땐 1930년대였고 모두가 과학을 믿어 "내분비선" 얘기를 주고받았다.) 나는 잠을 자려고 애쓰지 않는다. 장에 언제 마지막으로 신호가 왔는지도 모른다. 어떨 땐 일주일 동안 신호가 없지만 그러거나 말거나 관심 없다. 취미에 관해 말하자면 활력적인 취미를 가진 사람들은 절망 속에서 뻗기 때문에 가장 해로운 절망을 겪게 된다. 나는 유령처럼 조용히 쭉 상념에 잠긴다. 잠자려고 애쓰는 대신 동틀녘 이 교외의 수수께끼를 간파하려고 애쓴다. 이 화려한 집들은 하루 중 이맘때만 되면 왜 저리 패배자처럼 보일까? 다른 집들, 뉴멕시코의 벽돌집이나 펠리시아나의 낡은 목조 가옥은 낮이나 밤이나 똑같아 보인다. 하지만 이 새집들은 유령이 나올 것 같다. 여기서는 심지어 교회도 유령이 나올 것 같다. 저 집들은 어떤 이들이 소유했을까? 불쌍한 내 아버지. 서스캐처원 침낭을 죽은 소망의 시체인 양

끌고서 파티오 가구 사이를, 어린이 제트기와 론 레인저 소형 텐트 사이를 허둥지둥 누비고 다니던 그가 눈에 선하다.

집에 돌아오니 태양이 등을 데운다. 나는 차고와 집 사이의 작고 아늑한 골목에서 로즈버드의 건방진 눈총을 받으며 쭉 기지개를 켠 다음 시장이 문을 여는 9시 정각까지 선잠에 빠진다.

## 5

로즈버드의 으르렁 소리에 잠이 깼다. 우체부다. 내 눈길을 느낀 로즈버드는 눈썹을 쳐들고 두리번두리번 나를 찾다가 내 눈을 마주치고는 어쩔 줄을 몰라 한다. 녀석은 눈길을 돌리고 입을 다문 척하지만 침 마른 입술이 이빨 높이 걸려 있다. 이제 녀석은 격렬히 곤란해한다.

길 건너에는 초등학생들, 종 모양의 파란 치마에 멜빵을 걸친 여자아이들과 카키색 바지를 입고 약간 좀이 쑤셔 하는 남자아이들이 황새 같은 수녀들 앞에 녹초가 된 소대처럼 줄을 서 있다. 도식적인 비둘기의 인도하에 그들이 행진해 온다. 아침 햇살은 회전 파도타기와 정글짐의 반질반질한 금속에 윙크를 한다. 파란 치마와 카키색 바지를 입은 수천의 작은 엉덩이들이 비벼대 은색이 된 저 강철관, 얼마나 반짝반짝하고 튼튼하고 균형이 잘 잡혔는지.

우체부는 시카고에 사는 해럴드 그래브너의 편지를 들고 있다.

---

* Edgar Kennedy. 미국 코미디 배우 겸 감독.

출생을 알리는 쪽지다. 내게 새 아기의 대부가 되어달라는 부탁이다. 동봉된 카드는 출생을 다음과 같은 식으로 알린다.

> 착불 소포 수량 1
>
> 선적 중량: 7 LB 4 OZ*
>
> 애정을 갖고서 부드럽고 세심하게 다룰 것, 등등.

동양에서 내 생명을 살린 건 필시 해럴드 그래브너일 것이고 이 때문에 그는 나를 사랑한다. 편지를 넘겨받으니 해럴드 그래브너가 쓴 게 거의 확실하다. 나는 해럴드의 것 말고는 편지를 받지도 쓰지도 않는다. 군대에 있을 땐 고모한테 여러 나라 여러 민족에 대한 내 인상을 담은 길고 감성적이고 유창한 편지를 썼었다. 이를테면

> 일본은 한 해 중 이맘때가 아름다워요. 전투에 나선다고 생각하니 얼마나 낯선지! 두려움은 크지 않아요 — 저는 운이 아주 좋거든요 — 기적같이요, 시계의 초침 소리 하나, 진달래꽃 한 송이, 틀림없이 모든 게 기대를 잔뜩 품고 있을 거예요. 전쟁에 관해서 톨스토이랑 생텍쥐페리가 옳았어요, 등등.

나야말로 어리고 흔한 루퍼트 브룩이었다. "기대를 잔뜩 품고 —" 오, 영국인의 영혼 속에 잠복 중인 헛소리여. 어디선가 그것은, 즉 영국인의 영혼은 스스로를 거의 사지로 몰아넣을 낭만주의를 주입당했다. 아버지를 죽인 건 그것, 영국의 낭만주의, 그것과 1930년대 과학이었다. 다음은 내 공책에 적혀 있는 문장이다.

낭만주의와 과학적 타당성의 관계를 탐구할 것. 과학적 사고를 갖춘 사람은 스스로가 자기 과학에서 잉여이므로 낭만주의자가 되는가?

해럴드에게 답을 해야 하는데 연달아 두 문장을 쓰는 건 거의 힘에 부치는 일이다. 글이 품위가 없다.

해럴드에게: 아기의 대부가 되어달라고 부탁해줘서 고마워. 한데 나는 실천적 천주교 신자가 아니라서 대부가 될 수 있을까 의심스러워. 하지만 당연히 감사하다는 말을—

당연히 감사라니. 찢어버리자.

6

이상한 일이다. 지난 수요일 이후 유대인에 대한 촉이 예리해졌다. 여기엔 한 가지 단서가 있지만 뭐라고 말은 못 하겠다. 예리해진 줄 어떻게 아는가? 나와 유대인이 가까워질 때마다 내 머릿속의 가이거계수기가 기관총처럼 딱딱딱 돌아가기 시작해서다. 그러다 내가 완전 경계 태세를 하고 극도로 조심조심 지나가면—가이거계수기는 진정된다.

내 유대인 알리미는 새로울 게 없다. 내게 친구가 있던 시절 신지

---

*　7파운드 4온스. 약 3.3킬로그램.

학자*인 에드나 숙모는 내 친구들이 하나같이 유대인임을 알아차렸다. 더욱이 그녀는 왜 그런지도 알았다. 나는 전생에 유대인이었던 것이다. 아마 그 말이 맞을 것이다. 어쨌든 본능 면에서 나는 사실상 유대인이다. 우리는 똑같이 망명의 경험을 공유한다. 하지만 사실 나는 내가 아는 유대인들보다도 유대인답다. 그들은 나보다 편하게 자릴 잡았다. 나는 내 망명에 순응한다.

내 유대인다움의 또 다른 증거. 얼마 전 한 사회학자가 발표하길 외톨이 영화광 중 상당히 높은 비율이 유대인이었다.

유대인들이야말로 내 제일가는 단서다.

절망에 빠져 속으로 탐색의 기회임을 인정하지 않는 사람은 길에 유대인이 지나가도 아무것도 알아차리지 못한다.

과학자나 예술가 성향인 사람에겐 다른 종류의 절망이 열린다. 그런 사람은 길에 유대인이 지나가면 뭔가 알아차릴지 몰라도 만남 자체는 대수로울 게 없다. 그에게 유대인은 자기 같은 과학자나 예술가 또는 연구의 표본으로 보일 뿐이다.

하지만 탐색의 기회임을 깨달은 사람은 길에서 난생처음 유대인을 보면 해변에서 발자국을 발견한 로빈슨 크루소와 마찬가지 입장이 된다.

## 7

아름다운 금요일 아침 세인트버나드 패리시로 섀런과의 나들이에 성공.

섀런은 내 MG**를 유심히 살핀다. 차에 탄 뒤에는 MG건 뭐건 간에 협잡질은 안 된다고 못을 박는다. MG 안에서 허벅지며 무릎을 맞대고 앉아놓고 어쩜 저리 단호한지? 남부 여자다운 요령으로 예의는 잃지 않은 채. "세상에서 제일 **앙증맞은** 차네요!" 그녀는 칭찬을 하다가 흐지부지되더니 두 손으로 목덜미를 받치고 고개를 앞으로 숙이고 눈썹을 치켜든 채 차가운 여자의 눈길로 거리를 살핀다. 그러다 미안한지 몸을 일으키려는 모양이다. "이편이 타자기 치는 것보단 확실히 낫네요. 으-흠!" — 유팔라에서 자길 보살펴준 흑인 하녀처럼 저 혼자 단조롭게 읊다 마는 소리. 남부 여자들은 유모한테서 많은 걸 배운다.

사르탈라마차 씨를 만나자 이상한 일이 벌어진다.

우선 어떤 역전이 일어나 도리어 사르탈라마차 씨가 내게 자기가 구입하고 싶은 땅을 보여주는데 그것이 어색하지 않다. 그는 내 재산을 소개하는 안내인이 되는 것도 모자라 좋은 특징들을 짚어주기도 한다. 오리 사냥터에서 먼 외침이 들려오는 지금, 내 유산은 한쪽은 주택단지 한쪽은 경찰 사격장으로 둘러싸여 있다. 사실 내 사유지를 보면 탐정 잡지에 실린 범죄 현장 사진들이 떠오른다. 돼지 발자국과 수상한 차량 한두 대의 바큇자국으로 길이 난 풀투성이 야외 촬영장. 노지 구석구석 개발의 조짐이 새로이 싹터 흑토에서 검푸른 빛이 피어오르는 듯하다. 여기는 벌써 여름 같다. 매미들은 잡풀 속

---

* 신지학은 우주와 자연의 비밀을 신에게만 내맡기지 않고 신과의 합일과 직관으로 적극 깨치는, 가령 석가모니의 사상 같은 학문.

** Morris Garage. 1920년대에 설립된, 일반인도 가질 수 있는 스포츠카를 만든다던 영국 자동차 회사. 누차 매각을 거쳐 지금도 존속 중이다.

에서 맴맴 울어대고 하루는 길어 보인다.

우리는 MG를 작은 빈터에 세워두고(붉은색 금속과 냄새 좋게 닳은 가죽으로 이루어진, 열심히 사용한 좋은 물건이다. 나는 암말을 쓰다듬듯 튼튼한 영국제 강철의 옆구리를 쓰다듬는다) 작은 언덕에 올라 사르탈라마차 씨의 양옆에 선다. 흐늘흐늘한 파나마모자를 등 뒤에서 흔들며 쌉싸래한 면 냄새를 풍기는 사르탈라마차 씨. 그는 이탈리아 사람이라기보단 교회에 온 앨라배마 농부처럼 차림새가 초췌하되 단정한, 영락없는 남부 촌사람이다.

"여기에 오두막이 있었죠, 왁자지껄 캠프라고 불리던," 나는 섀런에게 말한다. 그녀는 흐트러지지 않은 모습으로 등을 살짝 곧추세우고 서서 눈만 깜빡거리며 자기 안에 붙박여 있다. 왁자글한 그곳의 정령들과 여름의 검푸름 그리고 거기에 밴 슬픔은 그녀를 위한 것이 아니다. 유팔라 고등학교에 가 있는 그녀에겐 여기가 어디든 상관없는데(그녀는 아마 워싱턴으로 수학여행을 떠나 로툰다에 서 있었을 것이다) 그녀가 옳다, 자신의 달콤한 인생과 동화된 사람에게 슬픔은 무슨 슬픔? "아버지랑 종조할아버지랑 나랑 한 차례 와본 적이 있어요. 침대가 없어서 다 같이 맨바닥에서 잤죠. 나는 두 분 사이에 껴서 잤는데 잘 때 잉거솔(Ingersoll) 손목시계를 끌러서 바닥 내 머리맡에 놓아뒀어요. 밤중에 종조할아버지가 뒤척이다가 덮쳐서 그걸 깨드셨죠. 그 일은 유명한 일화가 됐는데 왠지 모르게 기분 나빴어요, 손목시계를 덮쳐놓고서 다들 — 허허허 — 독일 일당처럼 웃기나 하고. 그러다 크리스마스에 종조할아버지가 새 시계를 하나 사주셨는데 보니까 해밀턴 금시계더군요." 섀런은 여군처럼 무거워진 다리를 벌리고 서 있다. "아버지가 그 오두막을 지었던 때가 기억나요.

그 전에 파브르의 책들을 읽고서 과학적이고 매력적인 취미를 가져야겠단 생각을 하고 계셨죠. 아버지는 망원경을 사서 어느 날 밤 우리를 밖으로 불러내더니 오리온자리의 말머리성운을 보여주셨어요. 망원경은 그것으로 끝. 브라우닝을 읽기 시작한 뒤로는 당신한테 사내들의 세상이 필요하다고 보셨거든요. 그때 오리 사냥터를 시작하신 거예요."

"나와 함께 늙읍시다. 최고의 시간이 남아 있어요,"* 섀런은 말한다.

"맞아요."

사르탈라마차 씨는 안절부절못하고 있다. 그는 등 뒤로 모자를 만지작거린다. 그의 큰 손톱들은 대개 하얀 달이 껴 있다. "오두막은 아버님이 지으신 게 아니에요. 지으신 분은 앤스 판사님이에요."

"그래요? 그분들을 어떻게 아세요? 아시는 사이인 줄 까맣게 ―"

사르탈라마차 씨는 올려다보지도 않고 허탈하게 말한다 ― 자자한 사실을 우리가 모른다는 데 의아해하며. 모두가 알고 있는 것이다. "제가 그분께 지어드렸으니까요."

"아버지랑 어떻게 아세요?"

"모르는 사이예요. 크리스마스 전 어느 날 아침에 저쪽에 있던 가게를 막 닫으려는데 앤스 판사님이 들어와서 둘이 얘기를 나누기 시작했죠. 그분이 말씀하시길 ― 어 ―" 사르탈라마차 씨는 슬쩍 비밀스러운 웃음을 짓더니 그때의 얘길 끄집어내서 송구스럽다는 듯

* 로버트 브라우닝의 시 「Rabbi Ben Ezra」의 시구. 원문은 "Grow old along with me / The best is yet to be".

고개를 더 푹 숙인다. "— 이름이 뭔가? 네, 그러셨어요. **이름이 뭔가?** 저는 말씀드렸죠. 그분 말씀이 — 어, **이 가게를 지었다고?** 맞습니다 하고 저는 말씀드렸어요. 우린 이런저런 얘기를 나눴죠. 그러다 그분이 저를 쳐다보고 말씀하시길 — 어, **자네가 해줬으면 하는 일이 있는데.** 그분은 이 수표를 써주셨어요. 그분 말씀이 — 어, **여기 1000달러 수표가 있네. 오두막을 하나 지어줬으면 하는데 같이 가지, 어딘지 보여줄 테니.** 그래서 저는 좋다고 말씀드렸죠. 그랬더니 그분 말씀이 — 어 —" 사르탈라마차 씨는 얘기가, 그때 그 얘기가 저절로 흘러나오길 기다린다 — "**가세, 빈스,** 그분이나 저나 아주 즐거운 시간이 될 참이었죠. 평생 본 적도 없는 사람의 가게로 걸어 들어와서 1000달러짜리 캐널 은행 수표를 써주셨다니까요. 그러고선 6주 동안 돌아오질 않으셨어요."

"오두막 좋아하시던가요?"

"장담하는데 좋아하셨어요."

"그렇군요." 그렇군. 그런 때가 있었고 그런 사내들, 다른 사람한테 **이것 좀 해주시오** 하면 마지못해서가 아니라 흔쾌히 해결되는 데다 흔쾌히 기억도 되는 사내들이 있었던 것이다. (그러고 사르탈라마차 씨는 그 기억에 웃음을 짓는다.) "내내 여기서 사셨나요?"

"저요?" 사르탈라마차 씨가 처음으로 올려다본다. "여기선 3주밖에 안 됐죠! 11월부터요."

"고향이 어디신데요?"

"버밍햄 근처 엔즐리에서 자라긴 했는데 1932년에 하도 어려운 시절이라 떠돌아다니기 시작했죠. 워싱턴이랑 오리건만 빼고 마흔여섯 개 주를 다 밟았는데, 마냥 싸돌아다녀서 배를 곯아본 적은 없어요. 1934년에야 제 형제랑 바이올렛에 정착해서 포획을 시작하게 됐죠."

사르탈라마차 씨는 도급업자이자 이웃한 주택단지의 소유자임이 드러났다. 그는 여태껏 잘해왔고 내 오리 사냥터를 추가로 원하고 있다. 나는 집들에 관해 묻는다.

"하나 보시겠어요?"

우리는 그와 함께 돼지 발자국을 따라 작고 예쁜 평지붕 집들이 가득한 미개간지로 간다. 그는 우리에게 건축 중인 집을 극구 보여준다. 톱질한 외장재의 모서리를 그가 엄지로 슥 그어보는 모습이 재미있다. 섀런은 관심이 없다. 그녀는 흰자가 드러나도록 눈이 살짝 뒤집어져서는 부동자세로 서 있다. 그녀는 졸린 눈이고 칠칠치 못하다. 노스캐롤라이나의 고등학생 시절에 찍은 스냅사진 속 애바 가드너 같다.

"이 슬래브 안에 뭐가 들었는지 아세요?" 콘크리트가 비단처럼 부드럽다.

"아니요."

"우연히도 6호* 구리관이요. 그게 들었는지 아무도 모르겠지만 오래오래 거기 있을 거예요." 그가 하는 일이 정직하지만은 않다는 걸 알겠다. 좋은 슬래브에 좋은 관을 넣어놓고 흐뭇해하는 게 그만의 즐거움이다.

다시 작은 언덕으로 돌아온 사르탈라마차 씨는 나를 한쪽으로 데려가더니 모자로 동쪽 멀리를 가리킨다. "저기 도랑 파는 기계랑 불

---

* 숫자 6은 가정의 행복, 화목, 안정을 상징한다.

도저 보이시죠?"

"네."

"저게 어떻게 될지 아세요?"

"아니요."

"저게 걸프까지 이어지는 조수 운하예요. 우리 땅의 가치가 얼마나 될 것 같나요?"

"얼마나요?"

"발 한 폭에 50달러." 사르탈라마차 씨가 나를 바짝 잡아당긴다. 그는 그게 세상없이 중요한 뉴스인 양 한 번 더 말한다. 거래가 성사되든 말든 말하지 않고는 못 배길 뉴스인 것이다.

나중에 섀런은 오리 사냥터의 진짜 가치를 이실직고하도록 내가 그를 영리하게 구슬렸다고 말한다. 하지만 그녀는 잘못 알고 있다. 그것은 내가 그를 만난 뒤로 그가 지난 일을 즐겁게 이야기하던 때부터, 그가 옐로스톤공원의 올드 페이스풀 간헐천을 목격하고 키웨스트로 이어지는 둑길 위에서 노동을 해 배를 곯지 않던 1932년의 긴 방랑을 즐겁게 이야기하던 때부터 시작된 일이다 — 나와 함께 과거를 이야기하고 미래에 맞서 작당을 하는 건 예전부터 그에게 즐거운 일이었다. 그는 쓸쓸해서 주절주절하고 우리는 다 같이 운하에 관한 뉴스에 놀라워하며 돈벌이가 주는 위안을 즐긴다. 돈이야말로 크나큰 기쁨이다.

사르탈라마차 씨는 은밀한 즐거움에 사로잡혔다. 그가 내 갈비뼈를 쿡 찌른다. "우리가 뭘 해야 하는지 알려드리죠, 볼링 씨. 땅을 갖고 계세요! 제가 개발을 해드릴 테니까. 탈현장 활용을 하는 겁니다. 집은 제가 짓죠. 우리 둘이 돈 좀 만지게 될걸요." 그는 무슨 익살극을 하듯 몸을 움츠린다.

"우리가 얼마쯤 벌까요?"

"잘은 모르겠어요. 하지만 이건 말씀드릴 수 있어요." 사르탈라마차 씨는 염소 춤을 추듯 폴짝거리는 중이고 섀런은 빈터의 짙푸름 속에서 비몽사몽으로 서 있다. "내 당장 1만 5000달러를 드리죠!"

우리의 본질은 수익이다.

섀런과 강변도로를 질주 중이다. 강물은 수위가 높고 활대와 굴뚝을 갖춘 배들은 지구의 거대한 엔진처럼 제방을 따라 이쪽저쪽으로 떠간다.

기름통의 인동덩굴이 하늘하늘 싹을 틔우는 셸 주유소에서 황금 같은 무릎 위에 코카콜라를 균형 있게 올려둔 섀런을 내려다보면서 내 작은 언덕이 불도저로 평탄히 밀리는 모습을 떠올리니 우리 게이블이 그런 일을 어떻게 했던가 하는 생각이 또다시 든다. 그는 일하는 척하는 법을 알았고 여자 생각을 않는 척하는 법을 알았다. 이를테면 두 손을 뒷주머니에 넣고 땀 흘리며 서 있기.

섀런과 다니며 돈을 버는 한편 그녀에게 관심 없는 척하는 건 대단히 즐거운 일이다. 섀런의 입장에서도 햇빛 속에서 무릎을 모으고 드레스를 엉덩이 밑에 쑤셔 넣은 채 1인용 좌석에 앉아 있는 건 아쉬울 게 없는 일이다. 호박색 코카콜라 방울이 그녀의 허벅지를 요리조리 흘러 금색 털을 건드리더니 작고 오목한 곳 주위로 퍼진다.

"아으," 나는 들릴 정도로 신음한다.

"왜 그러세요?"

"옆구리가 갑자기 쑤셔서요." 마음에 칼이 꽂혔다.

새런이 나를 보려고 손차양을 한다. "볼링 씨?"

"네."

"사르탈라마차 씨가 처음 말했던 금액이 얼마였죠?"

"8000달러."

"그분이 당신을 정말로 등칠 셈이었네요."

"그럴 리가요. 그래도 당신이 아니었으면 8000달러를 넙죽 받았을 거예요."

"저요?"

"당신이 날 여기로 이끌었거든요."

그녀는 아리송한 채로 수긍하더니 한쪽 눈을 찡그리며 다시 제 기억 속으로 돌아간다.

"당신이 얼마나 절약해줬는지, 아니 얼마나 벌어다 줬는지 알아요? 최소 7000달러에 덤은 훨씬 많을 거예요. 당신한테 10퍼센트를 안 떼어줄 수가 없군요."

"한 푼도 안 줄 거면서 그래요, 총각."

나는 소리 내어 웃어주지 않을 수 없다. "왜 안 주겠어요?"

"주는 사람 못 봤는걸요." (그녀는 말을 뚝 멈추더니 일부러 사투리로 말한다.) "저 돈 많그든요."

"얼마나 많은데요?"

"신경 끄시죠."

그녀는 다리를 특정한 각도로 구부려 코카콜라를 무릎 평평한 데 세울 수 있다. 힘줄과 뼈, 평평한 면과 튀어나온 면, 어디나 금색, 이 얼마나 멋진 조형물인가.

나는 우리 게이블처럼 땀을 흘리면서 그녀 생각을 접고 지긋지긋한 욕정에 치를 떨며 집으로 달린다. 그녀는 기뻐하는데 무엇보다 입을 다물 수 있어서다. 대화를 이어가봐야 그녀가 불편해할 게 뻔하다.

그녀는 고개를 갸우뚱하고 초롱초롱한 눈으로 한마디를 덧붙인다. "법원은 어쩌죠?"

"너무 늦었어요. 당신을 데려오는 게 아니었는데. 미안해요."

"저기요!" 그녀가 유팔라만큼 아득한 소리로 외친다. "저는 굉장히 즐거운 시간이었는데요!"

8

일주일에 한 번 금요일마다 커트러 회사의 전 지점장은 참모들과 점심 총회를 하러 본사에 보인다. 한 주의 사업이 검토되고 판매 보고서가 작성되고 시장 조건에 대한 설명이 주어지고 손해사정사가 다가올 쟁점을 제공한다. 하지만 오늘은 일 얘기가 많지 않다. 축제가 절정이어서다. 퍼레이드와 무도회가 밤낮없이 열린다. 열두 개의 크루가 벌써 제 차례를 마쳤고 프로테우스, 렉스 그리고 코머스가 남았다. 파트너들이나 지점장들이나 눈이 벌게서 정신이 팔려 있다. 오늘 밤에 나올 이베리아의 왕과 왕비에 대한 소문이 돌고 있다. ('커트러, 클로스터만 & 레지어'의 참모들 대부분은 넵튠 크루 아니면 이베리아 크루의 멤버다.) 이베리아의 왕은 미들 걸프 공사(公事)의 제임스 (땅딸이) 존스, 여왕은 서던 뮤추얼의 플로슈 우이베르의 딸 윙키 우이베르일 거라고 대체로들 인정하고 있다. 선정 기준은 인기다

—두 사내 모두 재능 있고 호감 가고 겸손한 사람이라고 나는 보증할 수 있다.

간혹 어떤 금요일이면 줄스 고모부는 점심식사 후 나를 자기 사무실에서 보고 싶어 한다. 그럴 때 그는 책상 앞에 앉아 있는 자기를 보고 내가 자연스럽게 들러 아는 척을 하도록 사무실 문을 복도 쪽으로 활짝 열어두어 의중을 알린다. 오늘 그는 유난히 나를 반기는 듯하다. 줄스 고모부는 사람을 편하게 하는 재주가 있다. 고풍스러운 책상과 에밀리 고모의 거대한 인물화가 있는 커다란 사무실을 쓰고 있어도, 그리고 저 자신이 바쁜 사람인데도 그는 방랑을 하다 이곳에서 우연히 만난 듯한 인상을 준다. 그는 결코 상대방보다 편하게 있지 않는다. 그는 자기 의자가 아닌 아무 데나 앉고 자기 책상이 아닌 아무 데서나 사업을 논한다. 지금 그는 나를 구석으로 몰아 외과의처럼 내 어깨뼈를 만지고 있다.

"아침에 라보가 내 방에 들렀어." 그는 침묵에 잠기더니 고개를 똑바르게 홱 당긴다. 나는 충분히 기다릴 줄 안다. "그가 이러더라, 줄스, 좀 안 좋은 소식이 있어요—개방형 펀드 대회 아시죠, 사장님이 꼭 챙기시는 거요? 그럼, 잘 알지, 내가 말했어." 이제 줄스 고모부는 내 심장박동을 듣고 있었다는 듯 고개를 내 가슴 쪽으로 기울인다. 나는 기다린다. "그게 언제인지 아세요? 왜 모르겠어, 3월 중순경이지, 내가 말했지. 화요일이죠, 라보가 말하더라. 축제 당일이라고." 줄스 고모부는 내가 입을 계속 다물고 있게끔 내 어깨를 누른다. "정말이야, 라보? 이런, 깜빡할 뻔했군. 여기 비행기표. 잘 다녀오게." 줄스 고모부는 허리를 숙였고 나는 그가 웃고 있는지 분간이 안 되지만 그의 엄지는 내 어깨의 오목한 곳을 꾹 누른다.

"거 아주 잘됐네요."

"하지만 그 순간에 그 친구가 뇌리에 박힐 말을 하더라. 이러던걸, 저를 보내셔도 상관없어요, 줄스, 하지만 사장님 가족 중에 딱 맞는 사람이 있잖아요. 왜, 개방형 펀드 판매라면 카론들레 스트리트(Carondelet Street)에서 그 짐승 같은 악당 잭 볼링을 당해낼 사람이 없죠. 그러게 말이야. 넌 축제에 별로 관심 없잖니, 안 그래?" 내가 관심 없다고 진짜로 믿지도 않으면서. 고모부 자신은 어떤가 하면 마디그라 날 아침 보스턴 클럽*이 아닌 다른 곳에 있는 건 상상도 못 할 사람이다.

"그럼요."

"그러게 말이야. 화요일 아침 10시 30분 비행기를 타렴," 상을 수여할 때의 무뚝뚝한 목소리로 줄스 고모부는 말한다.

"어디로요?"

"어디긴! 이런 우라질, 시카고지!"

시카고라니. 고통도 고통도 이런 개 같은 고통이 없다. 줄스 고모부에겐 천년이 지나도 설명이 안 되겠지만 내겐 여행을 하는 게, 수백 마일의 땅을 가로질러 밤중에 낯선 곳에 떨어져서는 밖으로 나가 다른 공기 냄새를 맡고 다른 방식으로 세상과 부딪는 사람들을 접하는 게 결코 작은 일이 아니다. 그에겐 작은 일이겠지만 내겐 아니다. 그에겐 뉴올리언스에서 눈을 감고 샌프란시스코에서 눈을 떠 카론들레 스트리트에서 하던 생각을 텔레그래프 언덕**에서 마저 하는 게 아무 일도 아니다. 나로선 낯선 곳의 정령이 부를 안겨주든 빼앗

---

* 뉴올리언스에서 1841년 만들어진 고급 사교 모임.

든 사람을 가만두질 않는단 걸 아는 게, 수많은 낯선 도시를 아무런 각오도 없이 가볍게 다니면 자기가 아무것도 아닌 사람이 될 수도 있단 걸 아는 게 약이자 병이다. 아침부터 굉장한 하루다. 저마다 시선을 쏘아대는 500만 명의 낯선 사람 틈바구니에서 미시간 애버뉴를 어슬렁거리면 어떻게 될 줄 알고? 500만 명의 시선을 나더러 어떻게 감당하라고?

"가서 연락 좀 자주 하고." 줄스 고모부는 고개를 뒤로 빼고 우리는 10초를 기다린다. "그러고 나서 돌아오면 네가 도심에서 일하도록 우리도 뭔가 해줄 게 있을 거야." 더없이 무뚝뚝한 목소리에 걸맞은 더없을 호의.

"알겠습니다," 나는 더없이 무뚝뚝한 호의에 장단을 맞추느라 기쁘다 못해 현기증까지 나는 내색을 하며 말한다. 이런, 시카고의 온갖 말종들과 악랄한 짐승들이 기다리고 있다. 젠틸리에서의 내 삶, 내 소박한 관습, 엘리시언필즈의 행복한 그늘에 묻어가는 내 은밀한 존재가 멀어져 간다.

9

모두가 죽어 있다는 인상이 짙어진 지 좀 되었다.

사람들하고 말을 나누다 보면 그렇다. 대화 도중에 그 인상이 나

---

** Telegraph Hill. 금문교가 내려다보이는 샌프란시스코의 언덕 동네. 유명 관광지.

를 와락 덮친다. 그래, 이건 죽은 거야. 앓는 소릴 하면서 양해를 구하고 얼른 달아날밖에. 그런 순간이면 할 말에 대한 선택권이 없는 로봇들끼리 대화하는 것 같다. 나는 나 혹은 다른 사람의 이런 말을 듣는다. "내 생각에 러시아 사람들은 위대한 민족이었지만——" 또는 "그래, 북부의 위선에 관한 네 말은 영락없는 사실이야. 하지만——" 그러면 나는 속으로 생각한다. 이건 죽은 거야. 최근에 나는 뺨이 멋대로 씰룩거리는 경향이 있어서 그런 일상적인 대화 말곤 나눌 수가 없다. 에디 러벌과 서서 대화를 나누던 수요일에는 눈이 순식간에 감기는 느낌이었다.

점심 총회가 끝나고 나는 도서관 계단에서 사촌 넬 러벌을 맞닥뜨린다——나는 이따금 리버럴과 보수주의 정기간행물을 보러 도서관에 간다. 기분이 안 좋을 때마다 도서관에 가서 논쟁적인 정기간행물을 읽는다. 내가 리버럴인지 보수주의자인지는 모르겠지만 그래도 양측이 품는 혐오에서 활기를 얻는다. 사실 내게 이 혐오는 세상에 남은 몇 안 되는 삶의 징후라는 인상이 강하다. 이건 세상이 거꾸로임을 보여주는 또 하나의 무엇이다. 친절하고 호감 가는 사람들은 내게 모두 죽은 것처럼 보인다. 오직 혐오자들만이 살아 있는 것처럼 보인다.

나는 리버럴 주간지를 들고 거대한 책상 앞에 털썩 앉아 앞표지부터 뒤표지까지 꼼꼼히, 글쓴이가 득점할 때마다 혼자 고개를 끄덕여가며 읽는다. 젠장, 맞는 말 했군, 이 친구, 나는 의자가 흔들릴 정도로 수긍하며 말한다. 이들한테 한바탕 퍼부어주자. 그러고 나서는 자리에서 일어나 보수주의 월간지 선반으로 넘어갔다가 도로 시원해진 의자에 돌아와 반격에 가담한다. 오호, 의자 팔걸이를 단단히 붙들고 나는 말한다. 이 친구가 해냈군. 아주 내장까지 발랐어! 그런 뒤 밖으로 나가 햇볕에 발을 푹 담그면 내 목은 만족감으로 소름이 돋는다.

앞서 언급한 넬 러벌이 나를 발견하고는 책 한 권을 휘두르며 이리로 다가온다. 내가 알기론 다소 우울하고 비관적인 관점이 담긴 유명한 소설책인데 방금 끝낸 모양이다. 그녀는 화가 나 있다.

"하나도 안 우울하다!" 그녀는 소리친다. "마크랑 랜스가 다 커서 둥지를 떠난 덕에 나도 내 인생 살고 있거든. 오전에는 철학 수업 듣고 밤에는 르 프티 극장(Le Petit Theatre)에서 일해. 에디랑 나랑 둘의 가치관을 재고해봤는데 꽤나 질긴 사이더라. 인생의 목적이 같아서 둘이 아주 놀랐다니까. 그게 뭔지 알아?"

"몰라."

"암만 작더라도 사회에 기여하는 거, 그래서 세상이 조금이라도 낫도록."

"거 아주 멋진데," 나는 조금 불안한 듯이 말하며 도서관 계단 위에서 발을 꼰다. 그녀를 쳐다보지만 않으면 이야기할 수 있다. 그녀의 눈을 들여다보면 당황스럽다.

"——텔레비전은 애들한테 주고 어젯밤에는 둘이 하이파이 켜고 불가에 앉아서 『예언자』를 큰 소리로 읽었어. 인생 우울할 게 어디 있니!" 그녀는 소리친다. "나한테는 책도 사람도 물건도 지루할 틈이 없어. 그런 생각 안 들어?"

"들어." 내려앉은 내 대장에서 엄청난 배변을 예고하는 꾸르륵거림이 막 시작되었다.

넬이 말을 끊질 않으니 방귀가 새지 않도록 조심조심 최선을 다해 발을 꼬면서 아무 일 없다는 눈으로 그녀를 쳐다보는 것 말곤 뾰족한 수가 없다. 선하고 꿍꿍이 없는 미국인의 얼굴에다 마음속엔 앞으로 40년의 생이 남아 있는 마흔 살 여자. 열망, 무엇보다 열망, 그 애처롭게 사라진 열망과 함께 미국의 여대생들은 어떤 나이에 다다른다. 나는 저희 가치관을 재고하는 그녀와 우리 에디한테 생각이 닿는다. 그래, 맞아. 가치관. 아주 잘했어. 그러고 나자 속으로 묻지 않을 수 없다. 넬은 왜 다 산 사람처럼 말할까? 40년 뒤잖아 죽는 건, 죽는 건, 죽는 건.

"케이트는 어때?" 넬이 묻는다.

나는 흠칫한 다음 죽음에서 빠져나오고자 열심히 생각을 굴린다. "솔직히 나도 모르겠어."

"내가 걔를 얼마나 신경 쓰는 줄 아니! 걔 참 대단한 애야."

"나도 신경 써. 걔 대단하지."

"한번 놀러 와, 빙크스!"

"그럴게!"

우리는 죽은 채로 웃으며 헤어진다.

10

4시 정각에 나는 사랑, 즉 섀런을 향한 사랑과 돈에 대한 관심으로 잉태된 최신 계획을 실행해도 빠를 것 없다는 판단이 선다. 모든 건 일과 사랑의 긴밀한 협력에 달려 있다. 섀런에 대한 내 감탄 때문에 일이 지장을 받는다면 섀런에 대한 내 감탄 또한 지장을 받을 것이다. 나는 여자를 얻으려고 모든 걸 내던지는 남자들을 절대절대 이해 못 한다. 행복을 얻는 비결은 모든 면에서 성공하는 것, 즉 돈은 사랑에 사랑은 돈에 봉사하게 만드는 것이다. 내 부가 점점 쌓이는 한 나는 모든 게 이상 무라는 기분이 든다. 내겐 장로교 신자의 피가 흐른다.

4시 15분에 나는 그녀의 책상 가장자리에 걸터앉아 팔짱을 끼고 난처한 듯 쳐다본다.

"킨케이드 씨. 부탁할 게 하나 있어요."

"말씀하세요, 볼링 씨."

그녀가 올려다보자 나는 우리가 서로를 너무 모른다는 생각이 든다. 그녀는 진정 외지인이다. 그녀의 노란 눈은 무척 상냥하고 속을 알 수 없다. 그녀는 매우 친절하고 도움이 못 되어 안달이다. 마음이 처진다. 사랑이, 사랑의 기회가 사라진다. 우리의 성별이 사라진다. 우리는 업무상 한 팀인 것이다.

"이 이름들이 뭔지 알아요?"

"고객들 명부네요."

"자산 목록이기도 하죠, 개인마다 주식이랑 채권 등등이 정리된. 이제 우리가 매년 이걸로 뭘 하는지 알려줄게요. 몇 주 안에 소득세를 정리해야 돼요. 보통 이때쯤 고객들한테 수익을 알려줄 소책자랑 차트랑 이것저것을 우편으로 보내요. 올해는 뭔가 다른 걸 해보려고요. 자산 목록은 내가 하나하나 살펴보고 각각의 고객한테 친서로 각 거래의 조세 상태랑 맞춤형 권고를 전달할게요, 양도소득, 손실, 주주권과 보증, 강제 교환 날짜, 주식배당 등등에 대한 권고요. 다른 쪽으론 머리가 빠삭한 많은 회사원들이 장기 이득과 손실을 한 해에 얼마나 보는지 알면 당신도 놀랄걸요."

그녀는 노란 눈을 총기 있게 반짝이며 유심히 귀담아듣는다.

"나는 이미 회계에 익숙하니까 문제없어요. 다만 편지 쓸 게 많다뿐이죠. 우리한텐 시간이 부족하고요." 내가 미쳤던 게 틀림없어. 이 여자는 그냥 착한 여동생이라고.

"언제 시작할까요?"

"오늘 오후 한 시간이랑 토요일 오전 추가 근무 가능해요?"

"전화는 제가 돌리죠," 그녀는 버럭버럭하며 부탁을 들어주는 시골 사람처럼 퉁명스럽되 친절한 태도로 말한다.

조금 뒤 그녀는 주홍색 손톱 두 개로 베이지색 플라스틱 명부를 두드리면서 내 책상 가에 서 있다.

"5시에 누가 잠깐 저 좀 데리러 와도 괜찮을까요?"

누구라니. 이 얼마나 태곳적 지혜인가. 나는 그녀에게 아무것도 아닌 사람인데, 그런데도 그녀는 더없이 확고한 본능에 따라 어느 중성적 인물과의 데이트라는 꼬리표를 단다. 그런 인물이 있을 리 없다는 내 믿음을 그녀는 안다. 하지만 그녀는 자기가 무슨 행동을 하는지 안다. 엉겁결에 나는 누구, 즉 실체도 없고 대수롭지도 않은 그 중성의 인물이 그녀를 데리러 올 거라고 믿는다.

"무슨 일이든 내가 너무 심각한 훼방꾼이 되지 않으면 좋겠네요."

"장난하시는 거예요?"

"그럴 리가요."

그녀가 나를 놀라게 한다. 나는 "심각한"이란 말을 의도적으로 대략 모호하게 사용했다. 한데 그녀는 거기에 곧바로 구애의 뜻을 부여한다.

뜻밖에 유리해졌다. 나로선 그녀의 친구가 어떤 사람인지 알아두면 유용할 것이다. 하지만 그를 어떻게 훔쳐볼지 머리를 싸맬 필요는 없다. 5시 몇 분 전 그가 사무실로 걸어 들어온다. 아주 마음에 드는 친구다 — 안아주고 싶을 정도로. 날카로운 인상에 — 내 격정과 달리 젊은이와는 거리가 먼 — 포부르마리니 주민 같은 부류, 코가 크고 턱이 뭉툭하며 눈썹 위에 한 줄의 주름의 수놓아 있고 그 바로 위에서 구릿빛의 풍성하고 억센 올백 머리가 시작되는 지중해 유형의 남자. 그것을 갈망하는 표정. 그는 나를 싫어한다. 내가 최대한 훈훈한 분위기로 그에게 고개를 끄덕이자 그도 내게 고개를 끄덕이지만 웬일로 끄덕임은 멈추질 않는데 알고 보니 품평을 하고 있었는지 내 뒤의 사무실을 보고 고갯짓을 하던 것이다. 이따금 그의 입술은 이 안쪽으로 당겨져 증기 분사기처럼 날카로운 소리로 공기를 빨아들인다. 섀런을 기다리는 동안 그는 한쪽 주먹을 다른 쪽 손바닥에 날려가며 통바지 안의 무릎을 앞뒤로 탁탁 흔들어댄다.

마침내 포부르마리니 친구는 자리를 뜨고 우리는 7시까지 중단없이 일한다. 나는 매우 진솔한 편지를 몇 통 받아쓰게 한다. 에베르씨께. 오늘 아침 귀하의 자산 목록을 언뜻 살펴보니 스튜드베이커 패커드의 자산을 처분하면 상당한 세금을 절약할 수 있다는 걸 아시리라는 생각이 들었습니다. 당연히 저는 귀하의 종합적인 조세 현황을 알지 못하지만 혹시 세금 절약에 문제가 있다면 저는 다음과 같은 이유로 자본손실을 보고 계시다고 판단……

머릿속에 에베르 씨와 섀런이 함께 있으니 좋다. 둘 중 하나만 생각해야 한다면 불안할 것이다.

우리는 일말의 사랑의 서곡조차 어리석다 여겨 무시하는 강력한

동업자 관계에 빠져 동료로서 일에만 매진한다. 이 순간 복잡한 감정은 우리 둘 모두를 난처하게 만들 것이다.

6시면 나도 조금은 어조를 바꿔야 할 시간임을 안다. 이때부터 내 일거수일투족은 그녀의 눈에 어떤 진가를 드러내야 하고 그녀는 서서히 그 진가를 **알아보아야** 한다.

따라서 우리는 일하는 동안 샌드위치를 배달시키고 커피를 마신다. 우리 사이의 침묵은 성질이 바뀌어 더 편안해진다. 창문가에 서서 칼라를 풀어 젖히고 데이나 앤드루스*처럼 뒷덜미를 문질러도 될 만큼. 그리고 그녀에게 짜증을 내도 될 만큼. "아니 아니 아니 아니, 킨케이드, 내 말은 그 뜻이 아니에요. 잠깐 쉬죠." 나는 냉장고로 가 아스피린을 두 알 먹고 종이컵을 구긴다. 그녀의 친구인 나이 지긋한 "누구"께선 결국 귀인으로 판명된다. 내 모든 전술에서 그는 기지수다. 나의 삼각점이다.** 그의 능글맞은 수에 나는 진지한 수로 대응한다.

그녀는 타자기 롤러에 벌써 새 종이를 끼워 넣었다. "다시 해봐요," 그러자 그녀는 눈에 쌍심지를 켜고 반어적으로 나를 쳐다본다.

나는 두 손을 뻗어 그녀의 책상을 짚고 두 팔 사이로 고개를 떨어뜨린다.

"좋아요. 이렇게……." 오, 로리 로리 로리***.

그녀가 반응 중이다. 경계하고 있다. 뭔가 진전되고 있다. 이제

---

* Dana Andrews. 〈로라Laura〉(1944) 등에 출연한 미국 배우.

** 기지수는 예상 가능한 값, 삼각점은 삼각측량의 세 기준점. 둘 모두 이를테면 빤히 보이는 수를 뜻한다.

*** 섀런의 애칭.

위를 올려다볼 때 그녀는 치켜든 눈썹에 고개는 갸우뚱하고 가만한, 앙증맞은 자고새처럼 가만한 모습이 된다.

지금 그녀는 마노 같은 노란 눈으로 흥미를 갖고 달려들어 바짝 지켜보고 있다. 우리는 별안간 둘만의 길 위에 서 있다. 여름 오후 길을 잃고 벽에서 문을 찾아 마법의 정원에 들어서는, 서로를 잘 모르는 두 아이처럼. 이제 어쩌면 우리는 손을 잡을지 모른다. 그녀는 나 또한 이를 느꼈는지 궁금해하며 지켜보고 있다.

하지만 지금은 모험을 할 때가 아니다. 비록 오크스 남작*의 왈츠가 내 귓가에 울리는 데다 그녀를 의자에서 일으켜 입에다 키스를 퍼부을 수도 있지만——우린 일로 돌아간다.

"퐁트노 씨께. 귀하의 자산 목록에 단맛을 입히다 보니 귀하께서 미사일의 태동기를 틈탈 최적의 입지에 있지 않다는 생각이 들어……"

포부르마리니 친구는 돌아오지 않고 7시 30분이면 내가 섀런을 집까지 태워다 줘도 자연스러운 듯하다.

텍사스에서 스콜이 줄줄이 닥칠 예정이라 우리는 여름 번개가 깜빡거리는 속에서 에스플러네이드 애버뉴를 향해 달린다. 공기가 엘리시언필즈를 무겁게 누른다. 깜짝 놀란 호수 제비들은 이른 초저녁에 이미 습지로 방향을 돌려 날아갔다. 프렌치 쿼터는 사람이 바글바글하다. 젠틸리의 푸른 들판과 넓은 하늘을 뒤로한 채 노후한 건물들이 빽빽하고 사람 냄새 사람 소리로 가득한 좁은 장소에 들어서니 좋다. 여기엔 개똥지빠귀의 피리 같은 소리도 제비의 울음소리도 없다. 황혼 녘에 탁 트인 하늘을 벗어나 노란 빛이 드는 곳에 들어서서 따뜻한 허벅지 곁에 앉아 있으니 좋다. 나는 결심을 어겨 섀런에게 한잔하겠느냐 묻기 직전까지 간다. 하지만 묻진 않는다. 그러는 대신 나는 그녀가 집에 들어가는 모습을 바라본다. 그녀는 더 높고 뿌연 지역으로 들어서는 건널판자처럼 쑥 치솟아 있는 새 콘크리트 층계를 오른다.

## 11

오늘 밤은 케이트가 여왕들과 저녁을 먹는 날이라 아마 만나지 못할 것이다. 나는 맥주를 마시고 텔레비전을 보지만 나의 크고 아름다운 앨라배마 출신 여자 군악대장인 섀런 생각이 거의 분마다 머릿속에 밀려들어 손에 땀이 배기 시작한다. 공기는 무겁고 고요하다. 보초를 설 시간이다. 이럴 때면 조심성 없이 행동하라는, 다시 말해 오늘 밤 섀런을 만나보거나 하다못해 에스플러네이드 애버뉴에 차를 대고 그녀에 대한 염탐으로 모든 걸 망칠 위험을 무릅써보라는 유혹이 인다. 그러다 마침내 폭풍우, 진짜 텍사스 방울뱀이 터진다. 불안감이 점점 누그러지자 안정된 마음으로 등받이 의자에 꼼짝없이 앉아 무릎에 두 손을 올리고 텔레비전을 볼 분위기가 잡힌다.

연방 보안관이 몇 명의 사내를 인디언 가옥에 몰아넣는다. 여자 인디언은 아기를 남긴 채 살해당했다. 사건은 예기치 않은 국면으로 바뀌어 우위에 서게 된 살인자들이 연방 보안관을 판잣집에 인질로

---

* 오페라 〈장미의 기사〉의 등장인물.

붙잡아둔다. 연방 보안관은 휴머니스트이기도 하다. "그냥 냄새나는 인디언일 뿐이잖아," 살인자들 중 하나가 말한다. "틀렸어," 연방 보안관은 말한다. "그도 인간이야." 결국 그는 아기가 살아남아 심지어 세례도 받게끔 살인자들을 설득한다. 살인자들은 퉁명스러운 태도로 밖에 나와 말년의 H. B. 워너*와 최대한 닮아 보이는 신부를 데려온다.

나는 폭풍이 닥친 가운데 포근하고 건조한 상태로, 고치 속의 애벌레처럼 아늑하게, 다정한 기독교적 선의가 안전하고 따뜻하게 감싼 속에서 잠자리에 든다. 의자에서 침대로 그리고 텔레비전에서 라디오로 자리를 옮겨 막잔 같은 방송 프로그램 하나로 소박하게 마무리. 수도사처럼 규칙적인 관습의 노예로서 최고로 소박한 반복을 즐기는 나는 매일 밤 10시면 〈내가 믿는 이것〉이라는 프로그램을 듣는다. 수도사에게 저녁기도가 있다면 내게는 〈내가 믿는 이것〉이 있다. 프로그램에는 우리 나라에서 가장 고결한 사람들, 생각 깊고 똑똑한 사람들, 성숙한 탐구심을 가진 사람들이 나와서 나름의 신조를 공공연히 밝힌다. 지금껏 내가 들은 이삼백 명은 누구도 예외 없이 훌륭한 사람들이었다. 나라가 달랐거나 역사적으로 시대가 달랐다면 그만큼 생각 깊고 고결한 사람들, 특히 여자들이 나왔을지 의심스럽다. 그중에서도 남부 출신. 나는 남부가 고결한 여자들, 보편적 정서를 지닌 여자들을 어쩌면 지난 세기의 뉴잉글랜드를 뺀 나머지 지역들보다 더 많이 배출했다고 믿는다. 살아 계신 내 여섯 명의 고모와 숙모 중 다섯은 더없이 숭고한 신지학적 범(汎)브라만** 정서를 지닌 여성이다. 여섯째는 아직 장로교 신자다.

이들의 공통된 특징을 딱 하나 꼽는다면 친절함이다. 그들의 삶은 친절함으로 일군 업적이다. 그들은 더없이 따뜻하고 더없이 너그러운 감정으로 만인을 좋아한다. 게다가 그들 자신부터가, 아무리 완고한 사람도 그들을 좋아하지 않기란 불가능하다.

오늘 밤 주제는 그 친절함이란 자질을 극으로 옮기는 극작가다. 그는 이렇게 입을 뗀다.

> 저는 사람들을 믿어요. 저는 사람들 사이의 관용과 이해를 믿습니다. 저는 개개인의 고유함과 존엄성을 믿고—

<내가 믿는 이것>에 나오는 사람은 모두 개개인의 고유함과 존엄성을 믿는다. 하지만 내가 깨달은바 믿는 사람들 자신은 고유함과 거리가 멀고 솥에 든 완두콩처럼 서로 엇비슷한 게 사실이다.

> 저는 음악을 믿죠. 저는 아이의 웃음을 믿습니다. 저는 사랑을 믿어요. 저는 증오도 믿습니다.

이것은 사실이다. 나는 이 믿는 사람들 중 몇몇 사람, 고모네 집에 드나드는 인문주의자들과 여성 심리학자들을 전부터 알고 지냈다. <내가 믿는 이것>에서 그들은 만인을 좋아한다. 하지만 이 사람 혹은 저 사람을 콕 집어 물으면 그들이 그 대상을 대개는 매우 싫어한단 걸 나는 익히 알고 있다.

---

* H. B. Warner. <왕중왕>(1927) 등에 출연한 미국 배우.

** 브라만은 인도 카스트제도에서 가장 높은 성직자 계급.

〈내가 믿는 이것〉을 내가 항상 즐겼던 건 아니다. 고모네 집에서 사는 동안 나는 발작적으로 심술에 사로잡혔었다. 하지만 당시의 내 관습대로 기자에게 투서를 하는 대신 나는 에드워드 R. 머로* 씨한테 제출할 테이프를 녹음했다. 테이프는 "이것은 뉴올리언스에 사는 영화광 존 비커슨 볼링의 믿음들입니다"로 시작해 이렇게 끝을 맺었다. "저는 정통으로 뒤통수를 맞았다고 믿습니다. 이것을— 저는 믿습니다." 하지만 나는 할아버지가 "까불이 짓"이라고 부르셨을 법한 그 일을 곧 후회했고 테이프가 반송되자 안도감이 들었다. 그 뒤로는 〈내가 믿는 이것〉의 충성스러운 청자가 되었다.

저는 자유, 개개인의 신성함 그리고 인간의 형제애를 믿습니다—

극작가는 결론을 내린다.

저는 믿음을 믿습니다. 이것을— 저는 믿습니다.

섀런으로 인한 동요는 모두 사라졌다. 나는 라디오를 끄고 사타구니가 기분 좋게 얼얼한 느낌, 섀런과 온 미국 동포를 위한 얼얼함을 느끼며 침대에 눕는다.

## 12

폭풍이 한창인 밤중 어느 때 전화기가 울리고, 그 끔찍한 호출에 나는 방바닥 한가운데서 나뭇잎처럼 떨며 또 뭐가 잘못됐는지 궁금해하는 나를 발견한다. 고모다.

"왜 이러지?" 전화기가 잡음으로 탁탁거린다. 나는 들리지 않는 소리에 열심히 귀를 기울인다.

케이트한테 무슨 일이 생겼다고 고모는 말한다. 줄스 고모부랑 월터가 이베리아 무도회를 보고 호텔 방에 도착하니 케이트가 보이지 않았다. 자신도 선대 여왕인 넬 러벌은 잘은 모르지만 정각 11시 전에 케이트가 후다닥 자리를 뜨더라고 그들에게 말했다. 그게 세 시간 전이었고 그녀는 집에 돌아오지 않았다. 하지만 넬은 걱정하지 않았다. "걔가 뭘 하고 있을지 저만큼 잘 아시면서 그래요, 엠** 친척님," 그녀는 고모에게 말했다. "엠파이어에서 있었던 제 크리스마스 파티 때 걔가 제방에 올라가 라플라스(LaPlace)까지 내리 걸었던 거 기억하시죠? 그게 케이트예요." 하지만 고모는 의심이 많다. "좀 들어보렴," 그녀는 특유의 목소리로 말한다—가깝고 돈독한 가족이 곤경에 처했는데 너무 건성건성 쉽게 말하는 것 아니냐. 누가 보면 남 얘기 하는 줄 알겠다. "여기 일기장에 마지막으로 적은 게 있어. 오늘 밤이 말해줄 것이다—새로 행할 자유의 과업을—그렇지 않다면 내겐 더 이상 밧줄이 없는 거겠지, 수고. 걔가 말하는 밧줄이 뭔지 너도 이제 기억날 거야."

"네." "밧줄"은 케이트가 처음 아팠을 때 쓴 표현이다. 친어머니가

---

* Edward R. Murrow. 제2차 세계대전 때 종군기자로 명성을 얻기 시작한 미국 언론인으로 방송 저널리즘의 개척자.

** Em. 에밀리의 약칭.

살아 계시던 아이 적에는 사람들이 단단한 땅을 딛고서 편하고 친근한 태도로 웃고 말했던 것 같은데 지금은 그들이(그녀를 뺀 모두가) 가장 평범할 때조차 — 평범할 때 특히 — 발 앞에서 입을 쩍 벌린 심연을 깨달은 듯이 군다고 그녀는 말했다. 그래서 그녀는 가족 파티나 오찬회에 참석하느니 백 번이고 천 번이고 무인 지대 한복판에서 자신을 발견하기로 했다.

"내가 지금 걔를 진짜로 걱정하는 건 아니야," 고모는 기운차게 선언한다. 침묵이 돌고 전화에서는 탁탁 잡음이 난다. 이상하게도 내 주된 감정은 사교적인 가벼운 당혹감이다. 나는 뭔가 할 말을 찾는다. "어쨌든 걔도 스물다섯이잖니," 고모는 말한다.

"맞아요."

벼락, 포악한 번개가 어느 가까운 곳을 때린다. 콰르릉 소리가 백색 속에서 격하게 뒤를 따르고 집을 흔든다.

"— 애틀랜타 호텔 방에 있는 그 애랑 마침내 연락이 닿았어."

"누구요?"

"샘. 걔가 아침 첫 비행기로 날아올 거야, 일요일에 오는 대신에. 꽤 들떠 있더라."

"뭣 때문에요?"

"더할 나위 없이 놀라운 소식을 가지고 있대. 뭔지는 말을 안 해주려고 해. 무슨 으스스한 우연인지 하루 만에 케이트랑 직접 관련된 일이 두 개나 벌어졌네. 하여튼."

"여보세요?"

"내 짐작엔 케이트가 네 근처에서 헤매고 있을 것 같아. 걔가 그러고 있거든 집에 데려다줄래?"

"네."

"케이트가 오티 앤 같다는 건 아니야," 조금 뒤 고모는 말한다.

"네, 달라요." 그녀는 두 가지를 떠올리고 있다. 하나, 펠리시아나에서 알던 지인으로 잭슨에 있는 주립 병원을 탈출해 뉴올리언스 버번 스트리트까지 와서는 외지인들한테 도움을 청하던 오티 앤 알드리지라는 미친 사람. 둘, 넬 러벌의 눈 모양, 고모를 안심시킬 때조차 다소 우스꽝스럽고 흐리멍덩한 그 눈빛.

3시 정각 흠칫 놀라 잠이 깬 나는 비옷을 걸치고 공기를 쐬러 밖에 나간다.

스콜 전선은 지나갔다. 엘리시언필즈엔 고요한 비만 몇 방울 떨어지고 있지만 차갑고 무거운 공기가 마지막 남은 성마른 바다 공기를 떠받치는 높은 공중에선 요란한 바람이 분다. 바람은 북쪽으로 방향을 틀더니 연처럼 매인 달이 초라하게 줄행랑치는 조각구름들을 노려보면서 높은 상공을 헤엄치도록 폭풍을 날려 보낸다.

나는 셰익스나이더 부인의 꽈배기 철사 울타리 바깥에 있는 피신처에 앉는다. 학교를 마주 보는 그곳은 학교 아이들이 호수 방면 버스를 잡아탈 때 이용된다. 가로등이 짙은 남빛의 그림자를 드리운다. 큰길 건너편, 엘리시언필즈와 봉장팡(Bons Enfants)의 대각선상에는 지난여름의 잡초가 가슴 높이까지 자란 공터가 있다. 몇 주 전 그 공터를 사들여 주유소를 지을까 하는 생각이 문득 들었다. 내가 알기론 2만 달러에 아직 판매 중이다. 사르탈라마차 씨한테서 얻은 횡재 덕에 그 생각을 진지하게 발전시킬 수 있게 되었다. 길고 널찍한 현관, 콘크리트가 비단처럼 깔린 주차 지대, 높은 데로 눈을 돌리면 두껍질조개의 청순한 불빛이 고운 스티렌수지를 구석구석 밝히는, 타일을 바른 작은 정육면체 건물이 쉽게 그려진다.(이미 셸 주유소 배급자와 접촉해보았다.)

택시 한 대가 가로등 밑에 선다. 케이트가 내리더니 두 손을 주머니에 깊숙이 찔러 넣고 피신처를 지나 성큼성큼 걸어온다. 그녀의 눈은 어둠의 웅덩이다. 그녀의 얼굴에는 외톨이인 사람들의 흉하다 할 넋 나간 표정이 서려 있다. 내가 소리쳐 부르자 그녀는 놀라는 기미 없이, 바보처럼 공손히 복종하며 바로 넘어오는데 그 모습이 걱정스럽다. 그러다 나는 그것, 그녀의 한 가지 원대한 생각, 긴 산책을 하다 보면 떠오르는 그런 생각이 그녀 안에 꽉 차 있음을 본다.

"내가 얼마나 바보 같았는지!" 그녀는 두 손을 내 팔에 올리되 이 시간대의 냄새는 알아차리지 못한다. 그녀는 어디에도 없다. 그녀는 제 생각의 차원에 있다. "사람이 단 한 번의 실수로 — 나쁜 짓을 해서가 아니라, 무슨 말인지 알지, 착오로 — 인생을 망치는 게 가능하다고 생각해?"

"그럼 안 돼?"

"내 말은 어쨌든 말이야. 사람이 잘못한 줄 모르고서 잘못했는데 비참해지면 안 되는 거잖아 — 잘못했다고 말하는 자체도 잘못된 거라서 애초에 잘못했단 얘길 못 들어봤다면 말이야 — 그러니까 화성에 착륙했는데 화성인이 질문에 극도로 화만 내는 바람에 아무리 물어도 뭐가 잘못됐는지 알 방법이 없다고 쳐, 상황이 나빠만 지지 않겠어?" 그녀는 내 소매를 힐끗하더니 손가락으로 물건들을 쓸어보는 주부처럼 거칠고 호기심 많은 동작으로 그것을 붙든다. "내 별들, 잠옷들," 그녀는 입에서 나오는 대로 말한다. "응?" 보라색 그늘 속에서 그녀는 내 얼굴을 빤히 쳐다본다.

“모르겠는데.”

“난 알지! 난 답을 찾았다고, 빙크스. 다들 말하고 싶어도 나한테 말을 못 했던 거야. 당신은 아는지 모르겠지만.”

나는 침울하게 지켜본다. 오래전에 나는 케이트가 뭔가를 토로할 땐 조심하라고 배웠다. 그녀가 남은 인생 경로를 어디로 취할지 절대적으로 마음을 굳힌 이런 의기양양한 순간에도 더러 우울증의 흑마술이 뒤따르곤 한다. “그래, 맹세코 당신이 알고 있을 리가 없지,” 내 얼굴을 연인처럼 가만히 바라보면서, 한쪽 눈을 들여다보곤 다른 쪽 눈도 들여다보면서 케이트는 말한다. “말해봐야 무슨 소용이람.”

“어쨌든 계속해봐.”

“난 자유야. 25년이 지나서야 자유.”

“어떻게 알아?”

“안 놀라워?”

“언제 답을 찾았니?”

“오후 4시 반에, 그러니까 어제 오후.”

“멀의 상담실에서?”

“응. 그의 책꽂이를 올려다보면서 한참 동안 한 마디도 안 했어. 표지가 삼베 같은 걸로 돼 있어서 항상 못마땅한 책이 있는데 그 책이 보이더라. 그래도 그하고 그의 책에 맞춰주느라 얼마나 노력했는데, 기쁘게 살고 나 자신이 되는 등등. 여배우인 양 초조하게 들어서던 날도 있었고 성공한 순간도 있었지 — 멋지게 나 자신이 되었다고(봐요, 멀, 내가 해내고 있어요!), 너무 멋져서 그가 날 사랑했나 싶을 만큼. 딱한 멀. 있지, 그가 해줄 수 있는 말은 없어. 비밀을 알더라도 나한텐 말할 수가 없다고. 내가 어쨌는 줄 알아? 1, 2분 있으니까 그가 나한테 묻더라. 머릿속에 뭐가 떠올라요? 나는 똑바로 앉아서 눈을 비볐는데 그러니까 머릿속이 또렷해지던걸. 하지만 믿기진 않았지. 너무 간단했거든. 맙소사, 사람이 **오해** 속에서 25년이나 고문 같은 삶을 살 수 있는 거야? 있고말고! 난 일어섰어. 사람이 이렇게 혹은 저렇게 아니면 어떻게든 **되어야** 한다는 법은 없고 심지어 자기 자신이 되어야 한다는 법도 없단 걸 깨달았거든. 사람은 자유야. 하지만 멀이 이 사실을 알고 나한테 얘기했더라도 나는 그의 조언을 받아들이지 못했을 거야. 그 발견을 공표할 수 없다고 생각하니 참 이상하다. 그랬더니 다시 멀이 말하더라. 머릿속에 뭐가 떠오르는데요? 나는 그냥 일어나서 그에게 작별 인사를 했어. 겨우 4시 반인데요, 라고 그가 말하던걸. 아직 시간이 덜 됐다고. 그러다 그도 내가 아주 떠난다는 걸 이해했지. 그는 흥미가 생겼는지 같이 이유를 조사해보자고 제안했어. 나는 말했어, 멀, 당신이 옳았길 나도 정말로 바라요. 모든 건 이유가 있고, 그러니 내가 침묵할 땐 뭔가 숨기고 있다는 뜻이다, 라고 생각된다면 얼마나 좋을까요. 내가 뭔가를 숨기려 하는 거라면 얼마나 행복하겠어요. 하지만 아무것도 없으면요? 내가 지금껏 두려웠던 건 그거예요—아무것도 숨기고 있지 않단 게 밝혀지는 거요. 하지만 지금은 내가 왜 두려워했고 왜 그럴 필요가 없었는지 알아요. 나는 내가 어떠어떠한 사람, 당신이 말하는 즐겁고 창의적이기까지 한 그런 바람직한 사람이 **반드시** 되어야 한다고 느껴서 두려웠던 거예요.(당신 기사를 읽었답니다, 멀.) 얼마나 대단한 발견인가요! 언제는 남들이 기대하는 인물이 되고자 온 신경을 집중하다가 실패할 거라는 두려움에 젖어 부츠까지 바들바들 떨더니 — 또 언제는 내가 성공해서 당신이 말하는 즐겁고 창의적인 사람이 되더라도 그거론 충분치 않을뿐더러 내겐 더 나은 길이 있단 걸 아주아주 차분한 확신으로 알게 되다니. 저는 자유로웠던 거예요. 이제 작별을 고해야겠네요, 멀. 그러고서 25년 만에 난생처음 새처럼 자유롭게, 말처럼 건강하게, 크림처럼 풍성하게 내 앞의 세상으로 걸어 나왔어. 이런, 못마땅해하지 마, 빙크스. 빙크스, 빙크스. 내가 돌아가야 한다고 생각하는구나! 아유, 그럴게, 반드시. 하지만 나는 내가 옳되 그렇지 않으면 기분이 썩 별로일 거라는 걸 알아."

그녀의 좋은 기분은 오래 못 갈 것이다. 셰프망퇴르의 하늘이 열어지고 있으니 곧 우리 주위엔 해저처럼 아롱아롱한 새벽빛이 비칠 것이다. 밤이 저 멀리 잿빛 속으로 물러나면 그녀가 자기 안에 가라앉으리란 걸 나는 아주 잘 안다. 지금도 그녀는 스스로를 제압하는 중이다. 그녀는 제 의기양양함에 벌써부터 조금 애를 먹고 있다.

나는 그녀의 차가운 손을 잡는다. "이 아이디어는 어떻게 생각해?" 나는 그녀에게 주유소며 사르탈라마차 씨 얘기를 들려준다. "우리는 여기 셰익스나이더 부인 집에서 머물면 돼. 되게 편해. 어쩌면 주유소도 내가 직접 운영할지 몰라. 밤에 얘기 나누러 와, 너만 좋으면. 주유소가 잘되면 1년에 1만 5000달러 건지는 거 몰랐지?"

"다정한 우리 빙크스! 나더러 결혼해달라는 거야?"

"그럼." 나는 그녀를 불안하게 쳐다본다.

"안 좋은 삶은 아니네, 말한 대로면. 가능한 삶 중에선 최고겠어." 그녀는 넋이 나간 채로 말한다 — 어딘지 고모 같다. 마음이 가라앉는다. 너무 늦었다. 그녀는 벌써 스스로를 완전히 제압한 참이다.

"접어둬 — 걱정은."

"그럴게! 그럴게" — 넋이 나가 무색해진 그녀의 영혼, 사라졌다, 에바 마리 세인트가 연기한 인물처럼. 그녀는 몸을 수그리더니 제 몸에 팔을 두른다.

"왜 그래?"

"아으," 지금 신음하는 건 케이트 자신이다. "너무 무서워."

"알아."

"나 어떡하지?"

"지금 말이야?"

"응."

"내 차에 가자. 그러고 프렌치 시장까지 무사히 차 몰고 가서 커피를 마시는 거야. 그런 다음 무사히 집에 가는 거고."

"다 괜찮아질까?"

"그럼."

"말해줘. 직접."

"다 괜찮아질 거야."

# 제3장

## 1

토요일 오전의 사무실은 따분하다. 시장은 닫았고 편지 쓰기를 이어가는 것 말고는 할 일이 없다. 하지만 예상을 벗어난 일은 아니다. 바깥은 이상할 만큼 따뜻하고 맑은 날씨다. 열대 공기가 땅에 스며들었고 네모나고 아담하게 심어진 아메리카 잔디들은 탄력을 찾아 부풀어 있다. 녹나무 열매들은 발밑에서 터진다. 엘리시언필즈의 철쭉과 박태기나무 들은 꽃이 활짝 피었다. 파랗고 온화한 하늘에는 구름이 스케치되어 있고 사방에선 여새들의 높고 가는 지저귐이 들려온다.

섀런이 편지를 타자하는 동안 나는 주머니에 손을 넣고 서서 우리 창문의 금박 글자를 슥 쳐다본다. 나는 섀런과 아메리칸 모터스를 떠올린다. 어제 장은 30달러 25센트에 마감했다.

11시 정각 이제는 말할 시간이다.

"난 이제 마무리예요. 점심 전에 60마일을 달려야 해서."

"어디 가시는데요?"

"걸프 해안이요."

달각달각 타자기 소리는 줄어들지 않는다.

"같이 갈래요?"

"흠"—무심한 반응. 그녀는 깜짝 놀라지 않는다. "공교롭게도 일이 남아서요."

"됐어요, 일은 그만해요. 사무실 문 닫을 거예요."

"아유, 죽겠다." 여전히 놀라는 일은 없다. 내가 기대한 건 그녀가 비서다운 태도를 벗는 거였다. 퍽이나. 달각달각 소리는 멈추지 않는다.

"난 지금 나가요."

"이것 좀 끝내게 해주실래요 말래요!" 그녀가 버럭 소리를 지른다. 그러니까 이게 그녀의 방식이군. 그녀는 짜증을 내면서 친해진 기분을 느끼는구나. "먼저 가세요."

"가라고요?"

"저도 곧 나갈 거예요. 누구 좀 불러내야겠어요."

"나도 그래야겠다." 나는 케이트에게 전화를 건다. 머서가 전화를 받는다. 케이트는 에밀리 고모와 공항에 갔다. 고모는 그녀가 건강하다고 믿는다.

섀런이 노란 눈으로 나를 쳐다본다. "커트러 양하고 친척이나 뭐 그런 거예요?" 그녀는 새로 버럭 한다.

"사촌이에요."

"어떤 할머니가 그러는데 당신이 그분하고 결혼한 사이라더군요.

내가 말도 안 되는 소리라고 했어요."

"나 아무하고도 결혼 안 했어요."

"안 했다고 했다고요!" 그녀는 고개를 앞으로 빼더니 돌연 무심해진다.

"내가 결혼했는지 왜 알고 싶었어요?"

"하나만 말씀드리죠, 총각. 저는 결혼한 사람하고는 절대 데이트 안 해요."

하지만 그녀는 아직 내 사역을 — 말하자면 데이트를 — 누릴 정도의 핵심엔 도달하지 못했다. 아직 매이지 않은 영혼인 그녀는 책상 정리를 시작한다. 그녀가 과테말라 백을 어깨에 메고 문 쪽으로 씩씩하게 걸어가자 그제야 나는 그녀를 뒤따른다. 이제 나는 그녀가 어떡할지 안다. 당신한테 업무 지시나 하려고 얼쩡댔다는 생각은 마요 — 사무실 문 닫으신다면서요 — 좋아요, 나갑시다.

나는 그녀 앞으로 뛰어나가 문을 열어준다.

"집에 가 있으면 내가 30분 내로 데리러 가는 거 어때요? 안에 수영복 입어요."

"좋아요!" 하지만 좋은 게 아니다. 그녀의 목소리가 조금 과하게 밝다.

"그동안 나는 차랑 수영복 가지러 갔다 올게요."

"좋아요." 그녀는 티가 나게 질투하고 있다. 좋은 게 아닌데 뭘! 린다랑 똑같네.

"더 좋은 생각이 있어요. 차 가지러 나랑 같이 우리 집에 걸어가요, 그러고 나서 당신 집으로 갑시다."

"좋아요." 한결 나은 좋아요. "잠깐 여기 계세요. 오래 안 걸려요."

밖으로 다시 나온 그녀를 보니 눈이 노기를 띠고 있다.

"별일 없는 거죠?"

"아주아주 별일 없어요"— 불같은 눈빛이네, 아이고. 남자 친구가 속을 뒤집어놓았군.

"당신이 유팔라에서 수영복 가져왔길 빌어요."

"장난해요?"

"그럴 리가."

"대단한 수영복이에요. 낡아빠진 수영복 쪼가리요. 메종 블랑슈에서 하나 사려고 했는데 3월에 수영하러 갈 줄 몰랐네요."

"수영 좋아해요?"

"장난해요?"

"아니요."

"먹느니 수영을 하죠. 정말로요. 우리 어디로 가요?"

"바다로요."

"바다! 이 주변에 바다가 있는 줄 몰랐어요."

"탁 트인 만이에요. 그게 그거예요."

내가 차에 태우자 그녀는 가상의 제삼자 얘기를 늘어놓는다. "이게 바로 진정한 봉사다 이거죠. 상사가 수영을 보내주는 것도 모자라 — 바다에도 데려가주고."

이런 관계로 우리는 여정에 오른다. 그녀는 진심으로 수영을 바라는 여자, 그녀의 고용주인 나는 이동 수단을 제공할 만큼 친절하고 마음씨 좋은 사람.

이른 오후 우리는 어느새 걸프 해안을 달리고 있다. 만사가 나쁘진 않다. 운이 따르는지 베이세인트루이스*를 가로질러 해안도로에 접어들자마자 우리는 교통사고에 휘말린다. 다행히 심각한 사고는 아니다. 내가 운이 따른다고 할 땐 행운을 뜻한다. 하지만 아무리 경미한 사고라도 어떻게 행운으로 여길 수 있나요? 하고 당신은 의아해할 수도 있다.

그건 사고가 불안감을 이겨낼 수단이 되기 때문이다, 그걸 이용할 줄 아는 센스가 있다면 얘기지만.

불안감이 뭔데요? 당신은 묻는다. 불안감이란 상실의 고통이다. 세상이, 그러니까 세상 사람들이 당신에게 무관심한 세상, 오로지 당신만 남겨진 세상에서 당신이 뱅쿼**의 유령과 다름없는 신세가 되는 것이다.

한 해 중 처음으로 화창한 날 반반한 여자를 태우고 해변으로 향하는 건 득만 있고 실은 없는, 이러쿵저러쿵할 것 없는 명쾌한 일이라고 당신은 말한다. 신문 속의 시인들은 그렇게들 말한다. 글쎄, 그건 그렇게 단순한 일은 아닌데 만약 당신이 겪어봤다면 무슨 말인지 알 것이다—물론 그 여자가 어쩌다 당신의 아내가 된다거나 혹은 매일 보는 익숙한 사이가 돼서 당신 자신처럼 당신 눈에 들어오지 않는다면 또 모를까. 얻을 기회가 있는 곳엔 잃을 기회도 있다. 행복을 찾겠다면 불안감도 각오해야 한다.

내가 깨달은바 차는 그 자체로 매우 중요하다. 젠틸리에 처음 이사 왔을 때 나는 레드 램 식스(Red Ram Six)라는 도지(Dodge)사의 세

* Bay St. Louis. 뉴올리언스에서 멀지 않은 미시시피주의 해안가 도시.

** 셰익스피어의 비극『맥베스』에 나오는 인물로 유령이 되어 맥베스를 괴롭힘.

단을 신차로 샀다. 편안하고 보수적이고 실속 있는 문 두 개짜리 세단이었는데 젠틸리의 젊은 회사원인 내게는 딱 맞는 물건 같았다. 차를 몰다 막 익숙해지자 만반의 준비가 된 느낌이었다 — 거기에 탄 건 나라는 사람, 젊고 건강한 남자요, 모든 서류가 준비된 퇴역 군인이요, 매우 좋은 차를 모는 미국 시민이었다. 그 모든 게 분명한 사실이었지만 마샤와 걸프 해안으로 첫 나들이를 가던 길에 나는 실망스럽게도 내 훌륭한 도지 신차가 그저 그런 불안감 배양기임을 깨닫고 말았다. 충분히 편안하고 정확하게 굴러가긴 했지만, 도지 광고에 나오는 미국 부부처럼 완벽한 쾌적함 속에서 창밖의 완벽한 풍경을 감상하며 질주하고는 있었지만 불안감은 턱까지 급속히 차올랐다. 우리는 냉담한 상냥함으로 얼어붙은 채 앉아 있었다. 우리의 뺨은 웃음을 짓느라 저렸다. 둘 다 상대방 때문에 죽을 지경이었다. 나는 절망감에 그녀의 드레스 아래로 손을 넣었지만 그런 허물없고 사소한 제스처마저도 소름 끼치게 의례적인 반응을 얻기는 마찬가지였다. 나는 차를 세워 갓돌에 머리를 찧고 싶은 생각이 간절했다. 우리에겐 그것 말고 더한 일도 할 수 있는 자유가 있었지만 그러는 대신 우리는, 태풍의 눈처럼 가만한 세상을 통과하는 절망감의 작은 소용돌이인 우리는 서둘러 달리기만 했다. 지나고 나서 얘기지만 마샤와 내가 불안감한테 무릎을 꿇고 뉴올리언스에 돌아왔으니 나는 차를 세워 갓돌에 머리를 찧는 게 옳았다. 우리는 몇 주가 지나서야 다시 함께 나갈 엄두가 났다.

이것이 내가 승용차를 마다하고 버스와 노면전차를 선호하는 이유다. 내가 기독교도였다면 여행을 하는 최고의 방법답게 걸어서 성지순례를 했을 것이다. 하지만 여자들은 걷는 걸 좋아하지 않는다.

한데 내 빨강고 작은 MG는 저 규칙에서 예외다. 사실 녀석은 봐줄 데가 하나도 없는 변변찮은 자동차지만 딱 하나 장점이 있다. 뭐냐면 불안감에 면역이 되어 있다는 것이다. 마샤와 내가 이 작고 빛나는 딱정벌레를 타고 국도를 질주하고 있단 걸 깨닫자마자 어떤 행복을 겪었는지 당신은 짐작도 못 할 것이다. 우리는 깜짝 놀라 서로를 쳐다보았다. 불안감이 온데간데없었으니까! 우리는 세상 속에, 하늘과 땅 사이의 진한 여름 공기 속에 머물러 있었다. 소음은 귀가 먹먹해질 정도고 바람은 허리케인 같았다. 거기다 정면에서는 콘크리트 부스러기들이 산처럼 달려들었다.

그럼에도 불구하고 새런과 길을 막 나섰을 땐 어떤 걱정이 있었다. 단지 MG가 생소해서 불안감이 누그러졌던 거라면 어쩌지? 이제 MG는 생소할 게 없는데. 여자마다 불안감도 다르고 해소법도 다르면 어쩌지? 한 가지는 분명했다. 이것은 시금석이 될 만했다. 판돈이 매우 크기 때문이었다. 우리한테 어마어마한 행복이 걸려 있든가 아니면 불안감이 모든 이상을 넘어서든가. 유팔라에서 발레리나처럼 넘어온 이 요정 같은 사람, 잘 배우고 열심히 일하며 자기 일에 포부가 있는, 고개는 한쪽으로 갸우뚱하고 옴폭한 볼은 소년처럼 솜털이 보송보송한 이 값진 엘프에 비하면 마샤와 린다는 아무것도 아니었다. 내 옆 좌석에 그녀를 앉히고서 나는 저 밑에 칠흑같이 어두운 불안감이 도사리는 절벽을 헤치고 전방의 푸르디푸른 골짜기를 향해 질주한다. 내게는 굉장히 유리한 점이 있다. 그녀의 남자 친구, 그 포부르마리니 자식. 그 친구는 센스가 별로라 바랄 줄밖에 모르니 그녀에겐 그가 필요 없다. 그 마카로니 놈을 내려주셔서 하느님 감사합니다.

사실 나로선 셰프망퇴르의 불타는 습지를 통과할 때 불안감의 조짐이 훅 끼치는 듯하다. 지옥 불이 우리 발뒤꿈치에서 가느다란 혀를 날름거리므로 MG는 폭격기 같은 굉음으로 선수를 쳐 소나무 모래밭을 헤치고 베이세인트루이스를 가로지른다. 말없이 웃음을 지으며 앉아 있는 섀런의 눈은 바람 때문에 감겼고 크고 황금 같은 무릎은 계기반에 걸려 접혀 있다. "맹세코 제가 본 중에 이 차가 제일 앙증맞아요!" 1분 전 그녀는 내게 큰 소리로 말했다.

일정표에 어떤 규율이라도 공지되어 있는지 그녀는 소년 같은 셔츠와 검정 반바지로 갈아입고 하숙집을 나선 뒤에야 비로소 데이트 상대처럼 굴었다. 그녀의 룸메이트가 위층 창문에서 우리를 지켜보았다. "조이스한테 손 흔들어요," 섀런이 내게 명령한다. 갈색 머리에 가죽 재킷을 입은 조이스는 창턱에 기대어 있다. 그녀는 하숙집에 남겨진 룸메이트들 중에서도 유독 관능적인 모습이다. 불가피하게 세 번을 돌아보게 된다. 조이스는 자세를 바꾸곤 아니나 다를까 젊고 훌륭한 넓적다리를 사슴 가죽 밑까지 끌어올린다. 서글픔이 와락 밀려든다. 부디—부디 뭐? 부디 내가 섀런을 이대로 보내고 냉큼 저 계단을 올라 생판 초면인 조이스를 만났으면 하는 거? 그래. 바람직하지 않은 일이지. 둘 다 같이할 수 있다면 좋을 텐데, 그들로 가득한 집, 크고 멋진 엉덩이에 백치같이 고개를 돌리는 탄탄한 미국 여자들로 가득한 에스플러네이드의 낡은 하숙집에서. 1초도 안 되는 그 마지막 순간 나는 조이스가 내 생각을 읽었다고 단언할 수 있는데 왜냐하면 그녀가 이 엉큼한 사람, 하는 눈길로 나를 보고 웃으며 오호! 하는 입모양을 지었기 때문이다. 차에 몸을 밀어 넣던 섀런은 다 타더니 나와 살이 닿는다. 이젠 나를 만지기도 하네.

"조이스는 어디 출신이에요?"

"일리노이요."

"착해요?"

"조이스는 전형적인 백인 여자예요."

"그래 보여요. 둘이 친한 사이예요?"

"장난해요?"

"아니요."

"이런 맙소사, 우리가 참 정신 나간 대화를 나누고 있네요. 사람들이 이걸 들으면 우릴 곧장 터스컬루사*에 데려다 놓겠어요."

"무슨 얘기예요?"

"사람들 얘기요."

"제 얘기요?"

"왜 아니겠어요."

"어떻게 생각하는데요?"

"정말 알고 싶으세요?"

"네."

"음, 하나만 말씀드리죠, 총각."

"뭔데요?"

"당신은 저한테서 아무것도 못 알아낼 거예요."

"왜요?"

"지나친 궁금증은 해로워요."**

그녀의 따뜻한 팔이 내 팔에 걸쳐진 채 우리는 엘리시언필즈를 빠

---

* Tuscaloosa. 앨라배마주의 도시로 정신병원, 교도소 등이 있는 곳.

져나간다. 순식간에 자유를 맞은 그녀는 좌석에 앉아서 바동바동 무릎을 찧고 엉덩이를 들썩대고 나랑 팔꿈치를 부딪친다. 그녀가 내 데이트 상대라니.(그녀를 보면 내가 한때 알고 지내던 간호 실습생이 얼핏 떠오른다. 그녀는 이제 뻣뻣하기는커녕 경주마처럼 거침없다.) MG는 고삐 풀린 망아지처럼 뛰쳐나가 정지신호에서 멀어진다. 나도 컨디션이 좋다.

그렇다, 그녀는 작은 차의 마법을 잘 알고 있다. 우리는 지렁이처럼 땅에 매여 있지만 엄청난 쏜살같이 땅과 하늘 사이를 돌진한다. 무겁고 향긋한 공기가 우리에게 밀려들고, 앞에는 네모난 피라칸타* 산울타리가 죽은 듯이 가로놓여 있고, 우리가 쌩하고 지나가자 어느새 남쪽 멀리서는 반짝반짝 반듯하게 펼쳐진 걸프 해안이 모습을 드러낸다.

사고가 나는 건 우리가 패스크리스천 하단 지역을 굴러가고 있을 때다. 서쪽으로 가던 녹색 포드가 우리 바로 앞에서 아무것도 없는 줄 알고 몰래 유턴을 하다가 우리 차 직사각형의 중앙부를 쿵 박는다. 이게 뭐 대수라고—강판이 움푹 꺼질 정도의 **B급 경사로!** 충돌로 겁먹은 수소처럼 뒷걸음치다 중립지대로 튀어나가 배수구에 기우뚱 꼬라박혀서는 쉭 하고 멈추는 MG. 가뜩이나 안 좋은 어깨가 고생이다. 나는 몇 초간 어설피 정신을 잃지만 이내 두 가지가 보인다. 섀런, 그녀가 무사하다는 것. 그리고 나를 들이받은 사람들. 나이 든 부부. 오하이오 번호판. 맹세컨대 나는 저들을 대략 안다. 모

---

** 원문은 Larroes catch medloes로 Layovers to Catch Meddlers의 사투리. '오지랖쟁이는 덫에 걸린다'라는 뜻의 속담으로 대략 신경 끄라는 말.

텔에서 골백번 보았던 사람들이다. 칠면조 같은 목젖에 야구 모자를 걸친 남자는 늙었고 군살 없고 건강하다. 여자는 특색이 없다. 저들은 플로리다에 가던 길이다. 우리가 잔디밭으로 힘겹게 넘어가자 남자는 내게 한 차례 겁에 질린 눈길을 보내더니 부인에게 도움을 청하곤 주저주저하다 난데없이 뛰어가기 시작한다. 자리를 뜬 그는 기수처럼 제 차를 굽어다 본다.

새런이 내 위를 맴돈다. 그녀는 정신이 드나 보려는지 내 턱을 만진다. "잭?"

어깨 통증은 상상을 초월하지만 어느새 한결 나아졌다.

"내 이름이 잭인 거 어떻게 알았어요?"

"데이글 씨랑 에베르 씨가 그렇게 부르잖아요."

"당신은 괜찮아요?"

"그런 거 같아요."

"놀란 거 같은데."

"그 미친 바보가 우릴 죽일 수도 있었는데 당연하죠."

우리를 구경하고 즐기느라 교통은 정체되었다. 여름 별장의 가파른 잔디에 물을 주던 니그로 하나는 호스를 아예 내려놓고 입을 벌린 채 서 있다. 이 불행 덕에 구경거리가 된 우리를 목격자들은 표정 한번 고혹적이다 싶을 만큼 가늘게 뜬 눈으로 쳐다본다. 하지만 그들이 거의 한꺼번에 빠져나가자 뒤따르던 차들은 별다른 현장을 목격하지 못한다. 니그로는 호스를 집어 든다. 우리는 좁은 차내로 돌아가 다시 익명이 된다.

---

* pyracantha. 장미과의 상록 관목.

사랑은 천하무적이다. 사실이다, 통증은 1초 가까이 나를 모든 것, 심지어 사랑조차 안중에 없는 곳으로 데려갔지만 1초를 넘기지는 못했다. 사랑스러운 게임을 벌이는 사랑스러운 경기자, 그는 이미 지령을 받아 충성을 다해 봉사 중이다.

"그보다 당신 어때요?" 섀런이 바짝 다가와 묻는다. "자기, 지독하게 창백해 보여요."

"그 사람이 어깨에 갖다 박았어요."

"어디 봐요." 그녀는 빙 돌아와 내가 셔츠를 벗게 거들지만 티셔츠가 너무 높이 걸려 나는 팔을 들지 못한다. "잠깐만요." 그녀는 과테말라 백이 어디 있나 두리번거리더니 손톱 가위를 찾아 소매부터 목까지 가른다. 나는 그녀가 멈칫하는 걸 느낀다.

"이건—"

"이게 뭐요?"

"지금 난 상처가 아닌데요."

"네."

"손수건 있어요?" 그녀는 해변까지 뛰어가 손수건을 짠물에 적셔 온다. "이제 됐어요. 의사를 찾아보는 게 좋겠어요."

나는 어깨에 관통상을 당했다—로리 칼훈이나 토니 커티스*가 입은 것만큼이나 양호한 상처였다. 자칫 둔부나 생식기일 수도 있었던 것이다—아니면 코라든가. 파편이 내 가슴막 꼭대기를 베어 폐 확장 부전에다 몹시 큰 농흉**이 왔다는 점만 빼면 양호했다. 내 목 움푹한 곳에 소름 끼치는 흉터가 남았고 특정한 날씨에 무릎이 시리다는 점만 빼면 영구적인 손상은 아니었다.

"뭐예요 지금, 총각, 그거 어디서 그랬어요?" 찬물이 옆구리를 타고 흐른다.

"저 포드."

"저게 그렇게 끔찍할까!"

"그냥 흉터로는 안 보여요?"

"어디서 그랬느냐고요?"

"면도칼이 미끄러졌어요."

"이럴 거예요!"

"청천강에서 그랬어요."

"전쟁에서요?"

"네."

"이런."

오, 토니. 오, 로리. 당신들의 앞길에 이만큼 행운이 따랐던 적은 없을걸. 당신도요 빌 홀든, 나의 숭고한 윌. 오, 그대들 모두 샛별이어라. 영원히 작별을 고한다, 불안감이여. 작별을 고하고 행운을 빈다, 녹색 포드와 늙은 오하이오 주민들이여. 탬파에서 영원히 행복하시길.

아울러 이 사고를 안타까워할 내 주변인들, 빌어먹을 저희 MG 말곤 아무 생각 없을 그자들도. MG에 축복을.

고물 같은 몸을 끌고 나갈 기력쯤은 나한테 있어서 우리는 풀투성이 제방에 가 앉는다. 머리가 빙빙 돈다. 저 개자식이 내 어깨를 제

---

* 로리 칼훈(Rory Calhoun)과 토니 커티스(Tony Curtis) 모두 미국 영화배우.

** 폐 확장 부전은 기관지가 막혀서 공기가 폐로 들어가지 못하는 증상. 농흉은 가슴막 안에 고름이 차는 것.

대로 들쑤셔놓았다. MG는 보기엔 나쁘지 않다. 문만 움푹 꺼졌다.

"아까 앉아 있던 자리에 정확히 돌아왔네요," 섀런이 내 어깨에 손수건을 댄 채 말한다. "저 늙은 악당은 서지도 않던걸요." 그녀는 검정 반바지 차림으로 다섯 살배기처럼 쪼그려 앉아 나를 유심히 쳐다본다. "맙소사—! 그거 안 아팠어요?"

"감염이 문제였어요."

"내가 엄청난 걸 말씀드리죠."

"뭔데요?"

"나라면 틀림없이 멍하니 맞고 있지 않았을 거예요."

"가방에 아스피린 있어요?"

"잠깐만요."

그녀는 돌아와서 아스피린을 건네고는 아스피린 때문에 아플 것처럼 내 망가진 어깨를 두 손으로 잡는다.

"이제 좌석 뒤를 보면 위스키가 있으니 좀 가져다줘요."

그녀는 이번에도 과테말라 백에서 종이컵을 꺼내더니 내게 터무니없이 많은 양을 따라준다. 아스피린이 불타며 내려간다. 나는 그녀에게 병을 권한다.

"맹세코 저도 술 잘 받을걸요." 그녀는 손으로 가슴뼈 한가운데를 누른 채 일그러진 얼굴로 들이켠다. 우리 둘은 셔츠를 내 머리부터 살살 뒤집어씌운다.

하지만 MG! 우리는 동시에 녀석을 떠올린다. 녀석이 뇌진탕이라도 일으켰으면 어쩌지? 하지만 녀석은 바로 시동이 걸리고 녹색 포드에 따지듯 굉음을 울려댄다.

위스키를 깜빡한 나는 나와서 집으려다 휘청 쓰러질 뻔한다. 로리, 그녀가 그 자리에서 나를 붙잡아준다. 나는 두 팔을 그녀에게 두른다.

"자, 어서요, 총각, 나한테 무게를 실어요."

"그럴게요. 당신은 내가 아는 여자 중 제일 다정한 사람이에요."

"별말씀 다 하시네. 힘 좀 써봐요, 다 큰 친구."

"쓰고 있어요. 우리 어디로 갈까요?"

"당신이 이쪽에 앉아요."

"운전할 수 있어요?"

"어디로 갈지 말씀만 하시죠."

"우리 맥주 먼저 하고 그다음에 쉽섬에 가죠."

"이 차로요?"

"배로요."

"그게 어디 있는데요?"

"저기요." 해협 저편에 푸른 소나무들이 아른아른 길게 펼쳐져 있다.

배를 타는 건 내 기대와 달랐다. 인적 없는 갑판에서 늘어지게 일광욕을 했을 이맘때의 썰렁한 여객선을 바란 건데. 반대로 우리는 정어리처럼 꽉꽉 채워진다. 어느새 우리는 못해도 100명은 될 아이들에게 둘러싸여 작은 객실 안 벤치에 정자세로 앉아 있다. 알고 보니 미시시피주 리크 카운티에서 온 4-H*의 견학이다. 침례교 집사

* 1902년 오하이오주에서 창설된 비영리 학생 조직. 농업 등 여러 가지 활동을 하며 자기 계발을 한다.

로 보이는, 불그레한 피부에 이 사이가 벌어졌고 상냥한 열두 명의 성인 남녀가 — 예의 있는 사람들이다 — 인솔을 맡고 있다. 우리는 미시시피 내륙의 냄새, 삶은 면 속옷 안의 따뜻하고 하얀 살 냄새에 푹 절어 앉아 있다. 이 농장 아이들은 얼마나 하얀지 우유 같을 정도다. 여기엔 햇볕이 코빼기도 안 들고 레드넥*도 없다. 이 아이들은 창백한 게 아니라 하얗고 속옷 안의 살도 짙은 얼룩 비슷한 흰색이다.

짐칸의 이민자 격인 우리는 휘휘 소리를 내면서 미시시피 해협의 엷은 우윳빛 물살을 헤치고 밖으로 나간다.

배에 탄 연인이라곤 키슬러 공군기지의 비행사와 그의 여자 친구뿐이다. 그는 족제비처럼 짧게 친 윤기 어린 머리지만 코의 힘줄이 입술을 끌어올리는 바람에 다람쥐처럼 앞니 두 개가 드러나 얼간이 같다. 여자는 포동포동하고 아담해 품에 쏙 안기는 열대여섯 살가량의 미시시피 사람이다. 그녀도 리크 카운티 사람일지 모른다. 두 사람은 손을 잡고 앉아 있지만 서로 서먹서먹한 사이인 듯하다. 따로 온 듯이 제각각 객실만 두리번거리고 있다. 서로에게 진정으로 집중하지 못하고 자꾸 주변 세상으로 흘깃흘깃 눈을 돌리는 두 사람, 누가 봐도 저들은 춤추고 사랑을 나눌 때에도 마찬가지일 게 뻔하다. 동물원 아니면 마린랜드에서 나는 저들을, 그러니까 짐승과 물고기 등의 피조물을 일일이 가리키면서 굼뜨고 활기 없는 감탄사로 구경하는 남자와 딱히 구경하지도 않으면서 따분해하지도 않은 채 차라리 정신 팔린 그를 안심하고 참아주는 여자를 전에도 분명 본 적이 있다.

우리는 요새 근처, 즉 남북전쟁 때부터 내려와 근 10년은 누린 코닥 필름 상자들과 입장권 쪼가리들과 병뚜껑들로 어지럽혀진 노후한 벽돌 사일로 근처에 상륙한다. 미시시피 해협의 묽은 소금물에 풍화된 "유적지"인 이곳은 쓸쓸함의 정수다. 지나간 여름들의 잔해가 고고학에서 다루는 지층처럼 쌓였다. 지난여름 나는 누런 신문조각을 주워 1948년 빌럭시에서 있었던 선거 소식을 읽었는데 거기서는 200년 전 프랑스 및 스페인의 사정**과 100년 전 양키들의 사정을 말해주는 금속 안내판보다 훨씬 자극적인 냄새가 풍겼다. 1948년. 얼마나 아득한 때인지.

널빤지로 된 보도가 진구렁 몇 개와 해수 습지를 건너 낡은 댄스 공연장까지 이어진다. 우리는 판매대 옆에 서서 멍하니 RC 콜라를 마시는 비행사와 그의 여자 친구를 지나가면서 힐끔 본다. 저 너머에서는 바닷게와 고양이눈 달팽이가 헤엄치는 투명한 개울물 때문에 이제 막 펼쳐지는 모래밭과 참억새밭에 주름이 가 있다. 모래언덕 너머는 공해(公海)다. 변화가 급격하다. 먼저 이 지저분한 웅덩이가 나오더니 그다음엔 파란 망망대해. 깨끗하고 크고 하얀 파도가 해변으로 밀려드는 중이다. 중거리의 푸른 바닷물은 거품이 일고 있다. 모래언덕을 넘으면 당신도 황홀감을 느낄 것이다. 당신의 슬픈 옛 음악이 장조로 접어들 것이다.

우리는 개울에서 구멍 하나를 찾아 맥주 캔을 감춰놓고 아이들로부터 멀리, 모래와 풀이 어우러진 풀덤불까지 해변을 내려간다. 벌

---

* red neck. 미국 남부의 가난하고 못 배운 백인 노동자에 대한 멸칭.

** 뉴올리언스를 포함한 이 일대는 프랑스의 식민지로 시작해 프랑스와 스페인이 나누어 가졌다가 1803년에야 미국에 팔렸다.

써 행동에 나선 섀런은 셔츠와 바지를 해변에 넝마처럼 팽개쳐두었다. 그녀는 내 앞으로 첨벙첨벙 걸어 나가 앞뒤로 왔다 갔다 하며 두 손을 바닷물로 쭉 뻗었다가 몸 앞에다 물기를 턴다. 간간이 그녀는 왕관을 바로잡으려는 것처럼 머리 위로 두 손을 올렸다가 끝의 두 손가락으로 머리를 쓸어 넘긴다. 그녀의 무릎에 부딪친 푸른 바닷물은 거품을 물고 발목께를 집어삼켰다가 모래로 소용돌이를 일으킨다. 그녀는 허벅지가 잠기도록 들어갔다가 천천히 뒤돌아 몸 앞에 물기를 턴다. 얼마나 아름다운 여자인지. 그녀는 아름답고 용감하고 참새처럼 발랄하다. 그녀의 아름다움을 보니 목에 턱 하고 슬픔이 걸린다. 등신 새끼, 좀 있으면 눈물까지 흘리겠네. 내가 왜 이러는지 모르겠다. 그녀가 나를 보고 웃음을 짓더니 고개를 갸우뚱한다.

"뭘 그렇게 쳐다봐요?"

"어떻게 봤길래?"

"무슨 일 있어요?"

"글쎄."

"가요, 총각. 내가 맥주 줄게요."

그녀의 수영복은 수영 전용인 듯 치맛자락이 없고 검은 광택이 도는 제품이다. 그녀는 스패니얼처럼 물 밖으로 나와 젖은 컬 머리가 찰싹이도록 고개를 파닥파닥 흔들고는 허리를 숙여 다리의 물기를 쓸어낸다. 이제 그녀는 해변에 서서 다리를 깍지 걸고, 골반을 기우듬히 하고, 엄지와 검지로 엉덩뼈 맨 위쪽을 가볍게, 운동선수처럼 가볍게 받치고서 사색에 잠긴다. 짠물이 말라 따끔대자 그녀는 정신을 추스르더니 등줄기에 손가락을 가져가 팔뚝 살을 부지런히 놀린다.

해변 저쪽에서는 아이들이 밧줄을 쳐서 남자와 여자의 두 무리로 작게 나뉘었다. 암홀이 좁은 검정 해수욕복을 입고 목에 호루라기를 건 남자 집사들의 인도하에 아이들은 — 딱 봐도 아이들은 수영을 못한다 — 엉성한 사각형 안으로 첨벙첨벙 들어간다. 여자 집사들은 그 밖의 아이들이 언덕마루에서 모은 참억새로 부랴부랴 보수 중인 나무 그늘에서 저들을 지켜본다.

우리는 다시 헤엄을 치고 풀덤불로 돌아와 맥주를 마신다. 그녀는 드러누워 숨을 토하고 눈을 감는다. "이편이 타자기 치는 것보다 백번 낫네요." 자기 팔이 내 팔에 겹쳐 놓이자 그녀는 나를 다정하게 토닥이더니 진짜로 낮잠을 청하려는지 모래사장에 제대로 자리를 잡는다. 하지만 그녀의 눈이 위아래 눈꺼풀 사이로 어슴푸레한 빛을 내 나는 그녀에게 수그려 키스한다. 그녀는 웃음을 터뜨리더니 친절한 걱정으로 화답의 키스를 한다. 우리는 누운 채로 서로를 끌어안는다.

"앗, 잠깐만요, 총각," 그녀가 웃으면서 말한다.

"왜 그래?"

"하느님이랑 모두가 보는 데서요?"

"미안."

"미안은! 자, 이리 와요."

"여기."

그녀는 자신의 친절과 넘지 말아야 할 선 모두를 암시하는 몸짓을 한다. 한 시간 동안 우리는 헤엄을 치고 맥주를 마신다. 그녀가 일어서자마자 나는 무릎으로 일어앉아 그녀의 황금 같은 허벅지를 껴안는다, 두 팔 가득 안기는 이토록 건장하고 훌륭한 허벅지를.

"지금 뭐 하는 짓이죠, 도련님?"

"자기, 이렇게 잡으려고 3주를 기다렸어."

"자, 잡았으니까 이제 놔줘도 되겠네요."

"자기, 절대 안 놔줄 거야." 모든 생명의 어머니, 두 팔 가득한 것이여.

"이제 그만요, 총각—"

"왜?"

"이제 놔줘야죠."

"싫은데."

"잘 들어요, 다 큰 친구. 나는 당신만큼 힘이 세요."

"아니, 그렇지 않을걸."

"내가 덩치는 당신보다 작을지 몰라도—"

"당신 갇혔어."

"—그래도 나름 세요."

"설마."

"좋아요, 두고 봐요." 그녀는 남자처럼 주먹을 둥글게 뭉치더니 내 팔을 세게 때린다.

"아프잖아."

"그러니까 그만 건들라고 했죠."

"좋아. 그만 건들게."

"나를 때려요."

"뭐?"

"들었잖아요. 나를 때리라고요." 그녀는 팔뚝을 자기 몸에 바짝 붙인다. "얼른요, 도련님."

"무슨 소리야? 난 당신 안 때릴 거야."

"어서 때려요. 농담 아니에요. 때려봐야 간지럽기나 하지."

"좋아." 나는 그녀를 때린다.

"멀었는데. 장난하듯이 말고요. 진짜로 때려요."

"정말이야?"

"하느님께 맹세."

나는 그녀가 나가자빠질 만큼 세게 때린다.

"애개." 그녀는 후딱 일어선다. "하나도 안 아프네. 나라면 입을 후려쳤을 텐데, 멍청이."

"난 당신을 믿어," 나는 웃음을 터뜨리며 말한다. "이제 그만 이리 와."

"왜요? 이제 시작인데!" 그녀는 주먹을 다시 뒤로 당긴다. "방금 뭐 하는 짓이죠?"

"난 그냥 내 머릿속에 있는 걸 말해주고 싶은 거야."

"뭔데요?"

"당신. 당신이랑 당신의 달콤한 입술. 자기, 하느님께 맹세하는데 당신한테 팔을 두르고 달콤한 입술에 키스하는 것 말곤 세상에 아무 생각도 안 들어."

"아이고."

"내가 이러는 거 괜찮아?"

"당신이 이러는 게 어때서요."

나는 두 팔로 청춘을 끌어안는다, 그 충만함과 쏟아지는 슬픔을.

"또 말할 게 있어."

"뭔데요?"

"자기, 당신을 머릿속에서 지울 수가 없어. 당신이 그 노란 드레스를 입고 사무실에 걸어 들어왔을 때부터. 내가 당신한테 미친 거 당신도 알지, 응?"

"아이고."

나는 편안히 앉아 그녀를 보며 손을 잡는다. "당신 생각 때문에 잠을 못 잔다고."

"맹세코?"

"맹세코."

"우리가 함께 돈을 벌었네요, 안 그래요?"

"확실히 벌었지. 당신도 갖고 싶지? 내가 5000달러 줄게."

"아니요, 돈은 필요 없어요."

"저쪽 해변으로 더 내려가보자."

"왜요?"

"그래야 사람들이 못 보지."

"보면 어때서요?"

"나는 상관없어."

"어허, 이 총각이 지금."

"당신이 내 여자 친구라니. 내가 사랑해도 괜찮아?"

"괜찮다마다요. 하지만 방울뱀들이 있는 저쪽으론 나를 못 데려갈 거예요."

"방울뱀!"

"어림없어요. 우린 저 사람들이랑 여기에 붙어 있을 거니까 당신 처신 똑바로 해요."

"좋아." 나는 두 손으로 그녀의 등 움푹한 곳을 꼭 안는다. "또 말할 게 있어."

"어라." 너무 밀착해 조금 당황한 그녀는 웃음을 터뜨리며 몸을 뒤로 빼고 나를 본다. "이런, 내가 잡혔네."

"당신이 내 밑에서 일해 유감이야."

"유감이라니요! 잘 들어요, 총각. 저는 제 일을 하는 거예요."

"내가 당신을 농락했다고 생각하지 않았으면 해."

"아무도 날 농락하지 못해요," 그녀는 성을 내며 말한다.

나는 그녀를 보고 웃음을 터뜨린다. "아니, 내 말은 우리의 업무적인 관계를 말이야." 우리는 일어앉아 맥주를 비운다. "당신한테 고백할 게 있어. 나 이거 한 주 내내 계획한 거야."

"뭐를요?"

"이 나들이."

"아유, 못 살아."

"장난 마. 당신도 알았으면서."

"맹세코 저는 몰랐거든요."

"그런데 난 업무적인 게 좀 걱정—"

"일과 쾌락이 뒤섞이면 안 되죠."

"음, 당신이 딱 하나 알아줬으면 했던 건 뭐냐면 내가 충동적으로 행동했다면—"

"나는 늘 충동을 따르는걸요. 나는 당신이 의도한 말과 당신 말의 의도를 믿어요."

"알겠어."

"내가 당신에 관해 뭐라고 했는지 조이스한테 가서 물어봐요."

"조이스?"

"내 룸메이트요."

"뭐라고 했는데?"

"가서 물어봐요."

나는 해변을 두리번거린다. "안 보이는데."

"지금 말고요, 멍청이같이."

우리는 헤엄을 친 뒤 같이 눕는다. 내가 그녀를 어젯밤만큼 격정적으로 사랑하진 않는다는 놀라운 깨달음이 저를 받아들이라고 내게 강요한다. 하지만 거기엔 적어도 불안감은 없기에 우리는 햇볕 속에서 서로의 등을 꼭 안은 채 여객선이 경적을 울릴 때까지 꾸벅꾸벅 존다.

하지만 사랑은 우리가 초저녁 내내 해안을 따라 집으로 달리는 동안 되살아난다. 기쁨과 슬픔은 번갈아 온다는 걸 나는 이제 안다. 아름다움과 씩씩함은, 새런의 아름다움과 고모의 씩씩함은 슬픔을 안기고 승리감은 마음을 찢는다. 하지만 삶은 계속되므로 우리는 보랏빛 속에서 해안을 계속 달려 하워드 존슨 호텔과 모텔들과 아이들의 축제를 지난다. 우리는 작은 만에 도착해 별들 아래서 한잔한다. 대단한 행복을 찾는 대단한 탐색이 아니라 술과 키스, 작고 괜찮은 차와 깊고 따뜻한 허벅지가 있는 소소하고 슬픈 행복, 리틀 웨이 식당으로 만족하는 것도 나쁘지 않다.

"어머니가 데잘레망 내포에서 낚시 캠프를 하셔. 잠깐 가볼래?"

그녀는 내 목에 파고들어 고개를 끄덕인다. 내게 부드러워진 그녀는 이따금 손으로 내 뺨을 짚는다.

펄리버(Pearl River)에서 정서향으로 국도 끝에 자갈길이 나오더니 습지대를 관통하며 남쪽으로 구부러진다. 우리는 어느새 차들을 뒤로하고 외로운 초원에 있다. 섀런은 아직도 내 목에 얼굴을 숨기고 있다.

한쪽으로 치우친 노란 달이 초원에 연한 빛을 드리운다. 저 멀리 작은 언덕들은 함대를 이룬 배들처럼 위협적인 모습을 어슴푸레 드러낸다. 우리는 번거롭지만 걸어서 저쪽으로 넘어가 습지로 빠져 널빤지 길을 따라간다. 섀런은 곁에 있으면서도 나를 놓칠지 모른다는 듯이 내게 착 엉겨 붙는다.

눈을 믿을 수가 없다. 이해가 안 된다. 우리가 작은 언덕을 에도니 타이타닉처럼 휘황찬란한 캠프가 나타난다. 스미스 가족이 집에 있다.

2

내 이부형제들과 이부자매들이 방충망이 설치된 현관에서 엑스자 다리 식탁에 앉아 게를 먹고 있다. 노출 백열전구에 닿을 듯이 사체가 쌓인다.

그들은 나를 보고 또 서로를 보고 눈을 깜빡거린다. 별안간 그들에게 어른이 필요해진다. 나를 봤다는 저희의 생각이 맞는지 어른이 와서 확인해줘야 한다. 그들 모두가 한 사람도 예외 없이 저희 어머니를 미친 듯이 찾는다. 테레즈가 부엌 문간으로 달려간다.

"어머니! 잭 오빠 왔어요!" 그녀는 숨을 죽이고 제 어머니의 얼굴을 지켜본다. 그녀가 보상을 받는다. "그래, 잭이구나!"

"장폴이 허파 먹었어." 마틸드가 내 뺨 밑에서 빤히 올려다본다.

어머니의 아들, 내 이부형제 장폴은 덩치 크고 뚱뚱하고 노란 아기로 아기 의자에 불상처럼 올려져 게를 덕지덕지 묻힌 채 주홍색 집게발을 휘두르고 있다. 눈이 휘둥그레진 쌍둥이는 우리를 보면서도 먹기를 그치지 않는다.

휠체어에 앉은 로니는 급격히 들떴다. 그의 손이 저절로 오므라든다. 내가 제일 먼저 그에게 키스를 건네자 기운목을 앓는 그의 고개가 웃느라 쭉 당겨지면서 경련과 함께 돌아가기 시작한다. 그는 열네 살이고 또래에 비해 몸집이 작아 열 살배기 쌍둥이 동생 클레어와 도니스한테도 못 미친다. 하지만 지난여름 장남인 듀발이 익사한 뒤로 그는 "큰아들"이 되었다. 그의 검붉은 머리는 언제나라고 할 만큼 촉촉하게 빗겨 있고 얼굴은 일그러지지 않았을 땐 티 없이 잘생겼다. 솔직히 말해 내가 제일 좋아하는 건 그다. 나처럼 그도 영화광이다. 그는 무슨 영화든 가서 보려고 한다. 하지만 우리가 좋은 친구인 건 내가 저를 안쓰럽게 보지 않는단 걸 그가 알아서다. 그러는 이유 하나, 그에겐 예수그리스도의 찢어지는 마음을 외면한 인간들 대신 자기가 사죄의 뜻으로 고난을 겪는다 믿는 재능이 있다. 이유 둘, 나는 그와 처지가 바뀌어도 별로 개의치 않을 것이다. 그의 삶은 평온무사한 사업 같으니까.

어머니는 행주로 손을 닦고 있다.

"이거이거, 이게 누구야," 그녀는 말하지만 쳐다보진 않는다.

손이 마르자 그녀는 검지부터 약지까지 세 손가락을 모아 정력적으로 코를 긁는다. 그녀는 고초열을 겪는데 게 때문에 더 심하다. 위아래로 빠르게 움직이는 손가락이 안쪽에서 촉촉한 것을 짜내는 잡음, 기억에 남을 만큼 너무 잘 아는 소리다.

우리는 서로 키스를 건네고, 아니 더 정확히는 볼을 맞대어 누르고 어머니는 손이 아직 젖어서인지 손목으로 내 머리를 끌어안는다. 가끔 나는 아들로서 그녀에 대한 사랑 혹은 그 비슷한 것을 느껴 그녀에게 특별한 인사를 하려 하지만 이럴 때면 그녀는 내 눈을 피한 채 볼을 내주거나 마틸드가 이러니 테레즈가 저러니 하면서 내 관심을 돌린다.

"어머니, 섀런 킨케이드 좀 만나보세요."

"올 게 왔구나!" 어머니는 외치더니 뒤로 돌아 아이들 사이에 끼어 서는데 섀런에 대한 반감이 있어서가 아니라 주인 역할을 해야 한다는 압박을 느껴서다. "여기엔 우리 아이들 말곤 없어요," 그녀는 말하는 중이다.

섀런이 눈을 휘둥그레 뜨고 넉살을 부리면서 너무 중독성 있게 웃는 것이 그녀가 나를 비웃는 게 아닐까 싶을 정도다. 그녀는 시작부터 아이들과 자연스럽다. 내 기억에 린다는 얼빵이처럼 울상을 짓고는 초조해서 두 발을 동동 구르며 아이들 머리 너머 저편을 건너다보고 있었다. 너무 과하게 응석을 받아주던 마샤는 고아원을 방문한 조앤 폰테인*처럼 쪼그려 앉아 제 무릎을 안고 있었다.

어머니는 내가 여기에 어쩐 일인지 묻지도 않고 내가 와서 어쨌든 놀랍다 하는 기색도 없다—6개월 만에 보는데도. "테시, 잭 오빠한테 반에서 버스 여행 갔던 거 얘기해줘"—그러더니 그녀는 부엌으로 피한다. 얼마 못 가 그녀의 집안일이 내 신경을 건드리기 시작한다. 더없이 확고한 본능에 따라 그녀는 예외적이거나 "자극적"인

---

* Joan Fontaine. 미국 배우.

것을 멀찌감치 비켜 간다. 가정의 체제에 포함되어 있지 않은 사건이나 사상이 있으면 그녀는 즉시 자기만의 그 별일 아니라는 낙인을 찍어버린다. 학생 때 내가 잭슨의 골짜기 전투*나 프로이트의 『꿈의 해석』을 어쩌다 흥분해서 말하면 나를 적으로 돌리는 건 그녀의 방식이 아니었다. 그녀는 그걸 로버 보이**의 놀라운 기행 정도로 받아넘겼다. "저게 뭐지? 아, 잭의 책이구나. 얘가 집에다 도서관을 다 옮겨놨네. 잭, 너 저 책들 내용 다 아니?" "아뇨." 그럼에도 불구하고 나는 로버 형제 중에서도 매사에 진지한 딕 로버가 되었다.

낚시 캠프에서 스미스 가족을 보니 좋다. 하지만 빌럭시에 있는 그들의 집에서는 아니다. 그 좁고 낡은 집에서는 5분만 있어도 음울한 기분이 내 골수까지 파고든다. 가스버너 때문에 눈알이 맵고, 2000번의 일요일 저녁 식사 냄새가 커튼에 배었고, 노출된 계단통에선 목소리들이 윙윙 울려대고, 궁상맞은 성심(聖心)은 에나멜 칠이 깨진 벽난로 선반 위에서 스스로를 가리키고***, 모든 게 하얗고 깨져 있다. 닳아서 가루가 날리는 바닥은 교실처럼 콧구멍을 간질인다. 하지만 여기 데잘레망 내포에서는 모두가 다른 느낌을 받는다. 강물이 말뚝에 찰랑거린다. 쪼개진 널빤지들에는 겨울에 관한 기억, 방문객 하나 없고 물고기는 검은 물 밖으로 뛰어오르며 초원 어디를 보아도 인적이 없는 길고 꿈결 같은 낮과 밤에 관한 은밀한 기억이 배어 있다. 다시 말해 아이들로선 저녁을 먹은 뒤면 다시 탐험에 착수해 이쪽 끝에서 저쪽 끝까지 무리를 지어 다니며 캐내야만 직성이 풀리는 비밀들이. 도니스가 내게 작년 8월 자기가 놓은 사향쥐 덫을 보여주면서 그 재발견에 까무러치게 감탄한다. 어머니 말로는 자기들도 날이 한창 화창하던 오늘 오전에야 왔고 아이들이 월요일에 쉬므로 날씨만 괜찮으면 마디그라 내내 머물 예정이라고 한다. 로이가 없을 땐 어머니가 갱단의 일원이다. 그녀는 10분 동안 부엌에서 고양이처럼 날쌘 능률로 잔일을 처리한 다음 아이들과 밖에 멀리 나가 밀려갔다 밀려왔다 경쾌하고 변덕스러운 놀이를 하면서 점점 애정에 감염된 눈이 될 것이다.

테레즈가 강과 항구에 대한 법안에 관해 하원 의원한테 편지 쓸 계획을 얘기 중이다. 테레즈와 마틸드는 공민학**** 교재에 나오는 조앤과 제인을 닮았다.

"테시 재는 좀 **특이**하지 않니?" 어머니가 부엌으로 사라지면서 테시는 똑똑하지만 뭔가 조숙해서 웃기다고 큰 소리로 속을 밝힌다.

"로이 아저씨는 어디 계세요? 차는 안 보이던데. 지름길을 거의 돌아서 왔거든요."

"포커 쳐!" 다들 한목소리로 외친다. 그게 웃겼는지 모두 웃음을 터뜨린다. 로니의 손이 오므라든다. 우리의 등장이 어떤 혼란을 야기했든 우리는 가족생활의 강한 물결에 이내 휩쓸려버린다.

"게 더 있어요, 어머니?"

"얼마든지 있지! 다른 애들은 어떡할지 로니한테 물어보렴. 아직 저녁을 못 먹은 거야?"

---

* Jackson's Valley campaign. 미국 남북전쟁 중이던 1862년 셰넌도어 골짜기에서 벌어진 전투. 남부 동맹군의 장군 토머스 잭슨의 지략이 빛난 전투로 꼽힌다.

** Rover Boys. 아서 M. 윈필드(Arthur M. Winfield)의 소년문학에 등장하는 주인공 형제. 용감하고 모험적이되 순진무구한 인물들.

*** 액자에서 예수가 자신의 가슴을 가리키고 있음을 뜻함.

**** 국민이 국정에 직간접적으로 참여할 권리를 다루는 학문.

"네."

이머니는 반듯하게 접은 신문지를 게의 사체 밑에 겹겹이 깔고 하얗고 힘센 손으로 정갈하게 꾸러미를 싼다. 난장판이 치워진 식탁은 물기 없이 깨끗하다. 테레즈가 새 신문지를 깔고 마틸드가 차가운 맥주 두 병과 집게발을 깰 빈병 두 개를 가져오자마자 행군 대형으로 반듯하게 정렬한 주홍색 게들의 작은 군대가 쟁반에 담겨 우리 앞에 각각 놓인다. 섀런이 못 미더워 보이는 얼굴로 어쨌든 작업에 착수하자 얼마 안 가 모두가 그녀를 놀리고 있다. 마틸드가 배딱지는 어떻게 들추고 거대한 집게발 가장자리는 어떻게 깨서 다발로 된 새하얀 속살을 끄집어내는지 시범을 보인다. 섀런이 깜짝 놀라는 척하자 쌍둥이는 집게발을 어떻게 빼는지 즉각 보여주고야 만다.

바깥은 유난히 검은 밤이 강물 위에 바짝 내려앉았다. 벌레들은 새로 정비한 촘촘한 방충망에 달려들어 기타를 퉁기듯 튕겨나간다. 아이들은 서로 붙어 서서 습지의 신비며 우리의 원뿔형 불빛이 품는 은밀함을 만끽한다. 클레레인은 제 배를 내 의자 팔걸이에 대고 누른다. 로니는 제 트랜지스터라디오 주파수를 맞추려고 낑낑댄다. 그는 손이 젖혀진 굽은 손목으로 라디오를 붙든다. 그의 입술이 일순 더없이 사납고 음흉한 표정으로 벌어진다. 이 모습에 섀런이 질겁을 한다. 그녀가 보기엔 로니의 인내심이 끝내 한계에 다다를 거라는 위기가 코앞에 닥쳤다. 아무도 그에게 관심을 두지 않자 그녀는 점점 조바심을 내고 — 왜 아무도 안 돕는 거지? — 그러다 영겁 같은 시간 끝에 마틸드가 조심성 없이 몸을 수그려 라디오 주파수를 크고 또렷하게 맞춰준다. 로니는 마틸드를 보려고 고개를 배배 꼬며 돌리지만 돌아가는 모습이 시원찮다.

보아하니 로니는 옷을 차려입었다. 알고 보니 원래는 로이의 여동생인 에델 고모가 로니와 여자아이들을 극장에 데려가기로 되어 있었다. 진짜 데이트는 아니었다고 어머니가 다시 일러줘도 그는 실망한 눈치다.

"어떤 영환데?" 나는 그에게 묻는다.

"〈도브스 요새Fort Dobbs〉*." 낮게 웅얼거리는 말투지만 알아듣긴 어렵지 않다.

"어디서 하는데?"

"문라이트(Moonlite)에서."

"가자."

로니의 고개가 위아래로 요동치더니 죽은 사람처럼 뒤로 젖혀진다.

"정말이야. 나도 보고 싶어."

그는 나를 믿는다.

나는 어머니를 부엌에 몰아세운다.

"로니한테 무슨 일 있죠?"

"일은 무슨 일."

"상태가 엉망인데요."

"재가 우유를 안 마시려고 하니까 그렇지!" 어머니는 언성을 높인다.

"또 폐렴 걸렸어요?"

---

* 1958년에 나온 고든 더글러스 감독의 서부극.

"5일 동안 바이러스에 걸렸어. 그러고서 아주아주아주아주 안 좋았어. 바이러스에 걸린 사람이 병자성사 받는다는 얘기 들어본 적 있니?"

"왜 전화 안 하셨어요?"

"죽을병은 아니었으니까. 병자성사도 재 아이디어야. 그게 육체는 물론이고 영적으로도 강하게 만들어줄 거라더라. 그런 얘기 들어본 적 있어?"

"네. 그렇긴 한데 지금은 괜찮아요?"

그녀는 어깨를 으쓱한다. 어머니는 그런 문제를 이야기할 때 흔히 믿음이나 불신이 아니라 구전 설화를 대하는 듯한 일축으로 은근슬쩍 눙친다.

"머태그 박사님이 그러는데 자기도 이런 건 본 적이 없대. 로니가 30분 만에 침대에서 나온 거야."

가끔 어머니가 하느님을 언급할 때면 그녀가 하느님을 엉터리없는 인간 세상에서 손에 잡히는 대로 써먹을 수 있는, 여느 회사 직원처럼 필요에 따라 부릴 수 있는 방편 중 하나로만 여긴다는 생각이 문득 든다. 말하자면 인생에서 오는 충격을 똘똘하게 관리하는 것이다. 그것은 그녀가 선과 악 모두가 전반적으로 과소평가되었음을 마지못해 받아들여야 했던 초기에 강요당한 타협이다. 그녀는 악의 반대편에 매여 있는 것만큼이나 행운에 대해서도 신중한 입장인데 가끔 그녀의 눈에선 그것, 그 과격한 불신이 언뜻언뜻 보이는 듯하다. 경험 많고 박식한 눈빛, 이브만큼이나 오래되어 다 안다는 듯한. 가장 아끼던 듀발을 잃은 경험으로 그녀는 평범한 것을 더더욱 선호하게 되었다. 그녀에게 더는 아무것도 바라지 말아주세요, 감사합니다. 듀발이 죽은 뒤로 그녀는 모든 게, 심지어 하느님조차 격식 없고 편하기를 바라왔다.

"그런데 너도 이제 알겠지만 쟤가 뭘 한다디? 사순절 동안 단식에 금식을 한다잖아." 그녀의 눈이 가늘어진다. 노여움이 치미는 것이다. "80파운드(약 36킬로그램)밖에 안 나가는 애가 무덤에 한 발을 걸쳐놓고서 단식을 하겠대." 그녀는 로니와 하느님에게 짓궂은 농담을 하듯 말한다. 그녀는 잠시 오래전의 이브로 돌아가 있다.

〈도브스 요새〉는 훌륭하다. 문라이트 자동차극장도 아주 괜찮다. 너무 그럴싸해 보이지 않는 데다 걸프 해안 뒤편의 인적 없는 소나무 지대 같은 인상이 든다. 각다귀들은 영사기 불빛 속을 헤엄치고 스크린은 묵직하되 쾌적한 공기 속을 일렁거린다. 하지만 영화 속에서 우리는 사막에 있다. 거기 검은 하늘 아래 클린트 워커가 혼자서 말을 타고 간다. 그는 고독한 부류고 떠돌이다. 로니는 매우 행복해한다. 좌석 꼭대기에 올라앉았던 테레즈와 마틸드는 영사기 아래 있는 벤치로 이동해 스노볼*을 먹는다. 로니는 보닛에 올라앉아 앞 유리에 등을 기대고 보다가 우리 둘 다 좋아한다고 알려진 장면이 나올 때 나를 돌아보길 좋아한다. 섀런도 행복해한다. 그녀가 생각하는 나는 지금처럼 로니를 극장에 데리고 다닐 만큼 착한 사람이다. 그녀는 내가 이기적이지 않게 군다고 생각한다. 맹세컨대 그녀는 연인이 아이와 개를 사랑하는 착하고 이타적인 사람이란 걸 스스로 입증할 때까지 몸을 허락하지 않는 영화 속 여자들과 꼭 닮았다.

* snowball. 눈덩이처럼 생긴 얼음과자.

그녀는 맞잡은 내 손을 제 무릎에 올려놓고 틈날 때마다 꼭꼭 주무른다.

클린트 워커가 말을 타고 황무지를 가로지르더니 뷰트*에 올라 멈춘다. 말에서 내린 그는 쪼그려 앉아 메스키트** 한 줄기를 빨고 그 지역을 살핀다. 쓰러져가는 건물 몇 채가 협곡 저 아래 옹기종기 모여 있다. 그가 어디서 왔고 어디로 가는지 우리는 아무것도 모른다.

좋은 밤이다. 행복해하는 로니(우리 둘만의 비밀을 감지하고 더없이 명랑해진 그가 나를 돌아본다. 어떤 비밀인가 하면 우리가 영화에서 보는 사소한 터치를 섀런은 지금도 앞으로도 못 알아볼 거라는 비밀, 그리고 영화를 보면서 우리 둘이 같은 걸 보고 있다는 비밀—이를테면 클린트 워커가 말을 탄 방랑자한테 옛 버지니아의 더할 나위 없이 부드럽고 편안한 목소리로 말하는 장면처럼. "형씨, 나라면 감히 그런 짓 못 할 거요"—로니는 클린트 워커를 봐야 할지 나를 봐야 할지 갈피를 못 잡는다), 극장의 저 투영된 상, 푹한 남부의 밤, 서부의 사막과 이 우람하고 사랑스러운 섀런이라는 여자.

순환(rotation)이 잘되고 있다. 새로운 경험에 대한 기대 이상의 새로운 경험이라고 내가 정의한 그런 순환이다. 예를 들어 첫 여행을 탁스코***로 가는 건 비순환이거나 아주 평범한 순환만 못하다. 하지만 도중에 길을 잃고 숨은 골짜기를 발견하는 건 좋은 순환이랄 수 있다.

내가 기억하는 순환 중 아마 유일하게 뛰어났던 것은 전쟁 전에 〈검은 바다Dark Waters〉****라는 영화를 본 일이었다. 바라타리아 내포(Bayou Barataria)를 내려가다 보면 나오는 라피트(Lafitte)에서 보았다. 영화에서 토머스 미첼과 멀 오베론은 루이지애나 습지의 썩어가는 저택에서 산다. 어느 날 밤 그들은 차를 몰고 마을로 나간다 — 영화를 보러! 순환 속의 순환이랄까. 나는 순환되는 감정으로 넋이 나갔었다. 하지만 〈도브스 요새〉도 더할 나위 없이 좋다. 내 마음은 옥타비아누스처럼 고동치고 나와 로니와 이 고결한 여자 사이에는 엄청난 행복이 있으며 두 사람 다 그걸 알고서 말을 삼갈 줄 아는 센스가 있다.

## 3

3시 정각이 되자 꿈결에 나를 다시 찾아와 눌러앉았다가 연기처럼 꺼진 그 시절의 잔향 속에서 느닷없이 잠이 깬다. 나는 스물아홉 살의 젊은 남자지만 고대인처럼 많은 꿈을 꾼다. 밤이면 그 시절이 나를 찾아와 유령처럼 내 침대에 걸터앉는다.

어머니가 현관 구석에 간이침대를 조립해놓았다. 사방이 습지에다 강물이 찰랑거릴 때마다 말뚝들이 흔들흔들하는 좋은 장소다.

하지만 내 흘러간 장소는, 지금으로도 나쁠 건 없지만, 이제는 다 소모된 터라(돌아가며 반복적으로 사용하면 장소들도 소모되기 마련이다) 잠에서 깰라치면 일상성이 내 발목을 잡는다. 일상성은 적이다.

---

* butte. 이를테면 메사(mesa)의 축소판이라 할 고립되고 솟아 있는 작은 언덕. 미국 서부 등에서 특징적인 지형.

** mesquite. 콩과 식물.

*** Taxco. 멕시코 남서부에 있는 도시.

**** 1944년에 나온 안드레 드 토스(André De Toth) 감독의 누아르 영화.

어떤 탐색도 불가능하다. 아마 한때는 일상성이 그리 강하지 않아 사람들이 동물 같은 힘으로 그 손아귀를 뿌리치기도 했을 것이다. 지금은 그 무엇도 그걸 뿌리치지 못한다 — 불시의 사고만 빼고. 내 인생에 딱 한 번 일상성의 손아귀를 뿌리친 적이 있다. 도랑에 피를 흘리며 쓰러져 있었을 때.

느닷없이 분노에 사로잡힌 나는 발작하는 사람처럼 몸을 뒤척뒤척하다 널빤지 바닥에 쿵 떨어져 몸서리를 치고 누워 있는데 그 모습이 습지에서도 가장 비참한 사향쥐만도 못하다. 그럼에도 불구하고 나는 다짐을 한다. 일상성한테 무릎을 꿇으면 내가 개새끼라고.

(일상성은 도시에서 시작돼 머나먼 촌구석 벽지, 심지어 습지까지 찾아다니더니 이젠 없는 데가 없다.)

나는 내리 몇 분을 막대기처럼 꼿꼿이 누워 습지의 캄캄한 숨을 내쉰다.

내 외가도 친가도 나의 탐색을 이해하지 못한다.

외가 사람들은 내가 신앙을 잃었다고 생각해 그걸 되찾게 해달라고 기도한다. 나는 그들이 무슨 소릴 하는지 당최 모르겠다. 내가 책에서 본바 다른 사람들은 어려서는 독실하다가 크면 회의적이 된다.(또는 〈내가 믿는 이것〉에 나온 말대로 된다. "때가 되니 기성종교의 신조와 교리가 몸에 안 맞더군요.") 나는 다르다. 내 불신은 처음부터 확고했다. 나는 하느님을 도무지 종잡을 수 없었다. 잘은 모르지만 하느님이 존재한다는 증거들이 참일지언정 다를 건 아무것도 없었다. 하느님 당신이 내 앞에 나타났더라도 달라질 건 아무것도 없었다. 사실 나는 하느님이라는 단어만 들어도 머릿속에 장막이 쳐지는 느낌이다.

친가 사람들은 하느님이 없어도 세상은 이치대로 돌아갈뿐더러 바보가 아니고서야 무엇이 좋은 삶인지 알고 건달이 아니고서야 그 삶을 이끌어나갈 수 있다고 생각한다.

나는 양가 사람들 모두 무슨 소릴 하는지 모르겠다. 정말이지 무슨 소린지 감이 안 잡힌다. 내가 할 수 있는 최선의 일은 일상성에 죽을 만치 움켜잡혀 내 탐색이 1인치도 진전되지 못하는 한 꿈쩍 않겠다는 다짐으로 간이침대 밑에 막대기처럼 꼿꼿이 누워 있는 것뿐이다. 내 밑에서는 습지가 숨을 내쉬고 내포 건너에서는 한밤의 해오라기가 디젤기관차처럼 펄럭펄럭 멀어져 간다. 마침내 강철 같은 손아귀가 풀리자 나는 의자에 바지를 벗어두고 공책을 끄집어내 어둠 속에서 끄적인다.

### 내일을 기억하라

탐색의 출발점:

하느님에 대한 입증을 피조물들로 출발해봐야 더는 소용이 없다.

그러나 하느님을 배제하기란 불가능하다.

유일하게 가능한 출발점은 이것이다. 스스로 확고부동한 무관심을 구축했다는 이상한 사실 — 증거들이 드러나고 하느님이 모습을 드러내도 달라질 건 전혀 없었다. 이것이 바로 무엇보다 이상한 사실이다.

아브라함은 하느님의 계시들을 보고 믿음을 가졌다. 오늘날 유일한 계시는 세상의 어떤 계시도 아무런 차이가 없다는 것이다. 이것은 하느님의 아이러니한 보복일까? 그래도 나는 그를 좇는 중이다.

## 4

**좌르르 좌르르 좌 좌**. 정적. **좌르르 좌 좌**. **좌**.

일은 불길한 사태 전환으로 시작된다. 긴박한 느낌이다. 뭔가 해결되어야 할 것이 있다. 제발 뭐라도 좀 해볼 수 있다면. 그러다 그것은 색깔, 눈여겨봐야 할 만큼 안 좋은 색깔이 된다. 그러다 고통이 따른다. 하지만 도리가 없다. 그것은 소리고 이 세상 바깥의 것이라서 도저히 손쓸 수가 없다. 잠이 깬다.

**좌르르 좌르르 좌 좌**. **좌**. 정적.

"이게 뭔 지랄이람."

10피트도 안 되는 저 밑에서 두 남자가 파랗고 잘빠진 선체에 단단히 장착된 선외 모터를 시동 걸고 있다. 보트가 소형 선창에 둥둥 떠와서 쿵 찧는다. 세상은 우윳빛이다. 하늘도 강물도 초원도. 에테르 같은 묽은 강물이 증발한다. 덩굴손 같은 안개가 연기처럼 모여든다. 하얀 빛줄기가 습지를 다스리듯 똑바로 눕는다.

"니들판 제대로 안 조일래?"

"잔소리 좀 작작 하지?"

창백하고 하얀 세상의 나이 들고 새된 두 목소리. 둘 중 한 사람은 내 새아버지 로이 스미스가 틀림없다. 맞네, 키잡이. 모자의 녹색 챙이 화가 나서 무거워진 입술만 남기고 얼굴을 가렸지만 팔만 보아도 안다. 팔꿈치의 보조개 훨씬 너머까지 근육이 휘감고 있다. 두 팔뚝이 작은 넓적다리만 하다. 손목에 찬 시곗줄 틈마다는 검게 광나는 털들이 고개를 내밀고 있다. 그는 딴딴하고 강한 복부를 두 다리 사이에 두고 앉아 모터의 빨간 뚜껑을 안는다.

로이는 상체를 뒤로 젖혀 자세를 잡고 모터 끈을 좌 짧고 힘차게 잡아당긴다. 쉰 소리 같은 굉음과 함께 시동이 걸리자 상황이 전면 달라진다. 뱃머리의 유쾌한 남자는 보트가 선창에 닿아 기울자 깜짝 놀라 균형을 잃고 나가떨어진다. 하지만 이제 보트가 열린 수역을 찾아 나서자 두 낚시꾼은 차분하고 희망 가득한 얼굴로 적당히 자리를 잡고 앉는다. 겉보기에 로이 스미스는 육중하되 아직은 젊은, 혈색 좋고 쾌활한 사내다. 내포의 강물은 차가 끓듯 끓으며 기포들을 토해낸다. 선체가 중앙의 하얗고 먼 곳으로 사라지자 마치 보트가 면으로 둔갑한 듯 소리 또한 갑자기 작아진다.

살아 있는 뒤틀린 참나무가 중국 판화 속의 나무처럼 순백 속에서 우뚝 선 모습을 드러낸다. 몇 분이 지나간다. 해오라기 한 마리가 가볍고 둔한 날갯짓을 늦추더니 강물에 힐끗 눈짓을 한다. 내 뒤에서는 방충문이 부드럽게 열리더니 어머니가 낚싯대를 들고 선창으로 나간다. 그녀는 난간에 낚싯대를 걸치곤 납종이 뭉치를 내려놓고 소맷자락 안의 두 팔을 긁은 다음 하품을 하며 주변을 둘러본다. "아-흠," 그녀는 아침만큼 창백하고 하얀 하품 소리를 토한다. 그녀의 재킷은 로이의 군복 셔츠 가운데 하나로 큰 가슴 때문에 품이 그리 크지는 않다. 그녀는 파란색 케즈(Keds) 스니커즈를 신었고 지퍼가 없는 여성용 데님을 펑퍼짐한 엉덩이 위로 바짝 끌어올려 입었다. 야구 모자를 뻣뻣한 머리털에 납작 눌러쓴 그녀는 국도의 교각에서 낚시를 하는 여느 여자들과 닮은꼴이다.

어머니는 납종이 뭉치를 끄르고 보이스카우트 칼을 꺼내더니 얼어붙은 새우를 떼어낸다. 그녀는 틈틈이 코를 들썩거리고 옛 노래로 목을 가다듬으면서 분홍색 정육면체로 정갈하게 토막 낸 새우를 난

간에서 칼날로 슥슥 비켜놓는다. 공간이 되는지 확인한 그녀는 선창 끝으로 나가 팔을 뒤로 당기며 거리를 가늠한 다음 커다란 고리 모양으로 낚싯줄을 던지며 팔을 곧게 뻗는데, 여자다운 각도로 손목을 감는 그 동작은 어설프지만 숙달된 티가 난다. 얼레가 노래하는 사이 낚시추는 빙글빙글 도는 새우를 달고 멀리 나아가 에테르 같은 묽은 강물을 첨벙 튀기며 정박한다. 어머니는 잠시 그대로 들고서 물고기가 그걸 어떻게 받아들이나 파악하려는지 소리에 골똘히 귀를 기울이고, 그러더니 낚싯대를 틈틈이 씰룩거리면서 천천히 얼레를 감는다.

나는 바지를 입은 다음 맨발로 선창에 걸어 나간다. 태양이 초원을 청소했지만 아직은 시원한 우윳빛 세상이다. 발밑의 따뜻한 나무만 삐걱삐걱 소리를 낸다.

"너한텐 무지무지 이른 시각 아니니!" 그녀의 목소리가 수면 위를 쨍그랑 울린다.

어머니는 나를 편하고 다정하게 대한다. 이제 우리가 대화를 좀 나눌 수 있겠다. 때는 이른 아침이고 우리는 하얗고 드넓은 습지에 고립되어 있다.

"아침 좀 차려줄까?"

"아니요. 배 안 고파요." 우리의 목소리가 아침의 텅 빈 공간에 울려 퍼진다.

아직도 어머니는 나를 산만하게 만든다. 나는 다른 날과 다를 바 없이 그저 낚시를 하는 둥 마는 둥 하는 중이고 어머니도 내게 여느 때 같은 말을 건네니 거기서 무슨 진전이 있을라고. 그녀는 친밀감을 쌓을 만하면 멀어진다. 나는 평범함을 좇는 그녀의 확고한 본능에 혀를 내두른다. 하지만 그녀는 자기가 무슨 행동을 하는지 안다.

"네가 그렇게 일찍 일어날 줄 미리 알았으면 좋았을 텐데," 그녀는 분한 듯이 말한다. "로이랑 킨지랑 리골레츠(Rigolets) 해협에 갈 수 있었거든. 그 인디언 양반들 가고 있겠다."

"봤어요."

"왜 안 따라갔어!"—극도의 경악.

"낚시 안 좋아하는 거 아시면서."

"낚싯대도 더 있는데!"

"차라리 다행이죠."

"맞아," 조금 뒤 그녀는 말한다. "넌 낚시를 안 좋아했지. 네 아버지랑 똑같이." 그녀는 평소와 달리 내게 신속한 눈길을 던진다. "네가 네 아버질 얼마나 닮았는지 어젯밤에 알아봤어." 그녀는 다시 낚싯줄을 던지고 그대로 또다시 붙들고 있는다.

"아버지가 낚시를 안 좋아하셨어요?"

"딴에는 좋아했대!"

나는 최대한 기지개를 켜고 2×4인치 각목에 머리를 괸다. 눈을 가늘게 뜨니 무지개 속에서 반짝반짝 빛이 나는 어머니와 태양이 한눈에 보인다. 게거미가 기다란 내포 위에 가로질러놓은 거미줄 가닥들이 햇빛 속을 핑그르르 도는 듯하다.

"근데 실제론 아니었고요?"

"으응—" 그녀는 자신의 소홀함을 만회하려고 뜸을 들이면서 말한다. 잊을 만하면 그녀는 자신의 복부와 난간 사이에 낚싯대를 끼워놓고 코를 시원하게 비튼다.

"왜 안 좋아하셨대요?"

"그냥 안 좋아했던 거야. 좋아한다고 말은 했어. 한땐 정말로 좋아하기도 했고! 세라 소내포(Little Bayou Sara)에 갔던 날이 기억나네. 그가 내내 아프니까 월스 박사님이 일은 오전에 하고 오후엔 나가서 낚시를 하든 재미있는 취미를 갖든 하라고 말씀하셨지. 더없이 멋진 날이었던 기억이 나는데, 우리는 쓰러진 버드나무 밑에서 구멍을 발견했어 — **사콜레***가 있다면 그 녀석이 살기에 딱이다 싶었지. 그래서 내가 말했어, 얼른 던져라, 낚싯줄을 저기에 딱 떨어뜨려라. **나무** 사이로? 그가 그러더라. 말도 안 되는 소리라고 생각한 거야 — 낚시꾼으론 꽝이었던 거지. 윌스 박사님하고 앤스 판사님은 대단한 사냥꾼이자 낚시꾼이었는데 네 아버지는 좋아하는 척만 했지 좋아하질 못했어. 그래서 내가 말했지, 얼른 던져라, 나뭇잎 사이로 곧장 떨궈라 — 그게 사콜레를 잡는 방법이거든. 그가 그렇게 살집 있고 튼실한 사콜레를 못 건졌으면 나만 존 브라운** 꼴 날 뻔했지 뭐니. 그 사람은 보고도 못 믿더라. 아이고, 긴장은 또 어찌나 하던지. 지금 여기는 최적의 장소라고 하긴 뭐하지만 그라면 끊임없이 이렇게 말했을 거야. 저기 저 저 나무 좀 봐, 햇빛이 저기 저런 식으로 강물을 낚네 — 우리 내일도 오고 모레도 오고 여름 내내 와야겠어 — 이걸 놔두고 무슨 일을 해!" 어머니는 낚싯대를 홱 하고 크게 흔들며 잽싸게 얼레를 감더니 훼손된 새우를 보고 눈살을 찌푸린다. "저 짐승 같은 악당 봤니 — ! 세상없이 노련한 능구렁이가 저 바닥에 앉아 있네그래."

"아버지는 다음 날 또 가셨어요?"

"칫. 다시는 안 갔어. 다, 시, 는," 그녀는 새우를 세 조각의 정육면체로 자르며 말한다. 그녀는 다시 팔을 뒤로 당긴다. 새우는 빙글빙글 돌고 어머니는 그대로 붙들고 있는다. "내가 다음 날 사콜레 얘길 또 꺼내면 그가 뭐라는 줄 아니?"

"뭐래요?"

"'오, 그만해. 오, 그만. 당신이나 가서 잡아.' 그러더니 그 유명한 산책을 하러 다니는 거지."

"산책이요?"

"제방 상류로. 5마일, 10마일, 15마일. 겨울이건 여름이건. 어느 크리스마스 날 아침에 그를 따라갔던 기억이 나. 몇 마일을 걸어도 맨 똑같더라. 전방은 내내 오래된 갈색 제방, 옆으로 한쪽은 갈색 강, 한쪽은 갈색 밭. 그래서 그가 나를 반 마일 앞서갈 때 내가 그랬어, 차라리 날 쏘라고. 뒤로 돌아 걸음을 재촉해도 모자랄 판에 앞길만 서두르니 이게 지금 뭐 하자는 건지 모르겠네? 그래서 내가 그랬다니까, 잘 가요, 아저씨, 나는 집에 갑니다 — 이제 나체스까지 원 없이 걸어봐요." 통상 하는 익살스러운 과장, 예나 지금이나 이것이 인생을 대하는 어머니의 방식이다. 만약 그녀가 부헨발트***에서 4년을 보냈다면 이렇게 회상했을 것이다. "그래서 내가 그 사람한테 말했지. 잘 들어요, 아저씨, 이딴 걸 내가 먹을 거라 생각한다면 그 생각 고쳐먹어요."

선창의 널빤지들이 햇볕에 데워져 포도주 향을 닮은 소나무 향을

---

* sac au lait. 미국 오대호에서 볼 수 있는 크래피(crappie)라는 물고기의 케이준식 불어 이름.

** John Brown. 노예해방론을 주장한 급진적인 백인 운동가로서 노예 반란을 선동했다는 이유로 교수형을 당했다.

*** 나치의 강제수용소.

뿜기 시작한다. 덩굴손 같은 마지막 땅안개가 홍차만큼 검은 강물을 버려둔 채 말라 없어진다. 혼자인 저 애절한 나무는 하염없이 딱한 꼴이다. 내포 건너에서는 해오라기가 부랑자처럼 수척하고 헝클어진 꼴로 몸을 둥글게 만다.

"아버지는 좋은 남편이었어요?" 이따금 나는 그녀가 선택한 평범한 생활을 너무 심하진 않을 만큼 흔들어본다. 하지만 그녀의 자이로스코프는 언제나 그녀를 제 궤도에 붙잡아둔다.

"좋았느냐고? 음, 하나만 말할게 — 그는 좋은 산책자였어!"

"의사로서는 좋았어요?"

"좋았지! 실력은 또 어땠고! 타고난 외과의가 있다면 딱 그 사람 얘기였어." 아버지에 대한 어머니의 회상은 우화 같고 고만고만하다. 그녀가 기억하는 건 그가 아니라 그의 오래된 화신이다. 한데 지금 뭔가 특별한 것이 그녀에게 떠올랐다. "똑똑한 사람이었지, 그런데 그 일은 까맣게 모르더라니까! 언젠가 내 조언을 듣고 고맙다고까지 했으면서 말이야."

"어떤 일인데요?"

"그는 살이 30파운드(약 13킬로그램)나 빠졌었어. 아팠던 게 아니야 — 음식을 넘기질 못했던 거지. 윌스 박사님은 아메바라고 하셨지. (그해에 그분은 모든 걸 아메바 탓으로 생각하셨어. 우리끼리 얘기지만 해가 바뀌니 그게 자궁내막염으로 바뀌어서 펠리시아나 패리시의 자궁이란 자궁은 다 들어내셨지.) 아침 식사 때 머서가 달걀하고 옥수수죽을 대령하니까 네 아버지는 백지장처럼 하얘져가지고 그걸 앉아서 보고만 있더라. 나는 내 밥도 못 먹고 그 사람 밥을 먹어줄 수도 없고 아무것도 할 수 없었지. 그는 입안 가득 옥수수죽을 집어넣고 씹고 또

씹었는데 통 삼키지는 못했어. 그래서 어느 날 내가 아이디어를 냈지. 나는 잘 들으라고 말했어. 당신은 밤새 앉아서 책을 읽었어요, 그렇죠? 응, 그랬지, 그가 말하더라. 그게 왜? 즐거웠잖아요, 그렇죠? 응, 그랬지. 그래서 내가 말했어. 좋아요. 그럼 우리 책을 읽읍시다. 다음 날 아침 나는 머서한테 하던 대로 계속하라고 했어. 나는 일찌감치 아침밥을 먹고 그 사람 걸 차려서 침대로 탁 갖다 바쳤지. 내가 그 사람 책을 들고 왔어. 지금도 기억난다—『그린 살인 사건 The Greene Murder Case』이라는 책이야. 가족 중엔 그걸 안 읽은 사람이 없었어. 나는 읽고 그는 듣기 시작했는데 읽으면서 내가 그에게 밥을 먹였지. 나는 말했어, 내가 그랬죠, 당신 먹을 수 있다고요, 그러면서 먹인 거야. 입에다 넣어줬더니 삼키더라고. 6개월을 그렇게 먹이니까 20파운드(약 9킬로그램)가 찌던걸. 그러고 나서 일에 복귀했어. 아래층에서 스스로 먹을 때에도 내가 책을 읽어줘야 했다니까. 읽다 멈추면 완전 노발대발. '아이, 계속 읽으라니까!' 계속 그러는 거 있지."

나는 똑바로 앉아 손차양을 하고 그녀를 본다.

어머니는 코를 비튼다. "원인은 뭐였느냐면—"

"뭐였는데요?" 나는 강물에다 휙 침을 뱉는다. 침이 실처럼 풀린다.

그녀는 난간에 기대어 홍차 색깔 내포를 가만히 내려다본다. "그가 생각하기엔 뭐랄까—먹는 건 그리 **중요하지** 않았어. 너도 알지, 네 아버지한텐 모든 것, 모든 순간이 분명—"

"분명 뭐요, 어머니?"

이번에야말로 그녀는 진짜 프랑스식으로 어깨를 으쓱한다. "글쎄. 특별했겠지."

"아버지는 뭐가 문제였어요?"

"지나치게 불안해했어," 그녀는 보통의 엄마 벌 같은 단조로운 소리로 즉각 대답을 하고 아버지는 또다시 오랜 화신이 되어 사라진다. 할아버지와 할머니와 에밀리 고모의 목소리가, 불특정인이 특정인이 되고 수수께끼가 풀려 사건이 일단락되던 긴 여름밤에 현관에서 오가던 대화 소리가 내 귓가에 선하다. 어머니는 특별한 자격이 필요했던 현관에서의 대화에 결코 적응하지 못했다. 누군가 추도사를 낭독하면, 우리의 침울하고 장대한 추도사 중 하나가 낭독되면 그녀는 어둠 속에서 몸을 쑥 내밀어 낭독자의 얼굴을 식별하곤 그가 제 말마따나 진심으로 침울한지 판단하곤 했다. 펠리시아나 패리시의 볼링가 사람으로서 나는 어둠 속에서 현관에 앉아 우주의 규모와 인간의 배신에 관한 이야기를 나누는 데 익숙하다. 걸프 해안의 스미스가 사람으로서 나는 150와트 전구 불빛 속에서 게를 먹고 맥주를 마시는 데 이제 익숙해졌다 — 이쪽도 저쪽만큼이나 여름밤을 보내기에 즐거운 방식이다.

"어째서 불안해했는데요?"

그녀는 깨끗한 낚싯바늘을 끌어당기더니 분홍색 정육면체를 집어 미늘에 끼우고 팔을 내뻗어 다시 강물에 입수시킨다. 그녀의 손목은 젊은 여자의 손목과 달리 굳게 낀 지방 때문에 둥그스름하다.

"정신적으로 기질 자체가 그랬어."

그렇다, 사실이다. 우리는 정신적 기질이며 우리의 어둡고 암울한 행위에 대한 분비샘의 영향에 관해 종종 많은 얘기를 나누었다. 이상하게도 어머니는 고모 자신보다 더 고모 같다. 에밀리 고모는 정신적 기질을 더는 입에 담지 않는다.

"그 사람 신경계는 고출력 라디오나 마찬가지였어. 볼륨을 높이고 WWL*에 채널을 맞추면 어떻게 되는지 알지?"

"네," 나는 의사들이 즐겨 쓰는 사소하고 슬픈 비유가 떠올라 말할 수 없이 우울해져서 말한다. "아버지가 실제로는 평범한 의사가 될 게 아니라 연구를 했어야 했다 이거네요."

"바로 그거야!" 어머니는 화들짝할 정도는 아니지만 놀라서 둘러보는 둥 마는 둥 하더니 총알같이 낚시추를 내보낸다. "자, 선생님——!" 그녀는 익명의 물고기를 부르더니 녀석의 응답이 없자 생각에 잠긴다. "그런데 참 특이하지. 넌 네 아버지를 쏙 닮았는데 한편으론 많이 다르거든. 있잖니, 네 안에는 우리 아빠 같은 면이 좀 있어——태평하면서 먹는 것도 좋아하고 여자도 좋아하고."

"낚시는 안 좋아해요."

"넌 참 게을러, 내 생각엔. 어쨌든 우리 아빠도 낚시꾼은 아니었어, 전에도 얘기했지만. 그 양반은 골든미도**에 트롤선을 한 선단 갖고 계셨지. 하지만 예쁜 여자를 밝히셨어. 죽는 날까지."

"그게 그렇게 오랫동안 돼요?"

"킄킄킄킄킄!" 그 남사스러운 얘기에 어머니는 턱이 목젖까지 당겨져도 찌에서 한시도 눈길을 떼지 않는다. "나 듣는데 음란한 말 할래! 너랑 얘기 중인 건 네 어머니지 네 밝히는 여자 친구가 아니야."

"밝히는!"

---

* 뉴올리언스가 본거지인 라디오방송국. 음악, 스포츠 등의 프로그램이 많았다.

** Golden Meadow. 루이지애나주 라포르슈 패리시의 한 마을.

"그래."

"섀런이 마음에 안 드세요?"

"마음에야 들지. 하지만 네 짝은 아니더라." 어머니는 케이트에 관해 전혀 모르면서 케이트의 화신을 만들어놓고 나더러 케이트와 결혼해야 한다는 말을 몇 년간 속담 던지듯 던져왔다. "그런데 웃긴 게 뭔지 아니?"

"뭔데요?"

"네 아버지처럼 감정이 널뛰는 건 네가 아니라 마틸드라는 거. 리자이나 수녀님이 그러는데 걔가 앨리스 에벌이랑 판박이래."

"앨리스 에벌이 누군데요?"

"왜, 호레이스 하이트와 음악 기사단* 오디션에서 우승한 빌럭시 여자애."

"아."

어머니는 떨리는 소리로 옛 음악을 흥얼거린다. 나는 실눈으로 무지개를 헤치고 그녀를 올려다본다.

"하지만 그 사람이 다음번에 아팠을 땐 나도 도울 수 없었어."

"왜요?"

그녀는 웃음을 짓는다. "그 사람 말이 내 요법은 말 혈청 같다는 거야. 딱 한 번 쓸 수 있는."

"무슨 일이 있었는데요?"

"전쟁이 닥쳤어."

"그건 도움이 되던가요?"

"그는 스스로 도왔어. 한 달 내내 침대에서 지내던 참이었지, 위층 네 방에서 — 네가 멀리 학교 다니고 있을 때. 병원에도 안 가, 먹지도 않아, 낚시도 안 해, 책도 안 읽어. 마냥 누워서 천장 선풍기만 보고 있는 거야. 어쩌다 밤에 차이나맨 식당에 걸어 내려가서 포보이**를 먹긴 했어. 그래야만 음식이 넘어갔거든—자정에 차이나맨에 걸어 내려가서 포보이를 먹어야만. 그날 아침에 나는 평소처럼 그를 위층에 내버려뒀어. 머서한테 신문이랑 음식을 챙겨서 올려 보내고 클래런스 손더스를 불렀지. 10분 뒤에 올려다봤더니 그가 계단을 내려오지 뭐니, 옷을 빼입고. 그는 아무 일도 없었다는 듯이 스스로 식탁에 가 앉고는 아침밥을 달라더니 말이라도 잡을 사람처럼 먹더라—그러는 내내 신문 보느라 자기가 식사 중인 줄도 모르는 거 있지. 나는 어떻게 된 거냐고 물었어. 어떻게 된 거예요! 어떻게 되긴, 독일이 폴란드를 침공해서 영국과 프랑스가 전쟁을 선언했던 거지! 내가 지금 그 사람이 아침밥 먹고 짐 싸서 뉴올리언스로 떠난 얘기만 30분을 하고 있네."

"왜 떠났어요?"

"캐나다 영사 만나러."

"맞다, 아버지가 온타리오주 윈저에 가신 거 기억나요."

"그건 두 달 뒤였어. 그 두 달 동안 30파운드가 찌더라니까."

"아버진 왜 그렇게 들떴던 거예요?"

"그는 그게 무슨 뜻인지 알았거든! 저녁 식사 때 그가 다 모인 자리에서 그러더라. 이랬지. 우리도 조만간 전쟁에 발을 담그게 될 거

---

* Horace Heidt and His Musical Knights. 호레이스 하이트는 빅밴드를 이끌던 피아니스트이며 음악 기사단은 그의 악단.

** po-boy. 바게트에 해산물이나 소고기로 속을 채운 대형 샌드위치로 루이지애나주의 전통 음식.

야. 당장 담가야 하는데. 기다리고만 있진 않겠어. 가족들은 하나같이 그를 자랑스러워하던걸—특히 네 고모가. 그러고 나서는 봄이 되니까 그가 파란 정복에 공군 의무관 황금 날개를 달고 귀향했는데, 정말이지 내 평생 본 남자 중에 제일 멋진 모습이었어. 게다가—어찌나 귀여운지! 둘이서 최고의 시간을 보냈지."

귀엽고말고. 그는 두 가지를 한 번에 해낼 방법을 찾은 거였다. 가족을 만족시키는 것과 스스로를 만족시키는 것. 떠나는 것. 자기가 원하는 것을 하면서 전쟁 중인 옛 영국을 구하는 것. 그러다 아마도 최고로 위대한 성과를 올리는 것. 즉 죽는 것. 가족과 자신을 위해 큰 상을 타는 것.(하지만 굳이 바라지 않았더라도 그는 그냥 죽든 크레타섬의 어두운 와인빛 바다에서 죽든 죽는 데 성공했을 것이다.)

"그럼 그 전엔 아버지도 게을렀던 건가."

"안 게을렀어!"

"맞아요, 어머니. 부분적으론 그럴지 몰라도 전적으론 아니죠. 제가 낯선 얘기 해드릴게요. 전쟁 때 제가 겪은 안 좋은 일이요. 우리는 청천강에서 후퇴 중이었어요. 예광탄으로 풀밭에 불을 질러서 중공군을 저지해둔 참이었죠. 남아 있는 레인저 중대는 우리 바로 뒤에 오기로 하고요. 아니, 후퇴 중이라는 건 우리 착각이었을 거예요, 퇴로에서 습격당하는 바람에 서쪽으로 뒷걸음쳐야 했으니까. 제가 교차로에 돌아가서 레인저 중대한테 변경 사항을 알리기로 했어요. 거기 돌아가서 반 시간을 기다렸는데 너무 추워서 잠이 들어버렸죠. 일어나 보니까 낮이더라고요."

"그럼 레인저 사람들이 지나갔는지 안 지나갔는지는 모르고?"

"문제는 그게 아니었어요. 제가 한참을 아무것도 기억하지 못했다 이거죠. 뭔가 끔찍하게 잘못됐다는 것만 알고요."

"레인저 사람들은 간밤에 지나간 거니?" 어머니는 내가 명예로운 역할을 맡았다고 확신해 웃으면서 묻는다.

"음, 아니요, 하지만 문제는 그게 아니라——"

"그들은 어떻게 됐어?"

"두절됐어요."

"몰살됐다는 얘기야?"

"애초에 몇 명 안 남았었어요."

"진짜 끔찍하다. 너희 어린것들이 무슨 일을 겪었는지 우린 평생 모르겠지. 그래도 최소한 네 양심은 깨끗하잖니."

"저를 괴롭히는 건 양심이 아니에요. 제가 지금 말하려는 건 제가 기억조차 못 하는 그 일 말고는 다 무슨 소용인가 싶었다는 거예요. 누가 와서 이렇게 말한다 쳐요. 만약 당신이 40분 동안 모든 근심을 지우고 작업에 착수하면 내 장담하는데 당신은 암 치료법도 개발하고 세계 굴지의 교향곡도 작곡할 거요——그래봐야 저는 관심 없었을 거예요. 왜인 줄 아세요? 그걸론 만족스럽지 않으니까요."

"그건 이기적인 거지."

"알아요."

"하나만 말하자. 만약 그들이 나를 전쟁터에 보내고 이렇게 말한다 쳐, 애나, 여기서 꼼짝 말고 사격을 시작하시오, 그럼 내가 어쩔 것 같니?"

"어쩌실 건데요?"

"맨 뒤에 가서 설 거야."

나는 중공군이 닥치기도 전에 황급히 후퇴하는 어머니의 모습이 그려져 웃지 않을 수 없다.

"하지만 그게 어떤지 우리가 어떻게 알겠니," 어머니는 말은 그렇게 덧붙여도 솔직히 별로 관심이 없다. 나는 그녀를 진짜로 비웃지 않을 수 없다. 어머니는 물고기가 냄새를 맡게 분홍색 정육면체를 주물럭거린다. "그거 아니, 잭?" 그녀의 눈이 자애로, 사적인 것, 절절한 것이 되지 않게 조심조심 벽을 친, 일부러 평범하게 드러내는 자애로 생기를 띤다. "네가 그 얘길 꺼내니까 웃긴다. 믿을지 모르지만 로이랑 나랑 요전에 얘기를 나누는데 내가 아니라 로이가 있잖니, 네가 그런 걸 하면 엄청날 거라더라."

"그런 거 뭐요?"

"암 연구."

"이런."

낚시 실적은 형편없다. 해오라기는 기운을 내서 공중으로 몸을 띄우더니 삐걱삐걱 날개 연골 소리가 들릴 만큼 가까운 곁을 노 저어 간다.

## 5

아침 식사가 끝난 뒤 미사를 두고 소동이 벌어진다. 스미스 가족은 로니 말고는 종교 얘기 입에 담을 엄두도 못 낸다—화제에 올리기만 해도 속에서들 극심한 당혹감이 인다. 눈을 피하고 목을 가다듬고 화제가 바뀔 때까지 몇 분을 소곤소곤. 하지만 미사 참례법을 논하고 온갖 안일한 열정을 반박하는 이들의 옥신각신에 45분을 시달려보니, 베이세인트루이스의 10시 반 미사에 비해 빌럭시의 9시 미사는 장점이 이렇다 저렇다 하는 게 사실상 종교에 관한 상의를 하는 거나 마찬가지인데 누가 종교 얘길 엄두도 못 낸다는 건지? 그래도 이들은 정신이 말짱한 모양이다. 분명히 말하지만 이들이 내게 하느님 얘길 꺼냈다면 나는 내포에 뛰어들었을 것이다.

나는 리골레츠 해협에서 막 돌아온 로이 스미스에게 섀런과 나는 집에 남아 장폴을 돌보겠다고 제안한다. "오, 안 돼," 어머니는 눈꺼풀을 늘어뜨리고 말한다. "장폴도 갈 수 있어. 다 같이 가는 거야. 섀런도 같이, 그렇지, 섀런?" 섀런은 웃음을 터뜨리고 그러겠다고 말한다. 그들은 쭉 의논을 하던 참이다.

빌럭시의 후미진 데 있는 오래된 성당은 우체국을 닮았다. 공공기관처럼 생긴 곳이다. 계단은 밟혀서 조가비 모양이 되었다. 황동 난간과 손잡이판도 하도 손을 타서 황금처럼 환하게 닳았다. 조금 일찍 도착한 덕에 로니는 기둥 옆 특별한 장소로 굴러갈 수 있다. 미사가 시작할 때쯤 우리는 정어리 채우듯 꽉꽉 채워진다. 한 여인이 통로를 걸어오더니 우리 신도석을 굽어본다. 그녀는 내게 유독 쏘는 눈길을 보낸다. 나는 양보하지 않는다. 지하철이나 마찬가지다. 구멍이 숭숭 뚫린 깨끗한 셔츠로 갈아입으러 시간 맞춰 집에 다녀온 로이 스미스는 어린 여자아이한테 좌석을 내주더니 다른 남자 여럿과 통로에서 태클하듯 무릎앉아로 앉아 똑바른 무릎에 팔꿈치를 올리고 깍지 낀 두 손은 비스듬히 비켜놓는다. 테라초 바닥의 흠집을 유심히 살피는 그의 얼굴은 피가 쏠려 거무스름하고 코는 숨을 쉬느라 휘파람을 분다.

섀런은 괜찮다. 그녀는 특정 유형의 개신교 여자가 유독 천주교에 느끼는 다정한 경이감을 품고 있다 — 일단 그녀는 스미스 가족의 단호한 비종교성에 마음이 놓인 상태다.(이 가족이 왜 여기에 있지? 라는 게 그녀의 생각이다.) 그녀는 노란 눈으로 두리번거린다.(그녀의 생각은 이렇다. 다들 참 이상하네, 그 사람도—여기에 안 온다고 그 소동을 벌여놓고 결국 와 있는 건 뭐람, 게다가 시작도 전에 끝난 것 같아—다들 초점 없는 눈으로 멍해 있질 않나 신부님은 등을 돌리고 있질 않나.)

영성체 시간을 알리는 종이 울리자 로이는 무겁게 일어서서 로니를 운전해 난간 끝으로 간다. 내게 보이는 로니의 모습은 땋아놓은 붉은 머리 한 뭉치가 전부다. 신부가 그에게 다가가자 로이는 로니의 얼굴이 움직이지 않게 한 손으로 붙든다. 독수리처럼 눈을 부릅뜨고 눈살을 찌푸린 채 형식적으로.

## 6

여자들이 모여 있는 부엌, 어머니는 붉은 물고기를 손질 중이고 섀런은 창가에 앉아 껍질콩을 무릎에 잔뜩 쌓아 올렸다. 널빤지 창틀은 주홍색 견장이 보이도록 날개를 파닥거리는 개똥지빠귀 떼가 박처럼 요란하게 부들을 밟아대는 습지 쪽으로 활짝 열렸다. 토실토실한 엉덩이를 이리저리 흔들며 온 바닥을 휘젓고 다니는 장폴은 상어 모양의 몸뚱이가 우둘투둘한 널빤지에 걸리자 뭐라 옹알대더니 널빤지 틈새에 손가락을 넣고 물을 핥기 시작한다. 오전의 목소리들이 현관에 있는 내게 들려온다, 늦은 11시 정각 개똥지빠귀들이 다투는 소리와 여자들의 대화 소리, 조용조용해서 편안한 소리, 하나로 포개어지는 소리, 서로 유사해서라기보다 둘 다 여성이라는 사실과 부엌의 아늑한 체계 때문에 포개어지는 소리.(두 사람은 얼마나 다른가. 이를테면 섀런이 세심히 고른 내륙 지방 감탄사—"저는 사람들이 가재를 먹는 줄 의심도 못 해봤어요!"—이 말에 담긴 뜻은 유팔라에선 니그로만 가재를 먹는다는 것이다. 반면 어머니가 카타르염에 걸린 소리로 끊임없는 중얼거리는 말—"올해 로이가 비스크*를 먹고 싶다면 나가서 사 먹는 게 좋을걸—그거 만드는 데 얼마나 오래 걸리는 줄 아니?")

아이들은 로이와 수상스키를 타고 있다. 파란 보트가 내포를 위아래로 달리며 검은 강물을 칼처럼 가른다. 노란 나일론 밧줄과 진홍색 구명띠, 선창 끄트머리에 쌓아둔 장비가 햇볕을 받아 따가운 인광을 발한다.

로니는 나를 찾더니 와서 내 간이침대에 휠체어를 갖다 박는다. 일요일이면 그는 정장을 입고 펠트 중절모를 쓴다. 코트는 이미 벗었지만 넥타이는 아직 매듭도 단단하고 체인과 막대로 된 걸쇠도 잠겨 있다. 옷을 차려입으면 로니는 결혼식에 참석한 레드넥 아이 같다.

"기부 연장할 거야?"

"봐서. 얼마나 모았어?"

"114달러."

"그거면 네가 일등 아니니?"

"맞아, 그런데 영원히는 아니지."

"얼마 할까?"

---

* bisque. 갑각류를 넣어 만든 크림수프.

"12달러, 하지만 꼭 할 필욘 없어."

샹들뢰르섬(Chandeleur Island)에서 구름이 피어오른다. 꿈쩍 않는 듯한 구름이지만 그 그림자는 어두운 예감처럼 시합하듯 풀밭을 가로질러 온다. 로니는 나를 쳐다보기가 고역이다. 나와 눈높이를 맞추려고 애쓰느라 고개가 뒤틀린다. 나는 일어앉는다.

로니는 갈래갈래 벌어진 손가락으로 돈을 받아 들고 지갑에다, 기도문 카드가 잔뜩 든 비닐 앨범 때문에 묵직한 쌈지에다 그걸 주섬주섬 넣는다.

"올해는 상이 뭐야?"

"제니스 트랜스월드*."

"하지만 너 라디오 있잖아."

"표준 주파수야." 로니는 나를 빤히 쳐다본다. 저만의 문장과 마침표로 말하는 파란 눈. "제니스만 타면 텔레비전은 없어도 그만이야."

"나라면 다시 생각하겠다. 텔레비전에서 얻는 즐거움이 얼마나 큰데."

로니는 생각을 고치는 모양이다. 그래도 그는 대화를 정말로 즐기고 있다. 입가에 웃음이 아른거린다. 단조로운 말투 덕분에 로니는 외국인처럼 유리하다. 말이 진부하지 않다. 벽에다 두드리는 암호 같다. 가끔씩 그는 내게 단도직입적으로 묻는다. 나 사랑해? 그럴 땐 이렇게 받아치면 된다. 응, 사랑해.

"하나 더, 단식은 꼭 안 해도 될 것 같아," 나는 그에게 말한다.

"어째서?"

"너 작년에 폐렴 두 번이나 걸렸잖아. 건강에 안 좋아. 고해신부님이 허락하실지도 의심스럽다. 그분께 여쭤봐."

"허락하실 거야."

"무슨 근거로?"

"습관적 기질을 극복하라." 로니는 평소 말할 때에도 교리문답서에 나오는 특정한 관용구를 쓴다. 한번은 내가 린다에게 둘러댄 몇몇 가당찮은 말을 듣더니 그건 밉살스러운 거짓말이라기보다 "해학적인 거짓말"이니까 걱정 말라고 내게 말한 적도 있다.

"무슨 기질이길래?"

"시기하는 기질."

"누구를 시기하는데?"

"듀발 형."

"듀발은 죽었잖아."

"죽었지. 하지만 남의 행운을 유감스러워하는 것만 시기가 아니야. 남의 불행을 기뻐하는 것도 시기야."

"아직도 그걸 마음에 담아두고 있어? 자책하고 용서를 받았잖아, 아니야?"

"받았지."

"그럼 양심에 거리끼지 마."

"안 거리껴."

"그럼 뭐가 문젠데?"

"그가 죽어서 여전히 기쁘다는 거."

"그러면 안 될 게 뭔데? 걔는 하느님을 대면했고 넌 못 했잖아."

---

* Zenith Trans-World. 제니스는 전기 제품을 만드는 회사로 트랜스월드는 라디오 제품명.

서로 간의 공모를 감지한 로니는 내게 최고로 생기로운 함박웃음을 짓는다. 스키는 저들이나 실컷 타라고 해. 우리한텐 더 나은 게 있으니까. 그의 표정은 복잡하다. 그는 내가 그의 규칙대로 진행되는 게임으로서 이 말다툼에 참여했단 걸 알고 내가 그걸 안다는 것도 알지만 개의치 않는다.

"형, 듀발 형이 잭슨 시 육상경기에 나가서 미국 역사상 처음으로 우승하고 다음 날 연단에서 호위 받았던 거 기억나?"

"응."

"난 그가 지길 바랐어."

"듀발은 그런 걸로 상처 안 받아."

"내가 받아. 돌이킬 수 없는 죄가 영혼의 삶을 어떻게 만드는지 형도 알잖아."

"알지. 그래도 나라면 단식은 안 해. 차라리 성체성사에 집중을 하지. 보기에도 그게 더 긍정적인 행위잖니."

"그 말이 맞아." 쳐다보고 피하고 다시 쳐다보고, 활기찬 대화 중에 파란 눈이 다시 한 번 내 눈을 사로잡는다. "하지만 성체성사는 산 사람들의 성찬식인데."

"살고 싶지 않아?"

"아이, 살고 싶지!" 그는 내가 끝내 자기처럼 즐거워하도록 웃음을 띤 채, 흔쾌히, 심지어 소원인 양 대화를 져준다.

구름의 날이다. 불룩한 쾌속 범선 같은 구름들이 항해하듯 지나간다. 크림처럼 솟고라진 수증기 때문에 천둥 치는 구름 산맥과 가파른 구름 골짜기가 곳곳에 생겨난다. 선창 밑에선 초록 뱀이 헤엄친다. 납작한 머리통의 비늘 사이마다 이음매가 보인다. 녀석은 잔

물결 하나 일으키지 않고 강물을 미끄러지다 알 수 없이 멈추어 말뚝한테 고개를 까딱거린다.

"형?"

"응?"

"우리 드라이브 갈래?"

함께 보내는 일요일이면 로니를 위해 마련된 프로그램이 있다. 우선 대화를 한다, 보통은 종교적인 주제로. 그 뒤엔 드라이브를 한다. 그러고 나면 그는 나더러 아킴 흉내를 내달라고 부탁한다.

드라이브란 널빤지 길 건너로 후딱 나가 습지 길을 전속력으로 달리는 것이다. 로니는 의자 끝에 걸터앉아 눈물이 맺힐 때까지 바람을 가른다. 초원 상공에 몰려든 구름이 콰르릉 울려대자 습지의 생물들이 일순 조용했다가 개골개골 꽥꽥 시끌벅적하게 울어젖힌다.

현관에 돌아와 그는 나더러 아킴 흉내를 내달라고 부탁한다. 나는 의자에 앉아 있는 그를 덮치러 다가간다. 어지간해선 만족을 못하니 진짜로 본때를 보여줘야 한다. 대학 마지막 해에 나는 이제야 슬슬 아킴 타미로프*의 버릇을 터득해가는구나 싶었는데, 내가 4년 내내 배운 기술 중 쓸모가 있는 건 사실 그것뿐이었다.

"계획을 실행에 옮겨야겠군."

"그만해 잭 형, 하지 마." 로니는 공포 반 즐거움 반으로 뒷걸음친다. 그의 손은 불타는 낙엽처럼 말려 있다.

어머니가 부엌에서 고개를 내민다.

"지금 저 둘도 특이하지 않니?" 그녀는 다시 섀런에게 돌아간다.

---

* Akim Tamiroff. 개성파 미국 영화배우.

"분명히 말하지만 특이한 사례라면 로니랑 잭도 빼놓을 수 없지."

작별의 키스를 건네고 나니 로니가 나를 다시 불러 세운다. 하지만 정말로 말할 게 있는 건 아니다.

"잠깐만."

"왜?"

그는 웃음을 띠고 습지를 빤히 바라본다.

"형 생각에는 성체성사가—"

"응?"

그는 관두고 마지못해 단도직입적으로 말한다. "나 아직도 내 은총을 형한테 돌리고 있어."

"나도 알아."

"잠깐만."

"왜?"

"나 사랑해?"

"응."

"얼마나?"

"아주 많이."

"나도 형 사랑해." 하지만 그는 벌써 굽은 손목으로 트랜지스터라디오를 붙들고 사납게 씨름 중이다.

## 7

집으로 돌아가는 MG에는 불안감이 들끓는다. 일요일 오후는 불안감이 들기엔 최악의 시간이라 의외다. 수천 대의 차량, 온 가족들이 걸프 해안을 따라 거북이걸음 중이고 다들 하나같이 두통에 걸린 듯 멍한 표정이다. 대기엔 배기가스가 섞였고 태양은 사악한 반짝임으로 강물을 쏘아댄다. 그래도 화창한 일요일 오후다. 아름다운 대로, 1만 대의 잘빠진 자동차들, 5만 명의 잘생기고 잘 먹고 마음씨 착한 사람들, 그러다 우리에게 낙진처럼 내려앉는 불안감.

애석해하되 희망은 버리지 않은 채 나는 섀런의 허벅지에서 가장 굵은 가장 안쪽 부위에 손을 올린다.

그녀는 전에 없던 기세로 내 손을 쳐서 물린다.

"총각, 건들지 마요."

"알았어 알았어, 안 그럴게," 나는 침울하게 말하면서 솔직히 그녀를 건드릴 때만큼의 결의로 손을 뗀다.

"좋아요. 이리 와요."

"왔어."

그녀는 내게 키스를 한다. "당신 속셈 다 알아요, 총각. 하지만 괜찮아요. 싹싹한 남부 남자니까. 참 간지러운 사람이야." 그녀는 내 어머니와 내내 얘기를 나눈 참이다. "이제 당신은 당신 일 보고 저는 집에 내려주세요."

"왜?"

"누구 좀 만나야 해서요."

# 제4장

## 1

샘 여거가 보도에서 호들갑을 떨며 나를 기다리는 중이다. 넓은 원통형 리넨 바지에 항공모함만 한 요란한 브로그 구두를 신은 그의 다리는 정말이지 코끼리 다리처럼 크고 둥글다. 그를 보니 뼛속까지 격통이 든다. 그는 안 좋은 소식을 들고 온 특사처럼 다급하되 점잖은 태도를 취한다. 누군가 죽은 것이다.

틀림없이 그는 나를 기다리고 있다. MG가 눈에 들어오자 그는 주술 같은 손짓을 하며 갓돌 쪽으로 부랴부랴 나온다.

"지하실에서 따로 봐," 그는 속삭이다시피 하고 뒤로 돌더니 그길로 매 걸음 탕탕 권총 소리를 내며 나무 계단을 오른다.

샘은 아주 좋아 보인다. 헝클어진 모습에다 눈이 벌겋긴 해도 곰처럼 커다란 머리며 그 어깨뿐 아니라 목덜미 머리카락을 풀럭풀럭 파고드는 목도리도요 같은 부드러운 칼라부터 코끼리 다리에 검정 브로그 구두까지 여느 때와 똑같다. 샘처럼 눈이 벌게서 헝클어져도 된다면 즐거울 것이다. 그의 머리카락은 한 세대 전인 넬슨 에디* 스타일로 이마 위에서 두 개의 물결을 이룬다.

샘 여거의 어머니인 매디 고모**는 앤스 판사의 법률 파트너인 벤 여거와 결혼했다. 동부에서 대학을 마친 샘은 이후 펠리시아나 패리시를 아주 떠 뉴올리언스 지역신문인 <뉴올리언스 아이템>의 옛 시절을 함께했다. 1930년대에는 프랑스어를 할 줄 아는 니그로를 뜻하는 **얌빌라야 야야**(Yambilaya Ya-Ya)에 관한 웃긴 책을 썼는데 이 책은 무대극으로 만들어졌고 나중에는 영화로도 옮겨졌다. 전쟁 때 그는 한 통신사의 파리 지국장이었다. CBS 뉴스 분석가가 그를 "우수하고 정통한 통신원"이라고 부르는 걸 들은 기억이 난다. 그는 뉴올리언스의 미녀 조엘 크레이그와 짧은 결혼 생활을 했다.(조엘의 목소리, 허스키한 그 사교계 목소리는 내가 보기엔 언제나 좋은 위스키로 치료를 받아야 풍성해지는 듯했다—내게 그 풍성함은 샘만큼이나 호들갑스럽게 느껴졌다.) 그들은 처음엔 프렌치 쿼터에서 살다가 그 뒤엔 치아파스라는 멕시코 주에서 살았는데 나는 1954년에 그들의 집을 방문한 적이 있다. 거기서 그는 표지 문구에 따르면 "악의 문제와 인간의 본질적 외로움"을 다룬다던 『명예로운 자와 치욕스러운 자』라는 장편소설을 썼다. 샘은 외딴 구역의 몇몇 유적을 조사하다 다리가 부러져 인디언 몇 사람이 그 둘을 발견하기도 전에 죽을 뻔했다. 그와 조엘은 서로를 매우 좋아했고 언뜻 느슨해 보이는 농담을 주고받길 즐겼다. 예를 들어 샘은 조엘이 아주 조금 임신한 사람 같다고 즐겨 말했고 결혼 전의 조엘은 샘의 안주인으로서 뚜쟁이 노릇을 하기가 지긋지긋할 만큼 골치 아프다고 즐겨 말했다. 나는 그녀가 크고 캐러

멜 같은 목소리로 **뚜쟁이**라고 말하는 게 듣기 좋았다. 그녀는 나를 "중위"라고 즐겨 불렀다. "중위, 보니까 너의 어떤 매력이 나한테 어필하는지 이제야 분명해졌어." "뭔데요?" 나는 불안한 듯 묻고 뒤척뒤척 자세를 바꾸었다. "너한텐 품위가 있어, 중위." 그 뒤 내가 내 품위를 의식하지 않고는 뭘 말하지도 행하지도 못했으니 좋은 말은 아니었다. 내가 멕시코를 방문했을 때 두 사람은 서로를 상대방의 입장에서 극구 칭찬했는데 그것은 조금 당황스러운 일이었다. "저이는 진짜 남자야," 조엘은 내게 말했다. "대퇴골이 2인치나 삐져나온 채로 36시간 동안 절벽 밑에 누워 있은 후에 나한테 뭐랬는지 알아? 이러더라니까. 여왕님, 내가 곧 기절할 것 같으니 그 전에 충고 한마디 하지 — 맙소사, 난 저이가 죽는 줄 알고 나한테 책을 어떻게 관리하라 얘기할 줄 알았어 — 그런데 아주 진지하게 이러는 거야. 여왕님, 바흐랑 초기 이탈리아어를 부단히 공부해둬 — 그러더니 고등어처럼 싸늘하게 기절했지. 그런데 맙소사, 그게 안 좋은 충고는 아니더라고." 샘은 조엘에 관해 이렇게 말하곤 했다. "괜찮은 여자지. 항상 자기 여잘 아껴줘야 해, 빙크스." 나는 그러겠다고 말했다. 그해 여름 나는 그에게 고마운 일이 많았다. 나는 UCLA에서 온 팻 팝스트라는 여자를 멕시코 시립 대학에서 만나 치아파스까지 함께 내려온 참이었다. "항상 자기 여잘 아껴줘야 해," 샘은 내게 말하더니 끝내주게 차려입고서 지팡이를 들고 여기저기 후리고 다녔다. 나는 팻 팝스트를 건너다보았는데 그녀는 내가 알기론 '정말로 참다운

* Nelson Eddy. 미국 가수.

** 정확히는 아버지의 사촌 누이인 종고모다.

것(The Real Right Thing)'*을 찾아 멕시코에 온 터였다. 이게 그거였다. 이를테면 금욕적인 품위로 스스로를 못살게 구는, 베토벤처럼 어두운 얼굴의 우락부락하고 나이 든 작가 샘. 그리고 배낭을 메고 은근히 옛 버지니아 발성으로 말하는 나. 그 모든 게 캘리포니아에서 온 그녀의 동심이 욕망하는 바였다. 그녀는 내게 죽어라 매달렸다. 멕시코를 떠난 뒤 샘은—그는 향수, 즉 반복되는 고유한 기분에 사로잡혀 있었다—펠리시아나 패리시로 돌아가 향수를 자아내는『천국』이란 책을 썼는데 그 책은 인종적 질문에 대한 중도적 태도와 농업 중심인 남부의 가치에 대한 보수적 애정이 절묘하게 어우러진다는 평단의 찬사를 받았다. 앞서 출간된 책, 즉 표지 설명에 따르면 "관용과 이해에 대한 열렬한 애원"이라던『땅에의 저주』는 펠리시아나에서 좋게 받아들여지지 않은 터였다. 이따금 샘은 순회강연을 다니다 뉴올리언스에 나타나서는 에밀리 고모네 집에 들러 나랑 케이트랑 법석을 떤다. 우리는 그를 만나면 즐겁다. 그는 나를 앤디 아우라 부르고 케이트는 루비 양이라 부른다.

"케이트를 여기서 어떻게든 끌어내야겠어, 그러려면 네 도움이 필요해."

샘은 새로 단 케이트의 셔터 문을 우격다짐으로 벌리고 들어가더니 내가 불안감에 멍해서 등을 말고 앉아 있는 작은 뜰을 왔다 갔다 하기 시작한다. 나는 케이트가 지하실 벽에서 이미 회반죽을 벗기기 시작해 대농장 벽돌이 더 많이 노출되었음을 알아본다. "계획은 이래. 걔는 뉴욕에 갈 거고 데려가는 건 너야. 오늘 걔를 데려가서 나를 기다려—열흘이면 내가 돌아가니까. 케이트한테 에티엔 수에를 만나게 해줘야지—너도 그가 누군지 알 거야. 임상 연구 때 크노소스식 요법을 써서 유명해진 유럽 대륙의 기막힌 천재 중 하나. 그 사람 자신도 만성 중병이라 환자를 몇 명 못 보는데 케이트는 봐 줄 거야. 내가 벌써 말해뒀어. 하지만 진짜 신의 한 수는 이거지. 케이트가 공주님이랑 머물도록 내가 다 준비해놨다는 거."

"공주님?"

머리 위에서 소음이 들린다. 나는 눈을 깜빡깜빡하며 가느다란 햇빛을 올려다본다. 하얀 입술에 얼굴엔 반점이 얼룩덜룩한 베시 코가 — 세탁부 베시 버햄과 구별하려고 그렇게 부른다 — 하인용 통로에서 몸을 들이밀더니 대걸레를 턴다. 그녀는 부엌 도우미라 옛날 방식으로 나를 맞이할 수 있다. "빙크스 군," 그녀는 풍자극처럼 익살맞되 선한 마음씨로 그리고 심지어는 나더러 풍자극에 가담하란 듯이 저 바깥 이웃집까지 들리도록 쉰 목소리로 쩌렁쩌렁 외친다.

"일흔다섯 된 여자분인데 늙어서 조금 쭈글쭈글하지만 매력은 엠이모 바로 다음이야, 내가 본 중에 가장 재치 있고 현명한 분이지. UN에 갔을 때 우리한테 미국 위원단 전부보다 더 큰 도움을 주셨어. 그분이 가는 데마다 흥분으로 짜릿짜릿해. 케이트는 — 내 견해론 이미 훌륭한 숙녀지만 — 난생처음 스스로를 깨닫게 될 거야. 요지는 뭐냐면 그분한테 벗이 필요하다는 거야. 내가 뉴욕을 뜨던 당일에 그분이 나한테 그러시더라. 자, 이렇게 말씀하셨으니까 잘 들어 — 미국 남부에 있는 동안 자네가 책임지고 참한 남부 여자애를

---

* 1899년에 발표된 헨리 제임스의 단편소설 제목. 어느 저명한 작가의 부인이 남편 사후 전기를 출간하고자 대필업자를 섭외, 남편의 삶을 조사하다가 남편에게 가족도 모르는 삶이 있었음을 발견한다는 내용.

찾아서 나한테 데려와—내가 어떤 부류를 염두에 두는지 자넨 알테지. 그야 물론 옛날 러시아 지주계급을 빼닮은 남부 사람을 염두에 두신 거지. 어젯밤 케이트가 계단 오르는 모습을 보니까 두 번 생각할 게 없더라. 맙소사, 저기 나타샤 로스토프*가 지나간다 싶었어. 넌 그렇게 안 보이디?"

"나타샤?" 나는 눈을 껌뻑껌뻑하며 말한다. "무슨 일인데? 케이트한테 무슨 일 있어?"

"나도 잘은 몰라." 샘은 두 발을 일자로 놓고 한쪽 팔꿈치를 다른 손으로 받친 채 하박을 앞으로 폈다 접었다 하면서—어느 정도 마음을 가다듬고 조준이 되자—담배를 빼끔거린다. "케이트가 새벽 2시에 자러 갈 땐 분명 이상이 없었어. 그 반대였지. 의기양양해 있더라고. 우리가 말이야, 그러니까 걔랑 나랑 에밀리 이모가 어디서도 못 나눌 최고의 대화를 네 시간이나 나눴다 이거야. 뉴올리언스에서 걔만큼 매혹적인 여자가 없는데 자기도 그런 줄 아주 잘 알고 있더라."

(그럼 그렇지, 상냥한 케이트, 나도 알아. 반대로 행동하는 네 오랜 속임수를 내가 모를 리가. 만사가 엉망이고 사람들이 너한테 절망하는 그 더없이 암담한 순간이야말로 네가 화사한 모습을 드러낼 때지.)

"에밀리 이모랑 나는 좀 더 얘기하다 자러 올라갔어. 2시 반은 안 넘겼지. 4시 되니까 뭐가 날 깨우더라. 뭐였는지 죽어도 기억이 안 나는데 뭔가 잘못됐다는 아주 절박한 느낌은 들었어. 복도로 나가봤지. 케이트의 방문 밑에서 빛은 새는데 아무 소리도 안 들리는 거야. 그래서 그냥 침대에 가서 8시까지 잤어." 샘은 전문가답게 형식적인 말투로 빠르고 정확히 이야깃감을 풀어놓는다. "케이트가 10시까지도 아침 먹으러 안 나타나니까 에밀리 이모가 음식을 챙겨서 머서를 올려 보냈어. 그사이 줄스 이모부는 성당으로 출발을 했고. 머서가 가서 노크를 하고 아래층까지 들리게 큰 소리로 불러도 케이트는 대답이 없던걸. 에밀리 이모가 티가 날 정도로 놀라서는 나더러 같이 올라가자고 하시더라. 둘이서 노크하고 부르고 10분을 그러고 있었네.(10분이 얼마나 긴 시간인지 알지?) 그러니 어쩌겠어, 내가 문을 걷어차버렸지. 케이트는 침대에서 깊이 잠들어 있더구먼, 내 눈에는. 그런데 호흡이 얕고 탁자에는 캡슐 약 한 통이 다 까져 있는 거야. 하지만 완전히 비어 있진 않았지 — 어림잡아 3분의 1 조금 넘게 남아 있었어. 아무튼 에밀리 이모가 깨워도 일어나질 않더라니까. 그러니까 그녀는, 에밀리 이모 말이야, 극도로 동요하면서 나더러 밍크 박사 좀 불러달라고 하셨지. 그가 도착할 때쯤엔, 아무렴, 걔가 이미 일어나서는 유난히 심술궂고 난폭하게 난리난리 주정을 부리고 있지 뭐야. 걔가 에밀리 이모한테 싸늘한 분노를 드러내는 걸 보니까 진짜 소름 돋더라. 우리한테 썩 나가라고 하는 걸 듣고서 정말이지 난 바로 복종했잖아. 밍크 박사는 걔 배를 세척하고 각성제를 줬어 —" 샘은 손목시계를 본다. "— 그게 한 시간 전 일이야. 그 친구 배짱 한번 좋더구먼. 조심스러운 일이라 입원은 안 시키려고 하더라고. 에밀리 이모는 소견이 뭐냐고 물었지. 그가 말하길 케이트랑 월요일에 보기로 약속했는데 그거면 충분하대 — 그리고 펜토바르비탈** 문제는, 누가 언제 얼마나 삼키든 막을 수 없는 게 사실

* 레프 톨스토이의 『전쟁과 평화』에 나오는 중심인물.

** 신경쇠약, 불면증 등을 치료하는 데 쓰이는 수면제.

이래. 그나저나 그 친구, 수에의 엄청난 팬이더라. 그런데 우리가 약병을 어찌어찌 손에 넣어도—"

"샘!" 여러 뜻이 함축된 고모의 낮고 풍성한 목소리가 우리한테 내려와 닿는다.

샘은 뒤꿈치가 가지런히 정렬됐는지 팔 밑의 발을 내려다본다. 나는 샘이 고모의 목소리에 실린 경고를 놓쳤을까 봐 불안한 마음으로 소심하게 걸음을 떼기 시작한다.

"한마디만 더 하자. 오스카랑 에드나도 왔잖니. 저들이 왔는데 모른 척할 거야? 그래도 차라리 다행이다. 케이트한테도 거북한 시기니까. 걔가 모습을 드러내느냐가 관건이야. 우리 이렇게 하자. 네가 아무것도 모르는 척 나타나서 걔를 찾아가지고 저녁 식사 자리에 데려와."

고모가 식당에서 내 눈길을 붙들자 나는 그녀에게로 가 키스를 건네고 오스카 부부에게 말을 건다. 겉보기엔 그럭저럭 차분한 분위기다. 줄스 고모부는 에드나 숙모*와 뭔가를 두고 웃음을 터뜨리는 중이다. 비록 세 손가락으로 관자놀이를 받친 채 딴 데 정신을 파는 모습이지만 들떠서 대화 중인 에밀리 고모를 보니 샘의 얘기가 과장은 아닌지 의심을 안 할 수 없다. 오스카 숙부와 에드나 숙모는 구옥들과 파티오들을 연례행사로 둘러보는 봄철 성지순례와 축제 때문에 펠리시아나 패리시에서 막 내려온 참이다. 에드나 숙모는 부리부리한 검은 눈에 수염이 나다시피 한 조금 뚱뚱하고 잘생긴 여자다. 못해도 예순다섯은 됐지만 여전히 검은 머리카락을 귀 뒤로 넘겼는데 그걸 보면 "삼단 같은 머릿결"이 떠오른다. 오스카 숙부는 쫙 빼입었지만 촌스럽다고 해도 좋을 정도다. 아버지 대의 볼링 형제 중 넷째인 그는 군인이나 법률가나 의사가 아니라 가게 주인이 되기로 결심했다—말하자면 관광객한테 인당 1달러를 받는 린우드** 관람으로 최근 성공하기 전까지의 일이다. 어떤 기이한 표정으로 고개를 흔들 때면 그는 놀랄 만큼 앤스 판사를 닮았지만 콧대는 납작하고 이마는 매끄럽고 푸르스름한 눈가는 경박하게 애교스럽다. 형제들의 죽음과 자녀들의 출가로 오스카 숙부와 에드나 숙모는 옛 장소의 상속인이 되었다. 되는대로 세워진 크고 낡은 건물로 깊게 튀어나온 베란다와 참나무 가로수길 빼고는 딱히 장점이 없는 그곳은 솔직히 말해 대단한 명소는 아니다.(에드나 숙모가 린우드라는 이름을 떠올리기 전까진 아무도 이름 붙일 생각을 하지 않았다.) 하지만 오스카 숙부와 에드나 숙모는 그 집을 뚝딱뚝딱 신기할 정도로 잘 고쳐 심지어 철쭉길 변에 영구히 보존되는 지위를 따내기도 했다. 기이하게도 그 집을 최상의 나체스 스타일로 복원해낸 건 옛 정착민인 오스카 숙부가 아니었다—바깥 부엌으로 이어지는 통로에 천장을 덮고, 토디 말고는 입에 대지도 않던 볼링가 사람들에게 민트 줄렙***을 대령하고, 심지어 딱한 늙은이 섀드를 시그램****의 주류 관리인 복장으로 차려입힌 것—그건 오스카 숙부가 아니라 에드나 숙모, 그러니까 뉴욕주 북부 출신으로 제1차 세계대전 때 플래츠버그에서 훈련 중

---

* 오스카 숙부와 에드나 숙모는 정확히는 종숙과 종숙모다.

** 뒤에 나오지만 볼링가의 조상 집이다.

*** 토디(Toddy)는 독한 술에 설탕, 뜨거운 물, 때로 향신료를 넣어 만든 술. 민트 줄렙(Julep)은 위스키를 베이스로 민트를 넣은 칵테일.

**** Seagram. 1857년 캐나다에서 설립된 주류 회사.

오스카 숙부를 만나 결혼한 약제사의 딸이다.

내가 키스를 건네려고 몸을 숙이자 고모는 평소의 어두운 낯빛으로 평소처럼 내 뺨을 빠르게 두 번 토닥이는 것 외엔 내게 아무런 내색도 하지 않는다—아무런 내색도, 전보다 어둠이 어느 정도 깊어졌다는 반어적 표현인지는 몰라도.

뭔가를 고지하는 단마디가 목구멍까지 차올랐다 의자 긁히는 소리에 먹는 것이 계단을 오르는 내게 들리는데, 그 소리는 마치 나한테 내색을 한 게 후회돼서 대낮 집 안의 작은 소음들에 묻어가려는 듯하다. 계단참에서 떨어진 곳에는 가구 방으로 쓰는 작고 캄캄한 중이층이 있다. 하루에도 스무 번씩 지나다니다 보니 관심을 갖고 발을 들이기는커녕 거들떠도 안 보게 되는 곳이지만 전이나 지금이나 기분이 묘할 때 관심을 갖고 들어가 보면 그 정경 깊숙이에는 비어 있는 공간이 있는데 거기서 바라보는 집은, 그러니까 아래층 복도와 식당은 한눈에도 특전처럼 느껴지고 낯설다. 케이트는 거기 그늘에 있다. 그녀가 다가앉은 도자기 벽난로의 장식장에는 훈장들이며 술 달린 보헤미안 슬리퍼며 금으로 수놓은 크리스털이며 루이지애나 제2보병대 알렉스 볼링 대위의 습판 사진이 단순히 열쇠로 잠겨 있는 게 아니라 벽에 유리로 영구히 밀봉되어 있는데 이 영구불변한 박제는 내 안에 더없이 생생한 상상을 불러일으키곤 했다—이 사소한 물건들이 1938년 어느 먼 곳의 똑같이 고립된 환경 속에 영영 틀어박혀 있는 모습을 상상했다—지나다니는 사람들에 대한 요구와 필요를 스스로 면제한 케이트는 두 손으로 두 팔을 잡고 앉아 2인용 안락의자에 내가 앉을 공간을 유쾌하게 내준다. 얼마 안

가 나는 그녀가 아주 좋아 보이는 이유에 생각이 미친다. 그녀가 크리스마스 이후 처음으로 빼입은 것이다. 그녀의 향수 냄새, 나일론이 사각대는 다리, 거무스름한 피부에 대비되는 흰 드레스, 즉 세로 주름 장식이 있으며 지금 그녀가 치맛자락을 접어 내게서 치운 고상한 드레스.

이곳 시야에는 식당과 그 안의 사람들이 눈에 들어오되 고모는 보이지 않는다. 그녀의 오른손과 손목만 의자 팔걸이 밑으로 비어져 나와 나병으로 코가 갈라진 사자의 얼굴을 쓰다듬고 있다.

"어머니한테 난 괜찮으니까 나중에 내려간다고 전해줘. 나 배 안 고파." 케이트 말대로 괜찮기만 하다면 나도 정말 마음이 놓이겠다. 사람들이 자기를 기다리고 있다는 생각이 그녀의 중이층을 중뿔나게 들락거리는 중이다.

돌아와서 보니(고모는 한 차례의 엄숙한 끄덕임으로 나를 마중했다) 케이트는 담배를 폐까지 깊게 빤 뒤 깃털 같은 연기를 허공에 내뱉고 있다. 그녀는 다리를 꼬고 종아리를 흔들다 지포 라이터를 쥐고는 종아리를 멈춘다.

"샘 봤어?" 그녀가 내게 묻는다.

"응."

"뭐래?"

"네가 안 좋은 밤을 보내서 멀이 왔었다던걸." 나는 돌려 말할 재주가 없어서 사실대로 말한다. 케이트도 그런 줄 안다. 나는 별로 기지 있는 사람이 아니라서 어른들도 뭘 물어볼 때 제쳐놓는다.

"흠. 사실대로 말해줘? 나 아주 좋은 밤 보냈어. 아마 내 평생 최고의 밤이었을 거야."

샘이 나이프로 고블릿 잔을 친다. 제 습관대로 그는 식탁을 내려다보며 에밀리 고모에게 다정히 말하되 다른 청중을 의식하는 일도 빼먹지 않는다. 그의 오른쪽에서는 줄스 고모부가 그 상냥함에 취하다시피 한 표정으로 구경하면서 흡족히 엿듣는 중이다. 포럼의 연설자는 샘, 의장은 엠, 엠에게 "저녁 식사"란 바로 이런 것이다. 줄스 고모부 그는 회사의 병폐와 건전성을 파악하던 것과 똑같은 통찰로 에밀리 고모의 일장 연설에서 나타나는 특정한 양식을 일찍이 알아차렸다. 어느 주제에 관해서든 가장 앞선 관점을 지녔고 소수자들에 대해(천주교 신자들은 예외인데 줄스 고모부는 그에 괘념치 않는다) 가장 민감한 감수성을 지닌 사람들, 그런 사람들조차 같은 금기를 지키고 같은 의식을 치른다는 사실이 그에게 관찰되었다. 오스카 숙부는 아니다. 푹 기대앉아 샹들리에를 응시 중인 그는 자기가 꽤나 거창한 일행에 섞여 있다는 건 알아도 양식 같은 게 있는 줄은 깨닫지 못할 것이다. 이제 그는 언제라도 금기를 깨고 깜둥이들 얘기, 루스벨트 영부인 얘기, 이태리 떨거지들과 유태인들 얘기에 숨 고를 틈도 없이 열을 올리며 이 의식을 모독할 것이다. 하지만 줄스 고모부는 폐를 끼치지도 폐를 입지도 않을 것이다. 그에게는 넉살이라는 갑옷이 있다. 그들이 범하는, 그러니까 에밀리 고모의 연설자들이 시도하는 무례한 반격을 그가 자신의 깊고 우직한 신념에 대한 공격으로 받아들일 일은 결코 없을 것이다. 그들이 범할 수 있는 최악은 저희 자신과 부합하는 것, 즉 "엠의 사람들"은 이렇게 행동하겠지 하는 그의 예상에 꼭 들어맞게 행동하는 것이다.

샘이 고블릿 잔을 쨍쨍 울린다. "지난주 목요일에요, 엠 이모, 에릭이 제네바에서 돌아와서 공항에서 만났어요. 얼굴이 분필처럼 창백해가지고—"

관객처럼 발코니에 편히 앉아 빰 밑으로 샘을 내내 내려다보던 케이트는 담뱃갑 셀로판지의 주름을 펴기 시작한다.

"어젯밤에도 그때처럼 얘기를 나눴죠. 너무 행복했는데—"

에드나 숙모가 몸을 들이밀고 샘의 독백을 가로챈다. 아직 샘의 화법을 이해하지 못한 그녀는 속이 상하다. "하지만 혼자라서 어떡하니?"—그러더니 그녀는 두 손을 초조하게 비벼대기까지 한다. 에드나 숙모는 더할 나위 없이 착하지만 친척들 중 내가 기피하는 한 사람이다. 눈에 영혼이 담긴 그녀는 만나기만 하면 나한테 깊고 신지학적인 영혼의 눈길을 힐끔힐끔 쏘는데, 그러면 나도 응대를 하긴 하지만 대체로 안쓰러운 마음이 드니 참 어려운 일이다.

"샘은 아주 점잖고 다정한 사람이야," 케이트는 말한다.

"그러게."

"샘은 당신을 무척 좋아해. 샘의 연설 들을 거야?"

"그러고는 싶은데 내일 일찍 일어나서 시카고에 가야 돼."

"뭣 때문에?"

"일."

"다 같이 멋진 저녁을 보냈는데 자려고 하니까 좀 불안해지는 거 있지. 샘이 띄워줄 땐 조심해야 하는 거 알지?"

"응."

"뭐든 올라간 건 내려오기 마련인데 나는 10마일이나 날아올랐다니까."

"뭔지 알겠어."

"하지만 난 조심한 터라 추락하진 않았어. 곧장 침대에 가서 잠이 들었지. 그러다 몇 시간 뒤에 갑자기 깬 거야. 이상은 없었어. 번쩍 눈이 뜨여서는 완전 맨정신이었어. 당신 제안을 생각해봤는데 어쨌든 가능할 것 같더라. 내가 다 그르치지만 않으면."

머서가 고구마 접시를 건넨다. 그는 한 자리 한 자리 들를 때마다 고개를 젖히고 튀어나올 듯한 눈을 한 채 숨을 참았다가 목매달리는 소리와 함께 숨을 내쉰다.

오스카 숙부는 의자 뒤쪽으로 팔을 들더니 샘한테 뭐라고 말을 한다. 쌕쌕 가쁘게 진행되다가 동조를 구하되 만약 거부하면 앙갚음할 듯한 웃음소리로 산화하는 편안한 수다, 내용은 모르지만 목소리는 알아들을 수 있다. 한때는 나도 펠리시아나에 있는 오스카 숙부의 가게를 좋아했다 — 지금은 그의 목소리를 듣는 게 축축한 그로위나*로 시큼해진 마룻널 냄새를 맡는 것과 다를 바 없다. 하지만 당시에도 거기 가서 그의 호소를 듣는 건 위험천만한 일이었다. 목숨을 건 원형경기장이라 할 시골 가게에서 사투를 벌이는 그를 보는 건, 정신 바짝 차려 상대를 꺾은 뒤 더는 반격 못 할 걸 확인한 뒤에야 비로소 쌕쌕거림을 편안한 승리의 웃음소리로 바꾸는 그를 보는 건 위험천만한 일이었다.

"오스카!" 에드나 숙모가 흉에 겨운 척하며 다그친다. 그녀의 귀에는 벌써 샘이 댈러스에 가 있는 얘기가 들린다. "지난주에 남부의 정신에 대한 기분 좋은 해석을 들었는데요 — " 몸을 앞으로 내민 숙모는 애정이 담긴 손길로 오스카 숙부를 사납게 탁 때리는데 그건 숙부가 좋은 사람이며 우리 모두 그를 사랑한다는 뜻이다. 또한 그건 숙부가 입을 다무는 게 좋다는 뜻이다.

"보나 마나 잠자기는 글렀더라고," 케이트는 말한다. "아래층에 내려가서 아버지의 추리소설을 한 권 찾아가지고 침대에서 다 읽어버렸어. 로스앤젤레스의 어떤 사람들 얘기였어. 집은 캄캄하고 고요하지 강에선 틈틈이 기적 소리가 울리지. 내 인생이 어떻게 될지 보이더라—은행원처럼 단정한 소시민으로 사는 거지 뭐, 매일 밤 스타킹이나 빨면서. 한데 그러다 멤피스에서 있었던 일이 떠오르는 거야. 내가 한때 멤피스에서 살았던 거 알아?"

고모는 샘한테 그러듯 오스카 숙부한테도 별 관심을 두지 않는다. 그녀의 엄지손톱은 사자 갈기에 해당하는 고랑들을 체계적으로 빗어주고 있다.

"1951년이었어—당신이 군대에 있을 때야. 아버지랑 나는 정치 때문에 대판 싸우는 중이었어. 돌아보면 집에서 정말 쫓겨날 뻔했지. 아무튼 어머니는 멤피스에 있는 자기 옛 동창생을 찾아가 보면 좋겠다고 제안했는데 보이킨 라마 부인이라는 분이었어. 대단한 사람이더라, 뉴욕 시빅 오페라(Civic Opera)에서 노래도 했고 젊었을 적 유럽 여행을 담은 아주 재밌는 책도 썼고. 다들 나한테 더없이 친절하셨어. 하지만 아무도 나한테 말을 걸 엄두는 못 냈지. 우리는 밤마다 축음기에 오페라를 걸어놓고 앉아서는 오페라가 끝나 누군가 말을 해야만 하는 순간을 두려워했어. 나는 너무 조마조마해가지고 어느 날 밤엔 화롯가에서 불 속으로 미끄러지기까지 했다니까. 극심한 육체적 고통을 겪어서 오히려 안도했다면 믿어져? 불구덩이가 지옥이 아니야—불보다 더한 게 있더라. 호텔로 옮기고서는 얼마간 괜찮았지. 사회복지사업을 하는 직장도 다니고 데이트도 숱하게

* Growena. 가축용 사료 상표.

했거든. 하지만 얼마 못 가서 그 방한테 혼쭐이 나기 시작했어. 매일 오후 일이 끝나고 돌아오면 태양이 강 저편 아칸소에서 저무는데 노란 빛이 나날이 더 슬퍼지지 뭐야. 저기 저쪽 서부에서 노란 빛에 물든 아칸소는—오 맙소사, 얼마나 슬퍼 보이는지 말도 못 해. 어느 날 오후 짐 가방을 싸서 집에 가는 일리노이 센트럴을 잡아탔지 뭐."

꽤나 멋들어지게 연설 중인 샘은 말하는 내내 나이프 날로 식탁보를 얕은 홈에 집어넣어 반듯이 편다. 그의 목소리가 슬슬 새로운 얘기의 서문을 열기 시작한다. "뛰어난" 대목을 앞두고서는 마치 교향곡을 듣는 듯한데 내가 알기로 샘은 자기 얘기를 하나 하려는 중이다. 샘의 얘기들은 내게 성마를 정도로 열띠고 즐거운 감탄을 자아내곤 했다. 펠리시아나의 캄캄한 현관에서 그는 우리한테 오리노코강* 상류로 여행을 떠나 열병에 걸리는 바람에 몇 주나 앓아누운 얘기를 들려주었다. 어느 날 밤에는 믿을 수 없이 아름다운 목소리가 〈겨울 나그네〉를 끝까지 부르는 소릴 들었다고도 말했다. 다음 날 아침 그 가수를 만나기 전까지는 틀림없이 정신착란이다 싶었는데 그 오스트리아 엔지니어가 로테 레만**보다 가곡을 더 잘 불렀다나 어쨌다나. 그의 얘기가 끝났을 때 주체 못 할 만큼 즐거워서 혼절 직전이었던 나는 그 경험담에 만족스러운 반응을 보이지 않는 다른 이들한테 화까지 났었다.

"에밀리 이모, 같이 〈밤은 없으리There Shall Be No Night〉***를 본 밤에 이모가 얼마나 감동을 받았는지 칼라일 호텔까지 쭉 걸어가자고 고집 부렸던 거 기억나세요?"

하지만 케이트는 관심이 없다. 그녀는 수평으로 젖힌 엄지를 불빛에 갖다 대고 꼼꼼히 살핀다. "어젯밤에 책을 끝내기 전까진 모든 게 좋았어. 그러다 기다림의 문제가 된 거야. 다음은 뭐지, 라는 생각이 들었지. 조금 무서워지기 시작하더라 — 난생처음 밧줄이 끝난 느낌이랄까. 내 호흡이 의식되기 시작했어. 만사가 조금씩 엇나가기 시작한 거야. 술을 좀 하고 넴뷰탈**** 두 알을 삼킨 뒤에 약 기운을 기다렸지 뭐."

그녀가 캡슐 약에 관해 언급한 건 처음이다. 내 둔함은 그녀에게 썩 도움이 된다.

"그러고서 무슨 일이 있었는지 알아? 샘은 뭐래? 아니다. 멀은 봤어? 못 봤어? 흠. 무슨 일이 있었느냐면 떠올리자니 사소한 일이야, 진짜 대단찮은 일, 하지만 난 대단한 일이었다고 생각하고 싶어. 캡슐 약을 여섯 갠지 여덟 갠지 한꺼번에 삼킨 거야. 그거로 죽을 일은 없다고 생각했지. 맙소사, 나도 죽고 싶진 않았다고 — 그 순간엔 말이야. 나는 단지 — 벗어나고 싶었어, 아님 끊어버리거나, 중심을 말이지 — 잘 들어. 행복한 사람만이 상처 받는다는 건 사실이잖아? 인정해! 그게 사실 아냐?" 그녀는 돌연 말을 끊더니 느닷없이 하품을 한다. "기분이 아주 묘했어. 모든 게 왠지 — 참 시시하달까, 그런 기분 알아?" 그녀는 발을 흔들면서 간단한 곡조를 흥얼거린다. "솔직히 말해 기억이 잘 안 나. 기분이 얼마나 이상했는지. 평소엔 사소한 것까지 다 기억나더니."

---

* Orinoco River. 남미대륙 북부에 있는 강.

** Lotte Lehmann. 독일 태생의 미국 성악가.

*** 1940년 발표된 로버트 E. 셔우드(Robert E. Sherwood)의 희곡으로 여기서 가리키는 건 연극.

**** Nembutal. 펜토바르비탈, 즉 수면제 상표.

"—그러니까 저한테 메시아적인 희망을 처음 말씀하신 거네요?" 샘이 에밀리 고모를 보고 웃음을 짓는다. 펠리시아나에서 우리는 새 메시아에 관해, 한 손에는 『바가바드기타Bhagavadgita』*를 들고 다른 손에는 가이거계수기를 든 채 폐허를 성큼성큼 지나오는 과학자 겸 철학자 겸 신비론자에 관해 곰곰이 생각해보곤 했다. 하지만 오늘은 샘이 판단을 잘못했다. 고모는 아무런 말이 없다. 엄지손톱은 계속해서 사자의 갈기만 빗어주고 있다.

저녁 식사 끝, 오스카 숙부는 다른 사람이 자리를 뜰 때까지 기다렸다가 음낭을 쥐고 한쪽 다리를 시원하게 흔든다.

나는 갑자기 만취자 수준으로 졸음이 쏟아져 휘청휘청 일어선다.

"잠깐만." 케이트가 두 손으로 내 팔을 다급하게 잡는다. "나도 같이 가."

"좋아. 그런데 우선 현관에서 잠깐 졸아야겠어."

"시카고에 말이야."

"시카고?"

"응. 나도 가면 안 돼?"

"안 되긴."

"언제 떠나?"

"내일 아침."

"오늘 밤 두 사람 기차표로 바꿀 수 있어?"

"어째서 기차야?" 나는 지난주 내내 거의 못 잤음을 문득 깨닫는다.

"이럴 거거든. 당신이 가서 뻗으면 내가 보살펴줄게."

"좋아."

"시카고 일 끝나면 여행 삼아 멀리 서부로 가서 머데스토나 프레즈노 같은 소도시에 잠깐 머물 수 있을까?"

"가능해."

"내가 다 준비할게." 매우 행복해하는 목소리다. "돈은 있어?"

"응."

"내놔."

놀랄 일이네, 케이트가 그렇게 서두르지 않으면 안 되다니, 나는 해먹에서 꾸벅거리며 생각한다 — 그녀는 제 새어머니와 팔짱을 낀 채 뒷굽을 탕탕 울리며 밖에 나오더니 샘이 쳐다보는 가운데 지갑을 척 닫고는 작고 투박한 제 플리머스를 타고 자리를 떴는데 그 모습은 다소 어두운 인상이었다 — 그러고 나서 나는 무슨 일인지 생각 중이다. 기차라니. 여행이라 하면, 그러니까 어디론가 떠난다 하면 그녀는 으레 침대차에 올라 저녁엔 마을을 빠져나가는 것으로 생각하는데 그것참 은행원 못지않게 빠릿빠릿한 행동이다.

이후 프리테이니아 스트리트에서 오스카 숙부는 에드나 숙모를 스테이션왜건 조수석으로 인도하더니 — 둘이서 '촛불 밝힌 파티오' 관광을 가는 것이다 — 부랴부랴 운전석으로 돌아가 등을 묻고 옆구리를 한 손으로 꾹 누른다. 샘이 방충문 쪽으로 사뿐사뿐 걸어 나온다. "아이고 저것 좀 봐, 앤디 아우. 왕과 왕비가 따로 없으신데? 아무렴, 행차 납셔야지."

이렇게 기진맥진 어지러울 땐 웃음도 구역질만큼 조심해야 한다.

---

* 고대 인도 힌두교 경전 중 하나.

"앤디 아우, 많이 마셨어?"

"아니." 급기야 내 배는 자포자기의 구역질을 샘에게 선사하고 만다. 이런 맙소사.

나중에 내 손에 무언가 쥐여지는 듯하다 — 낫는 데엔 이게 직방이라고 고모가 당당한 말투로 전해줬다는 것 외엔 따로 알아둘 게 없다는 샘의 설명과 함께 — 거푸집으로 주조된 굴곡 하며 oz니 3 니 ʒ* 같은 약국 표시를 손끝으로 만져만 봐도 아는, 샘의 체열로 데워진 사각형에 가까운 유리병.

2

아니나 다를까 세 시간 뒤 우리는 덜컹덜컹 고르지 못한 노면을 따라 폰치툴라** 습지 중심부를 지나고 있다.

우리가 시외르 이베르빌호의 무거운 문을 열고 싸늘한 정적과 열린 객실에서 들려오는 길 잃은 목소리들과 콧구멍 깊숙이 파고드는 암울한 냄새가 있는 철제 통로에 들어서자마자 — 지난 10년간의 내 인생은 기차 여행 중의 일시 정차처럼 뿌연 양상을 띤다. 내가 마지막으로 기차를 탄 건 10년 전, 샌프란시스코에서 뉴올리언스까지였고, 고로 기차만이 주는 영적 인식을 내가 즐긴 것도, 다시 말해 안타깝게 어질러진 과거와 더없이 창창하고 또렷한 미래가 한데 펼쳐진 고지에 올랐던 것도, 아울러 세상으로의 영광스러운 발돋움이라 할 기차의 달음질 자체를 즐겨본 것도 10년 전이 마지막이다. 하지만 기차는 달라졌다. 상류층도 하류층도, 칸막이도 크랭크도, 그리고 녹색 벨루어 천도 사라졌다. 이제는 사환만 남았는데, 손바닥은 새우 색깔에다 목은 아니꼬워서 부루퉁해 있는 저 흑인은 내 생각에 예전 그 사람 같다. 우리가 한 칸씩 차지한 독실은 알고 보니 좁은 1인용 관짝이다. 가끔씩 독실 승객들이 인간을 찾아 통로에 고개를 내미는 모습이 눈에 띈다.

케이트는 기차만이 베풀어주는 것에 감동을 받았다. 그녀의 회색 재킷은 큰 엉덩이에 살짝 못 미치는 기장이고 몸에 붙는 치마는 밑으로 곡선을 그리며 관능미를 멋지게 연출한다. 전망차로 가는 길에 그녀는 나를 연결 통로 승강구로 잡아끌더니 여급처럼 내 코트 자락을 당기며 키스한다. 마디그라를 맞아 반짝반짝한 마스카라로 눈 화장을 한 터라 그녀는 지금 검고 매서운 눈길로 나를 올려다보고 있다.

"우리 머데스토에서 살까?"

"좋지," 나는 그녀의 장난기에 불안해하며 말한다. 그녀는 겉으로 꾸며대는 만큼 괜찮지가 않다. 기차도 결국 안전하지 못하다. 그녀는 차라리 허세라도 부려야만 위험을 가까스로 비켜 갈 수 있는 것이다.

전망차는 혼잡해도 우리는 함께 앉을 소파를 발견하는데 나는 신문을 읽는 사람 때문에 자리가 비좁다. 우리는 캐럴턴 시 가정집들의 뒷마당을 이상한 마름모꼴로 가르며 주택가를 지난 다음 메터리 시의 컨트리클럽이며 공동묘지 들을 지난다. 짙어지는 땅거미 속에

---

* 셋 다 무게 단위인 온스를 뜻하는 기호.

** 본래 지명은 폰차툴라(Ponchatoula). 원문은 작가가 일부러 다르게 적은 것.

서 언뜻 묘지들은 줄줄이 늘어선 아치형 천장, 간간이 들어선 2층 내지 3층짜리 아파트와 공동주택, 좁은 거리와 모퉁이와 갓돌과 심지어 잔디밭까지 갖춘 도시처럼 보이더니, 착시가 일어날 수밖에 없는 눈의 숙명 때문인지 그 모든 게 조화롭다 싶은 순간 먼 도시가 되어 아득해지기 시작한다. 이제 교외에 들어선 우리는 자갈 가득한 고원보다 높은 마의 고도를 향해 달려간다.

통로 맞은편에서 나를 쳐다보는 한 남자의 이상하리만치 집요한 눈길이 점점 부담스럽다. 케이트가 나를 쿡 찌른다. 시드니 그로스와 그의 아내, 보나 마나 우리처럼 대회에 가는 중이다. 단치히 사람 시드니 그로스와 그로스 여사의 아들인 시드니는 키가 작고 동안에다 머리가 복슬복슬한 청년으로 남부에 사는 유대인들이 더러 그렇듯 밝고 쾌활한 인상이다. 우리 사이에는 늘 남다른 충정이 있었다. 그는 예쁜 미시시피 여자와 결혼했다. 시드니와 달리 그녀는 이런 만남에 조심스러운 사람이라 — 지난번 밖에서 만났을 때 누가 먼저 말을 걸었는지 그녀도 알 것이다 — 케이트의 하얀 얼굴과 검고 매서운 눈길에 이미 걸리고도 정색하고 졸린 티를 떨친 뒤에야 우리를 대한다. 하지만 어깨에 단단히 얹힌 머리 하며 착 붙은 조그만 귀 하며 작고 건장한 조랑말 같은 시드니는 함박웃음과 함께 우리 쪽으로 대뜸 몸을 기울인다.

"이런이런이런. 중개인 잭 아냐. 그러니까 너도 비행기 예약에서 낙방했다 이거군."

"반가워, 시드니, 마고. 여긴 케이트 커트러야."

마고는 남의 말 하기 좋아하는 미시시피 삼각주 스타일로 매우 상냥하게 바뀐다.

"그러니까 마디그라인 거 깜빡하는 바람에 비행기를 못 잡았다 이거잖아."

"아니야, 우린 기차 좋아해."

시드니가 들뜬 건 나처럼 여행 때문이 아니라 대회 때문이다. 손에 행사 프로그램을 말아 쥐고 통로 건너로 몸을 내민 그는 자기가 채권형 펀드의 절세에 관한 토론자로 예정되어 있다고 설명한다. "너는?"

"나는 간담회(Cracker Barrel Session)인지 뭔지에 참석할 것 같은데."

"너도 좋아할 거야. 다 같이 저 꼭대기에 있는 사람이랑 직접 얘길 나누는 거거든. 코트를 벗어도 되고 일어나서 기지개를 켜도 돼. 뭐든. 작년에는 조지아에서 웃긴 놈이 왔었지." 시드니는 얼마나 웃긴지 전할 방법을 찾다 실패하고는 아랑곳없이 말을 잇는다. "진짜 난놈이었어. 웃겨 죽는다니까. 주제는 뭐야?"

"변동 기금과의 경합."

"오, 그렇군," 홍정이 못마땅하다는 표정으로 시드니는 말한다. "난 그거 우려 안 되던데." 그는 원통으로 만 종이를 앞뒤로 흔든다. "넌 우려돼?"

"아니."

시드니가 브리지 게임을 제안하지만 케이트는 사양한다. 그로스 부부는 구석에 있는 탁자로 자리를 옮겨 진 러미*를 시작한다.

내내 지갑 속만 더듬던 케이트는 잠잠해진다. 내 얼굴에 그녀의

---

* 브리지(bridge)와 진 러미(gin rummy) 모두 카드놀이의 일종.

눈길이 느껴진다.

"내 캡슐 약 가지고 있어?"

"응?"

"내 캡슐 약."

"어 그럼, 가지고 있지. 나한테 있는 거 깜빡했네."

그녀는 내 얼굴에서 눈을 떼지 않은 채 약통을 건네받더니 지갑에 넣고 척 닫는다.

"이건 당신답지 않아."

"내가 가져온 거 아니야."

"누가 그랬는데?"

"샘이 줬어. 내가 해먹에 누워 있을 때. 나도 잘 기억이 안 나."

"샘이 내 지갑에서 꺼내 갔다고?"

"글쎄."

그녀는 한참을 앉아서 손을 무릎에 둔 채 둥글게 만 손가락을 살살 흔든다. 그러더니 벌떡 일어나 자리를 뜬다. 다시 돌아온 그녀의 얼굴은 세수를 해서 창백하고 모근은 물기가 안 말라 아직 거멓다. 그녀를 뒤집어놓은 건 캡슐 약 사건이 아니라 그로스 부부와의 만남이다. 그게 모든 것을, 즐거운 대화를 나누고 기분 좋은 시간을 보낼 기회를 망쳐버렸다, 비록 시드니의 말은 다르지만("우리 부부가 비행기를 놓쳐서 맥이 빠져 있었거든, 잭 볼링이 나타나서 살판났지 뭐야")—어쩌면 캄캄한 옛 미시시피를 낯선 사람들에 섞여 둘이서만 흔들흔들 통과할 수도 있었는데. 그래도 그녀는 나아졌다. 아마 그로스 부부를 진 러미에 빼앗길지 모른다는 희망이 다시 생겼거나 자신의 핏속에 들어간 화학물질과 나눈 일급 밀약 때문일 것이다.

이제 속력이 오르고 우리는 습지에 다다른다. 케이트와 나는 노란 빛을 내는 커다란 벌레처럼 이끼 사이로 윙크를 하며 습지 길을 달리는 차들의 전조등을 서로 흔들흔들 몸을 맞대고 바라본다.

졸음기가 다시 찾아든다. 반갑지 않다. 내가 인지하기에 그것은 요 근래 변덕스럽게 덮쳐드는, 백일몽을 꿀 뿐 도저히 잠들진 못하는 일종의 황혼 같다.

내 옆의 남자는 세인트루이스에서 내릴 예정이다. 승무원이 다가와 기차표를 걷을 때 그는 남은 반쪽의 표를 사양한다. 고향에 가는 것이다. 그는 좋은 정장을 걸쳤다. 그는 앉아서 다리를 꼬고 있는데 아래 깔린 다리는 옷이 꼭 끼는 엉덩이가 돼지 후반신처럼 올라붙었고 위에 얹은 다리는 종아리근육 때문에 둔각으로 내밀려 있다. 그의 갈색 머리는 앳되어 보이는데(그는 서른여덟에서 마흔쯤이다) 앞머리는 소가 핥은 것처럼 세워져 있다. 그는 세운 머리와 검정 테 안경 때문에 배우 게리 메릴*과 상당히 닮은 호감형이라 원하는 공간 어디든 앉아도 좋다는 공식 승인을 받은 거나 마찬가지다. 혈색 좋고 건강한 그는 시원하게 터져 나오는 트림을 손수건으로 막는다. 그는 지난 저녁 틀림없이 갈라투아르에서 훌륭한 식사를 했을 것이고, 따라서 그의 간문맥을 흐르는 피는 영양소가 풍년인 혈구들을 운반 중일 것이다. 그가 신문을 일독할 때 책을 펴듯 펼치는 바람에 나는 선택의 여지 없이 왼쪽 지면을 그와 함께 읽는다. 우리는 몸에 기름을 바른 댄서 사진이 실린 버번 스트리트의 나이트클럽 광고에서 멈칫한다. 그녀의 삼두근은 암말 근육처럼 불룩 튀어나왔다. 우리는 잠

* Gary Merrill. 〈이브에 관한 모든 것〉 등에 나온 배우.

시 감기는 눈으로 응시하다가 다음으로 넘어간다. 이제 그는 원하는 부분을 발견하더니 뉴욕 지하철 탑승객처럼 신문을 한 차례 두 차례 접고 또 접어 정확히 두 단 넓이의 단정한 뭉치로 만든다. 그는 그것을 무릎에 받쳐둔 채 가느다란 금색 연필을 꺼내고, 한 손으로 능숙하게 모양새를 정리하고, 그런 다음 몇 문장에 검고 반듯한 밑줄을 친다.(밑줄을 치는 데 익숙한 모습이다.) 그의 어깨 근처에서 비몽사몽인 내가 알아볼 수 있는 건 고작

결혼 생활을 더 깊고 알차게 하려면—

나도 꼬박꼬박 챙겨 보는 상담란이다.

기차가 휘청휘청 습지를 통과한다. 뻣뻣한 코털 사이로 힘찬 숨을 쉬는 이 세인트루이스 사람은 오른쪽 엉덩이에 몸을 싣고 삐딱하게 앉아서는 허벅지를 안정된 필기판으로 삼아 신문 뭉치를 받치는 데 성공한다.

차량 안의 목소리들이 소란스러워진다. 승객들은 긴 시간을 동행한 나머지 서로 남모를 이해와 오랜 뒤끝을 쌓아온 사이로 보이기 시작한다. 그들은 서로 짓궂은 소리도 하고 말이 짧아지기도 한다.

깨어 있자니 골치가 좀 아픈데, 눈이 핑 돌 만큼 본분에 충실한 사주경계 때문에 잠이 얼씬하기는 영 글렀다. 말똥말똥 깨어 있는데도 꿈은 습지의 불처럼 발작적으로 찾아든다.

밥 딘 박사 부부가 캐널 스트리트의 한 백화점에서 저희 책『결혼 생활의 기술』사인회를 진행 중이다. 아름다운 한 쌍. 피라미드 형태로 책을 쌓아둔 탁자 옆에 옴짝달싹 못 하고 끼어 있는 걸 보니 나

는 틀림없이 젠틸리부터 전력을 다해 온 모양이다. 나는 딘 부부한테서 눈을 떼지 못한다. 나이 지긋한 한 쌍이지만 둘 다 아직도 미인이라 주근깨가 잔뜩 껴 있는 게 오히려 이상하다 싶다. 시작할 시간을 기다리는 동안 그들은 전문적인 무대 체질답게 발림소리와 농담을 건네며 서로 호흡을 맞춘다.(내가 알기론 이런 예비 단계를 워밍업이라고 부른다.) "그럴 리가, 우리가 언쟁이라니요," 밥 딘이 말한다. "그도 그럴 게, 언쟁이 시작된다 싶으면 내가 언쟁에 관해 쓴 장을 둘이서 참고하거든요." "아니에요, 여보," 재키 딘이 말한다. "그 장을 쓴 건 나예요—" 등등. 전원 웃음이 터진다. 내가 보기에 꾸역꾸역 나를 미는 인파는 거의 여자들, 틀림없는 중년에 몸무게 150파운드(약 68킬로그램)의 인간들이다. 시무룩한 눈꺼풀이 된 나는 서로 익살을 주고받는 동안에도 마치 아무도 없는 듯 사무적이다 싶은 모습을 서슴없이 내비치는, 그만큼 별 수고 없이 상연되는 딘 부부의 평소 모습에 유독 마음이 끌려 그들을 지켜본다. 하지만 일단 업무가 시작되자 그들은 두호보르* 못지않게 정색을 하더니 거의 전도사에 가까운 열렬하고 유익한 인상을 발산한다. 책 한 부가 탁자 위에 펼쳐져 있다. 나는 읽어본다. "이제 당신의 짝을 위한 다정한 배려로 젖꼭지에서 손을 떼고 부드럽게 어루만져—" 오래된 주근깨가 잔뜩 낀 팔다리로 서로를 휘감고 손으로 능숙하게 민감한 영역을 찾아, 즉 착색된 젖꽃판과 구석진 데 있는 점액샘과 휴면 중인 혈관

---

* Doukhobor. 러시아정교회의 한 분파로 '영혼을 위해 싸우는 사람'이라는 뜻. 때로는 무정부, 무교회를 지향했다. 박해를 피해 19세기 말에 캐나다로 이주했다.

다발을 찾아 한 쌍의 브론토사우루스처럼 장엄하게 연구 중인 그들을 떠올리지 않기란 불가능하다. 이전에 겪어보지 못한 소름이 한바탕 나를 훑고 간다.

수선화처럼 꾸벅꾸벅하는 내 고개는 세인트루이스 사람 쪽으로 3인치를 시원하게 고꾸라지고서야 홱 쳐들린다. 케이트는 내게 기대앉아 몸을 떠는 반면 세인트루이스 사람은 구운 소고기처럼 후끈하고 올차다. 기차가 덜컹덜컹 저만의 고유한 시공간을 건너는 사이 좁쌀처럼 자잘한 수천의 사건들이 우리를 우주의 입자처럼 폭격한다. 저 바깥의 도랑에 쓰러져 있던 일은 1954년 5월 3일 자 신문의 한 조각. 내 가이거계수기가 텔레타이프처럼 딱딱 소리를 낸다. 하지만 눈치챈 사람은 없는 것 같다. 다들 잡지에 파묻혀 있다. 케이트는 다른 어딘가의 다른 누가 되길 갈망하지만 그러질 못해 나뭇잎처럼 몸만 떨고 있다.

세인트루이스 사람이 읽는 헤드라인은

> 과학자의 미래 예측
> 핵에너지는 오용되지 않는가

금색 연필이 나오더니 단정하게 검정 박스를 친다. 잠시 읽던 그는 시작 부분으로 돌아가 같은 데 한 겹 더 박스를 치고, 생각을 고쳐먹고, 주머니에서 은색 다용도 칼을 꺼내 가위를 열어 기사 전체를 오린 다음 그것을 접어 지갑에 보관한다. 밑줄 친 단락들에서 내가 알아볼 수 있는 건 이것 하나뿐이다. "물리학과 사회학의 점진적 수렴."

아주 좋은 문구다. 세인트루이스 사람의 단정하고 질서 잡힌 삶을, 그의 금색 연필이며 가위 달린 주머니칼이며 물리학과 사회학의 수렴에 관한 기사를 오리는 방식을 칭찬하지 않을 수 없다. 지난 며칠 사이 내 한창때가 저물었다는 생각이 와락 덮친다. 나는 이제 규칙적으로 먹지도 자지도 못하고 공책에 철학적인 메모도 적지 못하는 데다 손톱도 더럽다. 내 단정하고 기발한 젠틸리 생활의 즐거움을 탐색이 망쳐놓았다. 일주일 전만 해도 "물리학과 사회학의 점진적 수렴을 희망적으로 기다린다" 같은 문구는 내 뒷덜미에 한두 차례 얄궂은 닭살을 돋우는 데 그쳤을 것이다. 이제는 그것, 절망에 빠진 영혼의 소리가 폰치툴라 습지가 꺼지도록 울부짖고 있다.

떨림이 멎고 담뱃불을 붙여 피우는 걸 보니 케이트가 한결 나아졌구나 싶은 확신이 든다. 하지만 내 착각이다. "아으," 그녀는 기력 없이 뜻 없는 소릴 내뱉고 또 한바탕 시작한다. 차량이 갑자기 요동치더니 그녀를 시드니가 앉아 있는 의자 쪽으로 보내버린다. 기차는 그녀를 고대로 붙잡아둔다. 그녀는 3초쯤 진 러미에 홀딱 빠진 구경꾼처럼 보였을 것이다. 시드니는 카드 다발을 광나는 나무에 탁탁 치고 흔든 뒤 완벽한 일자로 펼쳐놓는다. 보기에는 작은 손가락에 낀 그의 금반지가 어떤 장치 역할, 그러니까 그의 손동작에 절도와 맵시를 부여하는 작고 단정한 고삐 역할을 하는 것 같다.

반 시간이 지나도 케이트는 돌아오지 않는다. 나는 독실에서 팔짱을 낀 채 어두운 유리창 쪽으로 얼굴을 돌리고 있는 그녀를 발견한다. 우리는 서로 무릎을 맞대고 앉는다.

"괜찮아?"

그녀는 창문에 대고 천천히 고개를 끄덕이지만 뺨은 나를 외면한다. 바깥에는 노랗고 네모난 불빛이 제방을 따라 달아나다 서서히 숲과 들판으로 사라지더니 새 모습으로 우렁차게 돌아온다. 갑자기 기운찬 사람이 튀어나온다. 케이트는 팔로 몸을 감싼 채 수그리고 있다.

"난 괜찮아. 당신한테 기분 나쁜 거 전혀 없어."

"뭣 때문이야?"

"당신한테 고마운 것도 없고. 오히려 그 반대지. 다른 사람들은 당신보다 훨씬 더 이해해주거든, 특히 어머니랑 샘이."

"멀은?"

"멀 말이구나! 잘 들어, 멀하고는 내가 방귀를 뀌면 그가 척 하고 축하의 눈길을 보낼 수도 있는 사이야. 하지만 당신은 아니지. 당신은 나보다도 제정신이 아니야. 보기만 해도 웃음이 터질 만큼. 그게 결혼의 토대가 된다고 생각해?"

"되고도 남지. 사랑보다 나은데."

"사랑! 사랑에 대해 당신이 뭘 아는데?"

"사랑에 대해 뭘 안다는 말은 안 했어."

그녀는 다시 창문으로 고개를 돌려 날아가는 노란 네모 속에서 움직이는 제 손을 본다. 우리는 허리를 굽혀 로르샤흐 카드에 그려진 두 마귀처럼 무릎과 무릎 코와 코를 맞댄다. 그녀의 눈가에 무언가 반짝인다. 설마 눈물일라고.

"참 대단한 축제네. 마디그라는 한 번인데 프러포즈는 두 번이라니."

"또 누가?"

"샘."

"설마."

"설마라니. 그럼 내가 다른 걸 말해주지. 샘의 겉모습 안에는 아주 대단한 사람이 있던걸. 본질적으로 외로운 사람이더라."

"알아."

"당신은 샘만도 못해." 그녀는 화가 나 있다.

"어째서?"

"샘은 수작꾼이거든. 그가 나를 좋아하기는 해. 언젠가 내가 갑부가 된다는 걸 아니까. 하지만 좋아하기는 한다고. 그거면 나쁘지 않지. 수작이란 건 인간적이야. 수작꾼이 되려면 인간적이어야 하지. 내가 샘의 사소한 수작을 꿰뚫어 보잖아, 그럴 때면 어떤 따뜻한 느낌이 든다니까. 아하, 그래서 세상엔 일찍이 이런 일이 있었던 거구나 하는 생각이 절로 든다고—뭔가 간절한 게 있어서 비버처럼 열심히 수작을 꾸미던 남자들과 여자들이 살았다 이거야. 그런데 당신은—"

"나는?"

"나랑 같아. 그러니까 우리 서로 속이지 말자."

그녀의 목소리는 더욱 차분해졌다. 그럼, 그럼, 그럼 하고 고개가 살살 끄덕여지는 기차의 점잖은 흔들림 때문일 것이다.

그녀는 말한다. "그런 사소하고 기발한 수작을 꾸미기에는 우리가 늦어도 한참 늦었다는 거 모르겠어?"

"이를테면 결혼 말인가?"

"제대로 해내려면 당신의 그 사소하고 재치 있는 연구에 매달리듯 매달리는 수밖에 없어. 인정해."

"그럼 결혼하지 않을래?"

"당신을 보면 사형수 감방에 앉아 선거인 등록 같은 일이나 비꼬면서 즐거워하는 죄수가 생각나. 그러고 보니 당신의 흉이랑 선한 영혼은 죄다 사형수 같은 면이 있네. 관두자. 그 사형수 같은 장난은 겪을 만큼 겪었으니까."

"잃을 게 뭐 있어?"

"어젯밤에 그런 일이 있었는데도 모르다니 소용이 없군. 난 이제 장난 따위 칠 입장이 못 돼. 하지만 걱정 마. 알약을 한 번에 다 삼키진 않을 테니까. 희망을 잃는 게 나쁜 것만은 아니거든. 더 나쁜 건 따로 있지. 이를테면 희망을 잃어놓고 그걸 스스로한테 쉬쉬하는 거."

"좋아. 희망이야 잃거나 말거나. 두렵거나 말거나. 그래도 어쨌든 나랑 결혼은 해, 그러면 여름밤에 같이 돌아다닐 수 있어, 희망이 있든 없든, 몸이 떨리든 말든, 공연도 보고 매거진 스트리트에서 굴도 먹고."

"싫어 싫다고."

"내가 이해 못 하는 건—"

"맞아. 당신은 이해를 못 해. 결혼은 흔하디흔한 한 가지 일이 아니야, 당신이 생각하듯이. 그건 전부야. 아주아주 엄청난 일이라고."

"엄청나다는 게 뭔데?"

"내가 말했잖아," 그녀는 짜증스럽게 말한다. "전부라니까. 난 그거 감당 못 해. 고만고만한 남편을 갖다니—남편은 당신이겠지, 더없이 소중한 빙크스, 그런데 그건 엉터리 같은 일이라니까—내 말에 기분 상했어? 아침에 남편을 배웅하고, 여자들이랑 점심을 먹고, 에디랑 넬의 집에서 술에 취해가지고 남의 남편 흉이나 보고, 피임구를 착용한 채 사랑스러운 남자애 둘을 키우면서 애들이 프린스턴에 입학할지 못 할지 20년을 걱정하라니."

"내가 한 말은 둘이 젠틸리에서 살자는 거였는데. 아니면 머데스토나."

"나도 당신처럼 재치를 부려본 거야."

"샘이랑 조엘처럼 살고 싶어?"

"빙크스 빙크스. 당신은 당신 고모랑 똑같아. 내가 느낀 걸 털어놨더니 그녀는 이렇게 말씀하시더군. 캐서린, 네가 전적으로 옳아. 신념에 대한 이상과 열정을 절대로 잃지 마 — 그녀는 내가 뭔가 문학적이거나 정치적인 거 아니면 위대한 책들에 관해 얘기한다고 생각했나 봐, 도대체가 말이지. 속으로 이런 생각이 들더라니까. 내가 뭘 하고 있지? — 그러고서 뛰쳐나가 알약을 네 개 삼킨 거야. 말이 나온 김에 말인데 그 문제는 다들 하나같이 틀렸어. 하나같이 내가 당장 자살이라도 할 것처럼 생각하다니. 웃겨 진짜. 말할 것도 없이 진실은 정반대야. 나를 살아 있게 하는 건 자살이 유일하다고. 다른 모든 게 실패하면 내가 할 수 있는 일은 자살을 고려해보는 게 전부인데 그러면 2초 안에 멍청이같이 즐거워져. 하지만 만약 내가 스스로를 끝장낼 수 **없었다** — 아, 그럼 오히려 끝장냈을걸. 나는 넴뷰탈이나 미궁에 빠진 살인 사건 없이는 살아도 자살 없이는 못 살아. 그게 나를 일깨워주니까." 그러더니 그녀는 한쪽 손바닥으로 벽을 짚고 철제 통로를 따라 자리를 뜬다.

이번이 처음은 아니다, 당연히. 솔직히 나는 그녀가 말하는 내용을 귀담아듣지 않는다. 그녀의 상태를 말해주는 건 목소리다. 지금 그녀는 말투가 "대담"하고 모습을 보면 말에서 드러나는 것보다 침착하다 못해 발랄하기까지 하니 내가 심히 염려할 게 없다.

하지만 얼마 안 가 독실이 숨 막히게 갑갑한 데다 시드니 그로스와 일 얘기를 할 분위기도 못 되어 나는 반대쪽 방향 첫 번째 연결통로에 서서 내 마디그라 병에 든 술을 길게 들이켠다. 우리는 틀림없이 잭슨에 도달 중이다. 기차가 끽끽거리면서 곡선 구간을 느리게 돈 뒤 도시의 후방을 통과한다. 케이트가 나오더니 가만히 내 옆에 선다. 그녀는 비누 냄새가 나고 기분이 한없이 좋아 보인다.

"술 마셔?"

"미식축구 보러 기차로 배턴루지까지 올라갔던 거 기억나?"

"그럼." 캄캄한 연결 통로에서 환하게 빛나는 달걀형 얼굴, 머리에 바짝 붙게 빗질해 정장 칼라로 흘러드는 머리카락, 여기서 균형을 잡고 있는 그녀는 대학생처럼 보인다. 그녀는 술을 들이켜면서 손가락으로 목젖을 누른다. "맙소사, 술맛 참 아름답네."

기차는 멈추었고 우리 차량은 도심 도로를 정면에서 내려다보는 고지대에 서 있다. 보름달에 가까운 달은 오합지졸처럼 흘러가는 구름들 사이를 헤엄치면서 주 의회 의사당 돔 지붕과 유리 및 철제로 막 완공한 사무용 건물들과 노면전차 궤도가 반짝이는 텅 빈 거리에 눈부신 빛을 비춘다. 한 사람도 눈에 띄지 않는다. 주 의회 의사당 건물의 곁채들 너머 저 멀리에는 나무로 까맣게 뒤덮인 산들과 도시의 영롱한 불빛들이 뻗어 있다. 달빛의 마술 때문인지 도시는 눈처럼 하얀 데다 사람 산 흔적이 없어 보인다. 시온이 위치한 성도(聖都)처럼 도시는 산마루에서 잠으로 시름을 잊는다.

케이트는 제 새어머니한테 배운 넋 나간 모습으로 느릿느릿 고개를 가로젓는다. 나는 그녀를 아름다움과 떼어놓고 보려고 애쓴다. 아름다움은 매춘부다.

"저기 저 건물 보여? 서던 생명보험&상해보험 건물이야. 1942년에 저기다 100달러를 투자했으면 지금은 2만 5000달러쯤 될걸. 맨 처음 풀린 주식을 네 아버지가 많이 사들였어." 돈은 아름다움보다 나은 신이다.

"당신은 내 말이 **무슨** 뜻인지 모르는군," 계속해서 살짝 넋이 나간 채 그녀는 소리친다.

무슨 뜻인지 모를 리가. 하지만 나는 그녀가 모르는 뭔가를 안다. 돈은 아름다움과 균형을 이루는 훌륭한 평형추라는 것. 아름다움, 아름다움만을 좇는 건 매춘이다. 10년 전에 나는 아름다움을 좇고 돈은 생각하지도 않았다. 나는 말러의 사랑스러운 곡들을 들으며 내 영혼 속의 아픔을 음미했다. 이제 나는 돈을 추구하는데 대체로 전보다 기분이 낫다.

"어떡하면 도시에서 살 수 있을지 알았다!" 케이트가 소리친다. 그녀는 얼굴을 내게로 돌리고 두 손으로 내 등허리를 꼭 감는다.

"어떻게?"

"방법은 딱 하나야. 내가 뭘 할지 당신이 하나하나 말해주면 돼. 그야말로 간단한 일이지. 왜 진작 몰랐을까?"

"하나하나 말해달라고?"

"응. 고상한 방법은 아닐지 몰라도 유일한 방법이야. 내 방법이기도 하고! 오, 소중한 우리 사랑스러운 빙크스, 마침내 자기가 어떤 사람인지 깨닫는 게 얼마나 큰 기쁨인지. 당신이 어떤 사람인지 **아는 한** 당신이 누군지는 상관없는 거라고!"

"넌 어떤 사람인데?"

"방금 깨달았고 잊고 싶지 않으니까 내 기쁘게 말해주지. 제발 잊지 말아야 할 텐데. 난 종교적인 사람이야."

"어째서?"

"모르겠어? 내가 원하는 건 누군가를 완전히 믿는 거고 그러고 나선 그가 원하는 일을 하는 거니까 그렇지. 하느님이라면 이렇게 말했을 거야. 케이트, 내 너에게 바라마. 당장 기차에서 내려 저기 저 서던 생명보험&상해보험 회사 모퉁이로 가서 남은 평생 사람들한테 친절하게 굴거라 — 내가 못 할 것 같아? 내가 미시시피주 잭슨에서 가장 행복한 여자가 못 될 것 같아? 되고도 남아."

나는 술을 한 모금 들이켜고 그녀의 모퉁이를 내다본다. 갓돌과 건물을 차별 없이 품은 짙고 순수한 모체, 즉 달빛이 손에 만져질 듯하다.

그녀는 병을 가져간다. "나한테 하나하나 말해줄래?"

"그럼."

"당신은 종교적인 사람이 아니니까 할 수 있어. 하느님은 종교적이지 않잖아. 당신은 부동의 동자*다 이거야. 당신한텐 하느님도 뭣도 필요가 없어 — 당신한텐 영예가 없다고, 산 사람 중에 가장 이기적인 사람이 되는 게 영예라면 모를까. 내가 당신을 사랑하는지는 모르겠어, 하지만 난 당신을 믿으니까 당신이 하라는 대로 할게. 이제 결혼하면 케이트, 오늘 아침엔 이거 하고 저거 해, 라고 말해주고 파티에 꼭 가야 되면 케이트, 거기 가만히 서서 술 세 잔 마시고 누구누구랑 이야기해, 라고 말해줄래? 그래주겠어?"

"그럼."

케이트는 내 가슴에 팔을 두르더니 손과 손목을 꼭 걸어 잠그고 열정적인 키스를 한다.

내가 정확히 예상한 대로 얼마 뒤 그녀의 귀한 아름다움은 그녀를 내버려둔 채 떠나고 그녀는 두려움에 젖어 있다. 세면장에 또 한 번 다녀온 그녀는 이제 나한테 기대선 채로 미시시피 북부를 지나는 시외르 이베르빌호의 흔들림을 따라 휘청거린다. 우리는 봄을 뒤로 한다. 서향에 걸린 달은 전쟁터처럼 캄캄하고 아득하고 불안한 겨울 들판에 노란 빛을 드리운다.

"이런이런이런," 케이트가 신음을 하며 내게 매달린다. "기분이 지독해. 당신 독실로 가자."

"다 꾸며진 감정이야."

"그럼 잠깐 눈이나 붙이기로 해."

잠깐 눈을 붙이지 않을 수 없다. 침대 쪽으로 문이 열린다. 그녀에게 애정을 느낀 나는 그녀를 안고 사랑한다고 말한다.

"오, 안 돼," 케이트는 말하더니 나를 거칠게 잡는다. "그만두시지, 애송이."

"그만두라니 뭘?"

"사랑은 안 된다고, 부탁이야."

나는 그녀를 오해해 물러선다.

"아니아니. 그렇다고 떠나란 소린 아니야," 그녀는 말하고서 나를

---

* unmoved mover. 다른 말로 원동자(原動子). 아리스토텔레스의 철학 개념으로 자신은 움직이지 않으면서 다른 존재를 변화시키는 존재, 세계를 최초로 움직이는 존재, 이를테면 신과 같은 존재를 뜻한다.

붙잡고 가만히 쳐다본다.

"좋아."

"그냥 사랑에 관해서는 말하지 마, 애송이."

"좋아, 그런데 애송이라고는 하지 마."

그녀의 검고 매서운 눈길이 내게 전력으로 달려들지만 속을 잘 모르겠나 보다. 한 손으로 턱을 괴고 입술을 깨문 그녀는 옛 친구라도 만난 것처럼 또 한 번 격한 눈길을 보낸다. "말할 게 있어."

"뭔데?"

"얼마 전에 내가 멀한테 그랬어." 다시 무겁게 떨어지던 손이 나를 잡는다. "당신은 내가 남자들이랑 자고 다니면 뭐라고 할 거예요? 그는 날 오해하고선 성인 간에는 어른스럽고 다정한 관계가 어쩌고저쩌고 장광설을 늘어놓더라—당신도 알 거야. 나는 말했지, 아니아니, 멀, 당신 잘못 알아들었군요. 나는 어떤 일반적이고 오래된 협잡질을 얘기하는 거예요—" 그녀는 나를 한 차례 흔든다. "—당신 고모네서 일하는 하녀 하나가 지난주에 나한테 보여준 임금노동자 틸리와 맥 만화책*에 나오는 것처럼—진짜 틸리 말고, 왜 있잖아, 프랑스풍의 틸리랄까—오피스 파티에 갔는데 물품 보관소에서 맥과 아웅다웅하다 위플 눈에 발각되는 거지. 내가 멀한테 내용을 들려주고 말했어. 내가 말한 건 그런 거예요, 멀, 어떻게 생각해요?"

"멀이 뭐래?"

케이트는 안 들리는 것 같다. 그녀는 손가락으로 창틀을 두드리면서 쏜살같이 밀려드는 우듬지들을 내다보는 중이다.

"그러니까—모든 걸 종합해 볼 때 그건 진짜 있었던 일이야, 안 그래? 인정해. 당신이랑 그 작은 책의 주인인 2층의 어린 온두라스 여자애 말이야, 오전에, 오전 중반에, 거기 리넨용 옷장 안에는 대걸레랑 양동이가 들어 있고 말이지—"

"온두라스 여자애랑 만화책은 다 네가—"

"이제 당신이 할 수 있는 일을 말해주지, 위플. 나가서 딱 5분만 있다 돌아와. 아유, 한 가지 일만 잘하는 이 난봉꾼 위플 같으니."

당신한테 사실대로 말해야겠어, 로리, 고통스럽지만 말이야. 내가 둘 중 하나를 저질렀다고 말하는 것보다 기쁜 일은 세상에 없을 거야. 당신이 하는 일을 했다고 말해야 하나. 이를테면 데비를 내 침대에 자빠뜨린 다음 포악할 정도로 승자의 미덕을 과시하고는 베개와 담요를 낚아채 거실 소파로 가서 두 손으로 머리를 받치고 어둠 속에 누워 천장을 바라보면서 내 꿈과 희망의 문을 여는 일에 관해 허심탄회한 대화를 나눴다고 할까. 아니면—소설 속 주인공이 할 법한 일을 했다고 말해도 되겠어. 그러니까 그 주인공도 시시한 탐색자에 순례자인데 과나후아토나 삼부코에서 정말로 참다운 것을 발견한 뒤에, 혹은 동양에서 현자에 이르는 도제 생활을 견디고 가없는 행복에 이르는 가없는 길을 터득한 뒤에 막 돌아온 거지. 하지만 그도 이곳 세상을 만만히 보지는 못하는데 왜냐하면 하녀가 그에 대한 넘치는 갈망으로 그의 침대를 찾는 일이 벌어지자 그가 선하고

---

* 『Tillie the Toiler』. 러스 웨스트오버(Russ Westover)의 신문 연속만화로 속기사, 비서, 파트타임 모델 등으로 일하면서 남자들의 구애를 한 몸에 받고 잠자리도 즐기는 매력녀 틸리가 주인공. 맥은 그녀를 짝사랑하는 못난 외모의 직장 동료. 위플은 틸리와 연애하는 또 다른 바람둥이 직장 동료.

기꺼운 영혼으로 책을 내려놓고서 그녀의 소원에 최대로 부응해 즐거운 시간을 선사하거든. 덕분에 그녀는 렛이 돌아올 아침을 즐기는 스칼릿*처럼 달콤한 꿈나라로 파견되고 그는 읽던 책을 마저 읽으며 저 10마일 상공에서 현자의 순간을 맞지.

아니, 로리, 난 아무 일 없었어. 우린 아무 일 없었어. 우린 아주 몹쓸 짓을 했지만 거의 아무 일도 없었어. 그놈의 불쌍한 육체가 우릴 실망시켰으니까. 부담감이 엄청났던 탓에 육체는, 그러니까 거룩한 의식으로 도려낼 수도 없고 영혼에게 멸시를 당하지도 못하지만 (왜냐하면 멸시가 육체가 맞아야 할 최악의 운명은 아니니까) 지금까지도 속이 훤히 보여 투명 취급을 당하는, 불안감의 냉혹하고 의심 가득한 눈길에 없는 존재 취급을 당하는 그놈의 불쌍한 육체는 — 지금 이 순간 모두이자 전부요, 종결이자 궁극이요, 최후이자 유일한 희망으로 뜬금없이 소환된 그놈의 불쌍한 육체는 — 겁을 먹고 풀이 죽어 있어. 사실대로 말하자면 나는 그녀의 대담한(매춘부처럼 진짜로 대담한 게 아니라 이론상 대담했단 얘기야) 희롱이 겁나서 반은 죽어 있었어. 나는 젠틸리에 사는 젊은 린다들의 얼굴을 붉히는 데엔 이골이 났나 봐. 케이트도 겁내던걸. 우린 사시나무처럼 떨었어. 케이트가 겁을 낸 건 이젠 임금노동자 틸리마저도 여지없이 자길 실망시킬 것 같아서였지. 나는 평생 그리 열심히 일해본 적이 없어, 로리. 나한텐 선택권이 없었으니까. 대안은 입에 올릴 수 없었으니까. 기독교도들은 죄에 대한 공포를 이야기하지만 그들은 뭔가를 놓치고 있어. 그들은 모두가 대죄인이었다는 식으로 자꾸 말하는데 실상은 요즘 누가 그런 데 집착하느냐 이거야. 불안감의 밑바닥엔 아주아주 적은 죄가 깔려 있다고. 어쩌면 불안증자의 삶에서 최고의 순간은 그가 바람직한 인간처럼 죄를 짓는 데 성공할 때인지도 몰라.(우리 좀 봐, 빙크스—내 방랑자 친구들은 나한테 거의 비명을 지르다시피 해—우리가 죄를 짓고 있어! 성공했다고! 우리가 마침내 인간이 됐다니까!)

"잘 자, 사랑스러운 위플. 이젠 케이트를 자빠뜨려줘. 불쌍한 케이트." 그녀는 시원한 밑면이 위로 오게 베개를 뒤집는다. "잘 자, 사랑스러운 위플, 잘 자, 잘 자, 잘 자."

## 3

시카고에 대한 내 우려는 합당했던 것으로 판명된다. 우리가 기차 계단을 내려오자마자 시카고의 정령이 펄럭펄럭 대머리수리처럼 내려와 내 어깨에 올라앉는다. 짧은 체류 내내 나는 그것에 휘둘린다——짧은 체류, 아이고, 체류는 당초 계획보다 짧았는데, 월요일 밤, 그러니까 우리가 도착한 날 밤에 사고가 발생하는 바람에 느닷없이 끝난 것이다. 사고가 닥치기 전의 나는 길모퉁이에 서서 눈만 껌뻑껌뻑 시종일관 멍하니 생각에 잠겨 있다. 케이트는 나를 보살피고 있다. 그녀는 웬일로 도시가 집처럼 편한지 500만 시카고 사람 낱낱의 시선이며 이곳 삶의 고유한 냄새, 그러니까 기차역을 한 발짝 나서기도 전에 분명히 맡아지고 이해되는 그 냄새에 전혀 휘둘리지 않는다.(망할 기차역을 지은 게 누군지, 그 건물의 주변 환경이 어떻고 시 공무원과 철도 공무원이 어떤 알력 관계에 있는지 누가 조목조목 알려줬

* 〈바람과 함께 사라지다〉의 주인공 렛 버틀러와 스칼릿 오하라를 가리킨다.

다면 내가 뜬금없이 그것, 그 기차역, 그 균열의 희생양이 되는 일은 없었을 텐데. 외지인이 아무나로 전락하는 일이 없도록 책임지고 외지인을 반기며 그 지역 시공간이 담긴 작은 기념물을 건네는 일을 하는—외지인에게 고등학교 시절의 고초를 들려주고 주머니에 한 줌의 토양을 담아주는 일을 하는—사람들이 자릴 지키는 부스가 분명 발 닿는 곳마다 기다리고 있으련만.) 오, 나는 등신같이 땀에 절어버렸다. 케이트가 혀를 끌끌 차며 호들갑스럽게 돌봐주고 있는데 마치 내 안에 휘몰아치는 공허감을 언뜻 엿보고 그걸 세상이 모르게 숨겨주려는 것 같다. 어느새 보통의 도시녀가 된 그녀는 북부의 거리며 지하철에 넘쳐나는 올리브색 피부의 작고 이마 좁고 엉덩이 큰 지중해 인종과 구별되지 않는다.

나는 그저 내가 틀리지 않았다는 데서 위안을 얻을 뿐이다. 시카고는 내가 기억하던 딱 그대로다. 나는 25년 전에 여기 왔었다. 진보의 세기(Century of Progress) 국제박람회와 그 뒤 언젠가 월드 시리즈를 보러 아버지가 스콧 형과 나를 데리고 올라왔었다. 첫 여행에서 기억나는 건 오직 이것뿐이다. 장소에 대한 느낌, 모든 곳엔 정령이 있고 그게 없으면 아무 데도 아니라던 장소의 정령의 기운. 내가 틀렸을지도 모른다. 그건 장소 따위에 관한 기억이 아니라 아이였음을 반영하는 기억인지도 모른다. 하지만 3월의 눈부신 어느 날로 한발 들어가 보면 장소의 정령, 그러니까 정령의 실물이 내가 어딜 가든 꼭 나타나 나를 첫 주인으로 모시거나 내 주인이 되거나 한다. 지금껏 내가 감당할 녀석이 아니라고 판명된 정령은 그 유명한 녀석 하나뿐이다. 샌프란시스코 정령—나는 언덕들을 오르내리며 녀석을 좇았고 녀석을 놓치고 나서는 어떤 존재에게 좇겼는데 그때 공기 중엔 우수수 금가루가 쏟아졌고, 심장엔 전율이 오르는 광휘가

꽂혔고, 바다에 다다르고 말았다는, 미국의 끝에 다다랐다는 슬픔이 들었다. 단 한 명의 남부 사람 말고는 아무도 북부 도시들에 밴 쏟아지는 슬픔의 고통을 모른다. 정령들에 관해 또 실로 전투지며 윌더니스며 빅스버그*며 애틀랜타 등 한낮에도 사람보다 진짜 같은 영웅들의 유령이 출몰하는 귀신의 땅에서 사는 일에 관해 모든 걸 아는 그는 유령을 만나면 단번에 알아보는 까닭에 뉴욕이나 시카고나 샌프란시스코에서 기차 계단만 내려서도 그곳 정령이 어깨에 올라앉음을 느낀다.

여기가 시카고다. 지금도 25년 전과 똑같이 육중하고 네모난 건물들이 바람 잦은 대평원에 마구잡이로 널찍널찍 비석처럼 붙박여 있다. 게다가 호수.** 뉴올리언스의 호수는 쾌적한 저지대에서 은은히 빛나는 웅덩이다. 여기는 아니다. 여기 호수는 북부 자체다. 영혼을 지닌 바람들이 죄다 일어나 경종을 울리며 불어닥치는 위험천만한 곳이다.

바람과 공간 — 그것들이 정령이다. 개자식, 어깨에 시카고 정령이 앉았는데 나더러 지금 변동 기금이나 따지고 있으라고?

하지만 바람과 공간, 그것들은 정령이다. 바람은 호수에서 끊임없이 불어와 공간에게 제 것을 내놓으라면서 건물들의 차가운 돌 앞마당과 포장도로를 샅샅이 뒤진다. 바람은 빛과 공기로 된 하늘색

* 실로(Shiloh) 전투지는 테네시주 서남부의 피츠버그랜딩(Pittsburg Landing)이라는 마을을 가리키는 이름. 윌더니스(the Wilderness)는 버지니아주 동북부 삼림지대. 빅스버그(Vicksburg)는 미시시피주 서부의 도시. 모두 남북전쟁 당시 남군과 북군의 격전지다.

** 시카고 근처엔 오대호 중 하나로 면적이 남한의 절반이 넘는 미시간호가 있다.

들판에서 건물들 사이로 덥석 끼어들어 양어깨로 그 틈을 벌린다. 바람에 압축된 공기는 렌즈가 되어 주위를 확대하고 선명하게 하고 침묵시킨다——북쪽에서 내려와 마구 뒤엎는 바람의 소란에 모두가 숨을 죽인다. 이곳은 저 야외의 하늘색 공간과 바람의 윽박에 아무도 감히 대들지 못하는 도시다. 이 중서부의 하늘은 미국에서 가장 헐벗고 가장 쓸쓸한 하늘이다. 그 하늘을 피하려고 사람들은 실내와 지하에서 산다. 내가 또 하나 기억하는 것이 있다. 아버지는 조니 와이즈뮬러*, 이른바 타잔이 종종 들른다던 수영장을 보러 이 비석들 중 하나에 나를 데리고 들어갔다——세 층 위에서는 지붕창에 투과된 차갑고 침침한 빛이 내리고 금속광택 원반을 낀 근육질의 사내들은 수영을 하면서 젖은 타일 벽이 울리도록 쩌렁쩌렁 소리를 질러대던 메아리치는 지하 공간.

스콧 형이 죽고 나서 몇 년 뒤 아버지랑 나 우리는 길고 음산한 주랑이 윙 소리와 함께 소실점으로 멀어지는 필드 자연사박물관(Field Museum)에 들어가 석기시대 인간을 재현한 장면 앞에 섰는데 거기엔 아버지와 어머니와 아이가 말없는 위협적인 자세로 가짜 잉걸불 주변에 쪼그리고 있었다——나를 보는 아버지의 눈길을 그제야 느낀 나는 몸을 돌려 그가 나한테 무엇을 요구하는지 보았다——그해 여름 우리 부자는 매우 특별한 사이였는데 그는 이번에야말로 완벽한 우정한 쌓고자 모든 걸 건 터였다——나는 나한테서 당신의 삶을 바라는 그 무시무시한 부탁을 그의 눈에서 보았다. 나는 어린아이의 차가운 도착성으로 혹은 과도한 친밀감을 꺼리는 어떤 유전적인 반동으로 그를 밀어내고, 외면하고, 내가 들어줄 수 없겠다 싶은 그 요구를 거절했다.

이윽고 시카고 정령을 맞닥뜨릴 준비가 된 우리는 일단 도시를 성큼성큼 나아가기로 하는데 그러자 불안감은 2초를 넘기지 않는다. 케이트는 신이 났다. 스티븐스 호텔**로 직행해 방을 잡은 다음 간담회로 — 로비 접수대에 시드니가 서 있는데 그는 다른 사람들처럼 고개를 숙이고 귀를 기울이는 살가운 모습이 아니라 5피트 반(약 168센티미터)의 키를 꼿꼿이 세우고 손을 주머니에 넣고 코트 뒤트임이 말려 올라간 채 윤곽 뚜렷한 이마로 섬광등 같은 빛을 발하는 왕자 같은 자태다.

시드니가 내 옷깃에 플라스틱 이름표를 채우더니 그게 뭔지 알아보기도 전에 나를 파란 연회장으로 떠미는 바람에 뒤에 남겨진 케이트와 마고는 다소 망연자실한 얼굴로 우리 뒤를 알아서 쫓는다.

"왜 이래, 시드니?" 나는 깜짝 놀라 주춤거리며 말한다. 땀이 나기 시작해 길에 나가 마주치는 첫 번째 술집에서 세 잔쯤 들이켜고 싶은 생각이 간절하다. 이 파란 동굴에 갇혀 있으면 시카고의 정령이 보나 마나 발목을 잡을 것이다. "내일까진 할 일이 없는 줄 알았는데."

"맞아. 이건 그냥 스토브리그***야."

"이런 젠장, 그게 뭔데?" 나는 땀을 흘리며 말한다.

"작년 사업 얘기도 하고 펀드 실책도 논의하면서 안면 트는 거지.

---

* Johnny Weissmuller. 미국 수영 선수이자 배우.

** Stevens Hotel. 1927년에 문을 연 고급 호텔로 한때 세계에서 가장 큰 호텔이었다. 지금은 시카고 힐턴 호텔로 이어지고 있다.

*** Stove League. 야구에서 트레이드가 이루어지는 기간, 즉 시즌과 시즌 사이의 비시합 기간.

너도 좋아할 거야."

아니나 다를까 거기 바닥 한가운데엔 빨간 셀로판지로 꾸민 10피트짜리 배불뚝이 스토브가 있다. 웨이터들은 마티니 쟁반을 들고 지나다니고 살롱 관현악단은 <이제 당신을 알겠어요Getting to Know You>*를 연주한다.

사절들은 매우 기품 있는 이들이다. 어느새 나는 서부 해안에서 온 여섯 명의 젊은 사내와 큰 호감을 느끼며 대화 중이다—그중 한 사람, 스포캔에서 온 덩치 크고 수줍은 스탠리 킨첸이라는 친구가 특히 호감 가는데 그의 아내는 노랑머리에 몸집은 새런보다 크고 입술은 장미꽃 잎처럼 말렸으며 고개는 여왕처럼 꼿꼿하고 눈빛은 엄청나게 초롱초롱한 훌륭한 외모의 여자다. 어찌나 좋은 사람들인지. 회사원이 되는 건 결코 나쁘지 않다. 믿음과 협동의 정신이 여기엔 있다. 세간에선 그걸 두고 농담을 하지만 만약 회사원들이 서로를 못 믿어 신용 대출로써 거창한 사업들을 진척시키지 못한다면 나라는 내일 당장 무너져 사우디아라비아보다 못한 형편이 될 것이다. 스탠리 킨첸이 나를 위해 무슨 일이든 해줄 것 같다는 생각이 든다. 나라면 그를 위해 그럴 것이다. 내가 약혼자라고 소개하자 케이트는 입가를 끌어내린다. 그녀가 넌더리를 내는 게 나인지 내 사업 동료들인지 알 수가 없다. 하지만 이 친구들은 매우 상냥한 데다—뭐? 매가리가 없다고? 난 잘 모르겠는데.

간담회에 갈 거냐고 킨첸이 묻는다. 그는 매우 불안하다. 그가 프로그램의 의장인데 누군가 뒤통수를 친 모양이다. 그는 나를 한쪽으로 데려간다.

"부탁 좀 들어줄래요? 판매 원조를 주제로 10분만 서두를 떼줄 수 있어요?"

"그럼요."

우리는 악수를 나누고 좋은 동료들과 헤어진다.

좋은 친구들이건 안 좋은 친구들이건 어쨌든 나는 여기서 나가야만 한다. 솔직히 사람이 너무 많아 불안한 기분이다. 이따가는 연회장도 자연히 불편해질 것이다. 셀로판지 스토브는 이미 불길하게 달아오르기 시작했다.

"해럴드 그래브너를 찾아야겠어," 나는 케이트에게 말한다.

나는 그녀의 손을 잡아채고 위험천만한 야외로 내빼어 루프 지역**에서 가장 혼잡한 블록에 있는 가장 작은 술집을 찾는다. 거기서 나는 그녀의 꾸밈없는 모습을, 내가 부상을 입고 도랑에 쓰러져 동양 되새 한 마리가 나뭇잎을 이리저리 헤집는 걸 바라보던 때 이후 처음으로 그녀의 꾸밈없는 모습을 본다 — 조신하고 풋풋한 그녀의 몸에 거칠고 풋풋한 켈트인의 도시라니.*** 아니, 실제론 레이철에 더 가까워, IRT****를 타고 브루클린으로 귀가하던 젊고 까만 레이철. 나는 그녀의 다리를 톡 친다.

"왜?" 그녀는 거의 거들떠보지도 않고 말한다 — 그녀는 지도에서 해럴드의 주소를 찾고 술집 계산 내역을 합산하느라 바쁘다. 그녀가 이렇게 철저하고 돈에 인색한 줄 미처 몰랐다 — 크레올은 크

---

* 영화 〈왕과 나〉 삽입곡.

** Loop. 시청, 공원, 고층 빌딩 등이 몰려 있는 시카고의 중심지.

*** 시카고는 뉴욕, 보스턴 다음으로 아일랜드인, 즉 켈트인의 자손이 많이 눌러앉은 도시다.

**** 뉴욕 시 지하철 노선 중 하나.

레올이군.

"사랑스러운 케이트," 나는 말하면서 그녀를 토닥인다.

"다 됐어, 가자." 하지만 그녀는 곧장 자리를 뜨지 않는다. 우리는 두 군데 술집에서 여섯 잔을 마신 뒤 버스를 타고 100마일(약 160킬로미터) 거리의 도시 구획들을 가로질러 인구 수백만의 인근 지역에 들어서고, 그러다 마침내 월멧이라는 장소에 다다르는데 알고 보니 그곳은 정령이 없어서 장소라고 하기도 뭣한 곳으로 중서부를 통틀어 내가 아는 유일한 사람인 해럴드 그래브너는 바로 여기서 산다. 500만 중 딱 한 사람인 그를 우리는 꼭 만나 반갑게 행운을 빌어주고 작별을 고하지 않으면 안 된다—그러지 않으면 여기에 왔다는 실감이 안 든다—그러고 나서는 아주아주 쓸쓸한 중서부 하늘 아래 매우 불가사의하게 뿌리내린 도시의 미로 속으로 다시 훌쩍 뛰어들 것이다.

버스에서 내려 어치처럼 깡총깡총 행복하게 월멧을 걷는 길, 맑은 눈에 훌륭한 엉덩이를 하고도 그걸 전혀 의식하지 않는 중서부의 고상한 여자들이 몇 피트 거리에서 지나간다. 대단한 경험인걸, 로리, 이번만큼은 그것에서 해방되어보니 말이야. 진이 다 빠졌어. 속이 울렁거릴 정도야, 로리, 현대의 그 탈기독교적 섹스란 건. 이교도가 되는 것도 하나의 방식이겠지, 낙천적이고 오랜 이교도 세상에서 쉽게쉽게 안락을 얻고 말이야. 반면 새 생명을 사느라 간음이 금지되는 건 물론이고 머릿속에 떠올려서도 안 되는 기독교도가 되는 건 전혀 다른 방식인데, 만약 그런 생명이 있다면 간음할 생각을 안 해도 된단 걸 내가 설마 모를라고. 그런데 이교도나 기독교도가 아닌 이런 모습으로 사는 건, 오 이건 속이 울렁거릴 정도라니까, 로리.

한 사람 인생에서 첫 20년을 그것만 꿈꾸고 갈망하는 거잖아, 연습도 없이 그렇다고 딱히 제재도 없이. 정말로 금지된 게 아니라 가짜로 금지된 열매를 마냥 갈망, 갈망하는 거고 그 탓에 친절하고 음란한 광신도들한테 은밀히, 매번 처음이자 마지막처럼 극진한 대접을 받는데 바로 이 점이 기독교도들보다 친절하고 이교도들보다 음란하다는 거야, 바로 이 점이 하나가 아니라 두 개의 아메리칸드림을 꿈꾼다는 거고. 기독교 사람들보다 친절한 오지와 해리엇*의 꿈, 그리고 등과 배를 맞대는** 틸리와 맥의 꿈.

우리는 7월의 어치같이 계속 깡총거린다.

해럴드는 윌멧 뒤편에 새로 조성된 교외의 멋들어진 집에서 산다. 시카고 남쪽에서 운영되던 부친의 유리 사업을 물려받아 해럴드는 진짜 부자가 되었다. 매년 크리스마스에 그는 제 아내와 아이들이 담긴 사진에 이런 메모를 동봉한 엽서를 보낸다. "올해 순이익은 3만 5000달러 이상이야—그 정도면 벌 만큼 번 거 아니야?" 이게 결코 뻐기는 게 아니란 걸 알려면 해럴드를 알아야 한다. 이건 행운이 감당 안 돼서 말하지 않고는 못 배기는 유쾌하고 단순한 부류에게서 온 유쾌한 소식일 뿐이다. 그는 "그 정도면 벌 만큼 번 거 아니야, 롤로***?"라는 말과 함께 두 손을 아기 발톱 모양으로 들어 올리곤 한다. 나는 그의 속마음을 안다. 아메리칸 모터스가 2달러씩 뛸 때마다 나도 그처럼 유쾌해지고 자비심이 느는 기분이다.

---

* 1952-1966년 방송된 〈오지와 해리엇의 모험The Adventures of Ozzie and Harriet〉이라는 건전한 가족 시트콤의 주인공.

** 체위 중 후배위를 가리킨다.

*** Rollo. 노르망디공국을 세운 바이킹 우두머리.

산책으로 돌아가고 싶어 도저히 견딜 수 없는 탓에 케이트와 나는 해럴드와 20분을 보낸다. 앞서 말한 대로 해럴드는 내 목숨을 구해 주었다는 이유로 나를 사랑한다. 나는 그가 영웅이므로 사랑한다. 나는 영웅들을 무한히 찬양하는데 해럴드는 진짜 영웅이다. 그는 청천 골짜기에서 순찰 활동으로 수훈 십자 훈장(DSC)을 받았다. 정위치 순찰을 이끌던 다른 중위 하나는 — 당신도 알겠지만 나는 — 꼼짝을 못 하고 있었다. 지원 순찰 중이던 그래브너 중위는 옛사람 피트 롱스트리트*의 환생인 양 소리치며 포화를 뚫고 와 3.5인치 바주카포를 카빈총처럼 다루어 가시철조망에 구멍을 냈고(우리는 가시철조망으로 둘러싸인 석회암 언덕이라 전전긍긍이었다) 1에이커쯤 되는 동양 땅을 불태웠다. 내가 그를 의외의 영웅이라 말할 땐 그가 오디 머피**처럼 겸손하고 말쑥한 사람이란 뜻이 아니다 — 해럴드는 **정말이지** 비영웅적이다 — 그가 제 영웅적 자질을 낭비한다고 느끼지 않을 수 없을 정도로. 전쟁에 관해 과묵한 그가 전쟁을 말할 땐 자기 경험조차 실망스럽게 들릴 정도로 담담하고 호감 안 가는 말투다. 동물 주둥이를 닮은 코와 머리 중간부터 시작되는 물결치는 머리카락과 단조로운 말투 때문에 그를 보면 왠지 TV 콘테스트 출전자가 떠오른다.

**진행자** 중위, 그 특별한 밤에 안개가 끼는 걸 보고 분명 반가우셨을 거라 봅니다만.

**해럴드** (말도 못 하게 딱딱하고 단조로운 말투로) 마르크스 씨, 그때 한 번은 제가 무언가 때문에 안개 속에 있어도 개의치 않았다고 솔직하게 말씀드려도 될 것 같군요.(청중을 둘러본다)

**진행자** 이런! 이쯤에서 농담은 제가 하기로 되어 있었잖아요!

해럴드의 아내는 얼굴은 예쁜데 마르고 어깨가 굽은 여자다. 아기, 그러니까 나의 대자를 안고 떨어져 서 있는 그녀는 일종의 거실과 반도 모양의 바 사이에서 머뭇거리고 있다. 우리한테 어디든 앉으라고 청할 틈을 엿보는 듯한데 끝내 말은 꺼내지 않는다. 큰 아기를 안고 있느라 금방 지치겠다는 생각이 떠나질 않는다. 그녀를 보니 해럴드 눈에 그녀가 어떻게 보일지 딱 알겠다. 징글맞게 아름답겠지. 그는 누구더라, 베로니카 레이크였나, 그녀더러 징글맞게 아름답다고 말하곤 했는데—해럴드는 원래 인디애나주 출신이라 나를 "백정"이나 "칠면조"같이 독특한 중서부 별명으로 놀렸다***—그의 아내가 딱 그런 식으로 아름답다. 성모상처럼 뺨을 흘러내리며 물결치는 금발 머리, 천상의 파란 눈, 하지만 너무 구부정하다 못해 날개처럼 활갯짓을 하겠다 싶은 어깨뼈.

해럴드는 말할 때 으레 그러듯 두 손을 아기 발톱 모양으로 든 채 이리저리 서성이는 중이고 어딘가 성모상 같은 그의 아내는 저쪽에서 TV 근처에 있는 아이들과 우리 사이에 어중간하게 서 있다. 하지만 해럴드는 나를 만나 반갑다. "우리 롤로," 그는 말하면서 내 가슴

---

* Pete Longstreet. 본명은 제임스 롱스트리트. 남북 전쟁 당시 남부 동맹군의 장군.

** Audie Murphy. 제2차 세계대전 때의 공훈으로 엄청나게 이름을 날린 미국 전쟁 영웅이자 배우이자 목장주.

*** "징글맞게 아름답다" "백정" "칠면조"는 사투리 발음 또는 사용하는 어휘로 지역색을 드러내고 있다. 원문은 각각 beeyoutiful, heller, turkey.

팍 한가운데를 쳐다본다. "이거 대단한데, 롤로," 그러더니 그는 형용 못 할 감정으로 가만있질 못한다. 롤로는 그가 동양에서 내게 붙여준 별명인데 — 루이지애나에서는 통용되지 않지만 중서부에서는 분명 무슨 뜻이 있는 말 같다. "우리 롤로" — 그는 딱 맞는 별명이라며 정신 나간 사람처럼 즐거워하곤 한다. 이제 최고로 강렬한 감정이 그에게 밀려든다. 숱한 고생과 인내를 함께한 전우를 만나니 얼마나 좋은가, 그러면서도 얼마나 비통한가 하는 감정. 그는 자기도 모르는 그 감정 때문에 가만있질 못하고 두 팔을 쳐든 채 이리저리 움직인다.

"해럴드, 아기 세례 말인데 — "

"어제 받았어," 해럴드는 무심코 말한다.

"미안해."

"너는 대부의 대리인이었어."

"이런."

쉴 곳이 없으니 곤란하다. 우리는 무풍에 멈춘 선박들처럼 반도에서 멀찍이 서 있다 — 꼼짝을 못 하는 채로.

해럴드를 등진 나는 케이트와 베로니카에게 해럴드가 내 목숨을 어떻게 구했는지 그를 겨우 한두 차례 돌아보며 익살맞게 말한다. 해럴드에게 감당이 안 되는 건 내 감사가 아니라, 제 영웅적 행위의 아름다움이 아니라 과거를, 극도의 현실로서 매우 끔찍하고도 화려했던 시간을 갑작스레 대면한다는 사실이다. 그렇게 난감해진 그는 — 세월의 홍수 속에서 대형선처럼 표류해 간다. 해럴드는 그것을, 그때와 그때 이후를, 그 사이에 낀 낯선 10년을 이해해내려고 애쓰지만 그건 그에게 감당 안 되는 일이다. 그는 권투 선수처럼 고개를 절레절레한다.

우리는 격식 없는 생활 구역에 격식을 갖추어 선다.

"해럴드, 여기서는 얼마나 됐어?"

"3년. 이거 봐봐, 롤로." 해럴드는 흐르는 갈기 하며 구부러진 목 하며 전부 흰 목재를 깎아 만든 현대적인 말 머리 조각을 반도 모양의 바 위로 쭉 민다. "누가 만들었게?"

"아주 훌륭한데."

"우리 롤로," 해럴드는 말하면서 내 가슴팍 한가운데에 눈을 둔다. 해럴드는 이해해낼 수 없고, 그래서 뭔가를 해야만 한다. "롤로, 네가 그렇게 세다며? 분명히 내가 이길 것 같은데." 해럴드는 북서부에서 레슬링을 했다. "당장이라도 자빠뜨릴 수 있어." 해럴드는 사실 내게 화를 내고 있다.

"내 말 들어봐, 해럴드," 나는 소리 내어 웃으며 말한다. "도시엔 매일 들어가?"

해럴드는 고개를 끄덕이지만 눈은 들지 않는다.

"여기서 살기로 어떻게 마음을 먹었어?"

"실비아의 가족이 글렌코에서 살거든. 롤로, 저기 아래 뉴올리언스에서 사는 건 어때?"

해럴드는 정말로 레슬링이 하고 싶고 별로 장난처럼 할 생각도 없다. 가슴속의 비통함, 나는 안에 들어가 그것을 가지고 나왔다. 그것과 내게서 벗어나는 게 그로서는 나을 것이다.

10분 뒤 그는 통근역에서 우리를 놓아주고 밤 속으로 황급히 달아난다.

"정말 독특한 가족이야," 케이트는 말하면서 해럴드의 캐딜락에 달린 포탑(turret)들의 꽁무니를 빤히 좇는다.

루프 지역에 돌아온 우리는 개봉관들의 모체이자 태초의 자궁에 — 유골 단지들과 상형문자들이 있고 윌리엄 파월과 조지 브렌트와 패치 켈리와 찰리 체이스* 등 다른 시절의 영적 존재들로 우글대는 아스텍의 영안실에 — 뛰어들어 〈필라델피아의 청춘들The Young Philadelphians〉**이라는 영화를 본다. 케이트는 어둠 속에서 내 손을 꼭 잡는다.

폴 뉴먼은 환멸을 느끼다가 시니컬하고 타산적인 사람이 되는 이상주의적 젊은이다. 하지만 마지막엔 자신의 이상을 되찾는다.

밖에 나오니 새로운 음, 끔찍한 황무지들에서 불어와 북쪽으로 가는 불길한 돌풍 소리가 어느새 바람에 잠입했다. "어어어," 둘 다 몸을 가누느라 손잡을 엄두도 못 내고 엉금엉금 호텔로 걸어가는데 케이트가 죽는소리를 한다. "무슨 일 나려나."

일은 난다. 호텔 데스크 너머로 건네어진 노란 쪽지가 나더러 뉴올리언스 3번 교환원에게 전화를 걸라고 명한다.

나는 분부대로 전화를 걸고, 그러자 고모의 목소리가 먼저 교환원과 말을 나눈 다음 내게 말을 거는데 음색의 변화는 없다. 그녀는 따뜻함이나 차가움, 사랑이나 증오 같은 감정을 구태여 보태지 않고 단조로운 소리로 통고한다 — 이쪽이 1만 개의 돌풍보다 불길하다.

"케이트랑 같이 있니?"

"네."

"우리가 너흴 어떻게 찾았는지 궁금하지?"

"네."

"경찰이 케이트의 차를 기차역에서 발견했어."

"경찰이요?"

"케이트가 가면 간다고 얘길 했어야 말이지. 하지만 걔 행동이야 이유가 없지 않으니까 용서 못 할 거 없어. 너야 다르지만."

나는 침묵한다.

"왜 말 안 했니?"

나는 생각해본다. "기억이 안 나요."

4

마디그라 전날 밤에는 뉴올리언스행 비행기 좌석을 잡기가 불가능하다. 화요일 오전까지는 예정된 기차도 없다. 하지만 버스는 대략 한 시간마다 출발한다. 나는 고모에게 전보를 치고 스탠리 킨첸에게 전화를 걸어 판매 원조에 관한 연설은 못 하게 됐다고 말한다—하지만 괜찮다. 원래 연설자가 다시 마음을 바꾸었다. 스탠리와 나는 만났을 때보다 훨씬 더한 충정으로 헤어진다. 이 이상 만나면 불편해지기만 할 대기권 바깥의 충정. 어쨌든 상관없다. 한밤중에 우리는 시니크루저(Scenicruiser)를 타고 뉴올리언스로 향하는데 이 버스는 일리노이 센트럴보다 동쪽으로 치우친 경로를 타고 워배

* William Powell, George Brent, Patsy Kelly, Charley Chase. 모두 미국 배우 또는 영화감독.

** 빈센트 셔먼 감독, 폴 뉴먼 주연의 1959년 영화.

시강(Wabash River)을 따라 에번즈빌과 케이로를 거쳐 멤피스로 내려간다.

떠나게 되어 좋다. 시카고는 단기 순환에나 어울린다. 케이트의 상태는 괜찮다. 새어머니의 호출에 침울해지지도 근심에 빠지지도 않았다. 새어머니한테 자초지종을 털어놓기로 한 그녀는 이런 문제에 대한 확고한 직감으로 예약 취소며 왕복표 얘기를 하다 뜻을 굽히지 않고 이대로 머물기로 마음먹더니 그러고 나선 생각을 바꾸어 저들 마음이 편하게 집에 돌아가자고 주장한다. 지금 그녀는 호기심 어린 눈으로 버스 터미널을 두리번거리면서 몇 초마다 쩍쩍 얼굴이 쪼개질 듯 하품을 해대고 있다. 일단 버스에 오르자 그녀는 턱을 늘어뜨리고 기절하듯이 무의식에 빠져 오하이오강에 다다르는 내내 잠을 잔다. 나는 선잠을 자다가 테러호트 교외에 동이 틀 즈음 아예 일어난다. 충분한 빛이 들자 나는 문고판『사막 아라비아 여행』을 꺼내어 아침 식사차 에번즈빌에 정차할 때까지 읽는다. 실컷 먹고 버스에 도로 기어든 케이트는 겨울이 보랏빛 안개처럼 아직 매달려 있는 저지대의 벌거숭이숲과 오하이오강의 폐수를 한 차례 내다보고는 벌린 입을 내 어깨에 뭉갠 채 깊은 잠에 빠진다.

오늘은 마디그라, 기름진 화요일이지만 우리 버스는 시카고를 너무 늦게 떠나는 바람에 축제 손님을 태우지 못했다. 승객들은 멤피스의 사위네 집을 찾는 장모들, 낡고 예스러운 비오카레*로 휴가를 보내러 가는 학교 선생들과 전화교환원들 같은 일상적인 부류다. 버스 위층은 녹색 안전지대로서 알고 보니 사람들이 아래층의 암묵적 규율인 정숙에서 벗어나 해방감을 만끽하는 중인데, 함께 넓은 세상과 푸른 하늘을 보러 올라왔다는 점에서 서로들 어느새 일종의 동지애를 다지며 첫마디를 튼 듯하다. 나는 내 쪽으로 기지개를 켜는 케이트에게 좌석을 내주고 그녀의 두 다리를 접어서 올려준 뒤 인디애나와 일리노이와 켄터키와 테네시와 미시시피를 거쳐 하행하는 긴 하루의 남은 여정을 두 승객과의 대화로 보낸다—하나, 위스콘신주에서 온 낭만주의자. 둘, 테네시주 머프리즈버러의 작은 제조 회사에서 와 게리에서 차를 망가뜨린 세일즈맨.

이제 안전지대의 앞쪽 좌석에 앉아 있는 우리는 미시시피강의 일리노이 쪽 제방을 곤두박질치듯 나아가면서 서쪽 멀리 가파르게 떨어지는 검댕투성이 협곡 지대를 지나 색색의 창문이 달린 키다리 골조 주택들과 폴란드 성당 첨탑들이 버티고 선 비탈을 맞닥뜨린다. 나는 읽는다.

> 우리는 다음 날 황혼 녘에 오르막을 탔다. 하지만 동틀 녘이 한참 지나자 하늘은 음침한 구름으로 우리 머리 위를 무덤 닫듯 닫는 듯했다. 우리는 무시무시한 용암층에 발이 묶였다.

낭만주의자는 통로 건너편에서 한쪽 발로 금속 선반을 딛고 앉아 우아하게 구부정해 있다. 그는 『파르마의 수도원』을 읽는 중이다. 얼굴은 보기 드문 솜씨로 빚어져 잘생겼지만 반코트의 커다란 칼라 위로 치솟기엔 머리가 너무 작아 왠지 젠체하는 데다 멋을 부린 것처럼 보인다. 내 호기심을 끄는 건 두 가지다. 그는 어떻게 앉아 있는

---

* Vieux Carré. 프랑스어로 "오래된 광장"이란 뜻으로 뉴올리언스 도심에 있는 구역.

가? 자기도 모르게 무심코 우아함이 배어나는가 아니면 알고서 일부러 우아함을 풍기는가? 그는 『파르마의 수도원』을 어떻게 읽는가? 복숭아에 대한 취향처럼 책에 대한 나름의 취향을 갖춘 사람이자 세상 안에 잘 자리매김한 사람답게 무심코 읽는가 아니면 어떤 관습을 지닌 세상 안에 스스로를 욱여넣을 필요가 있는, 적당히 굽힐 필요가 있는, 적당한 버스에서 적당한 책을 읽을 필요가 있는 사람답게 일부러 읽는가? 그는 낭만주의자가 맞을까?

그는 낭만주의자다. 그의 자태가 첫 번째 단서다. 믿을 수 없을 만큼 훌륭한 저 자태, 세상 모든 구부정하고 우아한 것들의 정수. 아예 결론을 내주듯 그는 나와 내 책을 힐끗하더니 돌연 알은척을 하고 쑥스러운 태도로 냉큼 돌아선다. 그를 난국에서 꺼내주고자 나는 그에게 건너가 읽고 있는 책이 어떤지 묻는다. 그는 10분의 1초쯤 나를 빤히 쳐다보면서 내가 동성애자가 아닌지 살핀다. 하지만 그는 내 동행인 케이트를 진작에 본 참이고 지금은 엎드려 자느라 놀라울 만큼 엉덩이가 솟은 그녀를 보고 있다.(그동안 내가 지켜본바 젊은 남자가 잘 모르는 젊은 남자에게 함부로 말을 거는 건 이제 불가능한 일인데 다만 남부와 서부의 특정 구역에서는 예외고 손에 책을 들고 있으면 더더욱 예외다.) 내 쪽에선 그의 쑥스러움을 통해 이미 그를 알아보았다. 저건 순수한 이성애자의 쑥스러움이다. 그는 동성애자도 아니지만 마냥 낭만주의자도 아니다. 이제 그는 책을 덮더니 한마디로 함축된 핵심을 오직 눈길만으로 끄집어내겠다는 듯 격렬히 책을 노려본다. "이거 — 아주 훌륭해요," 그는 마침내 말하고는 얼굴을 붉힌다. 딱한 녀석. 이제 막 시달리기 시작했군, 스스로의 감정을 갖고 노는 낭만주의자의 그 비참한 재주에 말이야. 자기가 귀하게 여기는 걸 손에 닿을 듯 말 듯한 데다 두는 재주. 그에게 귀한 건 바로 이런 만남이다, 우연한 버스에서 우연한 친구와의 우연한 만남, 말을 걸 수 있고 마음속의 지독한 열망을 조금이나마 털어놓을 수 있는 친구. 이제야 그런 친구를, 그러니까 나를, 흔치 않은 버스 친구를 만났는데 그는 하필이면 벙어리가 된다. 단도직입적인 질문이 필요한 사례다.

그는 아버지가 회계원으로 일하는 위스콘신주 북부 소재 작은 대학의 2학년생이다. 그의 가족은 자식들의 진학을 극도로 자랑스러워한다. 세 누나는 차곡차곡 학력을 쌓아 박사와 석사로 구색을 갖추고 인생 중반에 들어섰다.(그는 리허설을 한 듯한 빠른 말투, 우리의 흔치 않은 만남에 적당하다고 여기는 말투로 말하는데 마지못해 "버스" 같은 평범한 단어를 써야 할 땐—그 단어에 그윽한 풍미를 부여할 도리가 없으므로 인용도 하고 얼굴도 찡그려가며 말한다.) 그는 3학기제 중 두 번째 학기를 이수하고 졸업 학점이 충분히 쌓이자마자 부랴부랴 뉴올리언스행을 택했는데 이는 한동안 바나나 싣는 일을 하다 잘되면 상선을 타기 위해서다. 그는 긴장한 듯이 웃음을 지은 채 몸을 앞으로 힘껏 끌어당기더니 벙어리가 된다. 한동안만요, 그는 말한다. 여자 친구, 아주 보기 드문 여자 친구를 구해서 마룻바닥에 둘러앉아 영적 교감을 나누는, 발코니의 로돌포* 같은 인생을 살고 싶은 게 그의 내심이다. 나는 의심스럽다. 우선 그는 스스로를 물리치고서 10마일을 훌쩍 앞서갈 것이고 그 엄청나게 숨 막히는 침묵으로 한 여자의 간담을 서늘케 할 것이며 그녀를 죽기살기로 원하는 나머지 자신

* 영화배우 앤서니 퀸의 본명 중 일부.

의 고유한 논리로는 그녀를 가질 수 없을 것이다. 혹시 그녀를 가지더라도 그는 둘의 관계를 10마일 훌쩍 앞서가 결국 어느 썩은 내 나는 항구에 정박된 자기 배의 난간에 발을 딛고 외로움을 음미할 섬으로 도망치는 파국을 맞을 것이다.

사실 그에게 더는 할 말이 없다. 해줄 수 있는 최선의 일은 그 끔찍한 압력, 낭만주의자의 압력을 조금 빼준 뒤 그를 혼자 내버려두는 것이다. 그는 영화광이다, 물론 영화를 보러 다니진 않지만.

세일즈맨한테는 그런 골칫거리가 없다. 여느 회사원처럼 그도 낭만주의자라기보다는 형이상학자다. 예를 들어 그는 나한테 상품 견본을, 그러니까 담금질하고 블루잉*한 강철을 갈아서 양날로 만든 단순한 엘(L) 자를 준다. 그는 그걸 제 손바닥에 놓고 균형을 잡아가며 무게와 굳기를 가늠한다. 손은 그 날을 잘 알고 강철의 우수함에 대한 저만의 형이상학을 실천한다.

"정말 고맙습니다," 나는 따끈한 날을 건네받으며 말한다.

"세상에 맨 하는 일이 뭔지 알아요?"

"아니요."

"사무실에 걸어 들어가요—"(그는 농기구 매장에다 이 부속품을 판다.) "—그러고 거기 있는 남자한테 부시호그** 날이 얼만지 묻는 거죠. 그는 한 짝에 9달러 반을 부를 거예요. 그러면 당신은 그 사람 책상에 이 날을 툭 떨궈놓고 절충 없이 35센트라고 말만 하면 돼요."

"그걸로 뭘 하죠?"

"뭐든지요. 목재, 부엽토, 완두콩, 강낭콩, 커다란 묘목, 뭐든지. 그 쥐똥만 한 망할 것들이 당장에 사라지는 거죠." 그는 한 손으로 다른 손을 찰싹 내리치고, 그러자 나는 남부 고유의 평판으로 탁월

함이 입증된 부시호그 날의 역사적이다 못해 전설적인 특성이 실감된다. 새로 나온 기계장치가 희한한 가위질로 측면 습격을 돌파할 때 주어지는 호들갑스럽고 우스운 찬사가 인상적이다.

우리는 뒤쪽 좌석에 앉되 세일즈맨은 한쪽 다리를 접어 뒤꿈치를 엉덩이 밑에 깔고 무릎 위로 팔을 뻗는다. 그는 검정 구두에 흰 무좀 양말을 신었고 이따금 손가락을 내려보내 가려움을 달랜다. 그는 저기 머프리즈버러에 있는 가족과 부시호그 날에 관해 얘기하는 게 즐거워 유니언시티로 향하는 동안 내게 질문 한 번 없이 말을 못 끊는데 나도 무슨 말을 해야 할지 몰라 그편이 차라리 반갑다. 회사원들이야말로 우리의 둘도 없는 형이상학자들이지만 문제는 그들의 형이상학이 일방통행이란 점이다. 세일즈맨이 유니언시티에서 내릴 때쯤 내 머릿속은 35센트짜리 날에 관한 사실들로 현기증이 날 것 같다. 평생을 머프리즈버러에서 살아온 느낌이다.

캐널 스트리트는 캄캄하고 휑하다시피 하다. 마지막 차례인 코머스 크루의 퍼레이드는 덜덜거리는 수레랑 타오르는 횃불과 함께 저 아래 로열 스트리트로 오래전에 가버렸다. 거리 청소부들은 색종이 조각과 화려한 장식 따위를 쓸어 배수로에다 질퍽질퍽한 더미를 쌓는다. 차가운 이슬비에선 시큼한 제지펄프 냄새가 난다. 도처에 남은 몇 안 되는 가면무도자들은 스페인이끼 차림, 나사못이 목에 박힌 프랑켄슈타인의 괴물 차림을 한 채 유인원처럼 휘청휘청하고 두

---

* bluing. 연마된 금속에 푸른 산화피막을 입혀 내식성과 탄성을 부여하는 것.
** bush hog. 트랙터에 매달아 끌어 초목을 제거하는 일종의 쟁기 같은 농기계.

엇쯤 되는 인근의 불량배들은 빙글빙글 돌다 채찍 후리듯 텅텅 자빠져가며 저희 트럭으로 사이좋게 돌아간다.

케이트는 눈이 말라 있고 멍한 상태다. 그녀는 낯선 도시에 내린 듯이 서서 빤히 둘러보고 있다. 우리는 로욜라 애버뉴까지 걸어 올라가 각자 차를 타기로 한다. 다리 없는 몸통들에 검정 망사 팬티를 입혀놓고 방탕한 종류의 속옷을 파는 저 앞 란제리 매장 창가에 아까 그 낭만주의자가 서 있다. 우리가 지나가기도 전에 알아차린 그는 낯부끄러운 인사를 피할 셈인지(어차피 우리가 무슨 얘길 한다고, 적당한 말이 안 나올 게 뻔한데?) 손을 주머니 깊이 찔러 넣고 반코트의 커다란 칼라 위로 치솟은 작게 잘 빗어진 머리를 눈속임으로 두리번두리번해가며 황급히 자리를 뜬다.

# 제5장

## 1

"내가 감히 널 이해한단 말이 아니야. 내 말은 내가 이틀 동안 완전히 넋이 나간 뒤에야 뭘 이해 못 했는지 보이기 시작했다는 거야. 어쨌든 그건 옳은 방향으로 나아가는 일보겠지. 내가 정신을 못 차렸던 건 그 생소함 때문이었어, 너도 알겠지만. 네가 하늘 아래 뭔가 새로운 것을 발견했을 거라고 난 믿어 의심치 않는다."

고모가 수요일 오전에 늘어놓는 말씀치고는 드물고 불길할 만큼 객관적이다. 격한 감정에 휩싸인 그녀는 그 감정을 다스릴 기운을 막 찾은 참이고, 그리하여 그 승리감이 한창인 지금은 점잖은 데다 유머러스하기까지 한 예전의 모습을 행사해도 된다고 스스로에게 허락 중이다. 딱 하나 불안한 조짐이 있다면 그녀의 눈웃음인데 그 눈은 지나치다시피 가늘게 떠서 미세하게 굳어 있다.

"내 추측이 맞는지 확인해줄래? 네 발견이 그거 아니니? 무엇보다 지난 모든 역사에서 곤경에 처했던 사람들이 선하든 악하든, 용감하든 비겁하든, 비범하든 평범하든, 명예롭든 치욕스럽든 어떤 익숙한 관습대로 행동했다는 게 틀리다는 거 말이야. 그들은 딱 봐도 티가 나. 용기, 연민, 두려움, 당황, 기쁨, 슬픔 따위를 드러내니까. 그게 어쨌든 이삼천 년간 축적된 인류의 경험이었어, 안 그래? 네 발견은, 내가 최대한 헤아려보자면, 그동안 아무도 떠올리지 못한 대안이 있다는 거잖니. 인생의 어느 중대한 상황에 있음을 깨달은 사람은 어쨌든 전통적인 관습에 꼭 부응할 필요가 없다는 거잖아. 아니. 사람은 그냥 의무를 저버리기도 해. 못 본 체한다고. 제멋대로 해놓고선 어깨만 으쓱하고 홱 돌아서 떠나. 퇴장을 한다고. 왜 사람은 결국 인간적으로 행동해야겠니? 모든 위대한 발견이 그렇듯 답은 기가 막히게 간단해." 그녀는 미심쩍어하는 법률가처럼 웃는데 그 모습이 앤스 판사를 떠올리게 한다.

오늘 오전에 집은 별반 다를 게 없었다. 진공청소기, 식기세척기, 세탁기와 건조기, 그 모터들의 평소 같은 합창, 너도나도 윙윙거리고 덜덜거리고. 위쪽 지방에서 지르는 베시 코의 먹먹한 고함, 이를테면 처마 밑 참새 소리처럼 친근하고 짜증 섞인 소리가 뒤쪽 계단통에서 밑으로 울려 퍼진다. 줄스 고모부도 별반 다를 게 없었는데 다만 못마땅함이 한계에 다다르면 인사가 짧아지는지 현관에서 내가 지나갈 때 조금 어색하게 나를 피하며 슬픈 기색으로 간단한 아침 인사만 건넸다는 점은 예외다. 케이트는 어디서도 보이지 않았다. 내가 알기로 고모는 10시 정각까진 "장부"를 보관해두는 뚜껑 달린 책상 앞을 지킨다. 곧장 들어가 그녀가 나를 알은체할 때까지 열중쉬어 자세를 취하는 수밖에 없다. 지금 그녀는 블랙 프린스*처럼 똑바르고 의젓한 모습으로 검토 중이다.

"뭐니?"

"시카고행을 함께하자던 케이트의 계획을 제 경솔함과 착오 때문에 못 알려드려서 죄송해요. 제가 경솔했던 건 변명의 여지가 없어요. 무조건 제가 죄송하니까 부디 고모의 화가—"

"화? 네가 잘못 알고 있어. 그건 화가 아니었어. 발견이었지."

"무슨 발견이요?"

"큰 기대를 걸었던 사람이 어느 날 갑자기 거기에 없다는 발견. 훌륭하고 듬직한 어깨 같아서 기대고 있었는데 전부 곤죽같이 흐물흐물해진 기분이랄까."

잉크스탠드에 있는 투구 쓴 모형의 손아귀에서 빼낸 반질반질한 강철 검, 우리는 둘 다 그 편지용 칼만 하염없이 내려다본다.

"그 점 죄송해요."

"네가 나한테 낯선 사람으로 느껴지는 건 아마 내 잘못이겠지. 그럴 거라고 좀 더 일찍 생각을 굳혔어야 했는데 내가 어리석었어. 지금으로선 네가 케이트든 줄스든 아니면 나든 누구도 돌볼 능력이 안 된단 걸 확실히 알겠어—저기 길에 지나다니는 니그로 남자보다 나을 게 없거든—사실 그보다 못하지, 대충 짐작해봐도 그와 나는 다소의 전통을 공유하고 있음을 발견할 테니까." 그녀는 칼끝이 휜 걸 처음 알아차린 듯하다. "솔직히 말해서 난 네가 케이트랑 떠난다고 알릴 생각이나 해봤을지 믿음이 안 가, 걔가 지독하게 아픈 줄 알

---

* Black Prince. 14세기 영국 왕 에드워드 3세의 맏아들 웨일스 공의 별명. 용맹하기로 이름을 떨쳤으나 아버지보다 먼저 세상을 뜸.

면서 말이야. 나는 정말이지 네가 저 딱한 애를 그런 기상천외한 여행에 데리고 도망가느라 신성한 신뢰를 악용 중이라거나 너에 대한 개의 크나큰 믿음과 애정을 배반하는 중이라는 생각을 해보기나 했을까 싶어. 해봤니?" 내가 대답을 않자 그녀는 묻는다.

나는 그녀 앞에서 다소곳하게 보이게끔 최선을 다하는 중이고, 하여 옳지 못할 바엔 차라리 잘못한 티를 낸다, 티가 제대로 나도록. 하지만 할 말은 떠오르지 않는다.

"케이트가 자살 시도를 하고 열두 시간 뒤에 흔적도 안 남기고 사라졌을 때 내 기분이 어땠을지 뭐라고 말 좀 해볼래?"

받치던 집게손가락에서 검이 미끄러져 나가자 우리는 그걸 쳐다본다. 그것은 책상의 황동 경첩에 부딪쳐 **쨍그르르** 소리를 낸다. 그 순간 고모는 검을 칼집에 넣고 손을 책상 위에 납작하게 두는데 그 모습이 매우 갑작스러워 나는 흠칫 놀라다시피 한다. 손을 뒤집은 그녀는 손가락을 말더니 세로 능선으로 깊은 줄이 새겨진 손톱들을 자세히 살핀다.

"케이트랑 정을 통했니?"*

"정이요?"

"그래."

"그다지요."

"다시 물으마. 케이트랑 정을 통했어?"

"그런 것 같아요. 정은 딱 맞는 단어가 아니지만요."

"그렇겠지. 딱 맞는 단어가 아니지. 그 단어가 뭘까 궁금하네. 너도 알겠지만—" 그녀는 살짝 농을 섞어 말한다. "—내가 남몰래 추정하는 게 또 있어. 이만큼 사는 동안 내가 추정해온 게 뭐냐면 우리 사이에서 말은 대략 같은 뜻을 지닌다는 거야, 그러니까 어떤 사람들, 내가 상류층이라고 거리낌 없이 부르는 사람들 사이에는 공통의 의미 체계가 존재하고 어떤 예의범절과 기품이 숨 쉬듯이 자연스럽게 배어난다는 거지. 인생의 중대한 시점에 있잖니 — 성공, 실패, 결혼, 죽음 같은 거 말이야 — 우리 같은 사람들은 타고난 행위 본능이 늘 있었어, 자연스러운 신심이랄까 기품이, 그걸 뭐라고 부르든 간에. 그럴 때 말고도 우리가 뭘 하든 못 하든 우리한텐 늘 그게 있었지. 사소한 고백을 해야겠구나. 난 품사를 쓰는 게 부끄럽지 않아.** 다른 혐의에 대해서도 유죄를 인정하마. 우리 계급에 속한 사람들은 저희가 남들보다 낫다고 생각한다는 혐의. 우리가 나은 걸 어쩌니. 우리끼리의 의무건 남한테의 의무건 회피하질 않으니 우리가 낫지 그럼. 우리는 징징거리질 않잖니. 소수집단을 만들어서 정부에 공갈을 치지 않는다고. 우린 평범함을 위한 평범함은 인정하질 않아. 오, 요즘엔 너희가 말하는 그 잘난 평민을 치켜세우는 말이 꽤 많이 나돈다는 거 나도 알아 — 있잖니, 항상 느꼈던 건데 평민이 평민으로 불리는 데 더없이 만족하는 건 자기가 딱 평민이기 때문이더라. 난 지금 지독히 평범하다는 뜻의 평민을 얘기하는 거야. 우리 문명이 어째 신통찮은 영예를 얻고 말았군. 우리 문명은 과학기술이나 심지어 전쟁으로가 아니라 희한한 풍조로 기억될걸. 평범함을 국민적 이상으로 받든 문명은 우리 문명이 역사상 유일할 거라고. 다른 문명들은 부패했지, 한데 온갖 부패 중에서도 가장 시시한

* 여기서 "정을 통하다"의 원문은 "intimate"으로 성적인 뉘앙스도 있다.

** 말하자면 계급적으로 고상함과 격식을 갖춘 언어를 쓴다는 뜻.

부패를 우리더러 발명하게 해놓고 갔네. 주지육림도 없고, 길거리에 피가 흐르지도 않고, 절벽에서 아기들이 내던져지지도 않고. 암, 우린 감상적인 사람들이고 쉽게들 겁에 질리니까. 맞아, 우리의 용기는 썩었어. 우리의 국민성은 하늘까지 악취를 풍겨. 하지만 우린 그 어느 때보다 상냥하지. 누가 가슴이 아리면 발작적인 감정으로 먼저 나서서 호응해주는 매춘부가 전엔 없었잖니. 이젠 도둑질, 호색, 거짓말, 간음 따위 새로울 게 없어. 새로운 거라면 우리 시대엔 거짓말쟁이와 도둑과 창녀와 오입쟁이들도 축하받길 바라고 실제로 무수한 대중에게 축하를 받는다는 거지, 그들의 고백이 충분히 심리학적이든가 아니면 충분한 진심을 담은 솔직한 음으로 심금을 울린다면 말이야. 오, 우린 참 솔직해. 나도 그건 부정 안 해. 요즘엔 내 주변에도 솔직하지 않은 사람이 없단다. 내가 아는 가장 솔직한 사람은 디디 러벌인데 걔는 딴 남자랑 침대에 기어들 땐 번번이 최고로 솔직한 모습이 되더라. 우리는 역사의 하수구로 영영 쓸려 내려간 너무나도 솔직한 냉담자들이야. 암, 내 젊은 친구, 난 품사를 쓰는 게 부끄럽지 않아. 저기 밖에선 우리가 우리더러 나은 사람이라 한다고 뭐라고들 해. 우리가 나은 걸 어쩌니. 저들이 그 사실을 모를 거라 생각하지 마라—" 그녀는 프리테이니아 스트리트 쪽으로 검을 들어 올린다. "뭐 하나만 말하자. 저기 저 바깥에 있는 사람이 지난 3000년 인류의 진보를 보여주는 귀한 증거라고 한다면 내가 할 말은 그 그림에서 내가 뿌옇게 바래도 난 만족한다는 것뿐이야. 어쩜 우리는 생물학의 장난인지도 몰라. 잘은 모르겠다. 하지만 이거 하난 확신해. 우리가 우리의 빛으로 살고, 우리의 빛으로 죽고, 지고하신 신들이 누구든 간에 그분들의 눈을 변명 없이 마주할 거라는 거." 고모는 몸을 홱 돌려 나를 마주하는데 기분이 나쁘진 않은 모양이다. "난 너를 위해 최선을 다했어, 아가. 내가 가진 걸 다 줬지. 내가 너한테 건네주고 싶었던 건 무엇보다 우리 집안 남자들의 유산이었어, 어떤 영적 자질, 유쾌함, 사명감, 살짝 고루한 고결함, 상냥함, 여자들에 대한 다정함—남부가 늘 지녀왔던 둘도 없이 좋은 것들이자 인생에서 진짜로 중요한 유일무이한 것들. 그래. 아직은 네가 나한테 한 가질 말해줄 수 있단다. 난 네가 나쁜 아이가 아니란 걸 알아—아니었으면 좋겠어. 하지만 내가 너한테 말했던 것들이 아무런 의미가 없다니 어떻게 그런 일이 있을 수 있니? 뻔히 그렇잖아. 고모한테 말 좀 해줄래? 진짜로 궁금해서 그래."

나는 검에서 눈을 뗄 수가 없다. 여러 해 전 나는 서랍을 여느라 저 칼끝을 구부러뜨렸다. 고모도 검을 쳐다본다. 의심 중이신가?

"말씀드리기가 참 어렵네요. 고모는 고모가 말씀하신 것들이 저한테 아무런 의미가 없다고 하시죠. 그건 사실이 아니에요. 그 반대예요. 저는 고모가 말씀하신 걸 하나도 잊은 적이 없어요. 실은 그걸 평생 숙고해왔는걸요. 제 반대 의견은요, 반대 의견이라고 하긴 좀 그렇지만, 보통의 방식으로는 표현할 수가 없어요. 솔직히 말씀드려서 표현이 영 안 돼요."

"알았다. 케이트와의 행위는 용납이 되니?"

"용납이요?" 용납이라. 나는 한쪽 눈을 일그러뜨린다. "안 되는 것 같아요."

"안 되는 것 같다 이거구나." 고모는 법률가처럼 찡그린 얼굴로 진지하게, 거의 싹싹할 정도로 고개를 끄덕인다. "케이트가 자살 충동을 느끼는 건 알았니?"

"아니요."

"케이트가 자살했으면 너도 신경이 쓰였을까?"

"네."

긴 침묵 뒤에 그녀는 묻는다. "더 할 말 있니?"

나는 고개를 가로젓는다.

머서가 문을 열고 고개를 빼꼼 들이밀더니 방 안 공기를 한 모금 들이마시고는 냉큼 발길을 거둔다.

"그럼 이걸 말해다오. 그래, 이걸!" 고모는 마침내 문제의 핵심에 다다랐다는 듯 밝아져서는 손을 비비며 말한다. "이거야말로 내가 어떻게든 알고 싶은 거니까 말해다오. 내가 생각하기에 너한테 케이트에 대한 믿음이 있었다는 건 우리 둘 다 인정하는 바야. 내 생각이 틀렸을지도 모르지만. 한데 내가 알기로 너는 걔가 약을 한다는 걸 알았어. 혹시 내 말 틀리니?"

"아니요."

"걔가 최근의 그 여행에서 약을 하고 있었단 걸 너도 알았어?"

"네."

"넌 네가 했다던 대로 했고?"

"네."

"할 말은 그게 전부니?"

나는 침묵한다. 머서가 왁스칠 기계를 돌리기 시작한다. 그는 기계를 돌려도 되는지 물으려던 것이다. 나는 딱히 아무런 생각을 않는다. 저 밖 길거리에서 한 차례 외침이 울려 퍼지고 고모가 말한 니그로가 내 시야에 들어온다. 마지막 남은 굴뚝 청소부 코다드, 프록코트에 짜부라진 중절모를 걸치고 어깨엔 팔메토 야자나무 낙엽과

갈색 지푸라기를 한 보따리 이고 다니는 짙고 묘한 남빛의 니그로. 외침이 또 한 번 들려온다. “R-r-r-ramonez la cheminée du haut en bas!(굴뚝을 꼭대기부터 밑으로 쓰-쓰-쓰-쓸게요!)”

“마지막으로 내 별 뜻 없는 호기심을 채워줄 질문 하나만 하자. 우리가 같이 음악을 듣고 같이 『크리톤Crito』*을 읽고 같이 얘길 나눈 그 세월 동안 네 머릿속에선 무슨 일이 있었던 거니 — 혹시 선과 진리와 미와 숭고에 관해 — 하느님 맙소사, 까마득하네 — 나 혼자 얘길 나눴던 거니?”

또 한 번 외침이 들리자 라모뇌르**는 사라지고 없다. 나로선 할 말이 없다.

“넌 그런 것들을 안 사랑하니? 그런 것들로 살아가지 않아?”

“네.”

“넌 뭘 사랑하니? 무엇으로 살아가는데?”

나는 침묵한다.

“내 어디가 널 실망시켰는지 말해주렴.”

“그러신 적 없어요.”

“넌 인생의 목적이 뭐니 — 영화 보러 가는 거랑 여자애들 달고 다니면서 농락하는 거?”

“아니요.”

대리석 무늬 표지로 된 구식 원장, 그녀가 여러 개의 주유소, 캐

---

* 플라톤의 저서로 소크라테스의 친구인 크리톤이 소크라테스에게 탈옥을 권하고 소크라테스는 법과 정의의 관점에서 그에 반박하는 내용.

** ramoneur. 프랑스어로 굴뚝 청소부.

나다 광산들, 특허들 같은 자산 내역을 꼬박꼬박 기록해둔 장부가 그녀의 책상 위에 펼쳐져 있다—어느 박사가 자수성가로 쌓은 것—우리 윌스 박사가 그녀에게 남긴 것. "됐다." 그녀는 장부를 기운차게 덮고 나를 올려다보며 웃음을 짓는데 그것은 앞서 사라진 것보다 더한 웃음, 종지부를 찍는 웃음이다. 웃음을 띤 채 그녀는 그 옛날 파티 때 그러던 것처럼 내게 손을 내밀고 고개를 한쪽으로 갸우뚱한다. 하지만 그녀가 내 이름을 입 밖에 내지 않는다는 사실은 내게 새로운 지위를 부여한다. 그러니까 그녀는 느슨하게 연결된 숱한 사람 중 하나, 예컨대 봄 축제를 즐기러 온 관광객이라도 자신의 연회장에서 우연히 마주쳤다면 아마 이름을 불러주었을 것이다.

우리는 벽에 기대어 정중하게 서 있는 머서를 지나친다. 그는 나에 대한 애정을 드러내는 동시에 고모에 대한 충성을 선언하는 정교하게 계산된 인사를 웅얼거린다. 그가 근사하고 선한 영혼들로 가득한 식당에 껑충껑충 경쾌하게 들어가는 모습이 내 눈초리 바깥으로 보인다. 우리는 어느새 현관에 와 있다.

"들러줘서 정말 고맙다," 고모는 손가락으로 목걸이를 더듬으면서 내 뒤쪽에 있는 보드뢰유 후작*의 집을 건너다보고 말한다.

케이트가 모퉁이에서 나를 환영한다. 그녀는 내 MG에 기대어 스튜어디스처럼 생기 있게 블라우스를 걷어붙이고 있다.

"당신은 바보 바보 바보야," 그녀가 원망의 눈길로 말한다.

"왜?"

"다 들었어, 이 딱하고 바보 같은 인간아." 그러고는 자제가 안 되는지 앞 유리를 손톱으로 빠르게 두드려댄다. "이제 집으로 가?"

"응."

"거기서 기다려."

## 2

우중충한 날이다. 젠틸리는 셰프망퇴르의 불타는 습지에서 불어온 동풍 덕에 군데군데 원 없이 청소가 되었다.

오늘은 내 생일이고 나는 운동장의 회전 파도타기에 앉아 무념무상으로 케이트를 기다린다. 이 지구에서 내 암담한 인생행로의 서른한 번째 해를 맞는 지금 내가 아는 건 전에 알던 것, 즉 배설물을 보면 탁 알아차리도록 익혔던 것보다 적은데, 나로 말할 것 같으면 배설물, 즉 온갖 종류의 똥과 파리를 식별할 줄 아는 좋은 코 하나를 겨우 아버지한테 물려받아 — 내 유일한 재능이다 — 온 구역의 배설물 냄새를 맡으며 사실상 배설물의 세기를, 그러니까 만인의 욕구가 충족돼 모두가 따스하고 창의적인 아무나가 되어 쇠똥구리처럼 번영을 이루는 데다 인본주의자 100퍼센트에 하느님을 믿는 자 98퍼센트로 이루어진, 사람들이 거듭, 거듭, 거듭 죽어나간 과학적 인본주의의 그 잘난 변소 같은 삶을 살아왔다. 말하자면 불안감이 낙진처럼 내려앉아 폭탄이 떨어질 가능성보다 떨어지지 않을 가능성에 사람들이 진정 공포를 느끼는 삶 — 서른 번째 생일날, 아는 게

---

* Pierre de Rigaud, marquis de Vaudreuil-Cavagnial. 루이지애나가 프랑스령이던 1740년대에 마디그라 축제를 처음 연 주지사.

전혀 없는 나는 마지못해 욕망의 희생양이 된다.

남은 것은 욕망뿐, 욕망은 미스트랄처럼 울부짖으며 엘리시언필즈에 내린다. 내 탐색은 단념된 상태다. 그것은 고모를, 고모의 올곧음과 절망, 그러니까 나에 대한 절망과 그녀 자신에 대한 절망을 당해내질 못한다. 한바탕 진지한 대화가 끝나고 고모한테서 벗어날 때면 나는 번번이 여자를 찾지 않을 수 없다.

회전 파도타기에서 케이트를 기다린 지 50분째라 어쩔 줄을 모르겠다. 무슨 일 생겼나? 고모와 얘기를 나눈 뒤 그녀는 내게 노발대발이었다. 사무실에 있는 섀런에게 전화를 거는 수밖에. 소란스러운 공공 지역 한가운데 위치한 엘리시언필즈의 중립지대에 서 있는 알루미늄과 유리 재질의 작은 탑은 겉은 아주 근사하고 예뻐도 속에선 악취가 난다. 나는 천천히 돌면서 연필로 적힌 시구들과 쓸쓸한 연인을 그린 슬픈 만화를 눈여겨본다. 철사가 파르르 떨렸다 멈췄다 떨리는 사이사이 내 귀에는 내 자아가 곁에 말없이 선 듯 나 자신의 숨소리가 들려온다. 전화는 응답이 없다. 그만뒀나?

아이들 몇 명이 길을 건너 운동장에 막 들어섰다. 덩치 큰 두 남자아이가 다른 아이들을 회전 파도타기에 태우고 돌린다. 어린아이들은 고작 운동장 가까이 설치된 뺑뺑이를 타고 고정된 궤도만 돌기 일쑤다.

로리, 나는 그녀를 찾지 않으면 안 된다. 고모가 옳단 걸 케이트가 알며 섀런 말고는 아무도 남지 않았다는 사실이 이젠 분명해졌다. 동풍이 휘파람 소리와 함께 탑의 처마들을 지나면서 유리를 고정쇠에 꾹 누른다. 나는 아파트에 전화를 걸어본다. 그녀는 외출 중이다. 그래도 조이스, 창가의 조이스, 이 엉큼한 사람, 하는 입 모양에 사슴 가죽 재킷을 걸친 조이스는 거기에 있다.

"저 잭 볼링이에요, 조이스," 옛 버지니아의 목소리가 말한다.

"어머어머."

"섀런 있어요?"

"자기 어머니랑 스탠 데리고 나갔어요." 조이스는 중서부의 쏘는 말투다. 으므니 하고 그녀는 말한다. 또 이렇게. 으머으머. "걔 은제 돌아올지 몰라요." 말소리가 페퍼 영*의 누이 같다.

"스탠이 누구예요?"

"스탠 섀문요, 약혼자요."

"아차차, 그렇지." 그렇긴 뭐가 그런데? 그녀는 그만두기만 한 게 아니다. 마카로니 놈이랑 결혼도 할 예정이다. "당신은요? 당신도 곧 결혼해요?"

"무슨 말씀이시죠?"

"전부터 당신을 만나고 싶었거든요."

"제가 잠시 딴생각을 하고 있었네요."

"네?"

"어제 통치한 바보 군주**요—"

"누구요?" 이 여자는 어떤 뜻 모를 중서부 농담을 하려는 건가? 나는 미친 사람처럼 함박웃음을 띤 채 필사적으로 전화기에 매달린다.

---

* NBC에서 방송된 장수 라디오드라마 〈페퍼 영 가족Pepper Young's Family〉의 주인공.

** Lord of Misrule. 기독교 축제에서 사회를 보는 어릿광대로 높은 이들을 풍자해 분위기를 띄우는 사람.

조이스는 바보 군주이자 퍼듀 대학교 학생, 한 번이라도 만나봤다면 재수 없다 했을 웬 녀석에 관해 짓궂은 말투로 주절댄다.

운동장의 덩치 큰 두 남자아이는 회전 파도타기를 충분한 빠르기로 돌려 뛰어오르더니 느려질 만하면 땅을 굴러 속도를 높인다. 기둥 위의 메마른 소켓은 **이-옹 이-옹** 아득하고 유치한 음악 소리를 내며 돌고 아이들은 강철 난간을 끌어안은 채 고개를 뒤로 젖히곤 뱅글뱅글 도는 세상을 구경한다.

"조이스, 제가 솔직히 말해도 될지 모르겠네요"—내 목소리가 귀에 들어와 나는 침묵한다.

"제발 하세요. 저는 솔직한 사람이 좋아요."

"저도 당신이 그런 사람일 줄 알았어요—" 우리의 공범 말런 브랜도처럼—알랑거리는 새된 목소리로 윙크와 추파를 한껏 던지되 무엇보다 즐거움이 우러나게. 이거 충격인데. 술술 풀릴 줄이야. "—어떤 사람들은 좀 별나다고 보겠지만 그래도 말은 해야겠어요. 당신은 기억 안 나겠지만 제가 지난주 토요일에 당신을 봤어요—" 민망해서 못 들어주겠다.

"기억나죠!"

회전 파도타기는 **이-옹 이-옹** 페트루시카 음악을 날카롭게 내지르며 빵빵 돌다가 이제는 안쪽 범퍼가 기둥에 걸릴 만큼 종 모양으로 한껏 파도를 타더니 아이들이 강철 난간을 죽기살기로 끌어안고 발광하는 데 질세라 이리저리 미친 듯이 몸을 던져댄다.

"제가 점심때에만 집에 있어요," 조이스는 말한다. "하지만 토요일 밤에 들러보세요. 애들 몇 명이 거기 있을 거예요. 으쩌면 다 같이 팻 오브라이언*에 갈 수도 있어요." 그 애들 중 하나인 조이스는 스스로를 다 컸다 여기며 다들 아주 홍청거릴 준비가 돼 있다.

"으쩌면이어선 안 되죠."

촉촉한 햇빛이 셰프망퇴르의 연기를 뚫고 나와 하늘을 노랗게 물들인다. 엘리시언필즈는 한 통의 유황처럼 반짝거린다. 운동장은 저 혼자 세상의 종말에서 살아남은 모습이다. 나는 마침내 케이트를 알아본다. 그녀의 작고 투박한 플리머스가 나의 버스 정류장에 조심스레 들어선다. 그녀는 폭격기 조종사처럼 거기 앉아 운전대를 붙잡은 채 곁눈질로 아이들을 살피고 아무도 없음을 확인하는데, 거무스름한 눈에 목적 없는 모습, 그녀는 나 자신일 수도 있었다.

가능한 일일까 — 나는 오래전부터 내심 세상의 종말을 바라왔고 종말이 끝나기만 하면 살아남은 소수가 구멍에서 기어 나와 자기 본연의 모습을 깨닫고 덩굴식물에 휘감긴 폐허에서 아이처럼 명랑하게 살 수 있을 거라고 케이트랑 고모랑 샘 여거랑 다른 많은 사람과 함께 믿어왔다. 가능한 일일까 — 너무 늦진 않았겠지?

금빛에 반짝거리는 난간, 춤추는 젊은 여자처럼 이리저리 흔들리는 치맛자락, 회전 파도타기는 이-옹을 계속한다.

"매우 가고 싶네요, 조이스. 제 약혼자 케이트 커트러를 데려가도 될까요? 당신이랑 섀런이 그녀를 만나봤으면 해요."

"그러믄요, 그러믄요," 조이스는 룸메이트인 섀런의 독특한 중서부 말투를 흉내 내어 말하는데 솔직히 말해 조금은 안도하는 눈치다.

• • •

---

* Pat O'Brien's. 1933년에 문을 연 뉴올리언스의 유명 바.

운동장은 버려졌다. 나는 학교 본관이 잠겨서 비어 있음을 알아차린다. 차들이 엘리시언필즈를 쉭쉭 지나가자 어치들이 녹나무에서 야유를 보낸다. 사람들은 이따금 교문에서 안으로 꺾지만 그 옆 교회로 향하는 것이다. 언뜻 결혼식 아니면 장례식인가 싶지만 둘씩 셋씩 사람들이 떠나고 더 많은 사람이 도착한다. 그러다 젊은이 한 쌍이 보도를 느긋하게 걸어오고 있을 때 나는 모근에 낀 때를 발견한다. 그럼 그렇지. 재의 수요일*이잖아. 섀런은 나랑 끝낸 게 아니야. 커트러 지점들이 재의 수요일엔 전부 문을 닫을 뿐이지.

1951년형 플리머스, 케이트와 고락을 함께하되 그녀가 충실히 돌본 적은 없는 그 차 안에 우리는 앉아 있다. 이 차는 천장이 높은 회색 쿠페로 달릴 때 가벼운 배기음이 난다. 차를 몰 때 그녀의 고개는 쑥 내밀리고 두 손은 운전대에 대칭으로 놓이며 팔 밑 살은 파르르 떨리고 그녀의 소지품들은—밀짚 방석, 클리넥스 곽 휴지, 자석 재떨이는—죄 가지런히 정리되는데 그걸 보면 이 가볍고 작고 투박한 자동차가 볼트와 너트 하나까지 제 주인의 성미에 맞을 때까지 서서히 모습을 바꿔왔으리라 믿기가 쉽다. 주유소에서 막 단장을 하고 나와 폭 좁은 타이어가 아직 까맣게 젖어 있을 때면 윤활유 자체도 평소같이 똥으로 보이는 게 아니라 가느다란 차축에서 찔끔찔끔 새는 호박색 수액으로 보인다.

"어머니한테 우리 계획 왜 말 안 했어?" 케이트는 아직도 운전대를 잡고 거리를 살핀다. "내가 서재에서 다 들었어. 이 **멍청아**."

케이트는 기뻐한다. 그녀는 내가 잡지 속 영웅처럼 자제력 넘치는 숭고한 태도를 취한 줄로 철석같이 믿고 있다.

"말씀드렸니?" 나는 묻는다.

"우리 둘이 결혼할 거라고 내가 말했어."

"우리 둘?"

"응."

"그랬더니 뭐라셔?"

"아무 말도. 오늘 오후에 당신이 만나러 와주기만 바라시던걸."

"안 그래도 가봐야 돼."

"왜?"

"내 계획이 뭔지 말씀드리기로 일주일 전에 약속했거든."

"계획이 뭐길래?"

나는 어깨를 으쓱한다. 내가 할 수 있는 일은 하나뿐이다. 사람들 얘기에 귀를 기울여 그들이 스스로를 세상 안에 어떻게 욱여넣는지 보고 그들의 암담한 여정에 배어 있는 관습대로 손길을 건네든가 건네받는 것, 좋은 게 좋은 거라는 이기적인 이유로. 남은 일은 이 사명을 다하려면 주유소를 차려야 할지 다른 일을 해야 할지 판단하는 것뿐인데—

"의대에 갈 거야?"

"고모가 원하면."

"지금은 나랑 결혼 못 한다는 얘긴가?"

"아니. 넌 돈이 많잖아."

"그럼 서로 이해하도록 하자."

"좋아."

---

* Ash Wednesday. 사순절의 첫날. 이날엔 참회의 상징으로 머리에 재를 뿌리는 의식을 치른다.

"내가 해낼 수 있을지 모르겠어."

"어떤 기분인지 알아."

"최고로 무모한 일 같거든."

"그러게."

"우리 얼른 해치우는 게 좋겠다."

"좋아."

"너무 무서워."

근처에 있는 엄지를 탐험하기 시작한 케이트의 집게손가락은 털 난 피부의 우둘투둘한 곳을 하나하나 조사 중이다. 우리 뒤에 세워진 불그스름한 신형 머큐리에서 니그로 한 명이 내리더니 교회로 길을 걸어 오른다. 그는 생각 이상으로 고상하다. 그는 믿을 수 없을 정도의 중산층이다. 아치 무어* 같은 콧수염, 자길 쳐다보는 우리를 보고는 몸을 돌려 날씨를 파악하듯 하늘에 눈을 건네는 모습. 코트 뒷자락을 휙 걷어 바지 뒷주머니에서 손수건을 꺼낸 다음 실례가 안 될 마술 같은 동작으로 코를 푸는 모습.(당신도 알다시피 나는 전부터 쭉 여기서 지냈다. 저건 몸에 밴 매너다.)

"내가 얼마나 겁나는지 당신이 알아준다는 믿음이 들면 큰 도움이 될 텐데."

"믿어도 돼."

"결혼만이 아니야. 오늘 오후엔 담배가 당겼는데 드러그스토어에 갈 생각만 해도 힘이 빠지더라."

나는 침묵한다.

"혼자 있어도 겁나고 사람들하고 있어도 겁나. 유일하게 겁이 안 나는 순간은 당신이랑 있을 때야. 나랑 많이많이 같이 있어줘야 돼."

"그럴게."

"그러고 싶은 거 맞지?"

"응."

"나 오랫동안 치료받아야 돼."

"알아."

"게다가 내가 과연 달라질지 확신도 안 서. 정말로 달라질지 말이야."

"달라질 거야."

"하지만 길이 보이는 것 같긴 해. 대략 둘이서 많은 시간을 함께하고 당신이 나한테 아주아주 간단명료하게 말하되 나를 비웃지 않으면 말이지 — 제발 부탁인데 연민을 갖고 날 좀 비웃지 마 — 이렇게 말하란 얘기야. 케이트, 너 아무렇지 않으니까 드러그스토어에 다녀와, 그러고 나서 나한테 키스해줘, 그럼 널 믿을게. 그래줄래?" 그녀는 세라 로런스 대학물이 살짝 든 순수하지만은 않은 근엄함으로 말한다.

"응, 그렇게 할게."

그녀는 작은 살점들을 벗기는 등 엄지를 본격적으로 잡아 뜯기 시작했다. 나는 그녀의 손을 가져와 피에 입을 맞춘다.

"대신에 너는 스스로 많이 안 다치게 노력해줘."

"노력하고말고! 그럴게!"

니그로는 벌써 밖에 나왔다. 그의 이마는 애매모호한 황토색이고 얼룩이 졌다. 그가 재를 받았는지 도무지 확인이 안 된다. 머큐리에

---

* Archie Moore. 라이트헤비급 세계 챔피언을 지낸 권투 선수.

오른 그는 바로 떠나지 않고 앉아서 옆 좌석에 놓인 뭔가를 내려다본다. 샘플 상자? 보험 설명서? 나는 백미러로 그를 자세히 지켜본다. 그가 여기에 온 이유를 도무지 모르겠다. 까다로운 사업을 키우려면 거를 수 없는 일인가? 아니면 엘리시언필즈와 봉장팡 한쪽 구석에 하느님이 몸소 납셨다고 믿나? 아니면 두 이유 모두로 여기 와 있는 걸까? 은혜니 뭐니 하는 칙칙한 사탕발림으로 뭐 하나 건지러 왔다가 하느님의 성화로 다른 보너스를 탔다든지?

도무지 모르겠다.

# 에필로그

천국에 다가섰던 나의 서른 번째 해는 그렇게 끝났다, 시인의 표현대로.*

6월에 케이트와 나는 결혼했다. 내가 예상보다 빨리 젠틸리에서 사무를 마치고 고모를 따라 노스캐롤라이나행을 실행할 수 있었던 건 지금은 스탠리 새문 부인인 섀런이 아주 능숙해진 덕분에 적어도 나를 대체할 사람을 찾을 때까진 조력자 없이도 가벼운 여름 업무를 처리할 수 있었기 때문이다. 8월에 사르탈라마차 씨는 내 오리 사냥터를 2만 5000달러에 구입했다. 의과대학이 시작하던 9월, 케이트는 제 새어머니의 집 근처에 집을 구했는데 그건 다름이 아니라 넬

* 영국 시인 딜런 토머스의 「10월의 시Poem in October」를 가리키는 것으로 "천국에 다가섰던 나의 서른 번째 해였다(It was my thirtieth year to heaven)"로 첫 행을 시작한다. 10월 어느 날 산에 오른 서른 살의 시인이 계절의 변화를 느끼고는 돌아갈 수 없는 지난날을 그리워하는 내용이지만 여기서는 혼쭐이 났다는 뜻으로도 이해된다.

러벨이 단장시킨 일자형 주택 중 하나로 부엌 쪽으로 열리는 술집용 여닫이문 하며 진회색 셔터 문 하며 파티오에 있는 성(聖)프랜시스 납 동상 하며 케이트의 취향에 딱이었다.

고모는 내게 호감을 품게 되었다. 그 모든 세월 그녀 스스로 말해 온 것, 그러니까 볼링 가문은 한창때가 이미 저문 데다 내가 자신의 영웅들 가운데 하나가 아니라 지극히 평범한 친구라는 사실을 그녀가 받아들이자마자 우리는 사이가 좋아졌다. 두 여성 모두 내가 웃긴 사람인 걸 알고 내 노고에 많이들 웃어준다.

이듬해 마디그라 날 아침, 보스턴 클럽에 있던 줄스 고모부는 두 번째 심장마비를 겪었고 이를 원인으로 그 뒤 세상을 떴다.

이어지는 5월, 열다섯 번째 생일을 며칠 넘긴 내 이부형제 로니 스미스는 양성반응이 전혀 없었던 지독한 바이러스 감염으로 죽었다.

내 탐색으로 말하자면, 그 주제에 관해선 별로 얘기하고 싶은 마음이 없다. 덴마크의 위대한 철학자*가 선언했듯이 우선 내게는 교화의 목적이 아니고서야 그런 문제들에 관해 이러쿵저러쿵 말할 권한이 없는 탓이다. 게다가 나는 교화의 여지도 없는데 왜냐하면 그 철학자와는 시대가 달라서, 교화를 하고 있기에도 그렇고 기회가 저절로 나타났을 때 누울 자릴 보고 발을 뻗는 것 이상의 큰일을 하기에도 그렇고 늦어도 한참 늦은 탓이다—사실상 교화랑 갈굼에 차이가 있기나 한지.

덧붙임: 나는 어쨌든 내 어머니 가족의 일원이라 종교라는 주제는 피하는 게 지당한 일이다. (**종교**, 그 말부터 이상하다. 뭔가 의심스럽다.)

그러니 이런 종류의 기록에 좀처럼 끼어들 자리가 없는 함구(緘口)

로 끝을 맺는 건 지금이 어느 때보다 적기인 듯하다.

로니가 죽기 전날 케이트는 느닷없이 그 아이를 문병하기로 마음먹었다. 보통 때 나는 그녀를 멀의 진료소에서 태워 그녀의 새어머니 집에서 내려준 뒤 줄스 고모부의 사무실에서 그녀, 그러니까 고모의 자질구레한 사무를 몇 가지 처리한다. 하지만 오늘 우리는 멀의 진료소에서 길 건너 투로 병원(Touro Infirmary)까지 걷기만 하면 된다.

나는 케이트의 생각이 미심쩍었다. 그건 여자들이 잘 부리는 사치스러운 변덕, 개인적으론 내가 곱절 내지 가중이라고 부르는 것이었다. 그녀가 메리언 앤더슨**을 듣겠다고 어떤 넋 나간 상태로 댈러스까지 날아가기로 마음먹었던 때처럼. 그녀로선 당연히 해야 할 일처럼 느껴졌던 것이다. 내 말은 그녀가 센스 있게 행동하려고 고심한다는 뜻이 아니다. 암, 그건 선한 일처럼 느껴졌던 것이다—이러저러한 부류의 사람이라면 그 상황에서 하게 될 일—그녀는 그래서 그런 것이다. 더욱이 그녀는 로니의 병이 도진 이래 내가 변화에 대한 마음의 준비를 시켜주려고 애를 써도 준비가 되질 않아 내내 못 만나본 터였다.

나중에 길에서 그녀는 내 앞을 비틀비틀 걸으며 주먹으로 입을 막고 앞이 안 보일 정도로 울었다.

"이런 맙소사, 너무 끔찍해."

---

* 실존주의 철학자 쇠렌 키르케고르를 가리킨다.

** Marian Anderson. 미국 흑인 성악가.

"널 데려가는 게 아니었는데."

"얼굴을 한 대 맞은 것 같았어."

"미안해."

"저 어린애가 불쌍해서 어쩌지 — 소름 끼치게 홀쭉해지고 노래졌어, 다하우 수용소 화차에 널브러진 만신창이처럼. 어쩜 저렇게 노랗지?"

"간염이니까."

"당신은 어쩜 그렇게 냉정할 수 있어? 낯 두꺼운 의대생처럼 거만 떠는 거야? 내가 그걸 얼마나 싫어하는데! 저 아인 죽어간다고, 빙크스!"

"나도 알아."

"재가 뭐라고 속삭였어?"

"습관적 기질을 극복했대."

"그게 뭔데?"

"네 미모가 아주 뛰어나단 말도 하더라."

"재가 아주 마음을 찢어놓네!" 우리는 말없이 걷는다. "부모님은 오죽할까. 스미스 씨가 복도로 걸어 나오면서 촌사람처럼 눈물 훔치는 거 봤어?"

"응."

"너무 안됐어."

그녀는 멈추어 코를 푼다. 그녀의 풍성한 암회색 머리카락에서 넓고 텁수룩한 뭉치가 갈라져 나온다. 나는 그녀의 진한 흰색 두피에 키스를 한다. "오늘 미모 끝내주는데." 지난해에 그녀는 체중이 늘었다. 어깨가 표범처럼 매끈하다.

케이트는 겁에 질렸다. "하지 말아줄래." 그녀는 엄지를 잡아 뜯는다. "당신한텐 뭔가 소름 돋는 게 있어."

"애들 좀 찾아봐야겠다." 오늘 아침 일찍 로니가 점점 악화되자 어머니는 아이들을 전부, 장폴만 빼고 전부 데려와야 했다. 아이들은 아침 8시부터 내내 차에만 앉아 있었다.

테레즈가 나를 발견하고는 작고 오밀조밀한 얼굴을 창밖으로 내민다. "로니 오빤 어때?" 위빙 동작*을 취하며 그녀는 묻는다.

"많이 아파."

"죽어?" 똑똑이답게 눈치 빠른 말투로 테레즈는 묻는다.

"응." 나는 뒤쪽 언저리에 앉아 아이들을 본다. 케이트는 멀찍이 서서 아이들한테 웃음을 짓는다. "하지만 로니는 너희가 슬퍼하는 거 원치 않을 거야. 너희를 사랑한다고 너희한테 키스 전해달라더라."

이들은 슬프지 않다. 이거 참 심각하게 도를 벗어난 일이다. 이들은 그 눈으로 내 눈을 파헤치며 이 대화, 진지하게 말하고 듣는 이 게임을 연장할 방법을 궁리 중이다.

"우리도 로니 오빨 사랑해," 마틸드가 훌쩍거리며 말한다.

"우리한테 빨리 키스해줘!" 도니스와 클레어가 뒷좌석에서 소리친다.

마틸드는 내 목에다 훌쩍거리고 테레즈는 말똥말똥 영악한 눈길로 나를 쳐다본다. "로니 오빠 성유 발랐어?" 엄마 별 같은 단조로운 소리로 그녀는 묻는다.

---

* weaving. 권투에서 좌우로 몸을 흔들며 주먹을 피하는 동작.

"응."

"잘했군."

슬픔에 잠긴 건 두 여자아이뿐이지만 이들도 내심 비극을 이해한 스스로가 자랑스럽다.

도니스는 궁리 중이다. "빙크스 형," 그가 불러놓고는 그새 할 말을 까먹은 모양이다. "주님이 심판의 날에 우릴 부르시잖아, 그때 로니 형은 아직도 휠체어에 있어 아니면 우리랑 같은 모습이야?"

"너랑 같을 거야."

"스키도 탈 수 있다는 거지?" 아이들은 노인처럼 고개를 갸우뚱하고 귀를 기울인다.

"응."

"만세!" 쌍둥이는 소리치되 다소 관념적으로 저희 목소리를 살짝 주의한다.

"들어봐," 나는 그들의 모습에 웃음을 터뜨리며 말한다. "오듀본 공원에 가서 기차 타는 거 어때?"

"좋아! 좋아!"

"그럼 1분만 기다려. 금방 올게."

"빙크스 형, 우리도 형 사랑해!" 도니스가 장난삼아 외치면서 창밖으로 몸을 쑥 내민다. "우리 보러 올 거지?"

"오고말고. 이제 쉿. 케이트랑 얘기 좀 할게."

케이트는 차를 뒤돌아본다. "애들한테 엄청 다정하더라."

"고마워."

"용건이 뭐야?"

"아무것도. 부탁 하나만 들어줄래?"

"뭔데?"

"나 여기서 로니랑 애들이랑 온종일 있을 거야. 나 대신 시내에 가서 사무실에 있는 공채증서 좀 챙겨다 줄래? 네 어머니가 다시 집에다 보관하기로 하셨거든. 전쟁이 터지면 금고보단 책상이 안전하다고 생각하셔. 다녀올래?"

"혼자?"

"응. 세인트찰스 애버뉴를 하행하는 노면전차 타면 돼. 창문 열고 앉으면 좋아."

"가서 뭘 찾아올지 내가 어떻게 알아!"

"찾을 필요 없어. 내가 클로스터만 씨한테 전화해서 너한테 봉투 건네라고 해둘게. 네가 할 일을 정리해보자. 노면전차를 탄다, 커먼 스트리트에서 내린다, 사무실로 직행한다. 클로스터만 씨가 너한테 봉투를 준다 — 넌 아무 말 안 해도 돼 — 그런 다음 같은 위치에서 노면전차를 탄다. 전차는 캐널 따라서 내려갔다가 세인트찰스 따라서 올라올 거야."

"나 돈도 없어."

"자."

그녀는 손바닥에 놓인 25센트짜리 동전을 유심히 본다. "하나만 말할게. 겁먹어서는 아니야." 그녀는 철사 울타리 사이로 비죽 나온 치자나무 꽃을 본다. 나는 그걸 꺾어 그녀에게 건넨다.

"다정하기는," 케이트는 불안한 듯이 말한다. "이제 나한테 말해줘……."

"무슨 말?"

"내가 노면전차 타면 — 그동안 내 생각 할 거야?"

"응."

"내가 못 해내면 어쩌지?"

"내려서 집까지 걸으면 되지."

"한 가지 확실히 하고 가야겠어."

"뭔데?"

"호수 쪽 창가에 앉아서 무릎에 치자나무 꽃을 올려두라는 거지?"

"맞아."

"당신은 그런 내 모습을 생각할 거고?"

"맞아."

"안녕."

"안녕."

20피트(약 6미터)를 가다 그녀는 뒤돌아본다.

"클로스터만 씨?"

"클로스터만 씨."

나는 치자나무 꽃을 뺨에 댄 그녀가 세인트찰스 애버뉴 쪽으로 걸어가는 모습을 지켜보고, 그제야 내 형제자매들은 뒤에서 나를 부른다.

## 후기

폴 엘리

실제로는 영화에 관한 소설이 아니란 게 처음 놀랐던 점이다. 빙크스 볼링은 (일주일에 몇 번씩 영화를 보러 가는 게 드문 일이 아니었던) 전후 미국 기준으로나 우리 중 많은 사람이 이런저런 화면에 빠져 사는 지금 기준으로나 어쩌다가만 극장을 찾을 뿐이다.

실제로 『영화광』은 영화에 관한 소설이 아니지만 그 제목은 지금도 적절하다고 여겨지는데, 1961년에 출간된 이 소설이 전미도서상(National Book Award)을 깜짝 수상해 비개업 내과의로서 이른 중년에 철학을 독학한 이 작가를 돌연 남부의 유명 인사로 만들었던 것만큼이나 뜻밖의 일이다. 이 제목은 소설을 (그리고 이 소설에 대한 우리의 기대를) 남부 밖으로 내오기 때문에 적절하다. 그것은 이 지방에서 가장 유명한 도시 뉴올리언스를 배경으로 하는 이 소설이 역사나 유산에 관한 것도 아니요, 장소에 관한 것도 아니라는 점을 암시

한다. 우리는 주변을 어떻게 보는가 — 이 소설은 지각과 감각에 관한 것으로서 대본이 있고 틀에 박힌 타협된 세상의 신빙성에 관한 탐구를 다룬다.

퍼시와 동시대 사람인 플래너리 오코너는 세기 중반의 미국 남부 문학을 전형적인 것과 대립하는 문학으로 특징화했다. 오코너가 보기에 전형적인 남부 문학이란 없었고 그건 장점이었다. 그녀에게 최고의 남부 문학은 (그녀 시대에 그녀가 본) 남부의 삶이 미국적인 삶 전체로 볼 때 꼭 그러했듯 비전형적이었다. 그녀가 기린 비전형적 남부 소설은 드물고 극단적이고 심지어 그로테스크한 행위를 출발점으로 삼는다. 그런 소설은 "일상을 관찰하는 데 익숙지 않은 우리의 어떤 경험, 혹은 보통 사람이 보통의 삶에서 겪어보지 못할 어떤 경험"에 뿌리를 내리고 있으며 "하지만 인물들은 내적인 일관성을 띠되 그 일관성이 저희가 속한 사회체제에 항상 부응하진 않는다. 그들의 허구적 특성은 사회의 전형적 패턴을 어기고 수수께끼와 돌발적인 것을 향한다"라고 그녀는 설명했다.

이전에 『내가 죽어 누워 있을 때』와 『현명한 피』가 그랬고 이후에 『바보들의 결탁』과 『컬러 퍼플』과 『물고기 소년Fishboy』*이 그랬던 것처럼 『영화광』도 그렇다. 이 소설들은 치열할 정도로 비전형적이다. 하지만 『영화광』의 독창성은 저 소설들보다 더욱 역설적이다. 뭔가 과장된 특성을 지닌 나머지 고딕이라 불리는 여느 남부 소설과 달리 『영화광』은 전형적인 것을 정밀히 조사함으로써 비전형성을 띤다. 이 소설은 평범한 것을 — 빙크스가 "일상성"이라 부르는 것을 — 경험하면서 그것을 그때그때 철학적 물음의 주제로 삼는다. 그것은 전형적인 영화광을 예상케 하지만 전달되는 것은 그 어디서도 볼 수 없는 빙크스 볼링이다. 이 소설은 문학적 범주에서 달아남으로써 문학적 범주에 고민을 안긴다.

『영화광』은 남부 소설이되 남북전쟁에 대한, 인종 갈등에 대한, 오래된 집과 나무통에서 숙성된 위스키와—"비극적" 역사 덕분에 웬일로 하나가 된—사람들이 앞 현관에 둘러앉아 너스레를 떠는 남부라는 장소에 대한 언급을 아끼는 소설이다. 이것은 주인공이 시카고에서 열리는 주식 중개인 대회 때문에 마디그라를 놓치고 마는 뉴올리언스 소설이다.

이것은 명백한 미국 소설이되 호손에서 트웨인으로 이디스 워턴으로 그 뒤 피츠제럴드, 헤밍웨이 그리고 윌라 캐더로 이어지는 주류 노선에서—무고한 국내파와 무고한 해외파의 이중나선**에서—비켜선 소설이다. 이 소설에 주요한 전범이 된 것은 키르케고르, 사르트르, 카뮈 같은 유럽 실존주의자들이다—뒤의 두 사람은 랠프 엘리슨에게도 중요한데 그는 퍼시보다 10년 일찍 이들에게 영감을 받아 『보이지 않는 인간』을 썼다.

이것은 탐색에 관한 소설이되—"내면을 향하는 구루***의 탐색이라기보다는 자아 밖을 향하는 순례자의 탐색"이라고 퍼시는 자주 말했다—으레들 그러는 것과 달리 방향을 제시하진 않는다. 낯선

---

* 마크 리처드(Mark Richard)의 소설로 물고기 닮은 눈에 휘파람 같은 혀짤배기소리를 하는 버려진 아이가 살고자 필사의 몸부림을 치는 초현실적이고 그로테스크한 이야기.

** 여기서 무고하다는 건 남부 하면 떠오르는 인종차별과 대농장 위주의 전통 혹은 인습에서 벗어나 있다는 뜻.

*** guru. 힌두교, 불교 등에서의 스승.

문화에 대한 여정도, 노련한 안내도, 어떤 자아를 벗고 다른 자아를 취하는 일도 없다. 멧목도 강도 없고 성찬도 단식도 없으며 여정 끝에 만나는 새 세상도 없다. 있는 거라곤 뉴올리언스에서 살아가는 빙크스의 "일상성"과 하룻밤 기차 여행이라는 사소한 일탈이 전부다.

이것은 성장소설이되 주인공의 나이가 허클베리 핀과 홀든 콜필드*의 두 배에 가까운 소설이다. 빙크스는 곧 서른을 앞두고 있는데 세기 중반만 해도 이는 미국 남성이 성인으로서 자리를 잡았을 거라 기대되는 나이였다. 그는 대학 졸업자요, 참전 용사요, 주식 및 채권 중개인이다 — 그런데도 그의 자아는 퍼시의 표현대로 아직 "남아 있다". 서른이 다 된 나이에 빙크스는 마치 처음인 양 "탐색의 기회"에 붙들린다.

이 소설은 작가 자신에게도 뜻밖이었다. 집필하는 동안 워커 퍼시는 빙크스 볼링처럼 자기 밖으로 내쫓겨 "수수께끼와 돌발적인 것"을 좇을 수밖에 없었다.

개략해서 볼 때 퍼시의 초년은 그가 창조한 어떤 인물의 삶보다도 비전형적이었다. 1916년 앨라배마주 버밍햄에서 태어난 그는 농장주, 변호사, 정치인 들을 배출한 성공한 집안의 세 형제 중 맏이였다. 퍼시가 열세 살 때 그의 아버지는 (**당신의** 아버지가 그랬던 것처럼) 자살을 했다. 그 3년 뒤 어머니는 몇몇 사람이 보기엔 자해로 생각되는 자동차 사고로 목숨을 잃었다. 두 동생 리로이와 피니지 그리고 퍼시는 아버지의 사촌 윌리엄 알렉산더 퍼시(William Alexander Percy)와 살러 미시시피주 그린빌로 떠났는데 거기서 워커 퍼시는 자신과 두 동생이 윌 삼촌이라 부른 장원(莊園)의 이 남부 남자에게 매료되었다. 사우스 대학교 스와니 캠퍼스(Sewanee: The University of the South)와 하버드 로스쿨에서 공부하고 제1차 세계대전 참전 용사에 독신자에 종교적 성향인 윌 삼촌은 대농장을 운영하면서 그린빌 마을 생활을 두루 관장했고 시를 썼으며 오케스트라 음악과 오페라라면 껌뻑 죽었고 퍼시가 회상하건대 "남부의 대변자 같은 사람"으로서 봉사했다. 거기다 그는 고아인 퍼시 형제를 스스로 자주 제기하던 이런 물음에 입각해 키웠다. "넌 뭘 사랑하니? 무엇으로 살아가는데?"

큰 사내의 그늘에서 어느 정도 벗어나고자 퍼시는 북부와 동부로 갔다. (꾸준히 극장을 찾았던) 노스캐롤라이나 대학교와 그 뒤 맨해튼 상단에 있는 컬럼비아 대학교 의과대학이었다. 환자를 돌보는 일보다는 발병 원인을 연구하는 데 더욱 끌린 그는 내과 병리학 과정을 밟았다. 제2차 세계대전이 발발하자 그는 그 도시의 극빈자들이 찾아와 보살핌을 받기로 유명한 벨뷰 병원**에서 인턴으로 근무했다—그러다 거기서 결핵에 걸렸다. 코네티컷주의 요양소와 뉴욕주 북부의 요양소에서 그는 맑은 공기를 마시며 쉬는 양생법을 따랐는데 그 병에는 이것이 가장 근접한 치료법이었다. 결핵이 진정되자 그는 내과의보다는 작가를 직업으로 좇아도 되겠다는 생각이 들기 시작했다. "침대에 너무 많이, 혼자서 너무 많이 누워 있어서 읽고 생각하는 것 말곤 할 게 없었어요," 그는 회상했다. "한때 내가 믿

* 『호밀밭의 파수꾼』 주인공.

** Bellevue Hospital. 뉴욕 맨해튼에 있으며 미국에서 가장 오래된 공공 병원.

었던 모든 게 의문스럽기 시작했죠." 토마스 만, 사르트르 그리고 키르케고르를 읽으면서 그는 진단의로서의 소설가 그리고 현대 세계의 병리를 캐는 도구로서의 소설에 — 철학소설에 — 눈뜨게 되었다.

종교도 한 가지 도구가 되어주었다. 천주교 신자인 어느 회복기 환자와의 대화에서 자극을 받고 요양소를 나와 그제야 (윌리엄 알렉산더 퍼시 만년의 자서전 『둑을 밝히는 등불Lanterns on the Levee』을 통해) 천주교에 대한 윌 삼촌의 강한 이끌림을 깨우친 퍼시는 자신도 천주교에 끌렸다. 그는 뉴올리언스에서 알게 된 간호사 메리 버니스 타운센드와 사랑에 빠져 침례교회에서 결혼식을 올렸다. 그런 다음 "번트"라 부르던 그녀와 함께 천주교로 개종해 루이지애나주에 정착, 처음에는 뉴올리언스에서, 그 뒤에는 폰차트레인 호수 건너편에 급성장 중이던 코빙턴(Covington)이라는 교외에서 살았다. 종교에 귀의한 건 왜일까? 퍼시가 나중에 말하길 그 이유는 천주교가 진실해 보이는 데다 그 명제들이 그가 20세기의 삶에서 본 문제들을 가늠하고 평가할 척도로 보인다는 거였다.

10년이 흘렀다. 워커와 번트는 여자 갓난아기 하나를 입양하고 딸 하나를 낳았다. 부모님과 윌 삼촌에게 물려받은 유산으로 생활하던 워커 퍼시는 작가가 되려고 노력했다. 그는 장편소설을 두 편 썼는데 둘 다 남부 교양소설이었다. "하나는 토마스 만을 형편없이 모방한 거예요," 그는 나중에 말했다. "다른 하나는 토머스 울프를 더 형편없이 모방한 거고요 — 정말 아주 형편없어요." 가브리엘 마르셀(프랑스 천주교 신자)과 수잰 K. 랭어(Susanne K. Langer) 같은 전후 철학자들에게 고무된 그는 철학 에세이를 쓰기 시작해 그것을 일상

생활의 여러 곤혹스러운 것을 헤아리는 데 사용했다—이를테면 그가 "기차에 탄 남자(The Man on the Train)"라고 부른 에세이에 나오는 통근 회사원의 생활. 강렬하고 낯선 그 에세이들은 문학과 철학 계간지들에 실렸는데 읽은 사람은 몇 없다.

퍼시의 막내딸 앤은 귀가 멀었고, 그래서 부부는 아이를 청각장애 학생들이 다니는 뉴올리언스의 주간학교에 보냈다. 퍼시는 그 근처인 업타운 디스트릭트(Uptown District)에 낮 시간을 보낼 작은 집을 한 채 구입했다. 자신의 서재, 자신의 직계가족, 자신의 역사, 죽음과 상실에 관한 자신의 개인적 사연, 질환과 회복으로부터 멀리 떨어진 그곳에서 그는 존 비커슨 볼링의 성격이며 스스로 "어느 영화광의 고백(Confessions of a Movie-Goer)"이라고 부른 느슨한 내러티브를 구상했다.

문학 에이전트가 그 원고를 뉴욕에서 근무하는 어느 말단 편집자에게 보냈다. 스탠리 카우프만(Stanley Kauffmann), 〈뉴 리퍼블릭〉의 영화평론가로도 일하는 사람이었다. 카우프만은 제목을 짧게 줄이고 글을 싹 편집했다—빠른 컷 전환, 병치, 열린 추론, 그리고 빙크스의 서술과 소설 자체에 독특한 스타일을 부여하는 화제와 음조의 갑작스러운 전환 등을 그는 또렷이 강조했다.

1961년에 출간돼 가벼운 홍보 탓에 거의 묻혔던 『영화광』은 〈뉴요커〉의 작가 A. J. 리블링(A. J. Liebling)에게 흘러들었는데 그는 루이지애나 주지사 얼 롱의 전기를 쓴 인연으로 뉴올리언스의 문화와 정취에 푹 빠진 사람이었다. 리블링은 그해 전미도서상 심사 위원이었던 소설가 아내 진 스태퍼드(Jean Stafford)와 이 소설을 공유했고 그 결과 공식 후보에 없었던 이 소설은 고려 대상에 올랐다. 미국 소설이 강세인 해였다. J. D. 샐린저의 『프래니와 주이』, 조지프 헬러의 『캐치-22』, 윌리엄 맥스웰(William Maxwell)의 『대저택The Chateau』, 아이작 바셰비스 싱어(Isaac Bashevis Singer)의 『마켓 스트리트의 스피노자The Spinoza of Market Street』가 모두 후보에 올라 있었다. 전미도서상 소설 부문 수상은 『영화광』에 돌아갔다. 뉴욕의 시상식장에서 퍼시는 자기 에세이들에서 탐구했던 용어로 (그리고 자신의 남은 이력 내내 개진해나갈 용어로) 이 소설을 말했다. 즉 현대 서구 사회의 질환, 자아의식의 상실, 진단의로서의 작가의 역할. 끝맺을 때 그는 가장 중요한 요지를 넌지시 전했다. "요컨대 이 책은 속담에서 말하는 것처럼 인간이란 어떤 환경 속의 유기체 이상의 존재다, 통합된 성격 이상의 존재다, 심지어 성숙하고 창조적인 개체 이상의 존재다 하는 유대교-기독교적 관념을 수수하게 각색한 겁니다. 인간은 여행자고 순례자죠."

퍼시는 늦깎이 작가였고 빙크스 볼링은 늦은 성장을 했지만 빙크스의 성장을 다룬 퍼시의 소설은 시대를 앞섰다. 활기 없고 시큰둥한 주인공, 현재 시제로 된 서술, 마구잡이인 일상 대화, 대중문화가 주는 심상, 삶의 의미에 대한 솔직한 숙고로 『영화광』은 우리가 현대 미국 소설이라 부르는 것의 포문을 연 작품, 지금의 우리 모습이라는 느낌이 확연히 드는 일련의 상황과 관점 들을 제공하는 가장 이른 소설로 여겨진다.

언젠가 포크너는 "고독에서 우러나는 웅변"이라는 말로 글쓰기에 임하는 자신의 태도를 규정했다. 이러한 태도로 퍼시는 아예 새로운 걸 만들었다. 『영화광』에서의 고독은 반항아 또는 자주인의 고독이 아니라 군중 속에서 혼자인 사람의 고독이다 — 영화관에서나 프렌치 쿼터의 인도에서나. 이 책에 담긴 웅변은 성경이나 스토아철학이나 러시아 소설 같은 웅변이 아니라 화자의 웅변이다—눈앞에서 지나가는 삶을 자의적으로 중계할 뿐 많은 얘길 하지 않는 사람의 현재 시제 독백이다.

서술상 현재 시제는 소설에서 방부제 역할을 해왔다. 매우 가까이서 관찰한 관습과 세세한 일상은 영락없이 다른 시대의 것이다. 회사원(businessman)들은(이젠 그렇게 불리지 않는다) 이제 모자를 쓰고 출근하지 않고 부하 여직원에 대한 희롱은 강압과 조련으로 이해되지 직업상의 특권으로 이해되지 않는다. 그래서인지 빙크스가 제 비서들한테서 알아차리는 "소리 없는 비난"은 큰 소리로 들린다. 아프리카계 미국인들은 이제 버스 뒷좌석에 틀어박히지도 않고 저희를 고용한 백인에게 "헌신"했다는 이유로 거만한 상찬을 듣지도 않는다. 유대인 하면 추방 또는 망명의 인상이 자동적으로 풍기는 일도 이젠 없다. 영화관은 이제 개봉관이라 불리지 않으며 그곳 매니저들도 이젠 어느 한가한 밤 차양 밑에 서서 행인한테 "맛만 보라" 권하지 않는다. 『볼티모어 교리문답서Baltimore Catechism』*에 있는 근사한 확신들도(이 소설의 에필로그에서 언급된다) 오늘날엔 가장 독실한 천주교 아이한테조차 생소하다.

하지만 이 모든 것에도 불구하고 『영화광』은 지금의 우리 삶을 묘사하는 듯한데 그건 이 소설의 무정한 주인공이 매일같이 타협되고 부자연스러우며 통계적으로 예측 가능하고 사전에 조작되는 듯한 양상을 띠다 못해 삶을 직접 경험하기가 신을 경험하기만큼 까다로

* 미국 국정 어린이용 천주교 교리문답서.

워 보이는 사회를 관찰하기 때문이다.

워커 퍼시보다 한 세대 이후 소설가인 돈 드릴로는 소설, 그중에서도 각별한 소설을 쓰는 데 격려가 된 작품들의 특성을 이렇게 말했다. "거기엔 기술적인 창작을 뛰어넘는 충동과 대담함이 있어요. 이 책들은 이따금 죽음을 매우 직접적으로 다루지만 그건 삶 충동이라고 부르는 게 맞을 것 같습니다. 낙관도 없고 비관도 없죠. 잃어버린 가치라든가 한때 소설이 쓰이던 방식에 대한 향수에 잠기지도 않아요. 이 책들은 어떤 더 큰 수수께끼 쪽으로 열려 있습니다."

남부, 천주교, 아이러니함, 모호함. 『영화광』은 사리에 맞질 않는다, 지극히도. 이것은 **무엇**에 관한 것일까? 빙크스 볼링의 탐색은 어떻게 되었을까? 케이트와 정착해 어느 정도의 종교적 헌신으로 일상성을 끌어안도록 빙크스를 부추긴 건 무엇일까? "도무지 모르겠다"라고 빙크스는 소설 마지막 행에 적절한 견해를 내비친다. 도무지 모르겠다. 그렇다 해도 『영화광』은 제 중심인물처럼 내적인 일관성을 띤다. 이 소설이 일상성을 다루는 방식은 이 소설의 진짜 주제가 경이로움인 데 걸맞게 경이롭다. 이 소설은 어떤 더 큰 수수께끼, 빙크스 볼링과 마찬가지로 우리가 여전히 풀고자 노력 중인 수수께끼 쪽으로 열려 있다.

2019년

**폴 엘리**

Paul Elie, 1965-. 미국 작가이자 편집자. 문학으로 유명한 '패러, 스트라우스 앤드 지루(Farrar, Straus and Giroux)' 출판사에 1992년 입사해 20년 넘게 편집자로 일했고 지금은 조지타운 대학교 버클리 센터에서 종교, 평화, 세계정세에 관한 연구원으로 일하며 천주교 일에 매진하고 있다. 지은 책으로 『당신이 구원하는 삶은 어쩌면 당신의 삶The Life You Save May Be Your Own』『바흐 재발명Reinventing Bach』 등이 있다.

**옮긴이의 말**

『영화광』은 그 흔한 살인, 하다못해 일말의 물리적 폭력이나 탐욕 하나 나오지 않는 순수한 일상 소설이다. 이 소설은 미국 남부 뉴올리언스에서 주식 중개인으로 일하는 스물아홉 살 미혼 남자가 서른 살 생일을 맞기까지의 일주일을 기록한 일종의 관찰기로서 일, 연애, 취미, 인간관계 등을 매개로 존재론적, 감정적 성찰을 해나가는 현재형의 독백이 주를 이룬다. 얼핏 극적인 요소가 없어 보이는 무사하고 무료한 나날 속에서 사건으로 커질 만한 실마리라곤 끽해야 주인공 빙크스 볼링이 자신을 키워준 사랑하는 고모와 평소 뜻이 조금 맞지 않는다는 점, 과거의 사고로 두려움을 갖고 사는 사촌 케이트가 종종 불안 증세로 도발을 한다는 점, 자신의 생활 반경을 벗어나는 데 극히 거부감을 갖는 주인공이 억지로 시카고 출장을 가야 한다는 점, 그리고 그가 새 비서에게 이성으로서 끌리고 있다는 점 등이다. 그러니까 『영화광』은 잔잔하다 못해 누군가는 시시하다고까지 할 일상을 다룬다. 하지만 땅과 인종과 가치관의 변화를 그리던 그 이전과 이후의 많은 남부 소설, 나아가 지역과 상관없는 수많은 소설이 알게 모르게 어떤 거창함, 어떤 비장함의 옷을 걸치는 것과 달리 『영화광』은 그런 무거운 아우라의 결핍을 메우려는 무리한 노력을 하지 않는다. 이 소설에선 그저, 아직은 완숙한 인생이랄 수 없는 젊은 남자의 눈에 읽히는 세상과 그 세상에 대한 감정이 흔들리는 그의 자아에 실려 유머러스하게, 일부러 그러는 듯 가볍게, 때론 성찰적으로, 때론 궤변적으로 이어질 뿐이다.

본문에서 삶은 "경이" "수수께끼"라는 말로 자주 치환된다. 나날의 삶, 즉 일상이 어떤 면에선 늘 새롭고 늘 예상을 벗어난다는 것인데, 굳이 특별한 의미가 추출되지 않아도 삶은 이미 그 자체로 평범하지 않다는 생각이 주인공 빙크스 볼링에게서 배어나게 된 데에는 저자인 워커 퍼시의 순탄하지만은 않았던 개인사가 큰 영향을 끼쳤을 것이다. 10대 중반에 조실부모, 종숙부에게 입양, 의대를 나와 병원에서 인턴으로 극빈층을 돌보다 당시로선 치료법이 없던 결핵에 감염, 요양소를 전전하는 사이 의사의 꿈을 접고 작가로 전향, 그러고 훗날엔 막내딸의 장애 등등. 그러나 자기 선택과는 거리가 먼 여러 우여곡절을 겪는 와중에도 전화위복처럼 틈틈이 복과 안정을 누렸던 삶. 작품 속에 거창한 깨달음, 거창한 표현 하나쯤 노골적으로 심어두어도 괜찮을 삶이지만 워커 퍼시는 그런 경솔함을 자제한 채 『영화광』을 그저 현재형과 진행형으로 담담하고 소박하게 그린다. 아마도 해석과 의미란 사후(事後)의 주석일 뿐이고 그와 별개로 삶은 끊임없이 변하고 지각된다는, 그가 영향받은 실존주의적 태도 때문일 것이다. 상자를 열기 전까진 무엇이 들었는지 알 수 없다.

실존주의에선 개인이 곧 세상을 보는 거울이다. 그러므로 예상을 벗어나 대단한 사건이 없는, 따라서 클리셰도 없는 『영화광』을 읽는 방식이라면 어떤 인물형과 플롯에 대한 선입견을 벗고, 빙크스 볼링이 담담히 던지는 기억과 기분과 성찰과 경험을 그때그때 해석 없이 음미하고 넘어갔다가 이야기가 끝난 뒤 퍼즐처럼 맞춰보는 게 아닐까 싶다.

객관적으로 주어지는 보기만 살피자. 설명적이지 않은 이 소설을 맨 처음 일독했을 때 초반까지의 빙크스 볼링은 대략 이런 사람이었다. 스물아홉 나이에 고모부의 배려로 주식 중개소 지점 하나를 맡아 관리하는 유복한 남부 집안 미혼남. 스포츠카를 끌고 다니며 비서들과 연애를 하다 관계가 깊어질 만하면 이별을 일삼는 바람둥이. 시큰둥한 짧은 말투에 가끔씩 인종과 관련된 농담도 내뱉는 짓궂은 사람. 가족과 책임으로부터 벗어나 영화와 책과 산책을 즐기며 별다른 목표 없이 현재를 즐기는 자유인. 그러니까 종합적으로 보면 건방진 한량.

어디선가 많이 보던 인물형이다. 당연하게도 그것은 그에게서가 아니라 책을 읽는 내게서 비롯한 선입견이었다. 계속되는 독백을 들을수록 그는 쉽게 단정할 수 없는 인물이었다. 어려서 형의 죽음을 겪고 그 기대와 부담을 대신 받아온 동생. 전쟁 뒤 불안증자가 되어버린 아버지를 또다시 벌어진 전쟁으로 잃은 자식. 어머니는 떠나 재혼을 하고 올곧고 엄격한 고모의 손에 자란 위탁아. 고향인 펠리시아나 패리시를 떠 뉴올리언스에 정착한 몰락 가문의 기억을 가지고 있는 실향민 마지막 세대. 별다른 귀족 의식 없이 인종과 신분을 막론하고 남의 얘길 잘 들어주는 대화 상대. 남이 귀찮게 굴지 않으면 남을 귀찮게 하지도 않는 개인주의자. 고모의 물음에 짧고 시큰둥한 답으로 일관하지만 몸이 편찮은 고모의 눈빛을 읽고 먼저 목을 쓰다듬어줄 줄 아는 속 깊은 조카. 좋아하던 이성과 해변에서 보내는 가장 행복한 순간 웬일로 울컥하는 슬픔을 떠올리는 낭만주의자. 한국전쟁에 참전해 총상으로 영영 부상을 입은 재향군인. 매일 새벽 발작하듯 잠이 깨는 불면증자에 불안증자요, 스스로 설정한 생활 반경과 관습을 이탈하면 공황을 느끼는 환자. 이부형제와 이부자매에게 사랑한단 말을 서슴지 않는 맏이. 그리고 이 모든 걸 굳이 내색하지 않고 혼자서 감당하는 과묵한 남자.

드러난 사실을 나열하다 보니 잠시나마 타인을 관성대로 이해하려 했던 부끄러움과 미안함을 넘어 그의 헌신과 여린 마음에 조금은 눈물이 맺히기도 하는데, 요컨대 빙크스 볼링은 비록 스물아홉이지만 삶을 마냥 낙관하지도 비관하지도 못할 만큼 행복했던 추억과 불행했던 기억을 모두 가지고 있고, 인생에선 언제 무엇이 올지 모른다는 불안을 안고 살며, 이 때문에 현재의 안정된 틀과 순간적인 쾌락을 즐길 뿐 무엇에도 함부로 마음을 내주지 않고, 그러면서도 천성적인 다정함과 선함을 숨기지 못해 입보다는 눈과 귀를 더 여는, 남의 일거수일투족에 관심이 많은, 혼자 타는 승용차보다 버스와 노면전차를 선호하는, 수수께끼 같은 세상이 혼란스럽고 경이로운 과도기의 남자다. 펠리시아나와 뉴올리언스 사이의 과도기, 전통적 가치관과 현대적 가치관 사이의 과도기, 남부와 북부 사이의 과도기, 청년과 장년 사이의 과도기, 섀런 킨케이드와 케이트 커트러 사이의 과도기, 그리고 갇혀 있는 자신과 열려 있는 자신 사이의 과도기. 지금 그는 "행복한 사람만이 상처 받는다는" 것을 알기에 다가오면 밀어내는 고양이처럼 굴지만, 즉 자기 삶의 관객으로 남아 있지만, 언젠가 영화가 끝나면 피할 수 없는 실존이 기다리고 있음을 내심 안다. 아니, 알 것이다. 그래서 더더욱 초조함에 갈팡질팡하고 있을 이 남자를 나는 아주 이해했다 말하진 못해도 이것만은 확실히 말할 수 있다. 여러 타인의 과거와 미래를 온 몸으로 살아내는 그가 얼마나 연애를 하든, 얼마나 짓궂든, 얼마나 이기적이든 나는 그를 도저히 미워할 수가 없다.

2021년 11월

이승학